O Dominador

TARA SUE ME

O Dominador

Tradução
Ryta Vinagre

EDITORA RECORD
RIO DE JANEIRO • SÃO PAULO
2014

CIP-BRASIL. CATALOGAÇÃO NA FONTE
SINDICATO NACIONAL DOS EDITORES DE LIVROS, RJ

Me, Tara Sue
M43d O dominador / Tara Sue Me; tradução de Ryta Vinagre.
– 1. ed. – Rio de Janeiro: Record, 2014.

Tradução de: The Dominant
Sequência de: A submissa
ISBN 978-85-01-10175-4

1. Ficção americana. I. Vinagre, Ryta. II. Título.

13-07400 CDD: 813
CDU: 821.111(73)-3

TÍTULO ORIGINAL EM INGLÊS:
The Dominant

Publicado mediante acordo com NAL Signet, membro da Penguin Group (EUA) Inc.

Texto revisado segundo o novo Acordo Ortográfico da Língua Portuguesa.

Editoração eletrônica: Abreu's System

Direitos exclusivos de publicação em língua portuguesa somente para o Brasil adquiridos pela
EDITORA RECORD LTDA.
Rua Argentina, 171 – Rio de Janeiro, RJ – 20921-380 – Tel.: 2585-2000,
que se reserva a propriedade literária desta tradução.

Impresso no Brasil

ISBN 978-85-01-10175-4

A meus pais, que instilaram em mim o amor pelos livros
e a meus sogros por seu apoio a meus escritos.
Talvez, um dia, eu conte meu pseudônimo a todos vocês.
Mas provavelmente não.

Capítulo Um

O telefone em minha mesa soltou dois bipes.

Olhei o relógio, eram quatro e meia. Minha secretária tinha instruções explícitas para não me interromper, a não ser que duas pessoas ligassem. Era cedo demais para Yang Cai telefonar da China, então só restava a outra pessoa.

Apertei o botão do interfone.

— Sim, Sara?

— O Sr. Godwin na linha um, senhor.

Excelente.

— Recebi algo dele hoje? — perguntei.

Papéis farfalharam ao fundo.

— Sim, senhor. Devo levar agora?

— Pegarei mais tarde. — Apoiei o aparelho e passei para os fones. — Godwin, eu esperava que me procurasse antes. Seis dias atrás. — Eu aguardava por este pacote há muito tempo.

— Desculpe, Sr. West. O senhor teve uma última inscrição que eu quis incluir neste lote.

Muito bem. As mulheres não sabiam que eu tinha um prazo-limite mesmo. Era algo que eu discutiria com Godwin mais tarde.

— Quantas desta vez? — perguntei.

— Quatro. — Ele pareceu aliviado por eu ter deixado de lado a questão do atraso. — Três experientes e uma sem experiência nem referências.

Recostei-me na cadeira e estiquei as pernas. Na realidade, não devíamos ter esta conversa. A essa altura, Godwin sabia de minhas preferências.

— Sabe o que penso a respeito de submissas inexperientes.

— Eu sei, senhor — disse ele, e eu podia vê-lo limpando o suor da testa. — Mas esta é diferente... Ela pediu pelo senhor.

Estiquei uma perna, depois a outra. Eu precisava de uma boa corrida, mas teria de esperar até o final daquela tarde.

— Todas pedem por mim. — Eu não estava sendo fútil, apenas sincero.

— Sim, senhor, mas esta quer servir apenas ao senhor. Ela não está interessada em mais ninguém.

Sentei-me reto na cadeira.

— É mesmo?

— Sua inscrição declara especificamente que ela será sua submissa e de mais ninguém.

Eu tinha regras sobre experiência anterior e referências porque, para ser franco, não tinha tempo para treinar uma submissa. Preferia alguém com experiência, alguém que aprendesse o meu jeito rapidamente. Alguém que eu pudesse ensinar rapidamente. Sempre incluí um questionário extenso nos formulários de inscrição para garantir que as candidatas soubessem exatamente no que estavam se metendo.

— Imagino que ela tenha preenchido o questionário corretamente, não? Não indica ali que ela faria qualquer coisa? — Isto já havia acontecido uma vez. Godwin sabia muito bem.

— Sim, senhor.

— Creio que posso dar uma olhada, então.

— A última da pilha, senhor.

A que fez com que ele atrasasse a entrega, então.

— Obrigado, Godwin. — Desliguei o telefone e saí de minha sala. Sara me entregou um envelope.

— Por que não vai para casa, Sara? — Meti o envelope embaixo do braço. — O resto da tarde deve ser tranquilo.

Ela me agradeceu enquanto eu voltava a minha sala.

Peguei uma garrafa de água, sentei-me a minha mesa e abri o envelope.

Folheei as três primeiras inscrições. Nada de especial. Nada fora do comum. Eu podia montar um teste de fim de semana com qualquer uma das três mulheres e provavelmente não conseguiria dizer a diferença entre elas.

Esfreguei a nuca e suspirei. Talvez eu já estivesse fazendo isso há tempo demais. Talvez eu devesse tentar de novo sossegar e ser "normal". Desta vez, com alguém que não fosse Melanie. O problema era que eu precisava de meu estilo de vida de dom. Só queria algo especial para acompanhá-lo.

Tomei um bom gole de água e olhei o relógio. Já eram cinco da tarde. Eu duvidava muito que encontraria alguma coisa especial naquela última inscrição. Como a mulher não tinha experiência, na realidade não valia meu tempo examinar a papelada. Sem olhar para ela, peguei o documento e pus no alto de minha pilha *A Picotar*. As três restantes, coloquei lado a lado em minha mesa e li as capas novamente.

Nada. Não havia basicamente nada que diferenciasse as três mulheres. Eu devia fechar os olhos e escolher uma ao acaso. *Aquela no meio daria certo.*

Mas enquanto eu olhava suas informações, meu olhar vagou para a pilha da picotadora. A inscrição descartada era de uma mulher que queria ser a *minha* submissa. Ela perdeu tempo preenchendo minha detalhada papelada e Godwin atrasou o envio do material por causa da Srta. Não-tenho-experiência-e-só-quero-Nathaniel-West. O mínimo que eu podia fazer era respeitar esta mulher o bastante para ler suas informações.

Peguei a inscrição descartada e li o nome.

Abigail King.

Os papéis escorregaram de minha mão e flutuaram até o chão.

Eu era um completo sucesso aos olhos do mundo.

Era proprietário de minha própria corporação internacional de finanças imobiliárias. Empregava centenas de pessoas. Morava numa mansão que tinha aparecido nas páginas da *Architectural Digest*. Tinha uma família incrível. Em noventa e nove por cento do tempo, eu estava satisfeito com minha vida. Mas havia aquele um por cento...

Aquele um por cento que me dizia que eu era um fracasso completo.

Que eu era cercado de centenas de pessoas, mas pouquíssimas me conheciam.

Que meu estilo de vida não era aceitável.

Que eu jamais encontraria alguém que pudesse amar e que também me amasse.

Nunca me arrependi de minha decisão de ter a vida de dominador. Normalmente era muito satisfatória e, se houve ocasiões em que não foi assim, foram poucas e muito espaçadas.

Eu me sentia incompleto apenas quando entrava na biblioteca pública e tinha um vislumbre de Abby. É claro que, até que sua inscrição aparecesse em minha mesa, eu não tinha como saber se ela sabia que eu existia. Até então, Abby simbolizava para mim o um por cento que faltava. Nossos mundos eram tão distantes que não podiam e não iriam se encontrar.

Mas se Abby era uma submissa e queria ser a *minha* submissa...

Deixei que minha mente vagasse por caminhos que eu bloqueara havia anos. Abri os portões de minha imaginação e deixei que as imagens me dominassem.

Abby nua e amarrada a minha cama.

Abby de joelhos diante de mim.

Abby implorando pelo chicote.

Ah, sim.

Peguei seu formulário no chão e comecei a ler.

Nome, endereço, telefone e ocupação, passei os olhos rapidamente. Virei para a página do histórico médico — teste de função hepática e contagem de células sanguíneas normais, negativo para HIV e hepatite, negativo para presença de drogas na urina. Os anticoncepcionais que eu exigia eram a única medicação que tomava.

Fui à página seguinte, seu questionário completo. Godwin não mentiu quando disse que Abby não tinha experiência. Ela marcou apenas sete itens da lista: sexo vaginal, masturbação, uso de vendas, espancamento, engolir sêmen, uso da mão e privação sexual. No campo de comentários ao lado de privação sexual, ela escreveu: "Ha ha. Não sei se nossas definições são iguais." Sorri. Abby tinha senso de humor.

Vários itens foram marcados com "Não, além do limite". Eu respeitava isso — tinha meus próprios limites. Olhando a lista, descobri que vários dos meus combinavam com os dela. Vários outros, não. Não havia nada de errado com isso — os limites mudavam; as listas de verificação mudavam. Se ficássemos juntos a longo prazo...

Mas o que eu estava pensando? Eu realmente pensava em chamar Abby para um teste?

Ora essa. Claro que sim.

Mas eu sabia, *eu sabia* que se a inscrição viesse de outra, e não de Abby, nem teria olhado duas vezes. Eu a teria picotado e me esquecido de sua existência. Eu não treinava submissas.

Mas era de Abby e eu não queria picotar aquilo. Queria refletir sobre aquele formulário até que o tivesse memorizado. Queria fazer uma lista do que ela marcou como "Disposta a tentar" e lhe mostrar o prazer de fazer essas coisas. Queria estudar seu corpo até que os contornos estivessem permanentemente gravados em minha mente, até que minhas mãos conhecessem e reconhecessem cada resposta dela. Eu queria observá-la ceder a sua verdadeira natureza de submissa.

Eu queria ser seu dom.

E poderia? Poderia deixar de lado meus pensamentos a respeito de Abby, a fantasia que nunca teria, e em vez disso ter Abby, a submissa?

Sim. Sim, eu poderia.

Porque eu era Nathaniel West e Nathaniel West não falha.

E se Abby King não existisse mais? Ou se ela fosse substituída por Abigail King...

Peguei o telefone e liguei para Godwin.

— Sim, senhor, Sr. West — disse ele. — Já se decidiu?

— Mande para Abigail King meu questionário pessoal. Se ela ainda estiver interessada depois de analisá-lo, peça a Sara para marcar uma hora na semana que vem.

Capítulo Dois

Abigail marcou uma hora para a terça-feira, às quatro da tarde. Durante toda a segunda-feira, esperei que Sara me dissesse que ela telefonara para cancelar, mas na terça, à uma da tarde, eu tinha aceitado o fato de que Abigail provavelmente apareceria. Isso me deixou inquieto.

Andei entre minha mesa e a janela, lembrando-me de Abigail como a vira da última vez — a completa paciência com que instruía um aluno do ensino médio, rindo baixo de algo que o adolescente dissera. Depois a imaginei como agora eu podia me permitir — como minha submissa, pronta e disposta a me servir. A obedecer a cada ordem minha.

Voltei à minha mesa e me sentei. Pela terceira vez na última hora, peguei o pacote de informações que eu tinha preparado para ela e reli. Verifiquei três vezes se tudo estava em ordem.

Meu primo, Jackson, ligou às três e meia e impediu que eu enlouquecesse inteiramente de tanta agitação.

— Oi — disse ele. — Ainda quer jogar raquetebol no sábado?

Soltei um resmungo. Eu tinha me esquecido da promessa que fiz a Jackson, de que teríamos outra partida no sábado. Se Abigail concordasse com o teste de fim de semana, eu realmente ia querer deixá-la? Por outro lado, talvez fosse bom me afastar dela por algumas horas. Dar a mim mesmo uma pausa do que prometia ser um fim de semana intenso.

Jackson notou minha hesitação.

— Tudo bem se não puder. Eu posso fazer skydiving.

Da última vez que ele fez skydiving, quase encerrou sua carreira de quarterback, então eu sabia que ele estava brincando.

Pelo menos esperava que estivesse.

— Sem chantagem — protestei. — Não estava tentando te deixar na mão. Só estava vendo se minha agenda está livre. Talvez eu tenha um encontro.

— Um encontro? Voltou à ativa depois da garota das pérolas?

— O apelido é inteiramente desrespeitoso com Melanie. — E ele não podia estar mais longe da verdade. Eu tive muitas *atividades* desde Melanie.

— Falei por falar. Fico feliz que você tenha largado aquela lá.

— Já chega de mim e de minha vida amorosa — interrompi, porque não acho que Jackson tivesse alguma ideia de como era realmente minha vida sexual. — Quem você vai levar à festa beneficente da sua mãe?

— No momento, ninguém. Obrigado por me lembrar disso — agradeceu ele com certo sarcasmo.

Conversamos um pouco mais e por fim desliguei depois de concordar que eu o encontraria no sábado para nossa partida de raquetebol.

De muitas formas, Jackson era o irmão que eu nunca tive. Meus pais morreram num acidente de carro quando eu tinha 10 anos. A irmã de minha mãe, Linda, criou-me depois disso.

Todd Welling era o terceiro integrante de meu grupo de amigos quase-uma-família, junto com sua mulher, Elaina. Todd e sua família foram vizinhos dos Clark quando éramos pequenos. Elaina morava perto, e ela e Todd namoraram por todo colégio e durante a faculdade. Eles se casaram um mês depois de ela se formar. Todd agora era psiquiatra e Elaina, estilista.

Eu invejava Todd e Elaina e o companheirismo que eles tinham. A paixão e o amor que eles sentiam eram palpáveis. Há muito tempo eu desistira de encontrar uma relação como a deles, mas esta era a vida que eu tinha.

Ter Abigail como submissa quase compensava tudo.

Meu telefone soltou um bipe duplo e baixo.

— Sim, Sara? — Olhei o relógio, três e quarenta e cinco. Abigail era pontual. Mais um ponto positivo.

— A Srta. King chegou, senhor.

— Obrigado, Sara. Vou informar quando estiver pronto para recebê-la. — Desliguei.

Bebi uma água e olhei as páginas mais uma vez. Estava tudo pronto. Peguei sua inscrição e reli, embora não soubesse bem por quê. Eu a havia decorado.

Quando o relógio deu quatro e cinco, liguei para Sara e pedi que mandasse Abigail entrar.

Respirei fundo, abri um documento em branco em meu computador e comecei a digitar.

Nathaniel West é o maior idiota escroto do mundo.

O que acha que está fazendo?

Idiota.

Abigail abriu a porta e entrou em silêncio, fechando-a ao passar.

Tremendo. Idiota. Escroto.

Você não tem motivos para tê-la aqui.

Este será o pior erro de sua vida.

Ela foi até o meio de minha sala e, por minha visão periférica, pude ver que parou com as mãos ao lado do corpo, os pés separados na largura dos ombros.

Droga.

Droga. Droga. Droga. Droga. Droga.

Droga. Droga. Droga. Droga. Droga.

Merda. Merda. Merda.

Droga.

Continuei digitando enquanto a espiava. Ela respirou fundo. Seus olhos estavam fechados.

Componha-se, West, digitei. *Ela está aqui por sua causa. Para ser sua submissa. O mínimo que você pode fazer é não ser um completo bunda mole.*

Você já fez isso muitas vezes. Ela quer ser sua submissa. Você é um dom. Ela não é novidade nenhuma. Nada de especial.

É muito, muito simples, então pare de tentar complicar.

Dê a ela o que ela quer. O que ela precisa.

Aceite o que ela lhe oferecer.

E mais um pouco do que ela nem mesmo sabe que tem a oferecer.

A digitação clareava minha mente. Era muito parecido com tocar piano. Escrevi mais algumas linhas, respirei fundo e levantei a cabeça.

— Abigail King.

Ela deu um pulo. Era de se esperar. Sua cabeça ainda estava baixa, mas um leve tremor percorria seu corpo. Eu queria estender a mão e tocar nela, tranquilizá-la de que nunca lhe faria mal.

Em vez disso, peguei sua inscrição e o maço de papéis que eu lhe entregaria se a reunião fosse bem-sucedida e os juntei com uma batida na mesa.

Sua cabeça ainda estava baixa.

Muito bom.

Afastei-me de minha mesa e andei pela sala. Seu tremor se intensificou, mas só um pouco. Postei-me atrás dela e estendi a mão. Era hora de tocá-la e perceber que ela não passava de uma mulher de carne e osso. Nada mais. Nada menos.

Empurrei seu cabelo comprido e preto de lado e me curvei para perto.

— Você não tem referências. — Porque era a verdade e porque eu queria ver a pulsação se acelerar naquele ponto delicado na base do pescoço.

Sim.

Isso. Assim. Mesmo.

Curvei-me mais para perto, para que meus lábios estivessem quase em seu pescoço.

— Eu teria informado que não estou interessado em treinar uma submissa. Minhas submissas sempre foram plenamente treinadas.

Ela ia querer saber por que eu abria uma exceção em seu caso? Será que minhas palavras lhe deram a dica de que havia algo de diferente nela?

Provavelmente não. Mas deveriam ter dado. Não era assim que eu agia normalmente. Eu estava mudando todas as regras por ela.

E ela nem mesmo sabia disso.

Peguei seu cabelo e o puxei.

— Tem certeza de que é isto que você quer, Abigail? Você precisa ter certeza.

Uma pequena parte de mim queria que ela dissesse não, que levantasse a cabeça e saísse. Para nunca mais voltar. Mas a maior parte de mim queria que ela ficasse. Queria Abigail.

Ela não se mexeu. Não foi embora.

Eu ri e voltei a minha mesa. Éramos dois teimosos. Talvez isso afinal desse certo.

Droga, eu queria que desse certo.

— Olhe para mim, Abigail.

Nossos olhos se encontraram pela primeira vez. Os dela eram de um castanho-escuro, emoldurados por cílios grossos. Vi cada pensamento dela refletido naqueles olhos. O nervosismo, a ânsia, a franca avaliação enquanto seu olhar percorria meu corpo.

Tamborilei os dedos na mesa. Seus olhos escureceram e ela pareceu um tanto constrangida.

Ah, ela pensava em obscenidades, muitas. E isso me fez sorrir — mas, por ora, bastava.

— Não estou interessado no motivo pelo qual você decidiu se candidatar. Se eu a escolher e você concordar com meus termos, seu passado não importa. — Porque o passado não existia mais. O que importava era o agora. Bati os dois formulários. — Sei do que você precisa.

Ela ainda não se mexia. Não dizia nada.

— Você não tem treinamento — prossegui. — Mas é muito boa.

Virei-me para a janela. A escuridão cobria a rua abaixo, mas a luz de minha sala fazia da janela um espelho. Eu podia ver tudo o que Abigail fazia. Ela me olhou nos olhos por um segundo e baixou a cabeça.

Não podíamos ter isso.

— Gosto mesmo de você, Abigail King. Mas não me lembro de ter dito para virar o rosto.

"Sim", pensei, quando seus olhos encontraram os meus mais uma vez. Íamos avançar.

Eu a tinha em minhas mãos e não a soltaria.

— Sim, acho que seria adequado fazermos um teste de fim de semana. — Afastei-me da janela e afrouxei a gravata. — Se você concordar, irá à minha casa de campo nesta sexta-feira à noite, exatamente às seis da tarde. Mandarei um carro buscá-la. Jantaremos e começaremos a partir dali.

Puxei a gravata e abri o primeiro botão de minha camisa. Ela não pareceu nem um pouco constrangida — talvez excitada, mas não constrangida.

— Tenho algumas expectativas de minhas submissas. — Minha submissa. Abigail King estava prestes a se tornar minha. — Você deve ter pelo menos oito horas de sono diariamente do domingo até quinta-feira à noite. Terá uma dieta balanceada... Mandarei por e-mail um plano de refeições. Você também deve correr 2 quilômetros, três vezes por semana. Duas vezes por semana fará um treinamento de força e resistência em minha academia. Você passará a ser sócia amanhã. Tem alguma preocupação relacionada com isso?

Ela ficou em silêncio.

Lindo.

— Pode falar com franqueza.

Ela lambeu os lábios, sua língua rosada passando pela beira da boca. A visão deu comichão em meu pau. *Calma, agora*, pensei. *Haverá tempo para isso depois. Por favor, Deus, que haja tempo para isso depois.*

— Eu não sou muito... atlética, Sr. West. Não sou muito de correr.

— Precisa aprender a não se deixar dominar por seus pontos fracos, Abigail. — Como o assunto foi levantado por ela, eu a ajudaria. Voltei à minha mesa e escrevi o nome e o número da instrutora de ioga da academia.

— Três vezes por semana, você também fará aulas de ioga. São ministradas na academia. Mais alguma coisa?

Ela meneou a cabeça.

— Muito bem. Verei você na sexta à noite. — Estendi os papéis. — Aqui está tudo que precisa saber.

Ela se aproximou de minha mesa e pegou os papéis. Depois esperou.

Uma perfeição.

— Está dispensada.

Capítulo Três

Embora eu nunca tivesse sido escoteiro, concordava de todo coração com o lema "sempre alerta". Estar preparado para qualquer situação era metade do motivo para que meus negócios tivessem tanto sucesso. Em parte por isso, nunca tive uma submissa que usasse a palavra de segurança. Se as pessoas estivessem mais preparadas, o mundo todo seria muito mais tranquilo.

Por este motivo, passei parte da tarde de quarta-feira em meus joalheiros preferidos. Se o teste de fim de semana com Abigail desse certo, eu queria estar preparado com uma coleira. Depois de ver como Abigail se saiu bem no teste do escritório, eu tinha certeza de que tudo correria bem.

Olhei as ofertas na vitrine de colares. Minhas submissas anteriores tinham usado gargantilhas simples de prata, mas eu queria algo a mais para Abigail.

— Sr. West — disse o gerente, aproximando-se de mim. — O que posso fazer pelo senhor?

Não fiquei impressionado com nada do que vi.

— Procuro uma gargantilha. De platina. Com diamantes, talvez?

Os olhos do gerente se iluminaram de empolgação.

— Tenho exatamente esta peça. Chegou pela manhã e ainda não tive a chance de expor.

Ele se afastou às pressas, voltando instantes depois com uma caixa forrada de couro. Dentro dela estava uma gargantilha extraordinária feita de duas faixas de platina em formato de corda, entrelaçadas, com diamantes incrustados por toda sua extensão.

Eu podia muito bem imaginá-la em Abigail.

Minha coleira.

Minha submissa.

— Perfeito — declarei.

* * *

Decidi preparar o jantar para Abigail na noite de sexta-feira. Eu queria que ela relaxasse antes de começarmos alguma coisa. Dar-lhe a oportunidade de fazer quaisquer perguntas ou expor qualquer preocupação. Queria que ela se sentisse confortável por todo o fim de semana — ou ao menos tão confortável quanto possível.

Preparei um de meus pratos preferidos e repassei os planos para o fim de semana. Eu ainda não faria sexo com penetração com Abigail. Isso podia esperar até que eu tentasse outras coisas. E eu testaria meu próprio controle — tê-la tão perto, tão perto e não tocar nela.

Também criei uma nova regra: eu não a beijaria. Parecia justo criar uma nova regra, uma vez que eu estava infringindo tantas outras.

Parte de mim sabia que era tolice pensar que não beijar Abigail garantiria de alguma maneira que eu mantivesse uma distância emocional adequada. Mas a verdade era que ela queria ser minha submissa. Ela não me queria como amante. Desde que eu passasse o fim de semana lembrando-me de que nossa relação seria sexual e nada mais do que isso, eu ficaria bem.

O carro contratado parou na entrada às cinco e quarenta e cinco.

Abri a porta e a encontrei de joelhos, afagando Apollo. Eu esperava que Apollo se afastasse dela, porque em geral ele é tímido com estranhos. Era muito incomum ele ser atraído por ela. Mas dizem que os cães têm um sexto sentido em relação a pessoas.

O fato de que Apollo parecia gostar dela me convenceu de que o fim de semana foi uma boa ideia.

— Apollo. Vem.

Ela não me ouviu abrir a porta. Foi certamente por isto que sua cabeça se levantou de repente. Ela sorriu enquanto Apollo lambia seu rosto.

— Vejo que já fez amizade com Apollo.

— Sim. — Ela se levantou e espanou a calça. O sol poente escurecia seu cabelo e seus olhos, tornando-os mais misteriosos. — Ele é um cachorro muito manso.

— Não é. Normalmente não é tão gentil com estranhos. Tem muita sorte de ele não ter te mordido.

Apollo não a teria mordido, é claro. Eu não o deixaria sair sozinho se pensasse que ele podia morder. Não sei por que disse isso. Talvez parte de mim quisesse que ela fosse embora.

Conduzi-a para dentro de casa.

— Vamos jantar esta noite à mesa da cozinha. Pode considerar a mesa da cozinha seu espaço livre. Você fará a maioria das refeições ali e, quando eu estiver com você, pode considerar isto um convite para falar abertamente. Na maior parte do tempo, você me servirá na sala de jantar, mas achei que devíamos começar a noite de um jeito menos formal. Está claro?

— Sim, mestre.

Girei o corpo, pego de guarda baixa por seu lapso.

— Não. Você ainda não conquistou o direito de me chamar assim. Até lá, me tratará por "senhor" ou "Sr. West".

— Sim, senhor. Desculpe, senhor.

Continuei, ainda surpreso com seu erro. Com sorte, o resto do fim de semana seria melhor.

Levei-a à cozinha e esperei que ela se sentasse. Suas mãos tremiam quando ela puxou a cadeira. Ela estava nervosa; era só isso. Eu podia entender.

Mas ela estava aqui. Aqui, em minha cozinha. Aqui, para ser minha submissa.

O absurdo disso me deixou calado.

Comemos em silêncio por vários minutos. Ela devorou o frango. Eu me remexia na cadeira ao vê-la em minha mesa, desfrutando da comida que preparei para ela.

— Você preparou isso? — perguntou ela.

Ela fala. Enfim.

— Sou um homem de *muitos* talentos, Abigail. — "E estou louco para partilhar todos com você."

Ela não falou novamente.

— Estou satisfeito que você não tenha achado necessário preencher o silêncio com uma tagarelice interminável — comentei quando estávamos quase terminando. — São poucas as coisas que preciso explicar. Lembre-se, nesta mesa, pode falar livremente.

Parei e esperei.

— Sim, senhor.

Boa menina.

— Você sabe, pelo meu relatório, que sou um dom muito conservador. Não acredito em humilhação pública, não participarei de jogos extremamente dolorosos e eu não divido. Nunca. — Como se eu um dia fosse dividir Abigail com alguém, se ela fosse minha. — Mas, como dom, acho que posso mudar isso a qualquer momento.

— Entendo, senhor.

Entende mesmo?, eu quase perguntei.

— Outra coisa que você deve saber — prossegui —, é que não beijo na boca.

Ela ficou perplexa com isso.

— Como em *Uma linda mulher*? É pessoal demais?

Sim, exatamente. É pessoal demais. E eu precisava manter o pessoal o mais longe possível disso.

— *Uma linda mulher*?

— Você sabe, o filme.

— Não. Não vi — respondi. — Eu não beijo na boca porque é desnecessário. — *Desnecessário para nós. Pergunte-me por quê.*

Embora ela tenha parecido aborrecida, só comeu outra porção do frango, então continuei.

— Reconheço que você é uma pessoa com suas próprias esperanças, sonhos, desejos, vontades e opiniões. Precisa deixar essas coisas de lado para se submeter a mim neste fim de semana. Esta posição exige respeito, e eu respeito você. Tudo o que faço com ou por você, faço tendo você em mente. Minhas regras sobre o período de sono, alimentação e exercícios são para o seu bem. Minhas punições são para seu aperfeiçoamento. — Passei o dedo pela borda da taça de vinho e sorri por dentro com seus olhos acompanhado meu movimento. — E qualquer prazer que eu lhe der... — *Eu lhe darei este prazer, Abigail, saiba disto agora... muito prazer.* — Bem, acho que você não tem nenhum receio com relação ao prazer.

Sim. Ela compreendeu. Seus olhos escureceram e a respiração mudou. Eu a tinha exatamente onde queria.

Empurrei a cadeira para trás, pronto a continuar com a noite.

— Terminou o jantar?

— Sim, senhor.

— Preciso levar o Apollo para passear. Meu quarto fica no segundo andar, primeira porta à esquerda. Estarei lá em 15 minutos. Você esperará por mim. Página cinco, primeiro parágrafo.

* * *

Saí com Apollo para clarear minha cabeça e me preparar o máximo que pudesse para o que estava prestes a acontecer em meu quarto. Repassei mentalmente todo o plano. Abigail gosta de sexo oral — eu sabia disso pelo questionário. Como este em geral era um de meus primeiros atos com uma submissa, fazia sentido começar o fim de semana desse jeito.

Uma submissa era lembrada de sua posição e responsabilidades quando dava sexo oral. De joelhos a meus pés, sendo usada para meu prazer. Embora eu pudesse usar uma submissa do jeito que quisesse, era uma responsabilidade que eu não tomava levianamente.

Imaginei o quarto como o deixei — velas acesas em toda parte, a almofada no meio do quarto, a camisola que comprei. Será que eu a encontraria de joelhos usando a camisola? Esta era minha esperança. Talvez eu a encontrasse no saguão, esperando para me dizer que tinha mudado de ideia. Este era meu medo.

— Vamos, Apollo.

Quando voltamos para casa, parei na lavanderia e tirei o suéter, colocando no cesto de roupa suja para que minha arrumadeira levasse à lavanderia a seco. Abigail não estava no saguão, então subi a escada, com Apollo em meus calcanhares. Apontei o chão na frente da porta de meu quarto e ele se jogou ali com um suspiro e a cabeça sobre as patas.

Entrei no quarto e a encontrei esperando. Estava de camisola e ajoelhada na almofada.

Isso.

Fechei a porta.

— Muito bem, Abigail. Pode se levantar.

Ela se levantou lentamente. A camisola batia na parte superior da coxa e o leve rosado de sua pele através do tecido transparente traía sua excitação.

— Tire a camisola e a coloque no chão.

Ela tirou a camisola pela cabeça com os dedos trêmulos. Estava nervosa, mas os mamilos estavam endurecidos e os lábios ligeiramente separados.

— Olhe para mim. — Depois que seus olhos encontraram os meus, sim, ela estava tão excitada quanto eu, retirei o cinto e me aproximei dela. — O que você acha, Abigail? Devo castigá-la por sua observação do "mestre"?

Estalei o cinto e ele bateu em sua coxa. Eu ainda não era o mestre e ela precisava entender isso.

Um dia, em breve, talvez...

— O que desejar, senhor — sussurrou ela.

Boa resposta.

— O que eu desejar? — Eu desejava muitas coisas, mas por ora...

Fiquei de pé diante dela e abri a calça, deixando que caísse no chão com minha samba-canção. Minha ereção se libertou.

— De joelhos. — Esperei, sabendo que ela estava olhando. O que era ótimo. Ela precisava ver. — Sirva-me com a boca.

Ela se curvou para a frente e meu pau passou por seus lábios. Sua boca era quente e molhada, e eu ficava cada vez mais duro. Merda, ela era boa. Bati no fundo de sua garganta.

— Ele todo. — Ela podia fazer isso.

Ela o faria.

Ela hesitou, porém, trazendo as mãos para segurar a base de meu pau, e eu não gostava de hesitação.

— Se não pode pegá-lo na boca, não pode tê-lo em outro lugar — decretei, porque eu sabia exatamente onde ela o queria. A ideia me fez arremeter para a frente e deslizei mais fundo em sua garganta. — Isso. Assim.

Olhei para baixo e a visão de Abigail de joelhos, com meu pau em sua boca, quase me fez gozar. Eu não aguentaria muito tempo.

— Gosto de brutalidade e não vou facilitar para você só porque é nova. — Peguei seu cabelo. — Segure com força.

Ela passou os braços por minhas coxas e dei uma estocada no fundo de sua boca.

Eu movia sua cabeça com minhas mãos, fodendo sua boca, com força e rudemente. Exatamente como eu gostava.

— Use os dentes — ordenei, e ela raspou meu membro enquanto ele entrava e saía. Depois ela pegou o jeito, chupando e passando a língua em volta dele. — Isso — gemi, fechando os olhos e estocando com uma força ainda maior.

Isso.

Porra.

Meu saco endureceu e eu sabia que estava perto. Segurei, querendo que a sensação durasse — a sensação de sua boca em mim, da promessa de meu gozo implorando para sair, o ponto alto de estar tão perto e não me deixar ceder ainda.

Ela chupava com mais força e eu sabia que não aguentaria muito mais tempo.

— Engula tudo — falei, preparando-a. — Engula tudo o que eu te der.

Gozei em vários jatos, mas ela tomou tudo. Engoliu, sem perder uma gota que fosse.

Afastei-me, com a respiração pesada, porque, ora essa, ela era boa.

— Isso, Abigail — comecei —, é isso que eu quero. — Vesti as calças, notando como ela esperava por minha ordem seguinte.

Eu queria jogá-la na cama e trepar direito com ela. Queria prender suas mãos acima da cabeça e meter nela sem parar até que ela gritasse do prazer que eu lhe dava. Eu queria...

Chega!

Ela teve o suficiente por uma noite.

Ela precisava de tempo para se acostumar. Por mais que quisesse isso, ainda era muito nova em meu mundo. Eu não podia e não me esqueceria disto.

Esperei até que minha respiração se acalmasse.

— Seu quarto fica a duas portas daqui, à esquerda — expliquei. — Só dormirá na minha cama se for convidada. Está dispensada.

Ela vestiu a camisola e pegou suas roupas.

— Tomarei o café da manhã na sala de jantar às sete em ponto.

Capítulo Quatro

Nunca precisei dormir muito. Na maioria das noites, eu me satisfazia com quatro ou cinco horas, o que estava de bom tamanho, porque depois de ter os lábios de Abigail envolvendo meu pau, de maneira alguma eu ia conseguir dormir tão cedo. Passei a mão no cabelo e tentei me concentrar na planilha detalhada em meu laptop, mas os números se embaralhavam em meu cérebro. Xinguei de frustração.

Droga. O que eu fiz?

Eu forcei Abigail a se ajoelhar e fodi sua boca sem perguntar o que ela pensava ou como se sentia, ou mesmo se ela queria isso.

Mas, argumentei comigo mesmo, era o que ela queria. Abigail tinha livre-arbítrio. Podia ter me dito para parar a qualquer minuto e eu teria parado. Eu sabia disso, mas a verdade era que ela não queria que eu parasse. Queria que eu a dominasse, ou não estaria em minha casa nem dormindo a duas portas de meu quarto.

Fechei o laptop e fui ao corredor.

Sua porta estava fechada e a luz apagada. Ela dormia.

Outra prova de que ela queria.

Não questionei novamente. Fui à sala de jogos e me preparei para a noite seguinte.

Finalmente consegui ir para a cama bem depois da meia-noite e acordei quatro horas e meia depois, às cinco e meia. Fiz alguns alongamentos antes de andar pelo corredor até o quarto de Abigail.

A porta estava fechada — ela ainda dormia. Perguntei-me se acordaria a tempo para preparar o café da manhã e pensei brevemente em acordá-la eu mesmo. Depois decidi que não queria criar um precedente, então me virei e desci para minha academia.

Terminei a corrida às seis e quarenta e ouvi Abigail andando pela cozinha. Ela deve ter acordado mais tarde do que queria, mas estava segura e decidida a preparar meu café da manhã a tempo. Saí da academia e tomei um banho rápido. Exatamente às sete, entrei na sala de jantar e encontrei o café da manhã a minha espera.

Observei-a pelo canto do olho enquanto comia. Ela estava vestida informalmente e seu cabelo foi puxado num rabo de cavalo frouxo. Provavelmente não tomou banho. Sua respiração era um pouco forçada demais, mas ela a controlava, como se não quisesse deixar transparecer que tinha corrido para fazer o café da manhã. Ela trabalhou arduamente esta manhã.

O que significava que o resto do fim de semana parecia muito promissor.

Comi sem pressa alguma. Não havia necessidade de correr e eu queria que Abigail tivesse o tempo necessário para acalmar seus pensamentos.

— Sirva-se de um prato e coma na cozinha. Vá ao meu quarto daqui a uma hora. Página cinco, segundo parágrafo.

Liguei para Jackson enquanto levava Apollo para passear.

— Não está ligando para cancelar, está? — perguntou ele.

— Não. Estou ligando para saber se você quer almoçar comigo depois do jogo.

— Um almoço seria ótimo. — Ele baixou a voz. — O encontro não deu certo?

Eu ri. Ele não sabia de nada.

— O encontro foi ótimo. Mais do que ótimo, na verdade... Fizemos planos para esta noite.

— Legal! Ponto para você.

Ele não sabia da missa a metade.

— E como é ela? — perguntou ele. — É bonita? Ela tem irmã?

Estendi a mão para afagar Apollo.

— Conto na hora do almoço.

Por mais que eu tentasse imaginar como seria ter Abigail esparramada em minha cama, a visão ainda me deixou assombrado. O sol de final de manhã lançava um brilho sobre a cama — iluminando seu corpo, fazendo-a brilhar.

Seus olhos estavam fechados, permitindo-me alguns segundos para observá-la sem que ela percebesse. Comecei por sua boca, seus lábios se separavam um pouco — quase como se ela falasse sozinha. Meu olhar continuou viajando, passando por seu pescoço delicado. Observei enquanto ela engoliu em seco, como seus músculos se agitavam sob a pele. O movimento de suas mãos chamou minha atenção, mas ela só roçava os dedos na colcha. Os olhos ainda estavam fechados.

Seus seios eram do tamanho perfeito para caber nas palmas de minhas mãos e, enquanto eu olhava, ela respirou fundo, erguendo o peito. Os mamilos eram de um cor-de-rosa escuro, endurecidos por uma excitação evidente. Eu me doía para pegar um deles na boca. Para sentir seu sabor...

Mais tarde.

Cerrei os punhos e baixei os olhos, pelo aclive suave de sua barriga, descendo rumo ao lugar onde os joelhos estavam separados. Meus olhos baixaram mais e vi que ela já estava molhada.

Molhada para mim.

Pronta para mim.

Meu pau endureceu com a ideia.

"Mais tarde, West", eu disse a mim mesmo. "Aprenda a ter algum controle."

Eu sabia que arrancaria minha roupa e a comeria bem ali, se não levasse meu plano adiante. Mas não eram estes meus planos e eu sempre fazia tudo de acordo com eles.

Quase tudo.

Ter Abigail em minha casa infringia cada regra que eu tinha e cada plano que criei.

"Não se trata de você", eu disse a mim mesmo. "Não é mais assim. Dê apenas o que ela precisa."

Abri o punho e aproximei-me da cama.

— Fique de olhos fechados.

Ela deu um salto. Estava tão concentrada em si mesma, que nem me ouviu entrar.

— Gosto quando você fica arreganhada desse jeito. Use suas mãos e finja que são minhas. Toque em si mesma. — *Mostre-me como você gosta, o que você quer.*

Ela hesitou. De novo.

— Agora, Abigail. — Eu tinha de ser mais paciente do que o de costume. Afinal, ela era nova nisso.

Ela moveu as mãos para os seios e, embora no início fosse suave, seu toque ficou mais rude, mais duro, enquanto ela rolava a ponta de um mamilo, depois a outra. Ela pegou um e beliscou, suscitando um leve ofegar de prazer no processo.

Porra, isso mesmo. A mulher gostava de força.

Uma das mãos desceu à barriga, enquanto a outra continuava trabalhando nos mamilos. Ela deslizou um dedo entre as pernas.

Só um?

— Você me decepciona, Abigail. — Aproximei-me e pude sentir seu hálito em meu rosto. Seus olhos palpitaram. — Mantenha os olhos fechados.

Olhei para baixo, vendo o batimento acelerado de seu coração. Será que eu podia fazer com que batesse mais rápido?

— Você me colocou na sua boca ontem à noite e agora usa um só dedo para representar meu pau?

Ora essa, sim, eu podia. Olha só esse coração disparado.

Ela meteu outro dedo.

— Mais um.

Sua respiração saía aos arrancos, mas ela acrescentou um terceiro dedo e lentamente começou a mexê-los.

E lento não ia servir.

— Mais forte. Eu te comeria mais forte. — Porque era a verdade. Um dia, em breve, eu mostraria o quão forte.

Um leve rubor se espalhou por seu peito. Sim, Abigail gostava quando eu falava obscenidades. Gostava do obsceno, do rude e do dominador. Senti que eu mesmo ficava mais duro e me imaginei no lugar dos dedos dela. Meu pau entrando e saindo. Meu pau sendo o motivo dos gemidos.

Ela estava perto. Sua respiração ficou mais áspera e o rubor no peito escureceu. Seus lábios se abriram e se fecharam.

Curvei-me para mais perto.

— Agora.

Ela se deixou levar e, merda, não havia uma visão na terra tão linda quanto a de Abigail quando chegava ao clímax — a concentração de seu rosto, as linhas esticadas de seu corpo enquanto o orgasmo a tomava, o gemido suave que escapava dos lábios...

"Da próxima vez", prometi a meu pau teso. "Da próxima vez que ela gozar, você estará dentro dela."

Ela abriu os olhos e me olhou. Olhou para as minhas calças.

"Está vendo?", eu queria dizer. "Vê o que faz comigo?"

— Foi um orgasmo fácil, Abigail — eu disse enquanto seus olhos voltavam aos meus. — Não espere que isso aconteça com frequência. Tenho um compromisso já marcado para esta tarde e não estarei aqui para almoçar. Têm alguns bifes na geladeira, com que você me servirá às seis horas na sala de jantar.

Olhei seu corpo ainda ruborizado, agora coberto com uma leve camada de suor.

— Você precisa de um banho, já que não teve tempo esta manhã. E tem uns DVDs de ioga na academia. Faça uso deles. Pode sair.

Não quero me gabar, mas eu acabei com Jackson na quadra de raquetebol. Dou créditos à imensa frustração sexual.

— Merda — disse Jackson quando sentamos à mesa de nosso bar esportivo preferido. — O que deu em você?

— Abigail King.

— Abigail. — Ele refletiu enquanto olhava o cardápio.

— Para você, Abby. Ela deixa que eu a chame de Abigail, mas todo mundo a conhece como Abby.

Ele ergueu uma sobrancelha.

— Só uma coisinha entre nós. — Olhei o cardápio, querendo mudar de assunto. — Vai pedir o de sempre?

— Vou. Por que mudar o que é bom?

O gerente se aproximou para bater papo com Jackson. Às vezes era irritante ser parente de uma celebridade. Verifiquei o celular, rolando por alguns e-mails. Nada de urgente.

— E então — começou Jackson quando o gerente saiu com nossos pedidos —, me fale dessa Abby. Onde a conheceu?

— Ela trabalha na biblioteca pública, de Nova York.

— Uma bibliotecária? Não sabia que você fantasiava com bibliotecárias.

— Tem muita coisa que você não sabe a meu respeito.

Ele riu como se não acreditasse em mim.

— Vai levá-la à festa da mamãe?

— Se ela concordar. Quem você vai levar?

— Não consigo pensar em ninguém. Se encontrar alguém, me diga.

Como se eu conhecesse muitas mulheres disponíveis. Pensei na mulher com quem saí logo depois de Melanie — a submissa com a forte necessidade de dor. Não preciso dizer que teria sido uma relação de vida curta.

— Claro, Jackson. Pode deixar que eu te falo.

Depois do almoço, fui de carro para o escritório. Por algum motivo, eu não queria estar na casa. Queria que Abigail tivesse tempo para se acostumar à minha casa e pensei que ela teria uma oportunidade melhor se eu não estivesse lá.

Às seis, entrei na sala de jantar e encontrei Abigail esperando com um bife de dar água na boca no prato diante de minha cadeira.

— Sirva-se de um prato e junte-se a mim — convidei, cortando a carne. Era a primeira refeição de verdade que ela preparava para mim e não decepcionou: o bife estava suculento e macio.

Ela se juntou a mim, mas comemos em silêncio. Ela parecia imersa em pensamentos e isso me preocupava um pouco. Perguntei-me o que a havia deixado num humor tão contemplativo. Talvez ela pensasse em ir embora. Talvez já bastasse para ela. Talvez não quisesse, afinal, nada disso.

Só havia um jeito de descobrir.

— Venha comigo, Abigail — chamei depois que terminamos.

Saímos da sala de jantar, subimos a escada e chegamos à sala de jogos. Dei um passo para o lado e gesticulei para que ela entrasse primeiro.

Ela deu três passos para dentro e voltou-se para mim, boquiaberta — exatamente a reação que eu esperava.

— Você confia em mim, Abigail?

Ela olhou das algemas para mim.

— Eu... Eu...

Passei rapidamente por ela e abri uma delas.

— O que você achava que nosso acordo exigiria? Pensei que tivesse consciência de onde estava se metendo.

Eu não esperava que ela respondesse, é claro. Só queria deixar muito claro que não éramos amantes.

— Se quisermos progredir, você precisa confiar em mim. — *Confie em mim, Abigail. Por favor.* — Venha cá.

Ela hesitou mais uma vez e eu sabia que teria de fazer algo a respeito disso mais cedo ou mais tarde.

— Ou — continuei — pode ir embora e não voltar mais.

Ela se aproximou de mim. Não queria ir embora.

— Muito bem. Tire a roupa.

Seu corpo tremia enquanto ela tirava a blusa e o sutiã. Sem olhar para mim, ela deixou que os jeans e a calcinha deslizassem pelas pernas e pisou para longe deles.

Peguei seus braços e os acorrentei no alto da cabeça. Agi lentamente, querendo saborear cada minuto. Querendo que ela saboreasse cada minuto. Postei-me diante dela para abrir minha calça e ela observou tudo com olhos selvagens, repletos de excitação.

Não, eu ainda não queria que ela olhasse.

Voltei à mesa grande à minha direita e abri uma gaveta. Ali estava — um pesado cachecol preto. Isto cuidaria da parte de ela me olhar.

Estendi-o para que ela pudesse ver, para que soubesse o que eu pretendia.

— Seus outros sentidos serão intensificados quando eu a vendar.

Amarrei o cachecol em sua cabeça, cuidando para que os olhos estivessem cobertos. Sim, assim era melhor. Passei os olhos por seu corpo vulnerável. Ela agora estava inteiramente à minha mercê. Amarrada e esperando pelo que eu faria com ela.

Ah, Abigail, as coisas que quero fazer com você. As coisas que farei com você...

Voltei à mesa e peguei meu chicote preferido.

Com passos suaves, fui às costas de Abigail e rocei o cabelo de sua nuca. Ela deu um salto com meu toque. Perguntei-me quando ela pararia de se assustar sempre que eu tocasse nela.

— O que está sentindo, Abigail? — perguntei. — Seja sincera.

— Medo. Eu sinto medo.

É claro que ela sente medo. Que pessoa sensata não sentiria?

— É compreensível, mas inteiramente desnecessário. — Tentei tranquilizá-la. — Eu nunca a machucaria.

Fui à frente dela. Sua respiração era pesada; ela tentava ao máximo ouvir o que eu fazia. Mas ela ainda não confiava em mim.

Tracei um círculo com o chicote pelo bico de seu seio. Ela ofegou com a sensação.

— O que sente agora?

— Expectativa.

Muito melhor. Repeti o gesto.

— E se eu te disser que isto é um chicote de equitação, o que você sentiria?

Era um de meus brinquedos preferidos. Vou lhe mostrar o que posso fazer com ele. Como pode fazer você se sentir bem. Vou lhe mostrar os prazeres de meu mundo.

Ela respirou fundo.

— Medo.

Recuei o chicote e, com uma gentil torção do punho, fiz com que ele batesse depressa em seu peito. Algumas coisas se explicam melhor sem palavras.

Ela arquejou, mas não era um arquejar de dor. Mais parecia de surpresa.

— Está vendo? Não há o que temer. Eu não te machucaria. — Bati de leve nos joelhos. — Abra as pernas.

Desta vez, sem hesitar. Ela obedeceu de pronto.

Excelente. Examinei seu rosto — excitação, assombro e ansiedade.

Levei o chicote de seus joelhos a seu sexo molhado, sem jamais deixar que a ponta se afastasse da pele.

— Se eu te chicotear aqui... O que acha disso?

Sua testa se enrugou de confusão.

— Eu... Não sei.

Vou ajudar a descobrir.

Meu pulso girou, batendo o chicote contra sua carne inchada e pronta.

Um.

Ela puxou o ar novamente.

Dois.

Ela soltou a respiração com um gemido.

Três.

— E agora? — perguntei, embora eu não precisasse. Seu rosto era um livro aberto. Mas eu queria que ela soubesse que eu me importava com seus sentimentos, que eu sempre teria seus pensamentos e desejos em mente.

— Mais. Eu preciso de mais.

Tracei um novo círculo com o chicote por ela e então bati em seu clitóris. Ela não conseguiu reprimir a reação e gritou, retesando as correntes.

Sua reação me surpreendeu. Eu nunca teria imaginado que ela seria tão receptiva. O quanto ela desfrutava do que eu fazia. Como parecia ansiar por isso.

Eu queria mantê-la nas correntes a noite toda, para levá-la ao prazer vezes sem conta antes de deixar que ela desabasse. Mas lembrei a mim mesmo que ela era nova nisso, que ela podia questionar a própria reação pela manhã, e eu sabia que não devia pressionar demais.

— Você fica ótima acorrentada na minha frente, tentando sair de minhas correntes, na minha casa, gritando por meu chicote. — Passei o chicote de novo por seu seio. — Seu corpo está implorando por um alívio, não está?

— Sim — gemeu ela.

— E você o terá. — Bati o chicote mais uma vez no clitóris porque não consegui me conter. — Mas não esta noite.

Afastei-me e coloquei o chicote na mesa, peguei uma pomada na gaveta e coloquei no bolso. Ouvi as correntes chocalharem atrás de mim.

Alguém estava tão sexualmente frustrado quanto eu.

— Agora vou desacorrentá-la — falei, voltando a ela. — Você irá direto para a cama. Vai dormir nua e não vai se tocar em lugar nenhum. Haverá severas consequências se desobedecer. — Soltei as correntes e retirei o cachecol. —Entendeu?

Ela engoliu em seco.

— Sim, senhor — respondeu ela, e vi que tinha compreendido.

— Ótimo. — Tirei a pomada do bolso e a abri. Passei o unguento suavemente em um de seus pulsos, depois no outro. Não pensei que ela tivesse puxado com tanta força as correntes, mas era melhor pecar pelo excesso de cautela.

— Pronto — falei, depois de terminar. — Pode ir para o seu quarto.

Olhei sua figura nua e magra sair pela porta e entendi que eu estava acabado. Faria o que fosse preciso para que ela ficasse comigo.

Capítulo Cinco

Eu ia fazer uma coisa ruim.

E embora eu me odiasse por isso, sabia que ainda assim faria.

Eu daria a Abigail uma palavra de segurança falsa.

Levantei-me da cama e comecei a andar de um lado a outro. Era tão errado. Muito errado. Com minhas submissas anteriores, eu usava o sistema de palavras de segurança verde/amarelo/vermelho. A palavra de segurança para encerrar a relação que eu pretendia dar a Abigail era enganosa. E era errado. Tão errado que eu seria banido da comunidade se a palavra escapasse.

Mas como a palavra escaparia? Abigail não ia contar a ninguém.

E é claro que eu não ia contar a ninguém.

Nunca tive uma submissa que usasse a palavra de segurança. Disse a mim mesmo que podia ler os sinais de Abigail com facilidade, então nunca a pressionaria tanto. Eu a verificaria com frequência. Pensando assim, quem precisa de palavras de segurança?

Pessoas mentalmente sãs, seguras e consensuais.

Mas eu podia ser mentalmente são, seguro e consensual sem uma palavra de segurança. Sabia que podia. E Abigail pensaria duas vezes sobre usar a palavra de segurança se julgasse que teria de ir embora. Era a forma perfeita de garantir que ela ficasse comigo.

Sim, decidi, ficaríamos bem sem palavras de segurança. Era perfeitamente seguro.

Fui à mesa de cabeceira e abri a primeira gaveta. A caixa de couro olhou para mim e levantei a tampa. No dia seguinte, eu pretendia oferecer minha coleira a Abigail.

Esta seria outra infração às regras — eu nunca colocava uma coleira numa submissa antes de tomá-la. Nunca. O que exatamente eu estava fazendo ao oferecer minha coleira a Abigail sem tê-la primeiro?

Não podia responder a essa pergunta. Só sabia que faria isso.

Segurei a gargantilha na palma da mão e tentei imaginar como ficaria nela. Como seu pescoço delicado e longo ficaria com minha coleira. Ela a usaria a semana toda e, embora o mundo visse apenas um lindo colar, ela e eu saberíamos a verdade — que ela era minha. Eu a trataria como quisesse. Podia satisfazê-la como quisesse. Ela me satisfaria como eu quisesse.

Devolvi a coleira à caixa e fechei a gaveta. Dar uma coleira a uma submissa...

Já fazia mais de um ano que eu dera uma coleira a alguém. Minha relação com Beth terminou bem antes de eu decidir namorar Melanie. Beth queria mais e eu não. No fim, decidimos tomar rumos separados. Pouco depois de ela partir, Melanie telefonou e eu pensei, por que não tentar ter uma relação normal?

Como se alguma coisa com Melanie pudesse ser chamada de normal. Mas, por uma estranha guinada do destino, Melanie decidiu que queria ser dominada. Ou pelo menos pensou que quisesse.

"Me amarre, Nathaniel."

"Me espanque, Nathaniel."

Nossa relação estava condenada desde o primeiro telefonema. Melanie era tão submissa quanto eu.

Colocar uma coleira em alguém era importante para mim. Sempre fui monógamo quando tinha uma submissa na coleira. Monógamo pelo tempo que a relação durasse. Nunca dividi minhas submissas de coleira com outros dons e minhas subs nunca tiveram de se preocupar que eu brincasse com outras.

Suspirei e me sentei na cama, peguei o volume encadernado em couro de *A inquilina de Wildfell Hall* de Anne Brontë e o folheei. Meus olhos caíram numa passagem ao acaso:

> *Meu material de pintura estava reunido na mesa do canto, pronto para meu uso no dia seguinte, coberto tão somente por um tecido. Ele logo os espiou e, baixando a vela, deliberadamente lançou-os ao fogo: paleta, tintas, balões, lápis, pincéis, verniz: eu os via a todos consumidos: as espátulas partidas em duas, o óleo e a terebintina sibilando e rugindo chaminé acima. Ele então tocou a campainha.*

Como Helen deve ter sentido quando Arthur queimou seu material de pintura. Como eu me sentiria se Abigail fosse embora.

Terebintina.

Terebintina no fogo.

Eu os vi sendo consumidos.

Por mais absurdo que fosse, era a palavra de segurança perfeita.

Eu estava bem acordado às cinco e meia da manhã seguinte e, depois de um banho rápido, fui à cozinha para preparar o desjejum. Abigail tinha uma decisão importante a tomar e eu faria o que pudesse para facilitar sua escolha.

Às seis e meia, ouvi seus passos no segundo andar. Sem dúvida se perguntava o que eu estaria aprontando.

Ah, Abigail, se soubesse o que planejei...

Eu provavelmente devia ter dito a ela na noite anterior que faria o café esta manhã, mas estive pensando em outras coisas, e o desjejum não era uma delas.

Coloquei dois pratos na mesa da cozinha, porque eu queria que Abigail falasse livremente. Eu tinha certeza de que ouviria perguntas. Perguntas sobre o beijo, por que eu não fiz sexo com ela, quais eram meus pensamentos e minhas expectativas.

Às sete horas, ela entrou apressada na cozinha e me encontrou sentado à mesa.

Hoje é o dia, Abigail. Hoje você se tornará minha.

— Bom dia, Abigail. — Gesticulei para a cadeira à minha frente. — Dormiu bem?

Abigail tinha olheiras. Ela não dormiu nada bem, mas me olhou firme nos olhos — ela obedeceu a minha última ordem.

— Não. Não mesmo.

— Vá em frente e coma.

Ela olhou os pratos na mesa e depois para mim com uma sobrancelha erguida.

— Você dorme?

— De vez em quando.

Observei-a comer, desfrutando do movimento de seu maxilar e da cara de prazer quando ela deu uma dentada no muffin.

"Fale comigo", eu queria dizer. "Faça-me perguntas."

Mas, se eu pedisse a ela para falar, será que ela me acharia controlador? Ela falaria só porque eu era um dominador e lhe pedira para falar?

Quem poderia saber? Eu tinha de experimentar uma tática diferente.

— Tive um ótimo fim de semana, Abigail. Gostaria de continuar nossa relação.

Ela engasgou.

— Gostaria?

Por que ela achou minhas palavras surpreendentes? Como poderia ela não saber o quanto me agradava?

— Estou muito satisfeito com você. Tem um comportamento interessante e disposição para aprender.

— Obrigada, senhor.

Voltei ao dia de ontem, ela esparramada em minha cama. Nua, ruborizada e ofegante.

Depois que estivesse com a minha coleira...

Pare com isso!

Primeiro, precisa perguntar a ela.

— Você tem uma decisão importante a tomar hoje — anunciei. — Podemos discutir os detalhes depois do café e de seu banho. Tenho certeza de que tem algumas perguntas para mim.

— Posso fazer uma pergunta, senhor?

Eu não disse a ela para me fazer perguntas?

— Claro que sim — garanti-lhe de novo. — Esta é a sua mesa.

— Como soube que não tomei banho ontem de manhã ou esta manhã? O senhor mora aqui a semana toda, ou tem uma casa em Nova York? Como...?

— Uma pergunta de cada vez, Abigail — interrompi e depois ri. Ela *sabe* falar. — Sou um homem extraordinariamente observador. Seu cabelo não parecia ter sido lavado ontem. Imaginei que não tomou banho esta manhã porque correu para cá como se estivesse sendo perseguida por um demônio. Eu passo os fins de semana aqui e tenho uma casa em Nova York.

— O senhor não perguntou se segui suas instruções ontem à noite.

É verdade. Provavelmente deveria ter perguntado, embora eu soubesse que ela as seguiu.

— Você seguiu?

— Sim.

Tomei um gole do café.

— Acredito em você.

— Por quê?

— Porque você não consegue mentir. Seu rosto é um livro aberto. — Mas ela já devia saber disso. — Nunca jogue pôquer, você perderia.

— Posso fazer outra pergunta?

Quantas você quiser.

— Ainda estou à mesa.

— Fale de sua família.

Sério?, eu queria perguntar. *De todas as perguntas que pode fazer, você quer que eu fale de minha família?* Mas era o que ela queria, então falei um pouco de meus pais, da morte deles, de minha tia Linda. Abigail mencionou a amiga que estaria interessada em Jackson e isso me pegou de guarda baixa. Eu supunha que ela tinha lido toda a papelada e compreendido que não devia discutir nosso acordo com ninguém, mesmo com um familiar ou amigos íntimos.

— O quanto de mim você contou à sua amiga? Acredito que os papéis de Godwin foram muito claros com relação a minha exigência de confidencialidade.

— Não se trata disso. — Suas palavras saíram em um jorro. — Felicia é minha ligação de segurança. Tenho de contar a ela. Mas ela entende: não contaria nada a ninguém. Confia em mim. Eu a conheço desde o ensino fundamental.

— Sua ligação de segurança? — Isso explicava o fato de a amiga saber. — Esse é o estilo de vida dela também?

— É bem o contrário, na verdade, mas ela sabe que eu viria para cá este fim de semana, então concordou em fazer isso para mim.

Pensei no tipo de amiga que Felicia devia ser para apoiar Abigail, embora ela não concordasse com sua decisão.

— Jackson não sabe de meu estilo de vida e, sim, ele é solteiro. Tenho uma tendência a ser meio superprotetor. Ele já tem de lidar com sua parcela de interesseiras.

Quando ela terminou de me falar de Felicia, decidi que passaria seu nome e o telefone a Jackson. Ele perguntou se eu conhecia alguém e parecia que a amiga de Abigail podia se entender bem com ele.

Eu não queria discutir Jackson ou Felicia, porém. Queria que a conversa voltasse a nós.

— Voltando ao que eu estava dizendo, quero que use minha coleira, Abigail. Por favor, pense nisso enquanto estiver no banho. Encontre-me em meu quarto daqui a uma hora e vamos discutir melhor este assunto.

Depois que ela saiu da cozinha, lavei os pratos e fui me preparar em meu quarto. Quando ouvi Abigail no banho, estendi um roupão com um sutiã e uma calcinha da mesma cor em sua cama.

Ela entrou no quarto bem na hora. A cor prateada trazia uma beleza pálida a sua pele, tornando-a luminosa. Seu cabelo escuro caía suavemente pelos ombros e os olhos percorreram o quarto.

Ela estava nervosa de novo.

— Sente-se — falei, e ela se sentou no banco estofado como uma princesa majestosa.

Tirei a coleira da caixa e lhe mostrei.

— Se decidir usar isto, estará marcada como minha. — Estendi a coleira, querendo que ela visse. — Minha para fazer o que eu quiser. Obedecerá a mim e jamais questionará o que eu ordenar. Seus fins de semana são meus para que eu os ocupe como desejar. Seu corpo é meu para que use como quiser. Nunca serei cruel nem causarei danos permanentes, mas não sou um mestre fácil, Abigail. Vou lhe fazer coisas que nunca pensou serem possíveis, mas também posso lhe dar um prazer que jamais imaginou.

"Eu quero você", eu dizia. "E quero ser seu."

— Você entendeu?

— Entendi, senhor.

Embora eu soubesse que ela não entendera, não inteiramente, a excitação começou a martelar por minhas veias. Só falta mais uma pergunta...

— Vai usar isto?

Ela assentiu novamente.

Mas que merda, sim. Ela a queria.

Fui a suas costas, sem querer que ela visse o quanto sua resposta me deixava excitado. Ela era minha. Concordara em ser minha submissa. Fechei a coleira em seu pescoço e tirei o cabelo do caminho.

Merda, ela ficava linda com minha coleira.

Minha coleira.

Eu queria contorná-la e esmagar minha boca na dela, dizer o quanto ela me agradava, mas de novo não confiava em mim mesmo para olhá-la nos olhos — e eu tinha criado a regra do beijo.

—Parece uma rainha — elogiei, empurrando o roupão de seus ombros.

Droga, ela era boa. Sua pele era de uma suavidade de seda, ainda meio úmida do banho.

— E agora você é minha. — Querendo provar minhas palavras, passei as mãos por dentro de seu sutiã e coloquei a palma em seus seios, satisfeito com o modo como os mamilos endureceram. — Eles são meus.

Minhas mãos continuaram, deslizando pelo lado do corpo.

— Meu — decretei, porque todo o corpo dela era meu. O mais puro desejo me tomou e me curvei para lhe beijar o pescoço e saborear seu gosto.

Eu a mordi. Ela gemeu e tremeu sob meu toque.

— Meu — repeti. *Nunca se esqueça disto.*

Meus dedos chegaram a seu destino e empurrei de lado o fino tecido de cetim da calcinha.

— E isto? — Meti o dedo dentro dela. — Todo meu.

Ora essa, sim, isto era meu.

Ela estava apertada e molhada e ficava ainda melhor em volta de meu dedo do que eu esperava. Meu pau endureceu e coloquei outro dedo dentro dela. Apertada e quente. Movi o dedo mais fundo — o máximo que pude. Ela gemeu e jogou a cabeça para trás.

Isso, Abigail. Sinta o que posso fazer com você.

Continuei esfregando até que senti que ela começava a se apertar em volta de mim; então, tirei.

— Até seus orgasmos são meus. — Melhor que ela entendesse isso o quanto antes.

Ela gemeu de frustração.

— Logo — sussurrei. — Muito em breve. Eu prometo.

Ela estendeu a mão e tocou a gargantilha.

— Fica muito bem você. — Virei-me e peguei um travesseiro na cama. Será que ela me pediria para parar na próxima parte, ou aceitaria? — Sua palavra de segurança é *terebintina*. Diga-a e tudo termina imediatamente. Você tira a coleira, vai embora e nunca mais volta. Caso contrário, virá para cá toda sexta-feira. Às vezes chegará às seis horas e jantaremos na cozinha. Em outras, chegará às oito e irá direto para meu quarto. Minhas ordens para o sono, a comida e os exercícios permanecem. Entendeu?

Prendi a respiração.

Ela assentiu.

— Que bom. Costumo ser convidado para eventos sociais. Você irá comigo. Tenho um compromisso desses na noite do sábado que vem... Uma festa beneficente para uma organização de caridade de minha tia. Se você não tiver um vestido de gala, providenciarei para você. Está tudo claro? Se tiver alguma pergunta, faça. — Ou me diga como sou louco quanto a essa palavra de segurança.

Ela mordeu o lábio.

— Não tenho perguntas.

Hmmmm. Seu lábio. Curvei-me para mais perto.

— *Não tenho perguntas...*

Diga. Deixe-me ouvi-la dizer isso.

Mas ela não sabia do que eu falava.

— Diga, Abigail — sussurrei a ela. — Você conquistou o direito.

Ela se curvou ao compreender.

— Não tenho perguntas, mestre.

— Sim. Muito bem. — Meu membro estava insuportavelmente duro e apertava de maneira desagradável minha calça. Eu a desabotoei. — Agora venha me mostrar como está feliz por usar minha coleira.

Ela deslizou do banco e se ajoelhou diante de mim no travesseiro. Sua língua disparou para fora e passou em volta dos lábios.

Droga, ela queria isso tanto quanto eu.

Com um som que era uma mistura de suspiro e gemido, ela se curvou para a frente para me pegar na boca. Coloquei as mãos em sua cabeça para me firmar enquanto ela me tomava mais fundo.

— Tudo, Abigail. Pegue tudo de mim. — E eu sabia que não seria difícil para ela tomar mais do que meu pau em sua boca. Só ela teria o poder de tomar meu corpo e minha alma.

Mas não consegui pensar nisso. Só me concentrava na sensação de sua boca enquanto ela me engolfava. Estendi a mão para sua nuca e comecei a entrar e sair.

— Gosta assim? — perguntei. — Gosta que eu foda sua boquinha quente?

Ela soltou um gemido abafado do fundo da garganta, provocando vibrações que se espalharam por meu corpo. Segurei seu cabelo com mais força.

Ela me chupou mais forte e olhei para baixo, vendo meu pau entrar e sair de sua boca. Seus olhos estavam baixos e tremi ao ver que me tomava todo. Movia os lábios para que os dentes passassem pelo membro.

Ela se lembrou.

— Droga, Abigail.

Tentei reter a sensação crescente em meu saco, fechando os olhos para bloquear a visão de sua boca em mim. Mas a imagem ardia em minha memória e era inútil negar o que ela fazia comigo.

— Vou gozar — anunciei, com meu pau dando estocadas em sua boca. — Não posso...

Meti mais uma vez e me mantive ali fundo dentro dela enquanto gozava em sua boca. Ela engoliu, movendo a garganta pela cabeça do pau, e eu sibilei entre os dentes de prazer.

Quando ela terminou, me afastei e vesti a calça.

— Pode vestir suas roupas.

Ela se levantou, com o rosto vermelho de excitação.

"Eu sei", eu queria dizer. "Eu sinto o mesmo."

Ela foi embora naquela tarde depois que a instruí a voltar na noite de sexta-feira, às seis horas. Fiz o que pude para conter minha excitação quando falei com ela sobre o fim de semana seguinte. Afinal, ela não sabia o que eu planejava. Só eu sabia o quanto a semana se estenderia ao esperar com impaciência para enfim reivindicar seu corpo.

Indaguei-lhe se tinha alguma dúvida antes de sair e ela perguntou, se não fosse muito incômodo para mim, se eu podia lhe providenciar um vestido na semana seguinte. A mulher de meu amigo de infância, Todd Welling, Elaina, era estilista, e eu sabia que ela teria algo perfeito.

— Claro. Terei alguma coisa aqui para você vestir no sábado. Eu tenho suas medidas, de sua inscrição.

— Obrigada, mestre.

— Não é nada. E se tiver alguma preocupação ou perguntas para mim esta semana, fique à vontade para ligar para meu celular.

Eu realmente esperava que ela telefonasse, mas sabia que provavelmente não o faria.

Me ligue, Abigail. Eu quero que ligue.

Capítulo Seis

— Elaina — falei quando telefonei na segunda-feira. — Minha acompanhante precisa de um vestido para a festa beneficente de sábado... Pode trazer alguma coisa?

— Você tem acompanhante? — perguntou ela. — Jura?

Olhei feio para o celular e desisti. Não era como se ela pudesse ver, de toda forma.

— Decidi não tomar isso como um insulto – retorqui.

— Só não sabia que você estava namorando alguém desde que você e Melanie terminaram. Além do mais, normalmente você aparece nessas coisas sozinho.

Ela tinha razão. Eu não podia contestar isso. Mas normalmente eu não teria Abigail como minha submissa na coleira. Eu não costumava levar submissas comigo a eventos da família, mesmo quando elas usavam minha coleira. Paige e Beth foram as únicas que apresentei a minha família.

— Bom, pegue seu queixo no chão e ache um vestido — recomendei —, porque eu tenho uma acompanhante.

— Já não era sem tempo.

Quase desliguei. Isso não ia valer a pena. Mas Abigail tinha pedido um vestido e ela teria um vestido, mesmo que eu tivesse de suportar alguns comentários nada divertidos. Eu sabia que Elaina me queria bem. Ela só adorava implicar comigo.

— O vestido — lembrei a ela.

— Tudo bem. Tá legal — disse ela, e ouvi papéis farfalhando ao fundo. — O que ela quer?

"Ela quer o que eu der", eu queria dizer. Mas não disse. Elaina não tinha a menor ideia dos maiores detalhes de minha vida.

— Algo sensual, mas não revelador demais. Um sensual sofisticado.

— Ah, Nathaniel, diga de novo.

— Dizer o quê?

— Sensual. Quero ouvir você dizer *sensual*.

— Cale a boca. Tem alguma coisa ou não?

— Que tamanho?

— Tamanho 38.

— Espere aí.

Ouvi mais farfalhar. Ela agora andava pelo escritório, provavelmente mexendo em tecidos, vestidos ou o que fosse.

— Tenho exatamente o que precisa — declarou ela por fim. — Preto.

— Prata. — Pensei no roupão de cetim. — Prata combina mais com a pele dela.

— Ela pediu prata, ou meu amigo diretor-executivo workaholic realmente notou que cor fica melhor no tom de pele de uma mulher?

Bati a caneta na mesa.

— Tudo bem, você me pegou. Sou um diretor-executivo workaholic que finalmente descobriu que cor pode ficar melhor no tom de pele de uma mulher. — Suspirei. — Tem prata ou não?

— Desculpe. Só preto. Mas juro que, se se não estivesse tão em cima da hora, eu faria um vestido prata para sua acompanhante com seu lindo tom de pele.

— Obrigado, Elaina. — Perguntei-me com que rapidez esta notícia se espalharia. Eu tinha certeza de que Elaina ligaria para Todd assim que desligássemos.

— Ela precisa de sapatos para combinar? — perguntou Elaina.

— Seria ótimo. Sapatos tamanho 36.

Mais farfalhar.

— Saltos altos pretos tamanho 36, prontinho.

— Obrigado, Elaina.

— Quando vou conhecê-la? — perguntou ela.

— No sábado à noite, junto com todos os outros.

Conversamos mais um pouco sobre o fim de semana seguinte e o trabalho de Todd. Quando terminamos, tentei me concentrar no relatório à minha frente e rapidamente desisti. Eu não ia conseguir fazer nada — melhor que admitisse isso de uma vez.

Liguei para meu primo.

— Jackson. Vamos almoçar.

— Hoje?

— Sim. — Olhei o relógio: eram só onze da manhã. — Pode me encontrar no Delphina's daqui a uma hora?

— Claro. Estarei lá.

Escolhi o Delphina's porque era o meu preferido e não era um bar esportivo. Por mais que eu amasse Jackson, às vezes era bom comer em um lugar que não tivesse jogos berrando de dez televisores diferentes.

— Oi — disse ele, sentando-se à mesa uma hora depois. — Tudo bem?

— O de sempre. A economia vai para o ralo. Meus funcionários estão preocupados, tenho uma acompanhante para a festa...

— Você ter uma acompanhante para a festa não é o de sempre. — Ele pegou o cardápio e o olhou. — Só tem comida de fresco nesse lugar?

— Alguns de nós gostam de comida de fresco — retruquei. — Uma salada de vez em quando não vai te matar.

— Ah, sim, vai, sim. — Ele virou o cardápio. — Ah, que bom, tem carne vermelha.

O garçom veio pegar nossos pedidos, mas, antes que pudéssemos voltar a conversar, meu telefone tocou.

Desliguei o toque e suspirei. Este parceiro de negócios podia esperar. Não estava com humor para lidar com Wall Street naquele momento.

— Não me importo se precisar atender — avisou Jackson ao ver minha testa franzida.

— Não vou estragar o almoço discutindo o movimento descendente do mercado de ações.

— Economia é um porre mesmo, né?

— Nem todos ganham milhões de dólares por ano, sabia?

— Não faça com que me sinta mal — avisou ele. — Você ganha tanto quanto eu. Talvez até mais.

— Não este ano.

— O quê?

— Não estou retirando o salário deste ano. — Dei de ombros. — Mas, afinal, nem preciso ser pago. E meu salário anual garantirá que não falte nada a meus funcionários.

Ele me olhou com incredulidade.

— Caramba, está falando sério.

— Sim, estou.

— Seus funcionários sabem o que você está fazendo?

O garçom voltou com nossas bebidas e tomei um gole de água.

— Não — respondi. — Mas tenho certeza de que verão isso quando sair o relatório anual.

— Sua empresa corre perigo?

— Não. De maneira alguma. Na verdade estamos nos saindo melhor do que a maioria. É só precaução.

— Sr. Preparado, este é você. — Ele riu e olhou para mim. — E aí, Felicia?

— Sim?

Um sorriso se abriu em seu rosto.

— Eu sei que é cedo, mas obrigado. Ela parecia um sonho por telefone.

— Ligou para ela? — perguntei.

— Ontem à noite. Convidei-a para sair comigo este fim de semana.

— Abigail disse que ela é ruiva e professora de jardim de infância.

— O que mais se pode querer de uma mulher?

— Que bom que pude ajudar.

Ele se recostou na cadeira.

— Me fale de sua Abby.

"A sua Abby", ele a chamou assim.

A minha Abby.

Dei um pigarro.

— É uma mulher inteligente e bonita que sabe fazer um bife de matar.

— Ela já cozinhou para você? — Jackson me olhou com uma expressão curiosa. — Sério?

E chupou meu pau duas vezes. Sério.

Meu pênis se contorceu só de pensar nisso e me mexi na cadeira.

— Tão sério como pode ser depois de um fim de semana.

O garçom trouxe minha salada de frango grelhado e o hambúrguer de Jackson. Pus o guardanapo no colo e olhei para Jackson. Ele me encarava com um olhar estranho.

— Mas que porra, cara.

— Algum problema com o hambúrguer? — Parecia bom de onde eu estava sentado, mas nunca se sabe.

— Cara — disse ele simplesmente, como se soubesse de algo que eu deveria saber.

— Que foi?

Ele me olhou de novo, depois meneou a cabeça.

— Deixa pra lá.

Franzi a testa e comecei a comer. Jackson normalmente não fica esquisito comigo. Talvez ele tenha batido a cabeça demais no jogo do dia anterior.

Na tarde de quinta-feira, saí do trabalho mais cedo do que o normal e disse a Sara ao sair que não me esperasse na sexta. Ela ficou um pouco perplexa, mas se recuperou rapidamente e assentiu.

Passei parte da manhã de sexta-feira andando por meu terreno com Apollo, tentando decidir o que ia plantar na primavera seguinte. Era tarde demais para plantar tulipas, mas meu jardineiro sugeriu lilases. Fiquei hesitante, com medo de que a flor de aparência exótica não combinasse com minhas plantas discretas. Na caminhada, porém, minha energia aumentou ao pensar na noite. Discreto era chato. Meu jardim precisava de mais exotismo. Assim como colocar a coleira em Abigail tinha trazido o exótico a minha vida.

Ela não me ligou e, por mais que eu quisesse ver como estava, aguentei. Não queria sobrecarregá-la, queria lhe dar tempo para reconsiderar.

Ouvi um carro parar na entrada circular lá pelas duas da tarde e fui até a frente da casa. Todd e Elaina deviam ter chegado. Apollo ficou atrás de mim.

— Nathaniel — disse Elaina, correndo para me abraçar. — Como está?

— Bem, Elaina — respondi. — Obrigado.

Todd estendeu uma sacola de roupa e uma caixa de sapatos.

— Nathaniel — cumprimentou ele, sorrindo.

— Oi, Todd. — Peguei a sacola e caixa. — Imagino que seja para mim.

— Claro, cara — afirmou ele. — Prata é a sua cor.

Merda. Elaina contou a ele.

— Soube que faz maravilhas por seu tom de pele — prosseguiu ele.

Elaina lhe deu um soco no braço.

— Comporte-se.

— Vamos entrar — convidei, entrando primeiro, ignorando o comentário do tom de pele.

Pendurei a sacola no armário de casacos. Levaria para o quarto de Abigail mais tarde. Entramos na cozinha e nos sentamos à mesa. Tentei tirar de minha mente que dali a algumas horas Abigail e eu estaríamos sentados ali. E que logo depois disso, íamos subir e...

— E então — falou Elaina, interrompendo meus pensamentos. — O que está fazendo em casa hoje?

Levantei-me e servi para nós um copo de chá.

— Estou tirando o dia de folga.

— Você não tira dias de folga — contestou Todd.

— Claro que tiro. — Baixei os copos. — Tirei a véspera de Ano-Novo. Tirei o Natal. — Franzi a testa como se pensasse profundamente. — E tenho certeza de que tirei o Dia de Ação de Graças. O dia seguinte também, agora que estou pensando nisso.

Pus a garrafa de chá na geladeira.

— Você sabe o que eu quis dizer — protestou Todd.

Dei de ombros.

— Eu só quis tirar o dia de folga. Ficar com Apollo, sabe?

Todd e Elaina trocaram um olhar. Droga. Era o mesmo olhar que Jackson tinha me lançado no início da semana. Eles combinaram?

— Que foi? — perguntei.

— Nada — declarou Todd. Ele piscou para Elaina. — O golfe ainda está de pé amanhã?

Antes de dar a coleira a Abigail, eu concordara em jogar golfe com Jackson e Todd neste fim de semana. Não tinha como sair bem dessa.

— Claro. Golfe amanhã.

Quem pode saber do amanhã? Quem pode pensar além desta noite?

Faltava muito para as seis? Olhei o relógio. Faltava demais.

— Está tudo bem? — perguntou Elaina. — Você está distraído.

"É claro que estou distraído", eu queria gritar. Quem não estaria distraído?

Em vez disso, sentei-me e tomei um gole do chá. Eu estava calmo. Podia ficar calmo.

— De jeito nenhum — neguei. — O que lhe deu essa impressão? Acho que eles não acreditaram em mim.

Abri a porta quando ouvi o serviço de carro na entrada. Os olhos de Abigail dispararam para a porta da frente assim que ela saiu do carro, e ela me abriu um sorriso tímido.

— Abigail — eu disse. — É um prazer vê-la esta noite.

— Obrigada.

Ela estava nervosa. Eu sabia pelo modo como seu olhar adejava por tudo. Entretanto, nas poucas vezes em que ela olhava para meu lado, seus olhos ficavam escuros de anseio e desejo. Talvez sua semana tivesse sido igual à minha. Eu sabia, sem precisar perguntar, que ela seguira a ordem que lhe dera antes de ir embora no último fim de semana — ela não se tocou a semana toda.

Levei-a à cozinha e nos sentamos para comer o linguini com molho de mexilhão que preparei depois que Elaina e Todd foram embora. Cozinhar me acalmava.

— Como foi sua semana? — perguntei depois que começamos a comer.

Um sorriso brincou no canto de sua boca.

— Longa. Como foi a sua?

Eu não podia dizer a ela que foi o mesmo para mim. Que passei tempo demais planejando a noite, imaginando-a. Fazer isso seria me entregar demais. Assim, limitei-me a dar de ombros, fingindo frieza. Ela precisava que eu estivesse no controle.

Continuamos a comer.

— Apollo matou um esquilo — falei.

Ela ficou um tanto perplexa e seu rosto assumiu o mais leve tom de rosa. Ela não esperava por isso, que eu tivesse uma conversa normal. Isso a deixou ainda mais carente, ainda mais estimulada. Jogar com Abigail seria um completo prazer. Eu saborearia cada segundo.

O sexo não começava na cama. O sexo começava quando você se mexia, quando falava. Era sussurrado, transmitido com um olhar sutil.

— A mulher do meu amigo Todd, Elaina, trouxe um vestido mais cedo — comentei, porque não teríamos outra oportunidade de falar sobre a festa depois do jantar. — Eles estão ansiosos para conhecer você.

— Seus amigos? Todo mundo sabe sobre nós? — Sua voz era ansiosa.

Torci a massa sem pressa nenhuma. "*Estou no controle disto, Abigail. Confie em mim.*" Comi uma garfada antes de responder.

— Eles sabem que você é minha acompanhante. Não sabem de nosso acordo.

Recostei-me e a observei comer. Ela cortava compulsivamente a massa e dava várias dentadas pequenas. A certa altura levantou a cabeça, viu-me olhando e voltou a examinar a massa.

Mais alguns segundos e eu a teria exatamente onde queria.

Ela de repente baixou o garfo.

— Então, pretende me tocar neste fim de semana ou não? — disparou ela.

Sim.

— Faça perguntas de uma maneira mais respeitosa, Abigail. Só porque esta é a sua mesa não significa que você pode falar comigo como bem entender.

Seu olhar caiu à mesa.

— O senhor tocará em mim neste fim de semana, mestre?

— Olhe para mim — ordenei, porque queria ver seus olhos.

Sua expressão era de conflito — ela sabia que tinha cometido um erro — mas desta vez eu deixaria passar. E já que ela perguntou...

— Pretendo fazer mais do que tocar em você. Pretendo te foder. Com força e repetidamente.

Seus lábios se separaram e seus olhos se arregalaram de excitação, esquecendo-se do jantar.

Sim...

Levantei-me da mesa.

— Podemos começar? Quero você nua na minha cama em 15 minutos.

Capítulo Sete

A hora havia chegado.

Demorei-me ao subir a escada, querendo prolongar o momento. Deixei Apollo na frente da porta e entrei no quarto iluminado por velas. Abigail esperava por mim na cama. Nua, como eu ordenara.

Percebi no início da semana que eu não seria capaz de tê-la pela primeira vez sem cobrir seus olhos. Seria demais — eu entregaria alguma coisa. Nem queria que ela tocasse em mim. Novamente, seria íntimo demais. Eu precisava primeiro tê-la amarrada, para permitir a mim mesmo me acostumar com seu corpo. Haveria tempo depois para ela tocar em mim. Para me olhar.

Seus olhos me acompanharam enquanto eu me aproximava da cama e eu sabia que tinha tomado a decisão certa. Fui à beira da cama e levantei uma algema. Seus olhos ficaram arregalados e, por um segundo, pareceu que ela ia se virar e sair do quarto.

Algo dentro dela disse que era um erro, que ela não devia permitir que eu fizesse isto. Mas a maior parte dela sabia o que queria e ela deixou que este lado vencesse.

— Eu não ia fazer isso esta noite — falei enquanto a atava à guarda da cama, pernas e braços abertos —, mas estou vendo que você ainda não entendeu completamente. Você é minha e vai agir e se comportar como eu desejar. Da próxima vez que falar comigo de forma desrespeitosa, vou castigá-la. Concorde com a cabeça se você entendeu.

Parecia um motivo tão bom para vendá-la e amarrá-la quanto qualquer outro e eu realmente falei sério sobre a parte do castigo. Eu a deixara cometer deslizes demais até agora.

Ela assentiu, concordando, e um leve sorriso cruzou seu rosto.

— Minha última submissa podia me fazer gozar três vezes por noite. — Eu queria que Abigail a superasse. — Eu quero que você tente quatro. E quero que fique totalmente à minha mercê.

Tirei um cachecol preto do bolso e de novo a luta íntima era intensa por trás de seus olhos castanhos.

Confie em mim.

Cobri seus olhos e recuei.

Ela permitiu que eu, um estranho quase completo, a amarrasse e a vendasse. Oferecia-se a mim da forma mais íntima possível. Ela confiava em mim.

Eu não merecia esta confiança.

Meus olhos percorreram seu corpo nu. Eu queria que fosse bom para ela, queria dar o que ela desejava. O que ela procurava.

Abri o zíper e minha ereção se libertou. Droga, eu estava tão duro que doía.

Subi na cama e me sentei ao lado dela. Agora ela era minha para eu tocar. Nós dois estávamos prontos. Enfim. Coloquei as mãos em seus ombros, notando como seu coração batia. Acelerado.

Exatamente como o meu.

Passei a ponta dos dedos pelos lados de seu corpo, correndo pelo contorno de seus seios, levando as mãos a se unirem na barriga. Muito melhor do que na semana passada. Limitara-me então por ela estar sentada com o roupão, mas agora... Agora ela estava nua e esparramada diante de mim.

Deixei que um dedo roçasse sua vagina — ela já estava molhada.

— Quanto tempo faz, Abigail? — Há quanto tempo outro homem reivindicou o que agora era meu? — Responda.

Levei meus dedos aos lábios e provei seu gosto.

Tão doce. Eu queria enterrar o rosto entre suas pernas e sentir seu sabor inteiramente — e o teria feito, mas meu membro tinha outros planos.

— Três anos.

Três anos?

Merda, não admirava que ela estivesse tão apertada. Passei um dedo por dentro dela de novo e me curvei, para sussurrar.

— Você ainda não está pronta. Precisa estar pronta, ou eu não conseguirei trepar com você com a força que quero.

Respirei fundo e me baixei sobre ela, permitindo-me provar seu pescoço. A pele era macia em minha boca. Afastei os lábios e mordisquei a clavícula. A luz das velas cintilou nos diamantes de sua coleira e eu a tirei do caminho para girar a língua pela cavidade de seu pescoço. Fui devagar, vendo a subida e a descida constantes de seu peito, como os seios se empinavam, os mamilos duros. Beijei o caminho até um seio, contornando o mamilo.

Ah, meu Deus. O gosto desta mulher.

Chupei seu seio, sugando-o em minha boca, desfrutando de como Abigail me preenchia.

Hmmmm.

Lambi o mamilo, passei a língua por ele. Seus quadris se mexeram na cama e ela gemeu. Dei um leve puxão com os dentes, passei ao outro lado e chupei o outro peito. Puxei-a mais fundo na boca, mordi com mais força.

Ela se contorcia contra mim. Desesperada.

Dei-lhe um pouco daquilo que ela tanto queria. Arrastando meus dedos por seu corpo antes de mergulhá-los dentro dela. Sorri comigo mesmo quando ela ergueu os quadris novamente. Ela estava pronta. Enfim.

Despreguei-me de seu peito e montei nela, movendo seu corpo para cima para que meu pau passasse entre seus seios, bem onde seu coração pulsava.

— Acha que está pronta, Abigail? Porque estou cansado de esperar. Você está pronta? Responda!

— Sim, mestre. Por favor. Sim.

Empurrei meu pau em seus lábios, querendo que ela o sentisse.

— Beije meu pau. Beije-o antes de ele foder você.

Seus lábios se aproximaram e gentilmente roçaram em mim, mas enquanto eu observava, sua língua saiu e ela me lambeu.

Quase gozei em sua cara.

Merda.

Ela não podia se safar fazendo coisas assim, me desobedecendo. Dei um leve tapa em seu rosto.

— Não te mandei fazer isso.

Deslizei por seu corpo até o vértice das pernas. Com uma das mãos, ergui os quadris e, com a outra, coloquei-me na entrada de Abigail.

Respirei fundo.

Abigail prendeu a respiração.

Muito lentamente, empurrei-me para dentro dela. Ela estava apertada, molhada e quente e parecia melhor do que qualquer mulher. Arremeti mais para dentro, querendo fechar os olhos para desfrutar da sensação e ao mesmo tempo querendo mantê-los abertos para ver enquanto finalmente eu comia Abigail King.

Apertada. Ela era tão apertada.

Merda.

O ângulo estava errado. Eu não ia caber daquele jeito.

— Droga. — Eu balançava de um lado a outro, deslizando um pouco mais para dentro, mas não era o bastante. — Mexa-se comigo.

Ela ergueu os quadris e, sim, era isso. Entrei mais fundo.

Olhei para baixo — e estava quase todo dentro dela. Fechei os olhos e dei uma estocada. Um gemido rasgou minha garganta quando entrei inteiramente. Fiquei parado por um momento, desfrutando da sensação dela, tentando gravar na memória a sensação de Abigail quente e molhada em volta de mim. Olhei para baixo, vi nossos corpos unidos e deixei que meus olhos apreendessem a visão de Abigail amarrada a minha cama.

Melhor do que qualquer fantasia que eu já tenha tido.

Só que, eu disse a mim mesmo, aquilo estava acontecendo de verdade. Tirei e olhei meu pau deslizar para dentro dela. Ela ergueu os quadris embaixo de mim. Faminta. Carente.

E de repente eu também estava faminto e carente.

— Você acha que está pronta? — Tirei quase tudo, equilibrei-me e arremeti dentro dela, tirando com igual rapidez.

Olhei para baixo para saber se ela estava bem, e estava. Ela puxava as amarras.

Essa é a minha garota. Minha garota má, muito má.

Então me deixei levar, metendo nela, deixando que meu corpo me levasse. Ela respondeu da mesma forma, erguendo os quadris e se encontrando comigo. Gotas de suor brotavam de minha testa e eu sabia que não aguentaria muito tempo.

Debaixo de mim, os lábios de Abigail estavam abertos. Ela estava perto. Arremeti com mais força, aumentei o ritmo, querendo levá-la à beira comigo. Ela começou a soltar um ruído ofegante.

— Goze quando quiser — falei, e seus músculos se contraíram em volta de mim com seu clímax.

Dei uma estocada dentro dela e fiquei parado, costas arqueadas pelo prazer de gozar dentro de Abigail. Mas eu sabia que podia lhe dar mais, então arremeti de novo e mais uma vez, sendo recompensado com a sensação de seu segundo clímax.

Baixei a cabeça e me esforcei para recuperar o fôlego.

Quando consegui respirar, baixei-me novamente a ela e sussurrei em seu ouvido:

— Uma.

Seu corpo estava ruborizado do prazer que eu lhe dera e um sorriso dançava em seus lábios. Ela remexeu o corpo e verifiquei para saber se as amarras estavam no lugar. Se ela não estava confortável demais. Ela parecia bem.

E, por bem, quero dizer totalmente comível.

Rolei da cama e fui à cômoda. Do alto, peguei a pomada e voltei ao pé da cama. Soltei a algema da perna direita, peguei-a gentilmente em minhas mãos e passei a pomada onde antes estava amarrada. Não tive pressa, cuidando para que ela não ficasse ferida e garantindo que nada se inflamasse. Repeti o gesto na perna esquerda.

— Sabe por que estou soltando suas pernas?

Ela meneou a cabeça.

Devolvi a pomada a seu lugar, certificando-me de que ela pudesse ouvir enquanto eu andava até junto de sua cabeça.

— Porque, quando você passar as pernas pela minha cintura e meu pau entrar mais fundo, você vai me sentir fodendo a sua garganta.

Ela murmurou alguma coisa, mas seu rosto corou e o coração martelou.

— Estique as pernas — ordenei e me coloquei a seu lado, dando-lhe tempo para aliviar qualquer desconforto.

Depois voltei à cama, passei as mãos por seus ombros, esfregando-os, cuidando para que as amarras não machucassem nem estivessem esticadas demais. Olhei seu rosto e vi os lábios separados. Levei a boca à curva de seu pescoço e beijei-a delicadamente, sentindo o leve suor salgado que brilhava por seu corpo. Fechando os olhos para me concentrar melhor, mordisquei a pele macia na beira do antebraço.

Ela puxou o ar.

— Isso é bom, Abigail?

Ela gemeu.

— Quer que eu faça melhor?

— Sim, mestre — respondeu ela tão baixo que mal consegui ouvi-la.

Peguei um mamilo entre os dedos e rolei, satisfeito com o modo como reagiu a meu toque.

— Isso é bom?

— Sim, mestre — disse ela de novo, arqueando as costas.

— Diga se isso é bom — demandei, mordendo suavemente sua pele macia.

Ela ofegou e mordi com um pouco mais de força, ao mesmo tempo que chupava, lambendo a ponta de seu mamilo.

— Ah, ah, sim — murmurou ela.

Desci a mão por seu corpo e introduzi um dedo nela. Ela ergueu o quadril, tentando me pegar mais fundo.

— Pronta para ver o quanto eu entro fundo? — perguntei.

— Se... lhe agradar.

— Ah, Abigail — eu disse, montando em seu corpo. — Você está me agradando. — Dei uma estocada com os quadris para que minha ereção pressionasse sua barriga. Até eu fiquei surpreso com a rapidez com que me recuperei de minha primeira vez. — Sinta o quanto você me agrada.

Ela gemeu de novo e ergueu os quadris.

Usei uma das mãos e levei meu pau a sua fenda molhada, entrando.

— Suas pernas. Quero que elas me abracem. Me tome todo dentro de você.

Ela obedeceu e me meti em seu calor apertado. Preocupei-me brevemente que pudesse ser cedo demais depois de nossa primeira vez, mas sua cabeça tombou para trás e ela soltou um gemido. Empurrei mais para dentro e me ouvi gemer.

Tirei e comecei um ritmo firme, não tão urgente quanto o primeiro, mas ainda assim constante. Queria ir mais devagar, mais fundo. Queria que ela sentisse o quanto estávamos ligados. Ela ergueu os quadris e apertou as pernas enquanto eu arremetia.

Merda.

Aumentei o ritmo. Droga, o que ela fazia comigo. Senti meu controle me escapar enquanto seus calcanhares batiam em minha bunda a cada estocada. Comecei a acelerar.

Ela gemeu e parei por tempo suficiente para ver sua expressão. O completo prazer. Fui ainda mais rápido e, quando ela começou a girar os quadris, quase me perdi.

— Goze para mim, Abigail.

Dei a estocada mais funda que pude e senti seus músculos se apertarem em volta de mim.

— Assim — falei, com outra arremetida. — Agora.

Ela gozou em volta de mim e eu fui segundos depois. Baixei ao lado dela, cuidando para não jogar todo meu peso em seu corpo.

Descansei por uns minutos, desfrutando da sensação de Abigail a meu lado, antes de me levantar. Peguei o edredom grosso e os lençóis de algodão na última gaveta da cômoda e os coloquei no chão ao lado de minha cama, depois coloquei um travesseiro por cima. Era o colchonete mais confortável que eu podia fazer.

— Você vai dormir em meu quarto esta noite, Abigail — decretei, abrindo as algemas de seus braços e retirando o cachecol. Ela observava cada movimento meu. — Vou pegar você novamente em algum momento durante a noite e não quero ser perturbado com andanças pelo corredor. Preparei um colchonete para você.

Ela arqueou uma sobrancelha para mim. Em algum momento, teria de dar um fim a isto.

— Tem algum problema com minha ordem?

Ela meneou a cabeça e fiquei agradecido por ela decidir não me contestar.

Ainda assim...

Ela saiu da cama, testando com cuidado as pernas ao se levantar, oscilando um pouco antes de se enroscar no edredom e se meter entre os lençóis. Continuei na cama até que ouvi a respiração pesada e constante que me disse que ela adormecera. Depois desci e apaguei todas as velas, menos uma.

Era quase meia-noite e ela precisava dormir por algumas horas. Nem todos conseguem viver com a pouca quantidade de sono com que eu vivia. Esgueirei-me para a cama e pus o braço sob a cabeça, olhando o teto. Só então me permiti pensar no fato de que Abigail King estava dormindo em meu quarto. Que eu havia acabado de tê-la.

Duas vezes.

Curvei-me para olhá-la. Seus lábios estavam entreabertos e o cabelo se esparramava pelo travesseiro, desordenado. Ela era a mulher mais bonita que vi na vida.

Ela começou a gemer, dormindo.

No início, era fraco, quase um sussurro, mas aos poucos ficou mais alto. Depois se mexeu e o lençol escorregou dos ombros, desnudando os seios.

Rolei de costas e fechei os olhos.

Você não vai acordá-la ainda.

Você não vai acordá-la ainda.

Você não vai acordá-la ainda.

Tentei repassar mentalmente os preços das ações do dia.

Só até as duas horas. Você pode acordá-la às duas horas.

Suspirei. Seriam duas longas horas.

— Acorde, Abigail.

Eram duas e quinze. Eu tinha esperado mais de duas horas enquanto ela dormia. Duas horas ouvindo seus gemidos suaves de "me come", duas horas deitado na cama na semiescuridão, com o corpo malcoberto de Abigail no chão a meu lado.

Eu estava mais duro do que tinha o direito, depois de gozar dentro dela duas vezes.

— De quatro na cama. Rápido.

Ela piscou algumas vezes, mas subiu na cama, sem nem mesmo me olhar nos olhos.

Fiquei ainda mais duro ao vê-la de quatro, esperando por mim.

— Apoie-se nos cotovelos.

Ela baixou de imediato sobre os cotovelos para que sua bunda e a doce vagina ficassem viradas para mim.

Isto não seria brando. Não seria gentil.

Passei as mãos por suas costas e separei suas pernas.

— Você estava apertada do outro jeito, mas vai ficar mais apertada assim.

Minhas mãos correram para cima de seu corpo, pegando os seios em concha. Apalpei e brinquei com eles. Ela já estava molhada quando meti um dedo.

Doces sonhos, Abigail?

Peguei parte de sua umidade e corri o dedo para seu ânus.

— Alguém já comeu você por aqui?

Não. Não, ninguém comeu. Eu sabia disso por seu questionário, mas ainda queria que ela me dissesse.

Ela meneou a cabeça.

— Eu vou.

Ela se retesou sob minhas mãos e isso me surpreendeu. O sexo anal não estava além do limite. Repassei seu questionário mentalmente. Não, não estava além do limite.

— Logo — garanti, baixando o dedo e vendo seu alívio quando ela soltou o ar, trêmula.

Ela estava com medo. Isso era bom. Eu podia trabalhar com o medo. Seria gentil e paciente enquanto pressionava seu medo. Ela acabaria adorando.

Mas esta noite...

Guiei meu pau a sua vagina molhada e peguei seus cabelos em meus punhos. O cabelo que estava esparramado pelo travesseiro nas últimas duas horas. O cabelo no qual eu esperava pegar e passar os dedos. Era mais macio do que eu me lembrava. Com um puxão em seu cabelo, meti-me dentro dela pela terceira vez.

Será que um dia eu me cansaria de como deslizava para dentro dela?

Eu esperava que não.

Ela gemeu.

Era bom também para ela?

Eu esperava que sim.

Eu recuava e arremetia dentro dela. Merda, ela era apertada. Minha cabeça tombou para trás enquanto eu me mexia. Apertada, quente e molhada. Quando ela começou a se jogar para trás, de encontro a mim, gemi. Tinha medo de ser rude demais com ela, mas os sons que ela emitia me passavam a impressão de que era bem o contrário. Continuei, dando estocadas mais fortes.

Ela se jogou em mim com um grunhido.

Ah, sim.

Arremeti mais uma vez, segurando enquanto ela gritava do gozo. Seus músculos apertados incitaram meu clímax e ofeguei com sua intensidade.

Ela desabou na cama depois que saí dela. Olhei-a por vários longos momentos e me perguntei se eu não teria planejado demais para esta noite. Mas ela gozou em todas as vezes, lembrei a mim mesmo. Desfrutou de todas.

Pensei em como estava Abigail momentos antes — os cabelos em minhas mãos, meu pau enterrado bem fundo nela. Aqueles últimos segundos quando ela realmente gritou de prazer.

Porra, eu estava ficando duro de novo.

Mas eu sabia que não devia comê-la novamente. Assim ela se machucaria.

Mudança de planos, então...

Rolei-a de costas e seus olhos se abriram.

Ela estava dormindo?

Eu não tinha como saber, mas ela agora estava bem acordada. Empurrei meus quadris em sua cara.

— Quarto round, Abigail.

Ela olhou o quarto. O que estava fazendo?

— Olhe para mim. — Peguei sua cabeça nas mãos e a virei para mim. — Eu sou sua única preocupação. Eu e o que eu mandar. E agora quero que me sirva com a boca.

Ela abriu a boca, obedecendo de boa vontade, e baixei de joelhos, montado nela, enquanto recostava a cabeça na guarda da cama.

Ela jogou a cabeça para trás, pegando-me fundo na boca. Suas mãos vieram a meu saco e me afagaram enquanto eu entrava e saía.

Droga.

As mãos dela, merda, as mãos eram mágicas. Afagando e provocando, enquanto a boca operava sua própria magia. Soltei um gemido e arremeti no ritmo de sua sucção, seus lábios criando o atrito mais doce possível em meu pau.

Rapidamente, senti meu orgasmo se formando.

— Vou gozar — avisei enquanto metia dentro dela pela última vez. Golpeei para o fundo de sua garganta e fiquei parado enquanto gozava em vários jatos longos.

Inferno, isso não podia ser possível. Não depois de gozar três vezes. Caí ao lado dela, completamente sem fôlego. Ela se virou para mim e me aproximei.

— Acho que você quebrou meu recorde — declarei.

Ela sorriu e esperou.

— Pode voltar para o chão. — Senti-me meio cruel, mas, embora eu a quisesse em meu quarto, não estava pronto para dividir minha cama com ela. Seria demais, cedo demais. Eu precisava manter algum controle.

Ela rolou da cama e se enroscou no colchonete.

Esgueirei-me para minhas cobertas e caí num sono profundo quase de imediato.

Capítulo Oito

Dormi direto até acordar às sete da manhã. Levantei-me da cama e me espreguicei, sentindo-me ótimo. A noite anterior me garantira uma das noites de sono mais repousante que eu já havia tido.

Tenho certeza de que os quatro orgasmos tiveram algo a ver com isso.

Abigail dormia profundamente, enroscada numa bola a meu lado. Não gemeu mais, até onde ouvi. Enquanto eu olhava, ela sorriu dormindo. Perguntei-me com o que estaria sonhando, o que a fazia sorrir tanto. Talvez ela nem se lembrasse quando acordasse.

Em algum momento à noite, o lençol tinha escorregado de seus ombros e os seios perfeitos estavam mais uma vez expostos. Estendi a mão e puxei o lençol até seu queixo — não queria que ela ficasse com frio. Ela murmurou alguma coisa e rolou.

Embora eu precisasse tomar um banho e me arrumar para o jogo de golfe, decidi preparar primeiro uma fornada de muffins de mirtilo. Abigail gostara deles na semana passada.

Eram quase nove horas quando a ouvi no segundo andar. Não impliquei com ela por dormir demais — eu a mantive acordada até tarde e a despertei no meio da noite. A festa beneficente de hoje representaria outra longa noite, então ela precisava descansar.

Cozinhei dois ovos enquanto ela tomava um banho e, depois que estavam prontos, deixei-os no forno aquecido.

Jackson me mandou um torpedo logo que ouvi os passos de Abigail na escada. Olhei meu celular — ele estava estressado com o encontro com Felicia. Francamente, achei engraçado que meu primo, um atleta mundialmente famoso, se estressasse com um encontro, mas eu sabia que era difícil para Jackson. Ele sempre se preocupava se as mulheres realmente estavam interessadas nele ou só em sua conta bancária e status de celebridade.

Respondi, dizendo-lhe que eu tinha certeza de que ela estaria igualmente nervosa. Que ia ficar tudo bem com ele esta noite e, sinceramente, ela era a melhor amiga de Abigail — como não seria legal?

Como está a bibliotecária de suas fantasias?, ele digitou.

Vou arrancar suas tripas se você falar nisso com ela, avisei, assim que Abigail entrou a passos comedidos na cozinha.

Ela estava com um ar de cansaço e parte de mim se retraiu. Afinal, eu fui a causa de sua privação de sono, o motivo para ela andar com tanta cautela. Mas eu ainda estava naquele torpor causado pelo sexo incrível.

— Noite difícil? — perguntei, com os olhos concentrados no celular.

— Não diga.

Sorri. Não pude evitar. Ela estava cansada, dolorida, irritável e ainda tinha senso de humor.

— Noite difícil? — perguntei novamente.

Ela pegou um muffin na bancada e se sentou à minha frente. *Bem pensado o mirtilo, West* — mas ela precisava de mais do que um muffin.

— Você precisa de proteína — falei

— Estou bem — respondeu Abigail, antes de eu lhe dizer que tinha ovos esperando por ela.

— Abigail — repreendi. Droga, eu não queria castigá-la. Não depois da noite passada.

Ela se levantou, andou com cautela até a geladeira e pegou um pacote de bacon. Isso me agradou. Embora sentisse dor, ainda ia preparar proteína porque eu mandei.

— Deixei dois ovos cozidos no forno para você — avisei. O alívio cobriu seu rosto quando ela deixou o bacon de lado. — O ibuprofeno está na primeira prateleira, segunda porta do armário ao lado do micro-ondas.

— Desculpe. — Ela pegou o frasco na prateleira e jogou dois comprimidos na mão. — É só que... Já faz muito tempo.

— Que motivo ridículo para pedir desculpas. Estou mais aborrecido com sua atitude esta manhã. Eu nem devia ter deixado você dormir.

Ela se sentou com o cabelo caindo sobre os olhos.

— Olhe para mim — ordenei. — Preciso sair. Encontre-me no saguão, vestida para a festa e pronta para sair às quatro e meia.

Ela assentiu e me perguntei como ficaria no vestido que Elaina tinha deixado. Desejei, não pela primeira vez, que eu não tivesse concordado em jogar golfe e almoçar com minha família. Queria poder passar o dia com Abigail.

Queria poder ser normal.

Mas que sentido tinha em ser normal? Ela não queria isso e não era algo que eu conseguiria ser.

Suspirei.

— Tem uma banheira grande no quarto de hóspedes, na frente do seu. Faça uso dela. — Talvez um longo banho de espuma fizesse com que ela se sentisse melhor.

Como eu suspeitava, o almoço foi longo e o golfe mais demorado ainda. Em geral eu curtia o tempo que passava com minha família e Todd, mas saber que Abigail estava em casa, sozinha, fez com que o dia se arrastasse.

Sim, eu disse a Todd, minha acompanhante era bibliotecária.

Não, eu disse a Todd pela quinta vez. Eu não tenho uma fantasia estranha com bibliotecárias.

Voltei para casa às três e meia e fui direto a meu quarto. Notei que a porta do de Abigail estava fechada. Às quatro e quinze, eu a esperava no saguão. Virei-me quando ouvi seus saltos na escada e quase deixei cair o casaco que segurava.

O vestido abraçava suas curvas em todos os lugares certos e o decote baixo mostrava suas clavículas delicadas. O cabelo tinha sido reunido num coque simples atrás da cabeça com algumas mechas caindo e roçando o pescoço.

— Você está linda. — Deslumbrante, na realidade.

— Obrigada, mestre.

Estendi-lhe o casaco.

— Vamos?

Ela se aproximou de mim e parou a meu lado. Baixei o casaco em seus ombros, demorando-me para roçar a ponta dos dedos na pele macia, respirando seu suave aroma floral. Se pudéssemos ficar em casa...

Mas não. Ela ainda devia estar dolorida. Eu precisava me lembrar disso. Devia me lembrar disso.

No caminho para o carro que nos aguardava, ocorreu-me que podíamos ser como qualquer casal normal num encontro normal de uma noite normal. Para esta noite, decidi, era assim que seríamos. Normais.

Ao seguirmos em silêncio, Abigail a meu lado no banco do carona, pensei nas duas outras submissas a quem dei uma coleira e apresentei à minha família. Beth e Paige conheceram tia Linda, Jackson, Todd e Elaina também, mas eu as apresentei como amigas — e nada mais — e se alguém desconfiou de que havia algo de diferente em minha relação com elas, guardara para si.

Antes de elas conhecerem minha família, dei-lhes uma longa lista do que esperava em termos de comportamento — como iam falar com meus familiares, qual era a atitude aceitável, o que eu não podia aceitar. Não dei nenhuma dessas instruções a Abigail.

Queria que Abigail fosse ela mesma. Para ver seu comportamento ao conhecer as pessoas de quem eu gostava. Queria vê-la falando e brincando com sua melhor amiga.

Eu queria um pouco de normalidade.

Liguei o rádio. Tocava um de meus concertos preferidos para piano, uma peça que estive tentando dominar em meu próprio instrumento. Perguntei-me que tipo de música Abigail ouvia. Eu sabia muito pouco dela além do que ela colocara em sua inscrição.

— De que tipo de música você gosta?

— Esta é ótima.

Eu queria lhe fazer mais perguntas — como foi sua infância, como aprendeu a cozinhar, qual era sua cor preferida, detalhes que não significavam nada, mas que, quando tomados num todo, criavam a mulher que era Abigail.

Se eu fizesse perguntas, será que ela responderia com sinceridade ou do jeito que pensava que eu quisesse?

"Por isso você não é normal", disse a mim mesmo. "É tão perturbador. São áreas cinzentas demais."

Não gosto de cinza — a vida era melhor em preto e branco.

Depois de chegarmos e eu deixar meu casaco e o de Abigail, vi Elaina vindo em nossa direção.

— Nathaniel! Abby! Vocês chegaram! — disse Elaina, arrastando Todd.

— Boa noite, Elaina — respondi, surpreso pelo modo como ela abraçou Abigail. Ergui uma sobrancelha. Será que elas se conheceram recentemente, ou já se conheciam do passado? — Vejo que já conheceu a Abby.

— Ah, relaxa. — Elaina bateu em meu peito. — Tomei uma xícara de chá com a Abby quando passei na sua casa hoje. Então, sim, Nathaniel, nós já nos conhecemos.

Abigail não me disse que ela passara em casa, mas ficamos separados pela maior parte do dia. Além disso, ela não era de dizer o que estava pensando. Em vez de falar mais alguma coisa, afastei-me e a vi com meu velho amigo. Ela conversava educadamente com Todd, sorrindo e parecendo à vontade com todos. Embora Todd tenha me ouvido falar de Abigail no passado, não sabia que ela era a mesma mulher que conheceu naquela noite.

Linda se aproximou de nós e a apresentei a Abigail, que insistiu que minha tia a chamasse de Abby. Tive de sorrir para isso.

Enquanto Linda e Abigail conversavam sobre livros, notei que Todd e Elaina trocaram um olhar estranho, como fizeram ontem em minha casa.

Mas foi a expressão de Linda, minha doce e querida tia que me amava como seu filho, que mais me confundiu. Era um olhar do mais doce alívio e alegria e eu não consegui entender. Quer dizer, elas falavam de livros, ora essa.

Aproximei-me um passo de Abigail. Nada, só livros. Eu ainda não entendia aquela expressão.

Vinho. A noite exigia vinho.

— Vou pegar um vinho para nós — avisei a Abigail. — Tinto ou branco?

Seu corpo se retesou e a olhei, surpreso. Era uma pergunta sem importância.

Depois me ocorreu: "Você não é normal. É o dom dela. Ela provavelmente pensa que deve responder de uma certa maneira."

Droga.

— Não tenho planos secretos — sussurrei para tranquilizá-la. — Simplesmente quero saber.

— Tinto.

"Pronto", pensei, "foi tão difícil assim?"

Sim, ora essa, era difícil. A questão do vinho tinto ou branco não devia ser motivo de angústia. Devia ser uma simples pergunta de quero-te-conhecer.

"Mas o que em nós era simples?", perguntei a mim mesmo.

Nadinha.

Enquanto eu ia pegar as bebidas, Kyle esbarrou em mim. Eu estava no Cadastro de Doadores de Medula Óssea desde a faculdade e alguns anos atrás recebi um telefonema me dizendo que eu era compatível com um menino de 8 anos que precisava de transplante. Foi um procedimento complicado, mas, há um ano, conheci Kyle — o receptor de minha medula — e soube que o esforço valeu a pena. Ele agora estava vivo e passava bem. Era o tipo de coisa que tornava uma pessoa mais humilde.

— Nate — disse ele, me abraçando.

— Kyle — respondi, rindo. — Como você está?

— Ótimo, cara. Simplesmente ótimo. — Ele puxou a lapela do paletó. — Apesar de ter que usar essa roupa.

— Você está muito elegante. Se as meninas da sua turma pudessem te ver agora...

Ele riu e baixou os olhos para os pés. Lembrei-me de todas as dificuldades de ser adolescente. Eu não ia querer voltar àquela época de minha vida por nada no mundo.

— Se encontrar o Jackson — disse —, não esqueça de falar do Super Bowl. Acho que vou conseguir uns ingressos para nós, se o New York chegar lá.

Ele sorriu e correu para encontrar Jackson. Peguei duas taças de vinho e voltei a Abigail. Ela aceitou a taça com um "obrigada" em voz baixa e tomou um golinho.

Durante o jantar, observei que ela se juntava às conversas à volta — às vezes falando animadamente, em outras, só recostando-se e ouvindo. Tinha uma relação íntima com Felicia — eu sabia pelo modo como implicavam sutilmente uma com a outra.

A única vez que ela pareceu ficar pouco à vontade foi quando se levantou para ir ao banheiro e todos os homens da mesa se levantaram com ela. Deu-me raiva que nenhum dos homens de suas relações anteriores a tivesse tratado como uma dama.

"É", minha consciência disse com sarcasmo, "porque você sem dúvida alguma a tratou como uma dama na noite passada."

Eu não tinha argumento contra isso, mas fui criado para tratar bem uma mulher em público. Felizmente, Elaina se levantou e foi ao toalete com ela. Fiz uma anotação mental para agradecer a Elaina depois.

— Felicia — chamei, virando-me para a melhor amiga de Abigail. — Soube que você é professora de jardim de infância.

— Sim. — Ela mal me olhou.

— É difícil trabalhar com crianças pequenas?

— Às vezes — disse ela numa voz gélida.

Perguntei-me por que Felicia estava tão fria. Ela parecia genuinamente gostar de Jackson e os dois passaram a maior parte da noite numa conversa íntima. Mesmo quando ela falava com Linda e Elaina, era simpática.

Não tive muito tempo para pensar a respeito — Abigail e Elaina voltaram à mesa instantes depois. Um leve rubor tingia o rosto de Abigail. Perguntei-me o que Elaina lhe disse enquanto estavam fora. O que pode ter causado o constrangimento de Abigail?

Afastei sua cadeira enquanto ela se sentava. Era difícil não tocar nela — seu vestido tinha um decote baixo nas costas, mostrando vislumbres de seus ombros femininos e macios, e eu não queria nada mais do que afagar a pele delicada dali.

Mais tarde. Pode fazer isso mais tarde.

Terminamos o jantar e, quando os pratos foram retirados, a orquestra começou a tocar. Eu não era de dançar. Podia contar nos dedos de uma só mão o número de vezes em que pedi a uma mulher para dançar. Simplesmente não era a minha.

Mas esta noite era diferente. Abigail era diferente. Eu me sentia diferente.

E eu queria dançar.

Assim, quando começou uma música lenta, levantei-me da mesa e fiquei de frente para Abigail.

— Vai dançar comigo, Abigail?

Eu não estava pedindo como dom. Pedia como o acompanhante e este era um território em que eu não ficava à vontade. E se ela dissesse não?

E se dissesse sim?

Ouvi Linda ofegar do outro lado da mesa e Elaina se curvou para cochichar alguma coisa com Todd.

Droga, que gente maluca.

Mas então Abigail pegou minha mão e não se importou com nada que alguém dissesse ou fizesse.

— Sim — disse ela.

Passei o braço por ela quando chegamos à pista, puxei-a para perto e peguei sua mão na minha. Ela tremia contra mim.

— Está se divertindo? — perguntei para acalmá-la.

— Estou. Muito.

— Todos estão cativados por você. — *E eu também*. Puxei-a para mais perto enquanto a música continuava. Quando voltássemos para casa, eu mostraria a ela o quanto.

Mais tarde, fui com Todd e Jackson pegar os casacos enquanto as mulheres esperavam à mesa. Todd me deu um soco no ombro.

— Gostei dela — comentou ele.

— Abigail?

— Felicia também é legal — respondeu ele. — Mas sim, eu estava falando da Abby.

— Obrigado — agradeci, estranhamente satisfeito.

— Valeu, cara — disse Jackson, aproximando-se de mim. — Felicia é demais.

— Mesmo?

Ele simplesmente sorriu.

— E a sua Abby também é boa.

Isso ela era mesmo.

Apollo correu para nós quando abri a porta da frente. Abigail pulou para trás e suspirei. Eu precisava levá-lo para fora antes de poder me concentrar em Abigail.

— Fique com o vestido e espere no meu quarto — orientei. — Como fez em meu escritório.

Dez minutos depois, entrei no quarto e encontrei Abigail parada de cabeça baixa. Fiquei duro só de olhar pra ela.

Contornei-a lentamente. Andando em volta, notei o leve tremor de seu corpo. Fui a suas costas e passei o dedo de leve pelo alto do vestido, correndo os dedos pelo local que eu queria ter tocado antes.

— Você foi espetacular esta noite. — Curvei-me e senti o cheiro de seu cabelo. Hmmmm. Ainda mais lentamente, tirei os grampos de seus cachos ondulados, vendo que eles quicavam e roçavam nos ombros. — E minha família agora não vai falar de outra coisa que não seja você.

Ela ainda tremia. Estaria com medo?

— Você me agradou esta noite, Abigail. — Meus lábios estavam tão perto de sua pele que eu quase podia sentir seu gosto. — Agora é minha vez de te agradar.

Segurei o zíper e o puxei para baixo, depois tirei o vestido por seus ombros. Eu me permiti beijá-la, sentir o gosto da pele de suas costas. Era doce, com uma leve sugestão de sal. Ela ainda tremia, mas eu sabia que agora eram tremores de expectativa.

O vestido caiu no chão e a carreguei para a cama.

— Deite-se.

Ela obedeceu e me esgueirei para ela, tirando seus sapatos. Olhei-a nos olhos antes de me curvar e beijar seu tornozelo. Ela ofegou.

Enquanto subia por sua perna aos beijos, lembrei-me de que ninguém havia feito isso com ela. Que tipo de homem ela namorou que nunca se demorou para dar a devida atenção a sua vagina? Como eles se continham?

Estendi a mão para tirar sua calcinha.

Ela pôs a mão na minha cabeça.

— Não.

Cerrei os dentes, mas lembrei a mim mesmo que isso era novidade e ela estava assustada.

— Não me diga o que fazer, Abigail.

Com um movimento, deslizei sua calcinha pelas pernas e me acomodei entre seus joelhos. Ela já estava molhada. Molhada e inchada.

Olhei-a, pronto para mostrar o quanto ela me agradava. Mostrar-lhe como seria recompensada quando me agradasse.

Comecei com um beijo em seu clitóris e ela quase pulou da cama. Aguente. Soprei gentilmente pelo clitóris e plantei beijos deliciados por sua fenda. Agi lenta e tranquilamente, querendo que ela se acostumasse a mim. Querendo que ela saboreasse a experiência. Querendo lhe dar prazer.

Gentilmente, usei os dedos para separá-la, abrindo-a completamente para minha língua. Com um único golpe, lambi toda sua abertura. Ela era deliciosa, doce como mel. Lambi novamente.

Hmmmmm.

Repuxei os lábios nos dentes e mordisquei-a delicadamente. Ela ainda estava dolorida — eu precisava ser gentil. Suas pernas começaram a se fechar em minha cabeça e separei seus joelhos.

— Não me faça amarrar você — disse a ela.

Continuei com a boca, lambendo sua umidade, bebendo cada gota dela. Corri os olhos rapidamente para cima e vi que ela se agarrava ao edredom. Suas pernas se sacudiram quando mordisquei seu clitóris inchado. Ela estava curtindo — enfim.

Redobrei os esforços, passando a língua por dentro enquanto movimentava as mãos por seu corpo. Acariciei a barriga e subi aos peitos, esfregando os mamilos. Ela soltou um arquejar sobressaltado, com o corpo teso.

Sim, minha linda. Goze para mim.

Chupei seu clitóris na boca, roçando-o gentilmente com os dentes ao fazer isso, lambendo onde eu sabia que ela mais queria.

— Oh... — Ela arqueou as costas, empurrando-se para mim.

Passei as mãos por seu tronco e abracei suas coxas, segurando-a a mim enquanto seu orgasmo abalava todo o corpo.

Ela ficou imóvel por vários minutos e eu teria ficado orgulhoso, mas estava duro feito uma pedra. Sentei-me lentamente e ajeitei as calças.

— Acho que está na hora de você ir para seu quarto — sussurrei.

— E você? Não devíamos...

— Estou bem.

— Mas cabe a mim servi-lo.

Ela queria me satisfazer. Como não sabia que tinha me agradado a noite toda? Que eu queria que este momento fosse dela? Eu queria mostrar a ela que nosso acordo era mais do que ela fazer coisas para mim — era eu cuidar dela. Ela me dava a responsabilidade de saber o que precisava e esta noite ela precisava de prazer sem reciprocidade.

— Não — decretei. — Cabe a você fazer o que eu mandar, e estou mandando que vá para o seu quarto.

Ela não discutiu novamente, desceu da cama e saiu, fechando a porta ao passar. Eu grunhi. Apollo ainda estava no corredor.

Tirei o smoking e fui ao banheiro, onde abri a água o mais quente que conseguia suportar. Fiquei parado por vários minutos, deixando que a água corresse por mim, repassando mentalmente a visão de Abigail gozando. Virei a cara para a ducha e lembrei-me de como foi na noite anterior, quando Abigail gozou comigo dentro dela.

Peguei em mim mesmo com as duas mãos e fechei os olhos.

Ela estava amarrada na sala de jogos, curvada sobre a mesa acolchoada. Tínhamos jogado por horas e ambos estávamos ofegantes pelo gozo.

— Está pronta, Abigail? — perguntei, roçando suas costas com meu pau.

— Se lhe agradar — disse ela, a voz tensa de carência.

Afastei-me dela para que ela sentisse o ar frio passando entre nós.

— Gosto que você me diga o que quer.

— Eu quero...

— Diga.

Ela empurrou a bunda para mim.

— Eu quero o seu pau.

Eu ri e me curvei sobre ela, apertando meu peito em suas costas.

— Claro que quer. Me diga onde o quer.

Ainda o silêncio.

— No meu cu — sussurrou ela.

— Mais alto. — Bati em sua coxa com mais força. — Não ouvi.

— Por favor, mestre. — Desta vez ela falou alto. — Por favor, coma meu cu.

— Como quiser — respondi, pegando o lubrificante e passando em meus dedos. Acompanhei de leve sua abertura antes de meter primeiro um e depois o segundo dedo bem fundo nela. Ela empurrava para trás, querendo mais. Querendo a mim.

— Calma. — Eu a esticava gentilmente. — Precisa ter calma.

Quando ela estava pronta, deslizei lentamente a cabeça escorregadia de meu pau dentro dela, empurrando contra a resistência e entrando nela plenamente. Ela gemeu.

— Gosta de meu pau no seu cu? — Eu o retirei e penetrei novamente. — Você é tão apertadinha desse jeito. — Retirei. — É tão bom, porra.

Ela se empurrou em mim de novo, levando-me para mais fundo dentro dela, e jogou a cabeça para trás.

— Assim mesmo, Abigail — elogiei, acelerando o ritmo. — Tão fundo. É tão bom.

Ela ofegava de prazer.

— Merda. — Arremeti com mais força. — Vou gozar. Vou encher esse seu cuzinho lindo.

Gozei em minha mão com um grunhido.

* * *

Depois de me secar, fui ao corredor de mansinho, onde Apollo ainda estava sentado em silêncio. A porta de Abigail estava fechada. Desci a escada e fui à biblioteca, com Apollo a meu lado.

A biblioteca era um de meus aposentos preferidos. Era o lugar favorito de meus pais na casa e eu a deixei intocada desde que eles morreram. Algo me dizia que Abigail também ia gostar daquele cômodo e decidi mostrar a ela no fim de semana seguinte.

Mas agora eu precisava tocar piano. Sentei-me na banqueta e deixei que meus dedos percorressem as teclas, tocando escalas. Depois de terminar, fechei os olhos e imaginei Abigail como estava antes — macia e dócil em meus braços enquanto dançávamos. De costas arqueadas e cabeça jogada para trás quando lhe dei prazer. Imaginei-a e deixei que minhas mãos tocassem a melodia que girava por minha mente.

A canção de Abigail.

A canção de Abby.

Capítulo Nove

Antes de descer à academia na manhã seguinte, levei um minuto para tirar o cavalete da sala de jogos e levar para meu quarto. Senti que era necessário — pensar em Abigail como Abby na noite passada confirmou para mim que eu precisava acertar os termos dessa relação. Eu tinha sido generoso demais — ignorando seus lapsos, hesitações e atitudes. Nunca fiz isso e não me agradava deixar que Abigail se safasse impunemente.

Decidi lhe dar um aviso sutil. Mostraria o cavalete — um lembrete de que eu era seu dominador e de minhas expectativas. Talvez bastasse e um castigo não fosse necessário.

Também peguei um plugue na sala de jogos. Minha fantasia no banho solidificou ainda mais meu desejo de mostrar o prazer que eu podia lhe dar. Prazer que ela não esperaria. Coloquei o plugue em minha cômoda junto com um frasco de lubrificante.

Às sete horas, Abigail me serviu o café da manhã na sala de jantar. Serviu uma calda de aparência deliciosa sobre uma rabanada feita à perfeição. Estava louco pra dar uma dentada.

— Pegue um prato para você e sente-se. — Comi enquanto ela ia à cozinha. Hmmmm... Bananas. Droga, ela sabia cozinhar.

Ela se sentou à mesa e começou a comer seu desjejum.

— Tenho planos para você hoje, Abigail. Planos de prepará-la para meu prazer.

Para o seu prazer.

— Sim, mestre.

— Coma, Abigail. Não pode me servir de estômago vazio.

Ela comeu um pouco mais, mas não muito. Não o bastante. Reduzi o ritmo ao comer para acompanhá-la. Nós dois terminamos mais ou menos ao mesmo tempo e ela pulou da mesa imediatamente para tirar os pratos.

Sim, isto daria certo. Só a visão do cavalete seria suficiente.

Ela voltou à sala de jantar e se postou a meu lado. Seu corpo tremia um pouco.

— Você está com roupas demais — declarei. — Vá para meu quarto e tire tudo.

Enquanto ela subia, levei Apollo para fora. Ele farejou o jardim, pegou o cheiro de alguma coisa e correu para a mata. Voltei para a casa. Ele ficaria bem do lado de fora por mais ou menos uma hora.

Quando entrei em meu quarto, Abigail estava de pé e nua, olhando o que eu tinha deixado ali.

— É um cavalete — expliquei. Ela deu um pulo ao ouvir minha voz. — Uso para aplicar as punições, mas serve também a outros propósitos.

Não me faça usá-lo para castigar você.

Ela ainda o fitava, talvez tentando decidir o que significavam minhas palavras.

— Suba — ordenei. — E deite-se de bruços.

Sinta-o, Abigail. Compreenda que não quero usá-lo para puni-la, mas que usarei. Toque-o. Veja que minhas regras são verdadeiras. Que a desobediência tem consequências.

Depois deixarei que desça e a satisfarei em minha cama.

— Abigail. — Eu disse com um suspiro. — Isto está ficando cansativo. Ou você faz ou diz a palavra de segurança. Não vou pedir novamente.

Ela não ia usar a palavra de segurança, ia? E se usasse? Eu esperava que ela hesitasse antes de subir no cavalete, mas supunha que obedeceria a minha ordem. E se calculei mal? O que eu ia fazer?

Antes que eu pudesse me decidir, ela respirou fundo e subiu, deitando-se como mandei.

Isso.

Fui à cômoda e peguei o plugue. Espremi lubrificante nele e coloquei ao lado dela.

— Lembra-se do que eu lhe disse na sexta-feira à noite? — Olhei seu corpo nu, deitado e esperando por mim. Meu pau endureceu contra minha calça.

Eu não esperava que ela respondesse, é claro, mas queria que ela soubesse aonde eu ia. Olhei-a, procurando algum sinal ou movimento que mostrasse que tivesse compreendido. Mas não havia nada.

Talvez eu precisasse refrescar sua memória. Coloquei as mãos em sua cintura e as desci pela bunda. Ela se retesou.

Sim, ela compreendia.

— Relaxe. — Passei as mãos em suas costas, massageando-a gentilmente. Ela não relaxou, é claro. Recuei e tirei eu mesmo a roupa. Como eu esperava, ela ficou ainda mais tensa.

Meu experimento com o cavalete tinha acabado. Talvez ela compreendesse e eu não tivesse que usá-lo para puni-la. Agora era hora de passar à segunda fase de meu plano.

Mas, por um breve momento, olhei-a, nua e recurvada em meu cavalete, e me permiti fantasiar.

O açoite de pele de coelho.

Eu começaria com algo simples em sua primeira vez. Macio e arejado, roçaria levemente em suas coxas, em sua bunda, na base das costas. Eu incitaria o fogo dentro dela, eu a levaria à beira do prazer, deixaria ali e, enfim, cairíamos juntos pelo abismo.

Peguei o pau numa das mãos e o afaguei rudemente, deixando que a fantasia se desenrolasse um pouco mais em minha mente; depois soltei um suspiro. Um dia. Em breve, talvez.

— Vá para a cama, Abigail.

Ela saiu trôpega do banco. Sim, ela entendeu. Ela não voltaria ao banco tão cedo. Observei enquanto ela cambaleava, tremendo e nervosa, até a cama.

Segui-a, pegando-a nos braços, largando o plugue ao lado dela.

— Você precisa relaxar. Isto não vai dar certo se você não relaxar.

Beijei seu pescoço, enquanto ela se agarrava a mim com força. Passei a boca por seu pescoço, pela clavícula, e desci a seu tronco. Lentamente, a tensão deixou seu corpo enquanto eu corria os lábios por ela. Nisto, senti-me poderoso — que eu a pudesse afetar tanto.

Usei as mãos para atenuar seu medo e minha boca para atiçar sua paixão a uma chama ardente. Ela jogou a cabeça para trás.

Isso, assim mesmo.

Voltei a subir por seu corpo.

— Tudo que eu faço é para o seu prazer e para o meu. Confie em mim, Abigail.

Eu nunca mentiria para você. Preciso demais de sua confiança. Preciso de sua confiança para lhe dar o prazer a que você anseia. O prazer que você merece.

— Eu quero o melhor para você — falei contra sua barriga. — Deixe-me lhe dar isso.

Ela suspirou enquanto eu roçava o dedo nela, testando sua umidade.

— Eu posso lhe dar prazer, Abigail. — Separei seus joelhos e me acomodei entre eles. — Um prazer que você nunca imaginou.

Desta vez eu queria ver seus olhos. Queria que ela olhasse nos meus enquanto eu a penetrava. Isto era importante. Ela precisava entender esta lição. Precisava saber que seu prazer e seu bem-estar estavam em primeiro lugar para mim. E que quando estivéssemos juntos em minha cama, não haveria nada além de prazer.

Mas seus olhos traziam perguntas demais e eu não tinha respostas a dar. Obriguei-me a olhar neles enquanto metia nela. Seria fácil fechar os olhos, isolar tudo exceto a sensação dela, apertada e quente em torno de mim. Mas eu não podia. Ela precisava deste elo entre nós, desta proximidade enquanto nos tornávamos um só.

Seus braços se estreitaram em volta de mim e ela olhou para cima assombrada, passando uma mão por minhas costas.

Isso.

— Deixe-se levar, Abigail. — Droga, ela era gostosa. Era uma delícia quando ela descia a outra mão por minhas costas e era bom ter meu pau deslizando fundo dentro dela. — O medo não tem lugar na minha cama.

Nunca.

Puxei-a para mais perto enquanto meus quadris se moviam mais rápido.

— Isso, Abigail. — Arremeti com mais força. — Sinta o que posso dar a você. — Ela começou a se apertar em volta de mim. — Não é bom? — Dei outra estocada.

Estava dando certo. Ela deixou o medo para trás, provavelmente já se esquecendo de quais eram meus planos. Sentei-me e ergui seus quadris, metendo ainda mais fundo. Ela me abraçou com as pernas, puxando-me para mais perto.

Peguei o plugue ao lado de seus joelhos e, ao penetrar nela de novo, deslizei-o por seu traseiro. Ela gritou pelo clímax, incitando o meu, e caímos num monte emaranhado na cama.

Quando meu coração reduziu o ritmo, sentei-me e a olhei nos olhos arregalados e indagativos.

— É um plugue — eu disse, meio sem fôlego. — Use-o por algumas horas todo dia. Vai esticar você. Ajudará a prepará-la.

Ela mordeu o lábio.

— Confie em mim. — Ela assentiu, mas eu via que não acreditava inteiramente. Eu não podia fazer mais do que isso; a confiança teria de vir com o tempo.

Rolei para fora da cama e vesti a calça.

— Preciso trazer Apollo para dentro. Vamos almoçar na mesa da cozinha.

Ela não falou muito no almoço, mas tinha um apetite melhor do que no café da manhã. Talvez minha lição tenha dado certo. Antecipei as próximas semanas e nos vi caindo numa rotina agradável. O início de qualquer relação tem alguns períodos complicados, enquanto as partes aos poucos se acostumam com o outro, enquanto aprendem mais sobre o outro.

Então Abigail não falava muito — isso viria com o tempo. Eu sabia que, com o passar do tempo, ficaria mais fácil vê-la como Abigail e deixar de lado minha visão de Abby.

Já fazia muito tempo desde que eu tive de entrar nos detalhes e dificuldades de uma nova relação. Saí direto de uma relação de longo prazo de Beth para Melanie, que eu conhecia havia uma eternidade. Não via a necessidade de levar em conta a submissa que adorava dor com quem me relacionei depois de Melanie, mas para quem nunca dei uma coleira — aquela relação terminou antes mesmo de ter começado.

— Sexta-feira às seis — avisei a Abigail enquanto ela saía. Ela assentiu, compreendendo.

Convidei Jackson para jantar naquela noite. A casa estava silenciosa demais e eu queria algum barulho. Jackson sempre sabia fazer barulho.

Ele falava incessantemente enquanto comíamos, levando-me a sorrir várias vezes com as novidades que contava de seu time. Normalmente, eu me desligava quando ele falava de futebol, mas desta vez escutava. Algo estava diferente nele e eu tinha a sensação de que era Felicia.

— Como está Felicia? — perguntei quando nos sentamos no sofá depois do jantar. Jackson zapeou pelos canais, tentando encontrar os resultados do dia.

— Ótima. — Ele colocou a mão no bolso e pegou o celular. — Agora é ela. — Ele leu a mensagem que ela mandou. — Está vendo um filme com a sua bibliotecária.

— Jackson, eu juro que...

— Eu sei, eu sei. — Ele ergueu a mão. — Não se preocupe. Não vou dizer isso na cara dela.

Meus olhos caíram no relógio acima da televisão enquanto ele respondia a Felicia. Eram dez e trinta e três.

Dez e trinta e três?

Calculei mentalmente o tempo. Abigail normalmente acorda às seis da manhã para se arrumar para o trabalho. Eu sabia, por sua inscrição. Se o filme terminasse às onze, ela teria apenas sete horas de sono.

Merda.

Senti minha raiva aumentar. No dia em que pego o cavalete para dar um alerta, ela reage infringindo uma regra e tendo menos horas de sono do que exigi? Mas o que era isso?

Grunhi ao pensar no fim de semana seguinte, de repente feliz por ter cinco dias para preparar tudo. Cinco dias para me preparar.

Capítulo Dez

— Nathaniel — chamou Jackson, rompendo minha concentração. — Está tudo bem? Você se distraiu por um minuto.

— Quê? — Pisquei algumas vezes. — Estou bem, só um pouco cansado.

— Você? Cansado? — Ele parecia não estar convencido. — Não. Não pode ser.

De repente, eu não queria mais barulho. Queria silêncio. Silêncio para poder pensar.

— Na verdade, Jackson, acho que preciso dormir. Boa sorte no jogo de amanhã.

Ele me olhou de um jeito estranho, mas se levantou e pegou o casaco.

— Tudo bem, se prefere assim.

Acompanhei-o até a porta, levei Apollo para fora uma última vez e subi. O cavalete estava em meu quarto. Eu podia muito bem deixar ali. Era provável que precisasse dele na noite de sexta-feira.

Droga, Abigail.

Talvez, só talvez, ela terminasse cumprindo de algum jeito as oito horas de sono. Era duvidoso, mas ainda havia esperanças.

Sentei-me na cama e pensei em minha época com Paul, o dominador que foi meu mentor. A única pessoa a quem já me submeti. Ele me deu várias instruções sobre a punição, sendo a primeira regra não castigar por raiva. Nunca procedi assim e tinha certeza de que na noite de sexta-feira eu estaria mais calmo.

Meu pacote de instruções a Abigail listava as consequências da desobediência. Ao lado de "privação de sono", relacionei espancamento, vinte golpes por hora perdida.

Na hora, isso me pareceu fazer sentido; pensando bem agora, parecia exagerado. Meio demais. Deveria mudar? Abigail perceberia?

Não. Eu não podia mudar isso e conservar o respeito de que precisava como dominador dela. Seriam vinte golpes.

Lembrei-me de outra coisa que Paul me dissera: torne o primeiro castigo memorável e você não terá de repeti-lo tão cedo.

Sim. Eu o tornaria memorável e, deste modo, talvez consertasse também o resto de seu comportamento. Chega de sobrancelhas erguidas e hesitações.

A voz no fundo de minha cabeça me avisava que eu não podia puni-la por essas coisas. Elas faziam parte do passado. Deixei passar e a culpa era minha. Seria um erro trazê-las de volta.

Mas se eu aplicasse um castigo suficientemente memorável, desencorajaria esse tipo de comportamento.

Suspirei e fui para a sala de jogos, onde escolhi uma tira de couro. De volta ao quarto, coloquei em minha cômoda. Se eu olhasse para ela e o banco a semana toda, talvez me sentisse pronto na sexta-feira.

Eu podia fazer isso. Sabia que podia.

Eu era o dominador de Abigail, afinal, e era hora de começar a cumprir meu papel.

Paul me ensinara os três tipos de espancamento: erótico, de aquecimento e punitivo.

Dei a Abigail uma prova de um espancamento erótico com o chicote de equitação durante nosso primeiro fim de semana juntos. Os espancamentos eróticos atormentavam o receptor, aumentavam seu prazer — levando-o a um novo nível.

Ao contrário dos outros dois espancamentos.

O de aquecimento seria muito importante com Abigail. Sua pele era clara, branca e fina. Formava hematomas com facilidade. Eu precisava levar isso em conta, garantir que não deixaria nenhuma marca duradoura.

Vinte golpes com a tira de couro a deixariam marcada se primeiro eu não preparasse adequadamente seu traseiro. Mesmo com o aquecimento, eu teria de andar numa corda bamba, avaliando sua pele, suas reações e suas emoções. Suas emoções...

Ela ia chorar.

Eu a faria chorar. Poderia fazer isso?

Tinha de fazer, se quisesse que nossa relação avançasse. Se não conseguisse ver suas lágrimas, não tinha sentido mantê-la como submissa. Era uma realidade dura e fria de nossa relação.

* * *

Pedi a Sara para telefonar para Abigail na quarta-feira. O fim de semana seguinte, ao contrário dos outros, não começaria com uma refeição à mesa da cozinha. Primeiro, eu duvidava de minha capacidade de comer com Abigail pouco antes de castigá-la. Segundo, sua chegada às oito da noite, indo diretamente ao meu quarto, estabeleceria o tom da noite.

Liguei para o canil local e combinei de Apollo ficar a noite lá. Se Jackson e o time chegassem às semifinais, eu teria de enviá-lo no fim de semana seguinte, de qualquer modo. Seria mais fácil para ele se pudesse fazer uma adaptação. E, admiti a mim mesmo, eu o queria fora da casa.

Na noite de sexta, fiquei à janela que dava para a entrada, esperando que Abigail chegasse. Por fim, ouvi o carro alugado. Fechei os olhos.

Você pode fazer isso.

Precisa fazer isso.

Meu corpo se retesou quando ouvi a porta do carro bater. Ela estaria surpresa de Apollo não a ter recebido? A mudança que fiz no horário teria lhe dado alguma dica de que eu sabia que ela me desobedecera? Ela teria cara de remorso quando entrasse na casa?

A campainha tocou.

Abri a porta e ela estava parada ali, confusa, mas sem remorsos. Talvez tenha dormido até tarde na segunda e cumprido as oito horas.

— Abigail — falei, gesticulando para que entrasse no hall.

Ela entrou e olhou em volta.

— Teve uma boa semana? — perguntei, querendo que ela me contasse. — Pode responder.

— Foi ótima.

Talvez a dela tenha sido ótima. A minha certamente não foi. A minha foi uma semana terrivelmente perturbadora em que tentei pensar na melhor maneira de lidar com o que houve na noite de domingo.

— *Ótima*? — perguntei, um tanto irritado com sua resposta. Mas talvez, só talvez, ela não tenha infringido nenhuma regra. Eu lhe daria mais uma chance antes de fazer a pergunta diretamente. — Não tenho muita certeza se *ótima* é a resposta correta.

A confusão toldou sua expressão.

Sim, foi ótima. Ela não me desobedeceu. O castigo não seria necessário. Pela primeira vez em cinco dias, senti que conseguia respirar.

Ela arquejou e minhas esperanças afundaram.

— Abigail. — Respirei fundo. — Tem alguma coisa que você queira me contar?

Ela olhou o chão.

— Eu dormi só sete horas na noite de domingo

Fechei os olhos. Maldito Jackson por namorar Felicia.

Maldita Abigail por infringir uma regra.

E eu, por declarar que vinte golpes por hora perdida de sono eram adequados.

E que eu vá direito para o inferno por sequer pensar que ser o dominador de Abigail era uma boa ideia.

Mas...

Eu lhe dera as regras, tinha escrito as punições e, porcaria, eu era seu dom.

Endireitei os ombros.

— Olhe para mim quando falar.

— Eu só tive sete horas de sono no domingo à noite — repetiu ela, com clareza desta vez. Abigail era uma mulher que assumia seus erros.

— Sete horas? — Aproximei-me um passo. — Acha que preparei um plano para seu bem-estar porque estou entediado e não tenho nada melhor para fazer? Responda. — Talvez fosse isso. Talvez tudo fosse uma brincadeira para ela. Ela nunca nos levaria a sério se eu não a castigasse.

— Não, mestre.

Desculpe-se por infringir uma de minhas regras.

Mas ela ficou parada ali, ruborizada e temerosa.

— Eu tinha planos para esta noite, Abigail — declarei. — Coisas que queria mostrar a você. — E agora a biblioteca terá de esperar. — Em vez disso, teremos de passar a noite no meu quarto, aplicando sua punição. — Eu queria que ela soubesse que este fim de semana não deveria se passar assim. Sua desobediência alterou tudo.

Ela ia se desculpar?

— Lamento tê-lo decepcionado, mestre.

Isso. Obrigado. Foi isto mesmo que ela fez. Decepcionou-me.

— Vai lamentar ainda mais quando eu acabar com você. Meu quarto. Agora.

Observei enquanto ela subia a escada e ia para meu quarto. Depois me controlei para não agir com rispidez demasiada, nem por raiva. Abigail já estava assustada — eu precisava estar controlado.

Arregacei as mangas e fui ao segundo andar.

Ela esperava, nua, no cavalete. No fim de semana anterior, a visão de sua bunda nua tinha incitado minhas fantasias. Neste fim de semana, lembrava-me de que nossa relação tinha regras e Abigail infringira uma, embora as fantasias fossem boas. Infringir regras levava a consequências. Como criador das regras, eu as fazia cumprir e aplicava as consequências.

Passei a mão no cabelo. Não precisava gostar disso e não tinha de desfrutar, mas era necessário fazer.

Fui ao banco e afaguei gentilmente seu traseiro. Ela deu um pulo.

Nervosa.

Então éramos dois.

— Eu uso três tipos diferentes de espancamentos — comecei, querendo explicar meus métodos. — O primeiro é um espancamento erótico. É usado para aumentar seu prazer, para excitar você. O chicote, por exemplo. — Passei os dedos por sua bunda até seu sexo quente, enquanto media seu traseiro, planejando como e onde golpear quando chegasse a hora. Por pior que a noite fosse, eu queria que ela soubesse que os espancamentos podiam ser bons, que eu podia excitá-la tanto quanto castigá-la com eles.

Meu toque ficou mais rude e procurei alguma mudança de cor em sua pele. Belisquei para ver o quanto ficaria vermelha. Eu ainda não conhecia muito bem seu corpo e isso me ajudaria a julgar como sua pele reagia.

— O segundo espancamento é punitivo. Você não sente nenhum prazer. O propósito é lembrá-la das consequências da desobediência. Eu crio as regras para o seu bem-estar, Abigail. Quantas horas de sono você devia ter dormido por noite de domingo até quinta-feira? Responda.

— Oito. — Ela titubeou ao responder.

— Sim, oito. E não sete. — Desrespeitar minhas regras significava desrespeitar a mim. — Você evidentemente se esqueceu, então talvez um traseiro dolorido a ajude a se lembrar no futuro.

Talvez nós dois tenhamos nos esquecido de algumas coisas e isto ajudasse a ambos.

— O terceiro espancamento é de aquecimento. É usado antes do espancamento de punição. — Curvei-me e peguei a tira no chão. — Sabe por que preciso usar o espancamento de aquecimento?

Silêncio.

Pus a tira no banco, ao lado de seu rosto. Ela precisava ver.

— Porque sua bunda não conseguiria lidar com a punição primeiro.

Porque, de outra forma, você pode ter hematomas.

— Serão vinte golpes com a tira de couro, Abigail. — Mas eu precisava lembrar que havia uma saída. Ela podia usar a palavra de segurança. Nenhum de nós tinha de fazer isso. — A não ser que tenha alguma coisa a dizer.

Se ela tivesse entrado nesse acordo por qualquer outro motivo além de ser minha submissa, se não tivesse completa certeza de que queria ser dominada, eu descobriria agora. Ela só precisava dizer a palavra para que nossa relação chegasse ao fim.

Ela ficou em silêncio.

— Muito bem. — Se Abigail podia lidar com isso, eu também podia.

Coloquei-me de costas retas e comecei a bater nela. A princípio suavemente, certificando-me de que minha mão caísse em um lugar diferente de cada vez, aos poucos aquecendo as áreas em que eu usaria a tira — não alto demais, focalizando-me mais em seu ponto macio, bem onde as coxas encontram as nádegas.

Percebi quando os golpes passaram do agradável ao doloroso porque ela começou a se encolher antes que a mão descesse. Sua bunda ficou rosada e passei a bater com um pouco mais de força. Depois de alguns minutos, parei. Passei a mão em sua pele, testando, sentindo o calor, vendo se podia continuar. Ela não se retraiu a meu toque. A pele estava vermelha, mas eu sabia que podia lidar com o que vinha pela frente.

Eu esperava sinceramente que pudesse.

Peguei a tira ao lado dela.

— Conte, Abigail.

Ergui o braço e deixei a tira voar. Caiu com um baque sólido.

— Ai!

— O quê? — perguntei, erguendo o braço novamente.

— Um — disse ela apressadamente. — Eu quis dizer um.

Desci o braço de novo.

— Merda! — exclamou ela, depois se corrigiu. — Quer dizer, dois.

— Cuidado com o linguajar — alertei com o terceiro golpe.

— Tr... Três — gaguejou Abigail.

Desloquei-me para que o quarto golpe caísse em um ponto diferente da pele. Concentrei-me em seu traseiro, planejando de antemão onde o próximo cairia.

— Qua-quatro — contou ela, mas deslocou a mão para se cobrir logo que eu trouxe o braço para trás para descer o quinto. Parei e olhei de perto a pele vermelha diante de mim. Ela ainda estava bem. Ela sabia muito bem que não devia se mexer. Droga. Mas será que não aprenderia?

Passei a seu lado e sussurrei.

— Cubra-se de novo e vou amarrá-la e acrescentar mais dez. — Eu estava cansado de seus desafios. Isso teria de parar. Hoje. Agora.

Desci a tira no quinto, sexto e sétimo golpes. Rápido e pragmático. Ela contou a cada vez.

O oitavo desceu num ponto novo.

Ela começou a chorar.

— Oi... oito.

Por que eu decidi que vinte golpes era uma punição aceitável? Levei um segundo para passar a mão em sua pele. Ainda estava bem. Ainda não ia formar hematomas.

Fiz o que pude para calar meu cérebro para o nono, décimo, décimo primeiro e o décimo segundo, mas não conseguia. Eu precisava me concentrar nela, em suas reações, para saber se não estava sendo difícil demais para ela. Estava chorando de choque? A dor era muita?

— Tre... treze.

Parei novamente. Merda. Mais sete.

Deveria parar? Deveria usar a palavra de segurança?

Não, ainda não. Ela estava bem. Eu precisava continuar.

— Quatorze.

No décimo quinto, ela parou de contar.

— Abigail — chamei, sufocado.

— Desculpe. — Ela puxou o ar. — Quin... ze.

Mais cinco. Minha concentração se espatifava. E ali, diante de mim, estava Abigail King, a mulher que eu desejava e admirava havia tantos anos que perdi a conta.

Eu a fiz chorar. E a faria chorar mais.

Acabe logo com isso.

Meus golpes agora eram mais leves, mas eu sabia que ela não poderia notar. Bastava um tapa para doer nela depois do que já a fiz passar.

— Ah, meu Deus. Dezesseis. — Sua respiração era entrecortada. — Por favor.

Parei e pousei as mãos ao lado de seu corpo. Não tinha certeza de mais nada. Não tinha certeza se podia continuar. Nem se precisava. Ela finalmente usaria a palavra de segurança? É disso que precisa? Vinte golpes com uma tira de couro?

Por uma hora perdida de sono?

Recuei, subi a mão e a desci de novo.

Seu corpo teve um solavanco.

— Dezessete. Ah, por favor. — Ela soluçava. — Melhorar. Eu vou melhorar.

Acabe com isso.

Mais uma vez corri a mão por ela, avaliando. Poderia ela lidar com mais três? Talvez. Se fossem leves.

— Dezoito —sussurrou. — Eu dormirei dez horas.

Mais duas, West. Acabe com isso.

— Pare de implorar. — Eu não suportava ouvi-la implorar.

Golpeei novamente. Mais brando do que nunca.

— De... ze... nove.

Endireitei as costas de novo. Isso não ia acabar?

Dei um pigarro. Obriguei-me a falar.

— Quantas horas de sono você deve dormir, Abigail? Responda.

Seu corpo se sacudiu, em solavancos no banco.

— Oi... oi... oito — falou num misto de asfixia e bufo.

Mais um, eu disse a mim mesmo. *Mais um. Certamente você aguenta mais um.* E eu sabia que falava comigo mesmo, porque não tinha mais dúvida alguma de que Abigail era mais forte do que eu. Que ela podia aguentar o que eu fizesse com ela.

Desci a tira pela última vez.

— Vin... te.

Seus soluços encheram o ar.

Meu Deus, West. O que você fez? Olhe o que fez com esta linda criatura.

Eu estava enojado.

Enojado de mim e do que fiz.

Precisava que ela saísse do quarto. Não podia olhar para ela. Não podia olhar o que fiz.

Invoquei do fundo a voz mais severa que pude.

— Lave o rosto e vá para seu quarto. Você precisa colocar o sono em dia.

Esperei até que ela saísse cambaleando do quarto, depois caí no banco, enterrando o rosto nas mãos.

Capítulo Onze

O barulho de água corrente aos poucos me fez retomar a consciência e lentamente me ergui. Mais uma vez, ao que parecia, Abigail se provou mais forte do que eu. Quando mandei que fosse lavar o rosto e ir para seu quarto, ela foi sem hesitar. Ao contrário de mim. Eu padeci em meu quarto, chafurdando em autopiedade.

Uma voz interior sussurrou que eu devia ir vê-la. Dar a ela os cuidados que ela precisava tão desesperadamente. Mas meu orgulho me prendeu onde eu estava.

Se eu fosse a ela e desmoronasse, como sabia que podia acontecer, ela ia querer saber por que um dominador com tantos anos de experiência desabava depois de puni-la. Uma coisa levaria a outra e ela descobriria a verdade — que eu a conhecia muito antes de sua inscrição chegar a minha mesa.

Esperei até que a água em seu banheiro parasse de correr, depois parei, ouvindo por mais alguns minutos antes de ir ao corredor.

Ela chorava.

De novo.

Fui até sua porta e o choro parou.

Pus a mão para girar a maçaneta, mas a culpa me impediu de virá-la. Eu sabia como Abigail estaria.

De nariz escorrendo. Os olhos molhados. O rosto raiado de lágrimas.

Mas, pior de tudo, o que traria sua expressão? Ódio? Medo? Dor?

Se eu a procurasse, ela se intimidaria com meu toque? Se eu falasse, ela ouviria?

Suspirei.

Eu não podia fazer isso. Não podia enfrentá-la.

Coloquei a mão aberta em sua porta.

Não posso, Abigail. Não sou tão forte. Perdoe-me.

* * *

Era cedo para ir dormir — nem eram nove horas e a casa estava silenciosa demais. Comecei a me arrepender da decisão de mandar Apollo passar a noite num canil.

Fui à cozinha e peguei o telefone, para verificar.

— Alô, Sr. West — disse a recepcionista depois que me apresentei. — Como vai?

Não estava com humor para bater papo.

— Como está Apollo?

— Está indo muito bem, senhor. Muito melhor do que da última vez.

Não consegui encontrar energia para ficar feliz.

— O senhor virá buscá-lo amanhã às dez e meia? — perguntou ela.

— Sim.

— E vai deixá-lo aqui na próxima sexta-feira. — Eu podia ouvir o sorriso em sua voz. — Supondo que iremos ganhar neste fim de semana, é claro.

Era aqui que eu devia me envolver numa brincadeira espirituosa sobre futebol americano.

— Verei você amanhã — falei e desliguei.

Andei pela casa, verificando fechaduras e códigos de segurança. Ouvi passos no andar superior, mas ninguém desceu. Por mim, tudo bem. Se era para um de nós dormir esta noite, eu queria que fosse ela.

Sem pensar, fui à biblioteca e a meu piano. Senti uma pontada de dor ao pensar no quanto eu queria que o fim de semana passasse. Se eu tivesse sorte e Abigail ficasse comigo, talvez eu lhe mostrasse a biblioteca mais tarde.

Sentei-me ao piano, tentando decidir o que tocar. A canção que compus no fim de semana anterior, aquela inspirada na beleza de Abigail, provocava-me. Eu me atreveria a tocar sobre sua beleza? Que direito eu tinha de fazer isso depois do que fiz?

Eu não tinha esse direito.

A raiva me tomou e desafoguei a frustração nas teclas do piano, tocando as notas furiosas que martelavam em minha cabeça. Por um bom tempo, fiquei perdido na fúria, mas, como sempre, tocar ajudava a me restaurar a calma. Por fim, a doçura, a própria essência dela me tomou e me vi incapaz de fazer algo além de deixar que me dominasse.

Eu não era um covarde, disse a mim mesmo na manhã seguinte. Eu estava dando tempo a Abigail. Tempo para o que, não sabia dizer. Só sabia que não estava pronto para enfrentá-la e suspeitava de que ela sentia o mesmo.

Saí de casa logo depois das seis e fui à cidade, até meu escritório. Três horas depois, não tinha feito nada. Pensei no bilhete que deixei na cozinha. Será que Abigail o encontrou? Ela ainda estaria em minha casa quando eu voltasse ao meio-dia?

Eu tinha de falar com alguém, alguém que compreendesse. Olhei o relógio, peguei o telefone e fiz algo que não fazia havia meses: telefonei para Paul.

— Alô — disse uma voz feminina e animada do outro lado da linha.

— Olá, Christine. É Nathaniel. — Christine e Paul estavam casados há três anos. Ela também era sua submissa.

— Nathaniel. Já faz muito tempo.

— Eu sei. — Eu ainda não estava pronto para jogar conversa fora. — Paul está por aí?

— Está bem aqui. Espere um pouco.

Ouvi vozes abafadas e o som inconfundível de um beijo.

— Nathaniel — disse Paul. — O que está havendo?

Desabafei tudo. Falei longamente de Abigail, que ela era inexperiente, que eu a tomara como submissa, e finalmente entrei nos detalhes da noite anterior — as regras que criei, que ela infringiu, a punição.

O tempo todo, Paul me deixou falar e fez comentários adequados. Sim, a punição foi necessária. Sim, sempre é difícil punir uma submissa. Sim, eu era normal. Sim, eu superaria. Sim, nossa relação só cresceria a partir dali.

Podia confiar que Paul saberia exatamente do que eu preciso. Senti-me melhor em segundos.

— O que você fez depois para cuidar da situação? — perguntou ele.

— Estou falando com você — falei sem pensar. Percebi meu erro assim que as palavras saíram de minha boca.

— Isso eu entendi — replicou ele. — O que você fez por ela na noite passada?

Não consegui falar. Pela primeira vez na vida, eu não tinha palavras.

— Nathaniel — insistiu ele quando o silêncio se arrastou. — Por favor, diga que estou interpretando sua hesitação da maneira errada. Como foram os cuidados depois?

— Eu não... Quer dizer... Eu não pude...

— Os cuidados, Nathaniel — persistiu ele com mais intensidade. — O que você fez?

Fechei os olhos.

— Nada.

— Você bateu vinte vezes com uma tira de couro numa submissa e não fez nada para cuidar dela depois?

— Não consegui encará-la... Eu achei que ela não quisesse... — Parei. Não havia desculpas para meu comportamento.

— Eu, eu, eu — disse Paul, debochando de mim. — Não se trata de você, Nathaniel. Se não entender isso, não tem sentido ter uma submissa.

Ele tinha razão. Eu não podia discutir com ele.

— Essa mulher lhe deu sua submissão e é sua responsabilidade tratar essa submissão com o respeito que ela merece. — Eu o ouvi bater o punho na mesa ou numa bancada. — Que merda, Nathaniel, eu treinei você melhor do que isso. Você tratou todas as suas submissas com esse descuido? Esqueceu-se de que suas necessidades são secundárias?

— Não — sussurrei.

— Quero que entenda uma coisa — falou ele com a voz fria e calma que eu sabia que ele usava para transmitir seu desagrado. — O único motivo para eu não pular no próximo avião para Nova York e bater no seu rabo quarenta vezes com uma palmatória de couro é que Christine está a dias de dar à luz ao nosso primeiro filho.

Ele teria feito isso. Eu sabia que teria. E eu deixaria, embora ele nunca tenha sido meu mestre. Seria preferível à dor que me devorava por dentro. Quarenta golpes com uma palmatória de couro terminariam em algum momento. Não deixariam uma dor crônica.

— Não acredito em você. Não acredito mesmo. — Ele parou por um minuto. — Onde ela está? Deixe-me falar com ela.

— Ela não está aqui. Estou no escritório, no centro.

— Você a deixou sozinha? Completamente sozinha?

— Sim.

Silêncio do outro lado da linha e, por fim:

— Parte de mim torce para que ela nem esteja em sua casa quando você voltar. Que ela o tenha deixado.

Meu maior medo.

— Mas parte de mim — continuou ele — acha que seria fácil demais para você. Quero que ela esteja lá. E quero que você tenha de lidar com ela.

Continuei em silêncio.

— O que você vai fazer? — perguntou ele. — Como vai corrigir isso?

Respirei fundo e descrevi meus planos para o dia. Depois de detalhar tudo, finalmente desliguei, prometendo ligar mais uma vez no dia seguinte.

Peguei Apollo no canil e fui para casa, aliviado quando parei e vi movimento pela janela da cozinha. Entrei na casa em silêncio, mas Apollo meteu o focinho por mim e correu para a cozinha, com as unhas arranhando o piso de tábua corrida. Um grito abafado veio do corredor, seguido por um latido alto e eu sorri, mesmo a contragosto.

Ela ainda estava na casa. Na cozinha, até. Preparando o almoço. Pão, se identifiquei o cheiro que sentia no corredor. Bastou isso para me dizer o que eu temia — ela provavelmente não tinha sentado o dia todo. E precisava se sentar. Ela precisava se sentar e ver que seu traseiro não estava tão machucado quanto ela achava.

Entrei na sala de estar e peguei uma almofada no sofá. No armário de roupa de cama e banho do primeiro andar, peguei uma pilha de toalhas e coloquei-as para aquecer na secadora. Depois fui à sala de jantar e pus a almofada na cadeira ao lado da minha.

Eu precisava manter o foco nela. Imediatamente.

Meu coração ficou apertado quando ela entrou na sala de jantar ao meio-dia. Deprimiu-se porque de repente eu entendi que havia coisas piores na vida do que o rosto de Abigail mostrando dor, medo ou até ódio.

A pior coisa era o rosto de Abigail não mostrar nada.

Suas mãos tremiam um pouco quando ela baixou o prato à minha frente, mas seus olhos estavam vagos.

Viu o que você fez? Você destruiu sua luz.

— Coma comigo — instruí, porque foi a única coisa que consegui falar.

Ela voltou à cozinha e levei um segundo para fechar os olhos e controlar meus pensamentos.

Ela ainda estava aqui. Queria ficar. Ainda queria que eu fosse o dominador dela.

Ela voltou à sala de jantar e parou só por um instante quando puxou a cadeira e viu a almofada.

Sente-se, Abigail. Precisa ver que não é tão ruim quanto você pensa.

Ela se sentou lentamente, testando. Eu quase a ouvi suspirar de alívio.

Se eu tivesse sido o dom que precisava ser, teria preparado o café da manhã e a feito se sentar então.

Comemos em silêncio. É claro que comemos em silêncio — ela não ia falar a esta mesa. Por que decidi comer aqui, e não na cozinha?

Porque você é um covarde. Porque você não quer que ela diga o que pensa. Agora deixe de onda e fale com ela.

— Olhe para mim, Abigail.

Ela deu um salto.

Merda. Voltamos a isso.

Seus olhos vagos me olharam e invoquei forças para continuar.

— Não gosto de castigá-la. — O eufemismo do ano. — Mas tenho regras e quando você as infringir, eu *vou* castigá-la. Rápida e sonoramente.

Por mais que a noite passada tenha magoado a nós dois, ela precisava entender esse ponto, se quiséssemos continuar.

— E não faço elogios gratuitos, mas você se saiu muito bem ontem à noite. Muito melhor do que eu esperava.

Minhas palavras tocaram alguma coisa, porque algo brilhou em seus olhos pelo mais breve dos segundos.

Eu não merecia esse brilho.

— Termine de comer e me encontre no saguão em meia hora com seu roupão.

Saí da mesa, levei as toalhas para fora e liguei a hidromassagem. Depois que voltei para dentro, vesti o roupão e esperei que Abigail se juntasse a mim.

— Venha comigo — orientei quando ela me encontrou.

Seus olhos eram cheios de perguntas, mas ela não disse nada ao andarmos pela sala de estar e sairmos. Ela nem mesmo hesitou quando abri a porta — simplesmente passou com se fosse completamente normal ficar ao ar livre de roupão em pleno inverno.

Ela parou e esperou por instruções quando chegamos à hidro. Aproximei-me dela um passo e respirei seu cheiro maravilhoso. Sim, ela ainda estava aqui. Sim, podíamos fazer isso dar certo.

Desamarrei seu roupão, ansioso para ver se o castigo tinha deixado alguma marca duradoura.

Rezando para que não tenha deixado nenhuma marca.

— Vire-se — comandei.

Ela se virou lentamente, quase constrangida.

— Que bom — falei, passando a mão pela pele clara de seu traseiro. Ela não se encolheu. — Não vai ficar com hematoma.

Tirei o roupão e peguei sua mão, levando-a para a banheira.

— Vai arder um pouco — avisei. — Mas deve passar logo. — Eu precisava colocá-la na água, precisava que ela relaxasse um pouco.

Ela arquejou ao entrar na banheira. Eu imaginava a breve pontada que podia causar, mas sabia que era o que seu corpo precisava. Sabia que depois ela se sentiria melhor.

— Nada de dor hoje. Só prazer — declarei, puxando-a para se sentar de lado sobre mim, para que não houvesse pressão em seu traseiro.

Ela se sentar no meu colo era mais do que eu merecia. Mais do que eu tinha direito. Mas eu era um cretino ganancioso e queria mais. Queria que ela me tocasse. Queria suas mãos em mim.

Mordisquei seu pescoço.

— Toque em mim — cochichei. Toque em mim. Diga que você está bem. Diga que podemos superar a noite passada.

Por favor.

A mão insegura correu por meu peito e gemi de prazer.

Isso.

Suas mãos roçaram para baixo e ela me segurou. Prendi a respiração.

— Com as duas. — Ela pegou meu pau com as duas mãos e apertou um pouco.

Merda, ela me conhecia bem.

— Você aprende rápido. — Rodei-a gentilmente para que ela montasse em mim, tomando cuidado para que a posição não pressionasse desnecessariamente sua bunda.

Senti-me inebriado de prazer. O prazer de ela ainda estar comigo e o prazer de mais uma vez podermos fazer isso juntos.

Afaguei seus braços.

— Você está bem? Podemos ficar só sentados aqui, se quiser.

Ela meneou a cabeça.

— Fale comigo — pedi. Ela estava posicionada bem acima de meu pênis e ele estava duro demais para eu pensar direito. Se ela quisesse se sentar, era melhor me dizer logo.

— Eu quero... — começou ela, e alegrei-me ao ouvir sua voz. — Quero que você toque em mim.

Não precisaria pedir duas vezes. Passei as mãos por suas costas, esfregando e massageando ao descer. Seus músculos estavam tensos e tesos, e eu queria mais do que tudo que ela relaxasse sob minhas mãos. Queria lhe dar prazer.

Seus lábios se abriram enquanto eu lentamente rodeava seus seios e afagava o contorno de suas costelas. Ela me olhou, indagativa.

— O que foi? — perguntei. — Fale comigo.

Ela lambeu os lábios.

— Posso tocar em você?

Sorri e levei suas mãos da lateral da banheira para meu peito.

— O que você quiser.

Nos minutos seguintes, exploramos um ao outro com nossas mãos em carícias gentis, embaixo da água e acima dela. Não tive pressa e lentamente seu corpo relaxou para mim. Por fim, a tensão e a dor se esvaíram, deixando apenas a dor ardente da carência. E enquanto seu corpo reagia a meu toque, senti minha própria dor se dissolver. Senti que minha necessidade se reacendia.

Eu podia fazer isso, disse a mim mesmo. Podia ser seu dominador. Tínhamos passado pelo primeiro castigo e podíamos continuar.

Passei um dedo para dentro dela e ela arqueou contra minha mão.

— Está pronta, Abigail? — provoquei-a.

— Sim, por favor — sussurrou ela.

Peguei seus quadris e baixei lentamente em meu pau. Ela estava mais quente do que a água. Levantei-a e a baixei com as mãos, cuidando para não tocar em seu traseiro. Ela passou as mãos em meu pescoço e se impeliu para mais junto de mim. Segurei seus quadris para que ela não tivesse de se mexer e entrei e saí delicadamente dela.

— Deixe que eu cuido disso, Abigail. Você só deve sentir.

Ela baixou a cabeça para a frente, cravando as mãos em meu cabelo e sussurrando um leve "tudo bem".

Subi meus quadris aos dela, provocando, implicando. Certificando-me de que ela sentisse cada grama possível de prazer. Ela parecia não ter peso na água. Vi o suor brotar em seu rosto e dei uma estocada mais forte, querendo que ela gozasse. Querendo mais do que tudo substituir a dor da noite passada pelo prazer.

— Goze para mim — pedi enquanto mexia os quadris e entrava mais fundo. — Me deixe ver você gozar.

Ela mordeu o lábio de concentração e soltou um gemido enquanto se contraía em volta de mim. Dei outra estocada, sentindo seu gozo incitar o meu, e me esvaziei dentro dela.

Sua cabeça pousou em meu ombro enquanto relaxávamos. Finalmente eu a peguei e a sentei em meu colo de novo, desfrutando dos jatos e do calor da banheira, saboreando os minutos após nosso prazer juntos.

— Vamos ficar sentados aqui um pouquinho e descansar — sugeri, de repente fatigado tanto do turbilhão emocional da noite anterior quanto das emoções conflitantes da manhã.

Ficamos em silêncio, nenhum de nós disposto a começar alguma conversa, ambos precisando apenas se certificar de que tudo estava bem.

Depois de mais um tempo assim, notei seu rosto quente e percebi que ela precisava sair da banheira. Levantei-me primeiro, pegando uma toalha e lhe estendendo.

— Abigail.

Enrolei-a na toalha depois de ela sair da banheira e a sequei delicadamente. Depois peguei minha própria toalha.

— Como está se sentindo? — perguntei, secando minhas pernas e subindo pelo corpo.

Ela bocejou.

— Cansada.

É claro que estava cansada — provavelmente não dormira muito à noite e qualquer sono que tenha tido deve ter sido inquieto.

— Quer tirar um cochilo?

A surpresa cobriu seu rosto e ela sorriu.

— Sim.

Levei-a à casa e abri a porta para ela.

— Vá descansar, então, e não se preocupe com o jantar. Eu prepararei.

Capítulo Doze

Na noite de domingo, pensei em como foi o restante do fim de semana com Abigail. Em como ela parecia descansada na noite de sábado. No seu prazer com o jantar que eu preparei. Sobretudo, pensei na conversa que tive com Paul na noite de sábado. Ele estava mais calmo e não me ameaçava mais com as quarenta chibatadas. Mas eu ainda sabia que as merecia.

Depois que Abigail foi embora, fui jantar na casa de Linda. Uma vez por mês Jackson, Todd, Elaina e eu nos reuníamos na casa de minha tia para jantar. Nesta noite em particular, discutiríamos o fim de semana seguinte na Filadélfia.

Eu queria fazer uma surpresa para Abigail, então não falei sobre a Filadélfia. Quando ela chegasse na sexta à noite, eu a levaria ao aeroporto e pegaríamos meu jato particular. Passaríamos o fim de semana na Filadélfia, veríamos o jogo no domingo e voltaríamos de jato a Nova York no domingo à noite.

Um fim de semana perfeito.

Elaina esperava por mim no hall da casa de Linda.

— Onde está a Abby? — perguntou ela enquanto eu pendurava o casaco no armário.

Só o som de seu nome me fazia sorrir.

— Tinha outros planos para esta noite. — *Eu não a convidei*, eu queria dizer. *Não quero que ela se sinta obrigada.* — Jackson trouxe Felicia?

Ela revirou os olhos.

— Jackson ainda não voltou.

— Bom, então — comentei. — Eu teria colocado Abigail numa situação desagradável, não? Sabendo que estava aqui conosco enquanto Felicia ficou para trás.

— E como está a Abby este fim de semana?

— Bem. — Era a verdade. Ela parecia mais ela mesma quando saiu de minha casa mais cedo. Pensei em nossa despedida.

— Boa semana para voce, Abigail — desejei, roçando a ponta dos dedos em seu braço.

— Obrigada. — Ela baixou os olhos.

— Olhe para mim — ordenei. Quando ela me olhou nos olhos, eu sorri. — Sexta-feira, seis horas?

Seus olhos se arregalaram.

— Seis horas.

— Até lá, então — falei, abrindo a porta e vendo-a entrar no carro que aguardava.

Mais cinco dias.

— Nathaniel? — perguntou Elaina.

— Humm? Desculpe, eu estava, hum, pensando na rabanada de Abigail.

— Sei. Rabanada. É assim que os solteiros chamam hoje em dia?

Pisquei.

— Não, rabanada de verdade. Abigail cozinha muito bem.

— Eu estava brincando. Meu Deus, calma.

Fomos para a sala de jantar. Abracei Linda e lhe dei um beijo no rosto.

— Nathaniel — disse ela. — Pensei que você traria Abby.

— Talvez da próxima vez. Precisa de alguma ajuda?

— Não. Todd está me ajudando.

Todd entrou trazendo uma travessa de galetos à Cornualha que pareciam deliciosos e fomos para a imensa mesa de jantar.

— Nathaniel. — Elaina se sentou. — Você não disse que a Abby trabalha na biblioteca pública em Midtown?

— Sim.

— Que bom. — Ela colocou o guardanapo no colo. — Vou convidá-la para almoçar na quinta-feira. Acha que ela aceitará?

Parte de mim se perguntou o quanto Elaina sabia de meu estilo de vida. Pensei que mantinha bem-escondido, mas havia algo no modo como Elaina me olhava. Parte de seus comentários me fazia pensar.

— Tenho certeza de que ela adoraria almoçar com você — respondi. — Quer o número dela?

— Não. Vou fazer uma surpresa.

* * *

Elaina me ligou na tarde de quinta-feira.

— Acabo de falar com a Abby. Vamos nos encontrar no Delphina's em meia hora. Contarei a ela todos os seus segredos mais secretos e sombrios.

— Faça isso. — Eu ri, certo de que nada que Elaina contasse a Abigail iria assustá-la. Não depois do fim de semana anterior. — Me conte como foi.

Sentei-me à minha mesa e pensei em pegar Abigail no Delphine's. Estaria eu preso numa relação com ela que sempre seria definida por nossa natureza sexual? Poderia eu convidá-la a sair e esperar que ela me quisesse como um homem? Assim como dominador?

Paul e Christine conseguiram, mas Paul e Christine não tinham a história que tenho com Abigail. Eles começaram claramente definidos como dominador e submissa e sua relação cresceu aos poucos.

"Ao contrário do quê?", perguntei a mim mesmo. Devaneando com uma garota que você não tem coragem de abordar como um homem comum?

Mas eu não era um homem comum. E sabia que nunca seria um homem comum. Sempre seria dominador. Talvez um dia eu misturasse os dois desejos, mas realmente queria tentar isso com Abigail?

Ela ia querer que eu misturasse?

"Não", disse a mim mesmo. Era melhor pensar que a vida de Paul e Christine era algo saído de um livro — algo que eu nunca teria. Era mais seguro imaginar o que poderia ser em vez de tentar e fracassar.

Eu fracassei com Melanie. A experiência ainda me assombrava.

Contei a Melanie, no início de nossa relação, sobre minha natureza sexual. Ela sabia tudo de minhas submissas anteriores, com ou sem coleira. Estava plenamente consciente de minhas experiências passadas e ficou emocionada que eu quisesse tentar algo mais tradicional com ela.

O sexo com Melanie era só sexo. Estava ali. Acontecia. Não havia muito a dizer sobre isso. Reprimi minha natureza dominadora e disse a mim mesmo que o sexo ficaria melhor com o tempo. Só precisava me acostumar a ser mais normal.

Nunca mencionei a Melanie como nossa vida sexual me deixava insatisfeito, mas eu suspeitava de que ela soubesse. Às vezes, ela insistia que eu amarrasse ou a espancasse. Eu sempre sorria e dizia que talvez depois, sabendo muito bem que o "depois" não chegaria nunca.

Por cinco meses tentei negar a mim mesmo e por cinco meses a necessidade se tornou mais pronunciada. E me vi ficando mais indócil. Mais ríspido e grosseiro.

Esperei por uma quinta-feira. Nas noites de quinta, Melanie sempre jantava com os pais e passava o resto da noite no asilo em que sua avó morava. Esperei até as sete horas, peguei a chave de minha sala de jogos e entrei no ambiente que evitei por cinco meses.

Andei por ali, tocando meu equipamento. Lembrando-me. Senti-me tentado a ligar para alguém e jogar — só uma vez —, mas não podia fazer isso. Não podia fazer isso com Melanie. E jogar de novo faria de mim um fracasso. Eu havia dito a Melanie que meu passado ficara para trás e falei sério.

Então, por que ainda tinha uma sala de jogos? Por que não me livrava de tudo?

Porque eu sabia que não podia desistir.

Peguei um açoite de camurça na parede e passei os dedos pelas tiras, lembrando-me da última vez que usei...

Eu tinha convidado um amigo dominador e sua submissa de coleira a minha sala logo depois de meu término com Beth. Horas depois, estávamos fundo no jogo. Jen estava de joelhos diante de Carter, com seu pau na boca. A pedido de Carter, eu a chicoteava com o açoite de camurça. Sincronizei os golpes com cada arremetida dos quadris de Carter, meus olhos e a concentração fixos em Jen — em sua respiração, em seus movimentos.

Meu pau ficou duro enquanto eu esperava que ele gozasse em sua boca. Ele se demorava, as mãos se enterravam no cabelo dela, segurando o máximo que ele podia.

— Caralho, Nathaniel — disse ele. — Essa boca é tão quente. Se quiser se servir, não vou me importar.

Eu sabia de muitos dominadores que dividiam suas submissas e, embora isso nunca me incomodasse, nunca fui daqueles que partilhavam minhas submissas de coleira com outros. Seria hipocrisia minha aceitar a oferta de Carter?

Voltei a me concentrar em Jen. Seu corpo se retesou com o esforço de controlar o próprio desejo.

Merda. Eu a deixava ligada com o açoite. Eu a excitava. Meu pau se comprimia nos jeans.

Eu faria isso?

— Isso, minha Jennie — elogiou Carter. — Firme e com força.

Jen mexia o corpo e estávamos todos sincronizados — os quadris de Carter, Jen e meu açoite.

— Não posso mais segurar. — Carter ofegou. — Diga aí, Nathaniel. Você devia mesmo trepar com essa boca.

Abri o zíper.

— Nathaniel!

A voz de Melanie invadiu minhas lembranças e abri os olhos. O açoite caiu a meu lado. De algum modo, durante o devaneio, eu abri as calças e estava me acariciando.

— Mas o que é isso? — gritou Melanie.

Ela estava na porta da sala de jogos com as mãos nos quadris e todo o sangue tinha sumido de seu rosto.

— Espere lá embaixo — falei, fechando as calças.

— Só quando você me disser...

— Agora!

Ela se virou bufando e saiu pisando duro. Saí do quarto e fechei a porta.

Melanie esperava na sala de estar, andado de um lado a outro.

— Quer me explicar o que eu acabo de ver?

Desabei no sofá. Senti que tinha uns 100 anos.

— Você sabia. Jamais guardei segredo de quem eu era.

— Você me disse que ia tentar. Que não ia mais fazer isso. — Ela andou até a lareira.

— Eu não estava fazendo nada, Melanie.

— Não foi o que me pareceu. O que era... aquela... coisa em sua mão?

— Um açoite.

— Um açoite? — perguntou ela, sem acreditar. Ela parou de andar. — Você açoita as pessoas?

— Não olhe para mim desse jeito. É bom, se quem açoita sabe o que está fazendo.

— E você sabe, suponho?

— Claro que sei o que estou fazendo. — Senti a raiva começar a ferver dentro de mim. — Fiz isso por muito tempo.

Ela bufou mais uma vez e se afastou de mim.

— Aquele quarto. Aquele quarto com todas aquelas coisas... Não sei... — Seus ombros arriaram. — Pensei em vir te fazer uma surpresa esta noite. Mamãe ficou com minha avó. Acho que quem se surpreendeu fui eu, hein?

Levantei-me e a abracei.

— Desculpe. Pensei que você estivesse fora. Eu só queria... Só queria me lembrar. Pensei que isso me ajudaria. Que ajudaria a nós dois. Jamais quis que você soubesse.

Ela chorava. Eu detestava saber que tinha provocado suas lágrimas.

— Melanie — sussurrei. — Por isso eu jamais quis jogar com você. Você não ia gostar. É só que... não daria certo. — "*Como nós não damos certo*", eu queria acrescentar.

Ela se virou para mim com os olhos cheios de lágrimas.

— Eu posso tentar, Nathaniel. Por favor, me deixe tentar.

— Não. Por favor. Não é culpa sua. É minha. — Afaguei suas costas enquanto ela chorava. — É tudo culpa minha.

Por mais um mês, cumprimos a rotina. Fingindo que estava tudo bem. Dormimos juntos, saímos, tentamos deixar para trás aquela noite de quinta.

Não deu certo.

Eu era quem era e Melanie era quem ela era.

Eu disse que ela merecia algo melhor do que eu. Merecia um homem que a amasse como precisava ser amada. Que não precisasse de um estilo louco como o meu. Ela me implorou para lhe dar uma coleira, para tentar jogar com ela, mas eu não podia. No fundo eu sabia que Melanie nunca seria uma submissa.

E sabia que eu sempre seria dominador.

Meu telefone tocou, arrastando-me de volta ao presente. Olhei o identificador de chamadas. Elaina.

— Oi, Elaina. E como foi?

— Contei a Abby seus segredos mais profundos e ocultos e ela disse que não se importava.

— Sua boba, eu podia ter te dito isso.

— Gosto muito dela. É melhor segurar essa mulher.

— É o que pretendo fazer. Onde vocês estão?

— Acabamos de sair do Delphina's. Vou ver Linda e Abby acaba de pegar um... Abby! — gritou Elaina de repente. — Pare!

Levantei-me de um salto, fazendo a cadeira do escritório voar pelo chão.

— Elaina!

Ouvi um estrondo terrível pelo telefone e um gemido baixo de Elaina.

— Ah, meu Deus. Abby.

— Elaina! — gritei ao telefone. — Onde está a Abby? O que houve? — Ela não respondeu. — Elaina!

— Ah, meu Deus. Nathaniel — disse ela. — É a Abby. Ela... Aconteceu algo.

Meu coração parecia estar nas mãos do homem mais forte do mundo. Eu não conseguia respirar e só um pensamento passava por minha cabeça.

Abby.

Abby.

Abby.

Capítulo Treze

— Elaina! — gritei novamente, mas ela não respondeu. Da outra ponta da linha, ouvi vozes frenéticas e o barulho de uma porta de carro batendo. — Elaina!

O que aconteceu com Abby? O que Elaina queria dizer com aconteceu algo? Abby estava envolvida no acidente que acabei de ouvir?

E então ouvi gritos.

"Chame uma ambulância!"

"Ela está respirando?"

"Encontrou a pulsação?"

Respirando? Pulsação?

Abby?

— Elaina! — gritei.

Nada.

— Abby. — Finalmente ouvi Elaina dizer. O tom de sua voz não me reconfortou. Preparei-me para ouvir mais. — Abby, acorde. Acorde, Abby.

"Não a mova", disse mais alguém. "Ela pode ter quebrado o pescoço."

Meu corpo se sacudiu e meus pés ameaçaram ceder. Quebrou? Abby? Peguei a chave com os dedos atrapalhados. Um táxi ou o carro?

— Elaina! — tentei novamente. Peguei a chave e ela caiu em minha mesa. — Elaina! Droga. Fale comigo!

Peguei a chave de novo, desta vez segurando firme. O carro.

— Ela está viva, Nathaniel. — Elaina chorava.

A chave caiu novamente. Viva? Havia alguma dúvida? Apanhei a chave e a coloquei no bolso.

— Para onde vocês vão? — perguntei enquanto saía trôpego do escritório.

— Sr. West — disse Sara, pulando de sua mesa.

— Estou saindo! Não sei quando vou voltar. — Virei-me uma vez mais para o telefone. — Onde, Elaina?

— O Lenox — disse Elaina com a voz trêmula. — Vou levá-la para lá. Eu ligo para Linda.

Não me lembro muito do percurso até o hospital. Tentei ligar para Elaina várias vezes no caminho, mas ela não atendia. Linda também não atendeu ao telefone.

Parei no estacionamento, saí do carro às pressas e corri à emergência. Será que elas ainda não chegaram?

Por que Elaina não atendia ao telefone?

Porque Abby tinha piorado.

Senti náuseas.

Ela piorou. Ou seu pescoço estava quebrado. Ou sua pulsação...

Eu não podia pensar nisso. Não podia.

Explodi pelas portas do hospital e a recepcionista levantou a cabeça e sorriu. Felizmente, era alguém que eu reconhecia de minhas visitas anteriores a Linda.

— Sr. West — disse ela. — Como va...

— Vim ver uma paciente. — Meus olhos disparavam freneticamente pela sala.

— Nome da paciente?

— Abigail King.

— Não a vejo aqui. — Ela olhava a tela do computador. — Talvez tenha acabado de dar entrada.

— Sim! — gritei, contra a minha vontade. Mas que droga, quando ela me deixaria entrar? — Acabaram de trazê-la.

— Espere. — Ela pegou o telefone.

Esperar? Esperar? Será que o mundo inteiro enlouqueceu?

Ela falou em voz baixa ao telefone, tendo uma conversa que pareceu levar anos. Levantou a cabeça.

— Ela está na ala de traumatismo quatro. Vou deixar que o senhor entre, mas terá de ficar na sala de espera.

A porta a minha direita finalmente se abriu e passei correndo.

Já estive antes na emergência, principalmente para ver Linda. Disparei pelo corredor e entrei à esquerda. Médicos e enfermeiras corriam a minha volta, mas meus olhos estavam focalizados na sala no final do corredor.

Abby!

Se eu pudesse entrar na sala. Só ficar ali. Por que o corredor tinha de ser tão comprido?

— Nathaniel! — Elaina veio correndo para mim. — Ela está bem. Ela vai ficar bem.

Empurrei-a de lado e abri a porta.

— Abby! Abby!

E parei de repente.

A equipe de traumatismo trabalhava freneticamente, andando pela sala, todos falando ao mesmo tempo. O centro de sua atenção era Abby. Estava nua, imóvel como um cadáver e o sangue de sua cabeça ensopava o lençol branco do leito. Só quando alguém tocava nela é que seu corpo se mexia. Tão vulnerável. Tão frágil.

Abby?

Segurei-me no batente da porta para me equilibrar.

Vozes murmuradas. Alguma coisa metálica.

"A chamada chegou horas depois", disse uma voz de homem. "Leva muito tempo para sair daquela vala. Nem imagino que alguém ainda esteja vivo."

Eu não conseguia abrir os olhos. Doía demais. Onde estava minha mãe? Onde estava papai? Por que eles pararam de falar?

"Provavelmente bateu no gelo. Não teve chance nenhuma depois de cair na vala."

"Um homem e uma mulher. Chegaram sem vida. Droga, todo esse sangue."

"Tem uma criança no banco traseiro!"

As vozes não eram de meus pais. Quem eles eram? O que houve?

Abri os olhos aos poucos. Não doía tanto se eu só mexesse meu olho.

— Ei! Você não pode ficar aqui!

Sacudi-me e olhei para Abby. Ela respirava? Eles verificavam sua intravenosa, tiravam a pressão sanguínea e a plugavam a monitores. Isto era um bom sinal, não era? Só era ruim quando eles paravam.

— Meu nome é Nathaniel West — falei. — Sobrinho de Linda.

— Não me importa quem você seja. Não pode ficar aqui!

Fiquei onde estava, incapaz de tirar os olhos de Abby e do sangue. Todo aquele sangue.

— Por que você não... — comecei.

— Não me obrigue a chamar a segurança!

Duas mãos gentis pegaram meus ombros.

— Nate.

— Linda! — Virei-me de repente. — Ela está bem? Por que eles não estancam o sangramento?

— Ela está bem. Deixe que trabalhem. — Ela me empurrou pela porta. — Você não pode ficar aqui. Sairei daqui a alguns minutos.

A porta se fechou a minhas costas e fiquei de frente para Elaina. A maquiagem estava borrada em seus olhos e ela fungava.

— Ela vai ficar bem?

Virei-me para a porta fechada.

— Não sei.

O tempo pareceu parar. Medi sua passagem por minha respiração. Desejando que Abby continuasse respirando. Ninguém mais entrou na sala de traumatismo. Mas também ninguém saiu. Isso era bom?

O que eu faria se alguma coisa acontecesse com Abby?

Certamente nada aconteceria com ela. Não agora. Não quando ela finalmente tinha um lugar em minha vida.

Se eu nunca mais a visse...

Pare com isso!

Curvei-me e segurei os joelhos. Não podia pensar assim. Não ia pensar desse jeito.

Enfim a porta se abriu e eles a carregavam para fora na maca.

— O que está havendo? — perguntei, correndo a seu lado. Ela ainda estava imóvel, mas o sangue tinha sido limpo. A maior parte dele, de qualquer modo. — Ela está bem?

Por que ninguém respondia?

— Abby — chamei, olhando o corredor atrás dela.

— Nathaniel, Elaina — disse Linda, vindo atrás de nós. — Vamos nos sentar.

Apontei o corredor.

— Eu quero...

— Eu sei, mas não pode ir. — Linda se sentou no banco, dando um tapinha no assento a seu lado. — Sente-se.

— Ah, meu Deus. — Meus joelhos estavam fracos de novo e eu lutava para respirar. — É ruim. É muito ruim.

— Nathaniel! — insistiu ela com mais intensidade. — Ela vai ficar bem. Sente-se.

Sentei-me.

— Não houve fraturas — explicou ela enquanto Elaina se sentava do outro lado. — Acreditamos que ela teve uma concussão, mas precisamos de uma tomografia para ver a extensão dela.

— Por que ela não acordou? — perguntou Elaina.

— O cérebro é um órgão extraordinário — respondeu Linda num tom baixo e tranquilo. — Ele sabe do que o corpo precisa, mesmo quando não compreendemos. Sei que ela vai despertar em breve. Ela ficará no quinto andar, na ala G. Por que não sobem e esperam por ela? — Ela se levantou para sair. — E alguém precisa ligar para Felicia.

Uma hora depois, levaram Abby para o quarto. Eu segui, ansioso para vê-la e tocar nela. Uma enfermeira ficou, verificando os sinais vitais.

— Ela está consciente? — perguntei.

— Ainda não, Sr. West. — Ela colocou um lençol por baixo dos braços de Abby antes de sair. — Voltarei depois para vê-la. Me chame se ela despertar.

Aproximei-me lentamente da cama. O lençol subia e descia com sua respiração. A cabeça tinha um curativo de um lado. Pequenos cortes marcavam o rosto. Estendi a mão e tirei levemente o cabelo de sua testa. Ela gemeu.

— Acorde, meu amor — pedi. — Acorde para mim.

Nada.

— Mas o que você está fazendo aqui?

Eu me virei.

Felicia.

— Ela está bem — anunciei sorrindo. — Abigail vai ficar bem.

— Abigail — disse ela rispidamente. — O nome dela é Abby. Ela está deitada aqui em um leito hospitalar e você nem mesmo consegue chamá-la pelo nome. Eu sempre soube que você tinha o coração de um animal de merda. — Ela pôs as mãos nos quadris. — Nem mesmo entendo por que se deu ao trabalho de vir aqui.

Cerrei os dentes.

— Você não sabe do que está falando!

Ela se aproximou de mim.

— Sei tudo sobre você e Abby. Sobre seus joguinhos de fim de semana. Ela satisfaz sua perversão, é só isso.

Não havia necessidade de discutir, de tentar justificar minha vida. Estávamos errados em discutir na frente de Abby, quer ela estivesse consciente ou não.

— Não sabe nada sobre nós — retorqui.

— Que ótimo, então! — Ela bateu o pé. — Por que não me explica?

Afastei-me da cama de Abby.

— Recuso-me a ficar aqui e me explicar a você. — Olhei feio para Felicia. — Não respondo a ninguém, mas, caso não esteja claro, eu me importo profundamente com esta mulher e você não terá...

— Sr. West! — Uma enfermeira me interrompeu. — Dá para ouvir o senhor do corredor. Terei de pedirei que os dois se acalmem e que um dos dois deixe o quarto. Estão perturbando os pacientes. Esta comoção não faz bem à Srta. King.

Felicia apontou para mim.

— Você sai. Eu fico aqui.

Assenti.

— Tem vinte minutos.

Saí para me juntar a Elaina e Linda na sala de espera.

— O que mostrou a tomografia? — perguntei.

— Nathaniel — disse Linda. — Se você e Felicia não puderem se controlar, terei de pedir a um dos dois que vá embora. — Ela me olhou incisivamente. — E ela é o contato de emergência de Abby.

Suspirei.

— Entendo.

— Ótimo. A tomografia mostrou uma concussão moderada. Só precisamos que ela acorde.

— E quanto tempo vai demorar? — Quanto tempo até que aqueles lindos olhos se abram?

— Não deve demorar muito. Irei vê-la assim que Felicia sair. — Ela segurou meu ombro. — Ela vai ficar bem. Eu garanto.

— Obrigado.

Ela se afastou e me virei para Elaina.

— Conte o que aconteceu.

A droga do motorista não parou no sinal.

Eu ainda estava furioso quando Felicia saiu do quarto de Abby.

Seus lábios torceram-se para cima.

— Vinte minutos. Vou ligar para o pai dela.

Linda riu atrás de mim e empurramos a porta para entrar no quarto.

Abby jazia imóvel. Concentrei-me no movimento do lençol.

Ela respirava.

Ela estava bem.

Recuei para Linda poder examiná-la.

Mas quando ela acordaria? Por que não tinha acordado? E se o cérebro estivesse pior do que mostrava a tomografia? E se ela nunca mais despertasse?

Comecei a entoar em minha cabeça, combinando minhas palavras com o movimento de seu peito, para cima e para baixo.

Acorde.

Acorde.

Acorde.

Seus cílios palpitaram.

Ah, por favor.

— Abby? — perguntou Linda.

Seus olhos se abriram. Eu quase caí de joelhos de gratidão.

Ela lambeu os lábios.

— Dra. Clark? — Sua voz parecia arranhada.

— Está no hospital, Abby. Como se sente?

Ela tentou sorrir, mas estremeceu de dor. *Não se mexa, Abby. Está tudo bem. Você está bem.* O alívio me tomou. *Calma, Abby.*

— Devo estar muito mal para ter a chefe de departamento no meu quarto.

— Ou ser muito importante. — Ela deu um passo de lado para que Abby pudesse me ver.

A excitação encheu seus olhos. Meu Deus, ela era linda. Os curativos cobriam seu rosto, ela ficaria cheia de hematomas por semanas, mas ainda era a pessoa mais linda que já vi.

E estava feliz por me ver.

— Oi — disse ela.

Aproximei-me lentamente, tentando conter todas as emoções que me tomavam. Peguei sua mão. Era bom tocar nela.

— Você me assustou.

— Desculpe. — Ela franziu a testa. — O que aconteceu?

Ela não conseguia se lembrar. E se perdeu a memória? Mas ela me reconheceu e reconheceu Linda. Ela estava bem. Eu não parava de dizer isso a mim mesmo.

— Seu táxi foi atingido por um caminhão de lixo — expliquei. — O maldito motorista ultrapassou o sinal.

— Você teve uma concussão moderada, Abby — acrescentou Linda. — Passará a noite aqui. Você ficou num estado de inconsciência mais profundo do que costumamos esperar nos casos de concussão. Mas não houve sangramento interno. Nada se quebrou. Você vai ficar dolorida pelos próximos dias.

— Eu ouvi a Felicia? — perguntou Abby e me encolhi. Ainda não. Eu não estava pronto para entregá-la a Felicia.

Minha tia sorriu para ela.

— Novos regulamentos do hospital. Nathaniel e Felicia não podem ficar a menos de 10 metros um do outro.

Mantendo o clima leve. Bem-pensado, Linda.

— Tivemos um pequeno mal-entendido — comentei. — Ela está com Elaina. Estavam falando com seu pai.

— Eu posso...?

O quê? O que ela queria? O que eu podia fazer?

— Você precisa descansar — disse Linda. — Vou contar aos outros que acordou. Nathaniel?

Ela contaria a Felicia que Abby estava acordada. Eu tinha alguns minutos. Só isso.

Abby acenou para eu me aproximar.

O que ela precisava? Eu faria qualquer coisa por ela.

— Perdi a aula de ioga desta tarde.

Ela falava sério?

Ela achava que eu ia castigá-la por perder a ioga?

Coloquei uma mecha de seu cabelo atrás da orelha.

— Acho que desta vez posso fazer vista grossa — respondi, para o caso de ela falar sério.

— E provavelmente não vou correr amanhã de manhã.

Os remédios. Tinha de ser dos remédios.

— Provavelmente — concordei, brincando.

— Mas o ponto positivo — prosseguiu ela com um bocejo — é que parece que vou dormir muito.

Ela falava sério. Estava me dizendo seriamente que ia dormir o suficiente.

Eu não sabia se ria ou chorava.

— Shhhh — sussurrei em vez disso, olhando-a. Algum dia houve no mundo uma criatura mais perfeita? Meu coração inflou. Ela estava bem. Ia ficar bem.

Passei a mão por seu braço, colocando sua mão em minha palma, e a examinei. A pele clara e macia. Ergui os dedos a meu rosto e beijei a face interna de seu pulso, bem onde a pulsação era forte e estável.

— Abby — sussurrei.

A porta se abriu.

— Soube que ela despertou — disse Felicia. — Quando pretendia me deixar vê-la?

Enxuguei meus olhos.

— Eu já estava saindo.

— Claro que estava.

— Ela voltou a dormir.

Felicia foi à cama e pegou a outra mão de Abby.

— Ela está bem, então?

E por aquele momento, quaisquer que fossem nossas diferenças e nossas vidas pessoais, Felicia e eu estávamos unidos.

— Ela vai ficar bem.

Uma hora depois, estávamos todos sentados no quarto de Abby. Linda e Felicia conversavam junto da porta, Elaina e eu ficamos perto do leito.

— Estou com o colar de Abby — disse Elaina numa voz categórica. — Está na minha bolsa.

— Obrigado — agradeci. — Pode me dar depois.

Será que Elaina sabia? Ela sabia que era mais do que um simples colar? Será que eu me importava com isso?

Não.

— Só queria que você soubesse. — Ela tirou com o dedo um fio solto do lençol. — Ela usava muito, então sei que era importante para ela.

Assenti, incapaz de pensar na coleira. Só queria que Abby acordasse de novo.

Todos nós olhamos para a porta quando um funcionário do hospital entrou com uma bandeja.

— Espere um minuto — falei, depois que ele baixou a bandeja. Levantei a tampa. — O que é isso?

— Canja de galinha.

— Isso não é canja de galinha. — Levantei a colher e deixei que o líquido escorresse para a tigela. — Isso é água com sal e pimenta-do-reino. — Pus a tampa de volta e entreguei-lhe a bandeja. — Eu não daria isso nem a meu cachorro.

— Eu só entrego — declarou ele, sem se abalar com o que eu disse. — Não vou levar de volta.

— Então, levo eu — retorqui.

Elaina riu. Felicia revirou os olhos.

— Volto logo. — Saí pela porta.

Alguém, provavelmente Linda, tinha alertado a equipe da cozinha de minha chegada.

— Você não vai cozinhar aqui — decretou o cozinheiro, de braços cruzados, postado diante do fogão como se protegesse uma fortuna.

Erguei a bandeja.

— Não vou deixar que ela tome isto.

— Temos um impasse.

— Não. Eu falo e você cozinha. — O cozinheiro suspirou, mas continuei. — Primeiro, pegue dois pedaços de frango, sem desossar...

* * *

Ouvi a diferença assim que cheguei ao quarto de Abby. Vozes. Vozes animadas. Mais importante — a voz de Abby.

Ela estava acordada!

— A Bela Adormecida acordou? — perguntei com um sorriso ao entrar no quarto. Baixei a bandeja e empurrei para ela. — Precisa ver o que chamam de comida neste lugar. Eles servem canja de galinha *enlatada*.

— Você fez isso?

— Não. Não me deixariam fazer. Mas eu ensinei.

Ela sorriu. Juro que o sorriso podia iluminar o paraíso.

Olhei para Linda.

— Contou a ela? — Enquanto Abby estava inconsciente, decidimos que ela passaria fim de semana comigo, enquanto todos iam à Filadélfia. Felicia ficou meio agitada, mas por fim concordou.

Linda meneou a cabeça.

— Não. Ela acabou de acordar. Vamos, Elaina. Vamos comer alguma coisa. Felicia, não quer vir?

— Vou descer num minuto.

Passei a trabalhar na bandeja, preparando a colher e o guardanapo de Abby, ajeitando a cama, cuidando para que ela ficasse reta o bastante.

— Coma.

— Mas que coisa, Nathaniel — disse Felicia. — Ela não é um cachorro.

Semicerrei os olhos para ela.

— Eu sei disso.

— Sabe?

Eu tratava Abby como um cachorro? O que fiz para merecer essa crítica?

— Felicia — censurou Abby.

Felicia me olhou mais uma vez e saiu pela porta, pisando duro. Jackson teria um prato cheio com essa daí, mas eu estava feliz por Abby ter uma amiga que se importava tanto.

— Desculpe por isso. Felicia é... — Abby suspirou. — Felicia.

Sentei-me na beira da cama, querendo ficar perto dela. Precisando ficar perto dela.

— Não se desculpe. Felicia gosta de você e está cuidando de seus melhores interesses. Não há nada de errado nisso. — Apontei para a tigela. — Você precisa comer.

— Isso está bom.

— Obrigado.

Sentei-me e a olhei. Desfrutando da visão de Abby acordada. Viva. Mexendo-se e respirando.

Sendo Abby.

— Elaina está com minha coleira.

Tá legal, não era o bastante ficar ao lado dela. Eu precisava tocar nela.

— Eu sei. Ela me disse. Vamos pegar depois.

Tracei círculos lentos por sua perna, depois afaguei de seu tornozelo ao joelho. Tocando nela. Tranquilizando-me de que ela estava bem, que estava viva.

— O que você quis dizer mais cedo? Sobre terem me contado? — perguntou ela. — Contado o quê?

— Sobre o fim de semana. — Olhei em seus olhos, inteligentes e alerta. — Amanhã, Felicia e os demais vão à Filadélfia, como planejado. Mas como você não deve ficar sozinha neste fim de semana, vai ficar comigo.

— Eu sinto muito. Vai perder o jogo do Jackson por minha causa.

Como se eu me importasse com o jogo tendo Abby no hospital.

— Sabe quantas vezes eu vi Jackson jogar futebol? — perguntei.

— Mas são as semifinais.

— E eu já o vi disputar semifinais incontáveis vezes. Não me importo de perder esta. Podemos assistir na TV. — Eu sorri. Ela não sabia de minha surpresa. — Mas estou decepcionado porque você vai perder.

— Eu? — Ela ficou ternamente confusa.

— Íamos pegar meu jato para a Filadélfia amanhã no fim da tarde. Passaríamos o fim de semana na cidade. Veríamos o jogo no domingo. — Dei um tapinha em sua perna, ainda sem querer parar de tocar nela. — Agora temos de nos virar com o sofá e comida delivery.

Ela ainda estava confusa.

— Não se preocupe — falei, rindo por dentro. — Se eles vencerem, teremos o Super Bowl.

Ela voltou a comer. Lembrei de seus comentários sobre a ioga e a corrida e de repente eu queria deixar tudo muito claro.

— E, Abigail, só o que precisa fazer neste fim de semana é descansar.

Capítulo Quatorze

Ela terminou de comer e empurrou a bandeja na cama.

— Tem algum espelho por aqui?

— Não sei... — Ela queria se ver. Seria uma boa ideia? Eu deveria deixar? Eu achava que ela estava linda, mas o que ela pensaria? — Acho que não.

Ela passou o dedo pelo rosto e estremeceu.

— Está ruim? Acha que estou horrorosa?

Levantei-me e fui à pia. Felicia teria um espelho, se eu não tivesse. Encontrei um espelho pequeno e entreguei a ela, vendo-a se examinar.

"A pobre criança ficou presa nesse carro por quase três horas, vendo e ouvindo os pais morrerem." As vozes eram baixas e suaves. Não sabiam que eu escutava. Não sabiam que eu estava acordado. "É de se perguntar como uma coisa assim o afetará."

— Ai — disse Abby. — Vou ficar com um olho roxo. Vai parecer que apanhei.

"Faz a gente pensar que talvez fosse melhor se ele..."

Onde estou? Mamãe e papai estão aqui?

"Espere, olhe. Acho que ele acordou."

— O que foi isso? O que aconteceu? — perguntou Abby.

Olhei para ela. Ela tocava de leve o curativo.

— Ferimento na cabeça — expliquei. — Tinha sangue para todo lado. Não parava e eles não estavam tentando estancar. Estavam preocupados demais em saber se você tinha quebrado o pescoço ou se teria hemorragia interna.

Eles tiraram mamãe e papai do carro. Por que estavam cobertos de vermelho? Tudo aquilo era sangue?

"Os ferimentos na cabeça sangram muito. Eu me lembro."

"Segure o menino! Tire-o daqui!"

Abby disse alguma coisa, mas não ouvi.

— O quê? — perguntei.

— Meu sangramento parou.

Sim, para Abby o sangramento parou. Ela estava bem. Ia viver e estava comigo.

— Sim. Depois que concluíram que você não tinha quebrado o pescoço, fizeram o curativo na testa. — Peguei a bandeja. — Vou colocar isto lá fora.

Linda estava na estação de enfermagem, falando com a enfermeira de Abby.

Baixei a bandeja e fui até ela.

— Ela está indo bem. Comeu toda a canja.

— Que bom. — Ela sorriu. — Vai passar a noite aqui?

E para onde mais eu iria?

— Era o que eu pretendia fazer.

— Vou lhe arrumar um jaleco. É mais confortável do que esse terno.

— Tudo bem. — Eu tinha me esquecido de que ainda estava de terno. — Quanto tempo ela vai ficar aqui?

— Ansioso para levá-la para casa?

— Sabe quantas pessoas morrem de infecção hospitalar todo ano?

Ela baixou os papéis que estivera vendo.

— Na realidade, sei. Mas Abby é muito saudável. Não vai morrer de infecção nosocomial.

— Posso alimentá-la direito quando ela estiver na minha casa.

— Pegue leve com a equipe da cozinha. É difícil encontrar pessoal bom.

— Que tal pegar aquele jaleco? — grunhi.

— Vai ficar tudo bem. Espere e verá.

Desejei, e não ela primeira vez, ter o otimismo de Linda.

Elaina e Felicia voltaram pouco depois. Deixei meu lugar ao lado do leito de Abby para que Felicia se sentasse.

— Já comeu, Abby? — perguntou Felicia.

— *Hmmmm*. — Abby assentiu. — A melhor canja de galinha do mundo.

Elaina me deu um tapinha no braço.

— Venha aqui fora um minuto.

Saímos e a porta se fechou suavemente a nossas costas.

— Tenho de ir embora, mas queria lhe dar isso. — Ela pegou a coleira de Abby na bolsa e me estendeu. — Vou deixar que você devolva a ela.

E, nesse minuto, eu tive certeza de que Elaina sabia.

— Obrigado.

— Voltarei amanhã com umas roupas para ela. — Ela me deu um beijo no rosto. — Vai passar a noite aqui?

— Sim.

Ela riu.

— Boa sorte nessa. Felicia também vai.

Gemi. É claro que Felicia também ia ficar.

Ela estava ao lado da cama falando com Abby quando voltei ao quarto. Apertava a mão de Abby e cochichava em seu ouvido.

Aproximei-me e afaguei o rosto de Abby.

— Vou passar a noite aqui.

Felicia bufou.

— Algum problema para você? — perguntei.

— Eu vou ficar com Abby esta noite.

— É mesmo? — contra-ataquei. — Eu também.

Ela foi até uma bolsa grande no canto do quarto.

— Eu já trouxe uma bolsa com uma muda de roupas e escova de dentes para ficar à noite.

Ela lutava comigo. De novo. Na frente de Abby. Felizmente, eu não me importei desta vez.

— Linda está trazendo um jaleco para mim.

— Acho que é uso impróprio de equipamento hospitalar. — Ela apontou para mim. — Talvez eu deva denunciar isto ao conselho.

Ela estava lutando *e* me ameaçando. Ou, pelo menos, tentando me ameaçar.

— Linda *faz parte* do conselho — retorqui.

Uma enfermeira entrou para ver os sinais vitais de Abby de novo, contornando-nos enfaticamente enquanto Felicia arriava em desafio na cadeira reclinável ao lado da cama.

— Nós dois vamos ficar. — Eu podia passar uma noite num quarto com Felicia. Não ia me matar.

— Desculpe, Sr. West — disse a enfermeira. — Só um visitante no quarto durante a noite. É a regra.

Uma regra. Eu não podia me colocar contra as regras do hospital. Não depois de castigar Abby por não obedecer às minhas.

— Entendo. — Olhei para Abby e seu rosto corou. — Felicia, você pode ficar. — Aproximei-me de Abby. — É melhor eu ir antes que chamem a segurança. Verei você logo de manhã cedo. — Curvei-me e sussurrei em seu ouvido: — Durma bem.

Às dez horas, todos tinham saído do hospital, menos a equipe e os acompanhantes noturnos. A enfermeira da noite de Abby era uma mulher baixa e atarracada com olhos simpáticos e um sorriso caloroso. Quando a vi passar pela porta da sala de espera, peguei meu jaleco e a segui.

Ela ficou no quarto de Abby por uns cinco minutos. A porta estava entreaberta e espiei ali dentro. Uma Abby grogue levantou o braço para a enfermeira tomar os sinais vitais. Felicia estava aninhada na cadeira reclinável do canto. Nossos olhos se encontraram brevemente.

Parei a enfermeira quando ela saiu do quarto de Abby.

— Ela está bem? — perguntei, bloqueando o corredor.

— O senhor é Nathaniel West. É um prazer conhecê-lo.

— Sim, desculpe. — Estendi a mão. — É só que... estou preocupado.

— Abby está bem. Aposto que irá para casa amanhã.

— Obrigado.

Ela deu uma piscadela.

— Logo virei vê-la de novo.

Enquanto a enfermeira se afastava, Felicia abriu a porta.

— O horário de visita acabou.

— Não estou de visita. — Apontei para a sala de espera. — Estou esperando.

— Vai passar a noite toda ali?

— Ali, no corredor? Não. Aqui, no hospital? Sim. — Ergui meu jaleco. — Eu estava me preparando para trocar de roupa e vestir meu jaleco aprovado pelo conselho.

— Ótimo. Mas trate de não incomodar Abby à noite. Ela precisa descansar.

— Ora essa, Felicia, acha que vou entrar de rompante no quarto dela e seduzi-la? Me forçar a uma mulher que esteve inconsciente pela maior parte da tarde? — Aproximei-me um passo dela. — É isso que você pensa de mim? Que só me importo comigo? Com minhas necessidades? Ela está acima de tudo para mim. Não entende? Sempre que ficamos juntos, Abigail é a prioridade. O que ela deseja. O que ela precisa.

Pela primeira vez, senti uma mudança em Felicia. Nada muito importante. Eu sabia que ela ainda não gostava de mim, ou do que Abby e eu fazíamos, mas talvez eu estivesse mudando o que ela pensava de mim. Perguntei-me por que a ideia me deixou feliz.

Ela empinou o nariz.

— Não acredito em você.

— Não esperava que acreditasse.

Não dormi bem naquela noite. Eu não cabia no sofá da sala de espera e os cobertores que Linda achou para mim eram ásperos. Mas é claro que o verdadeiro motivo estava três portas adiante no corredor.

Abby.

Não conseguia mais pensar nela como Abigail. Não depois de hoje. Não depois de quase perdê-la.

A enfermeira de Abby veio pelo corredor e me levantei do sofá para segui-la. Mais uma vez, Abby estava meio adormecida e Felicia se aninhava na cadeira reclinável.

Nós quatro repetimos essa cena várias vezes durante a noite. Às seis e quarenta e cinco, a enfermeira preparava-se para a mudança de turno e Felicia cochilava, inquieta. Fui à cozinha para ver o café da manhã de Abby.

— Você de novo, não — protestou o cozinheiro quando entrei.

— Vim supervisionar o desjejum.

— O desjejum de hoje é salsicha de peru, ovos mexidos ou waffles.

— Omelete de queijo com presunto — retruquei. — Ovos de verdade, queijo fresco e aquele presunto ali. — Apontei um presunto grande que notei quando entrei na cozinha.

— Isto é para o almoço.

— E uma ou duas fatias podem muito bem ser usadas no café da manhã.

Ele suspirou.

— Se eu fizer a omelete, promete que pedirá o almoço de um restaurante próximo?

— E perder nossos papinhos?

— Almoço de um restaurante próximo e faço uma omelete tão leve e fofa, que você vai chorar. — Ele pegou uma caixa de ovos. — Você decide.

Eu era um executivo inteligente o suficiente para reconhecer um bom acordo quando via um.

— Fechado. Almoço de um restaurante próximo.

Quinze minutos depois, entrei no quarto de Abby carregando a bandeja. Seu outro café da manhã estava prestes a ser entregue.

— Hora do café da manhã — anunciei, entrando no quarto e preparando a mesa de Abby. Ela parecia cansada, com olheiras, os hematomas mais pronunciados. Eu estava louco para tirá-la dali. — Omelete de queijo e presunto esta manhã.

— Tenho de correr, Abby. — Felicia deu um beijo no rosto da amiga. — Ainda vou fazer as malas. Quanto a você, pegue leve. Ligo assim que puder. — Ela se virou e me olhou. — Se você a machucar, eu corto seu pau e *te* dou de café da manhã.

— Felicia Kelly! — Abby a repreendeu.

Na verdade achei a explosão de Felicia muito divertida.

— Desculpe — disse Felicia, mas eu sabia que ela não se desculpava por nada. — Simplesmente saiu. — Ela apontou para mim. — Mas eu falei sério.

Felicia pegou a bolsa e saiu do quarto.

— Não sei o que está dando nela — disse Abby.

Sentei-me ao lado dela, satisfeito por tê-la só para mim.

— Ela estava muito perturbada ontem. Ela só não quer que você se machuque.

—Vai me dizer sobre o que vocês dois discutiram?

— Não.

Ela deu uma mordida na omelete.

— Os demais pacientes do hospital também comem omeletes de presunto e queijo no café da manhã?

— Não tenho a menor preocupação com o que comem os demais pacientes do hospital no café da manhã. — Vi-me sem me preocupar com nada além do fato de Abby estar sã e salva.

Enquanto Abby descia para o que eu torcia que fosse sua última tomografia, Elaina passou ali para deixar umas roupas.

— Vai para casa hoje? — perguntou ela.

— Esse é o plano.

— Vamos sentir sua falta na Filadélfia.

— Talvez estejamos todos juntos em Tampa.

Ela me abraçou, puxando-me mais para seu peito.

— Cuide de Abby.

— Trate de fazer com que Felicia não ligue o tempo todo. Quero que Abby descanse.

Saímos pouco antes das onze horas. Quando o hospital insistiu em levar Abby à porta numa cadeira de rodas, seus protestos caíram em ouvidos moucos. Fui ao estacionamento buscar meu carro e pegá-la na porta. Saí para garantir que ela entrasse no carro confortavelmente e ajustei o banco do carona para que ficasse mais reclinado do que o normal.

— O que aconteceu com o taxista? — perguntou quando arranquei para a rua.

— Escoriações leves. Foi liberado ontem. Não gosto de táxis. Vou te dar um carro.

— O quê? Não.

Não? Abby discordava de mim? Ela finalmente se sentia à vontade o suficiente para falar comigo?

— Qual é problema de te dar um carro?

— Parece errado. — Ela fungou e a olhei. Seus olhos estavam molhados? Droga.

— Você está chorando? — perguntei.

— Não — negou ela, mas a fungadela a entregou. Ela chorava por causa de um carro? Jura?

— Você está chorando. Por quê?

— Não quero que você me dê um carro.

Comecei a protestar, mas ela voltou a falar.

— Isso faria eu me sentir...

— Faria você se sentir o quê?

— Faria eu me sentir suja, como uma prostituta.

Agarrei o volante com força para manter carro na pista. Uma prostituta? Ela se sentia uma prostituta?

— É o que você pensa que é? — Meu bom Senhor. O que eu fiz com ela?

— Não — disse ela por fim. — Mas sou bibliotecária. Você... é um dos homens mais ricos de Nova York. O que ia parecer?

Obriguei-me a continuar calmo, a resistir ao impulso de ligar para Felicia e dizer a ela para cancelar a viagem à Filadélfia, e pedir que levasse Abby para casa. Abby não era uma prostituta. Eu terminaria nossa relação imediatamente para ter certeza de que ela nunca se sentisse assim.

— Abigail. — Pronto, eu podia falar. Até parecia sensato. — Devia ter pensado em como as coisas pareceriam muito antes. Você usa minha coleira todo dia.

— Isso é diferente.

Meneei a cabeça.

— É a mesma coisa. Minha responsabilidade é cuidar de você. — Como era possível que ela não soubesse disto?

— Comprando um carro para mim?

Se fosse necessário.

— Certificando-me de que suas necessidades sejam atendidas.

Foi o que eu disse a Felicia no hospital — essa era minha responsabilidade mais importante. Abby não entendia isso?

Ela não discutiu mais. Depois de um tempo, ela fechou os olhos, mas eu sabia que não estava dormindo. Ainda assim, o silêncio me deu tempo para pensar. De algum modo, seu acidente a deixou mais à vontade para falar comigo. A Abby que apareceu em meu escritório semanas atrás não teria discutido por causa de um carro. Fiquei satisfeito por ela estar mais confortável perto de mim.

Mas eu não entendia sua recusa. Eu era seu dom e tinha os meios de ajudá-la. Por que não faria isso?

Porque ia parecer que eu estava pagando pelo sexo. Como se ela fosse uma prostituta.

Reprimi um grunhido.

Ela se sentia barata por causa do que fazíamos? Ela nunca esteve numa relação como a nossa. Era novidade para ela. Pensei em nossas conversas à mesa da cozinha — ela nunca se abriu muito comigo.

Se eu pudesse garantir que ela ficasse à vontade para me dizer o que pensava da mesma forma como ficava com seu corpo...

Paramos em minha casa e, depois que saí do carro, fui abrir a porta.

— A conversa do carro não está encerrada, mas você precisa entrar e descansar. Vamos conversar mais tarde.

Levei-a para dentro, tentando ao máximo evitar que Apollo pulasse nela, e a acomodei no sofá. Daí fui à cozinha. Mais cedo, do hospital, eu tinha ligado para minha arrumadeira e a instruí a abastecer minha geladeira e a despensa para o fim de semana.

Preparei um sanduíche de peru, queijo e abacate para Abby e enchi seu prato com uvas e fatias de maçã. Peguei uma garrafa de água na geladeira e me juntei a ela na sala de estar.

Ela pegou o prato de minhas mãos.

— Parece delicioso. Obrigada.

Resisti ao impulso de afagar sua testa.

— Coma o que tiver vontade. — Olhei Apollo, sentado ao lado dela no sofá. — Você pode descansar aqui ou em seu quarto. Colocarei Apollo para fora se ele estiver incomodando.

Ela afagou sua cabeça.

— Está ótimo.

Liguei a TV e lhe dei o controle remoto.

— Vou preparar um sanduíche para mim. Voltarei daqui a um minuto.

Minutos depois, sentei-me a minha mesa com meu almoço e liguei o laptop. Enviei uma curta observação a Sara, dizendo que voltaria na segunda-feira, e rapidamente passei os olhos pelo resto de meus e-mails.

Li uma mensagem de Yang Cai e suspirei. Provavelmente eu teria de marcar uma viagem à China no final do ano. Enviei uma resposta, prometendo mandar mais detalhes depois do fim de semana.

Quando levantei a cabeça, Abby estava dormindo. Levantei-me, peguei seu prato e o coloquei na mesa, cobrindo seu corpo enroscado com um cobertor.

Depois voltei a me sentar e observei Abby dormir.

No fim de semana anterior, eu queria lhe mostrar a biblioteca. E se eu desse um passo adiante? E se eu lhe desse a biblioteca? Ela raras vezes tirava proveito de sua liberdade à mesa da cozinha — se eu lhe desse um cômodo inteiro, ela ficaria mais à vontade?

Só havia um jeito de descobrir.

Ela acordou às três e meia, e piscou, olhando a sala e sorrindo quando me viu.

— Sente-se melhor? — perguntei.

— Um pouco. — Ela estendeu a mão e tomou os analgésicos que eu tinha colocado ali enquanto ela dormia, depois se levantou e se espreguiçou.

— Venha comigo. — Levantei-me e me aproximei dela, estendendo a mão. — Quero que veja a parte sul da casa.

Ela pegou minha mão sem questionar e passei o polegar pelos nós de seus dedos. Andamos pelo corredor até a biblioteca.

Será que ela ia gostar?

Soltei sua mão, abri as portas duplas e recuei para ela entrar primeiro.

Ela ofegou.

— Quero que esta seja sua sala — eu lhe disse. — Quando estiver nesta sala, é livre para ser você. Seus pensamentos. Seus desejos É tudo seu. A não ser pelo piano. O piano é meu.

Use-a, Abby. Por favor, seja você mesma. Abra-se para mim.

Ela andou pela sala como se estivesse entorpecida. Passando os dedos pelas lombadas, parando aqui e ali para ler o título de um livro. O sol batia em seu cabelo, iluminando-a.

Mas em que ela estava pensando?

— Abigail?

Ela se virou. Lágrimas silenciosas escorriam por seu rosto.

Seria isto um bom sinal?

— Você está chorando — sussurrei, dominado pelas emoções que ela podia evocar em mim. — De novo.

— É tão lindo

Abigail gostou. Eu sorri.
— Você gosta?
Sem dizer nada, ela voltou a mim e me abraçou.
— Obrigada.
— Não há de quê — sussurrei em seu cabelo.

Capítulo Quinze

Passei os dois dias seguintes cuidando de Abby. Vendo-a descansar e certificando-me de que ficasse confortável. Ela passava a maior parte do tempo na biblioteca, até fazia pequenas refeições sentada em um dos sofás, envolvida em um ou outro livro. Juntei-me a ela ocasionalmente e tentei puxar conversa, mas ela nunca falava livremente.

Talvez eu tivesse exagerado na interpretação de seu comentário sobre a prostituição. Se nossa relação funcionava para ela, funcionava pra mim. Suas necessidades. Sempre ela.

Na tarde de domingo, sentei-me à mesinha da biblioteca, esperando para ver se Abby se juntaria a mim.

Então, lá estava ela.

— Está tudo bem? — perguntei. — Precisa de alguma coisa?

— Sim. De você.

Ela tirou a blusa pela cabeça.

Merda.

— Abigail — falei, tentando ignorar a comichão em meu pênis —, você precisa descansar.

Ela não me deu ouvidos. Em vez disso, baixou a calça e deu um passo para fora dela.

Reprimi um gemido.

Ela me queria. Pedia sexo.

Eu já tive submissas me pedindo sexo. Às vezes eu concordava. Às vezes, não. Ficava na fronteira entre a satisfação de suas necessidades e a garantia que elas soubessem que eu podia e as decepcionaria, se quisesse.

Eu não queria decepcionar Abby.

Mas estaria ela pronta?

Ela se sentia obrigada a fazer isso porque eu cuidava dela?

Eu sabia que devia rejeitá-la. Ela precisava descansar e eu não queria que ela oferecesse sexo por obrigação.

Se eu a rejeitasse, ela pediria novamente?

Ela foi atrás da mesa e abriu o sutiã, deslizando-o lentamente pelos ombros. Ele caiu no chão, expondo mais de seu corpo a mim — mais do que ela provavelmente pretendia expor. Havia um hematoma arroxeado em seu ombro direito.

Decidi rejeitá-la. Explicar que não era por ela — que eu a queria loucamente, mas ela precisava descansar.

Ela enganchou os polegares no cós da calcinha e a tirou pelos quadris.

Levantei-me. Eu não podia rejeitá-la. Não quando lhe dera esta sala e tinha dito que ficasse à vontade nela. Não quando ela se despia diante de mim. Se ela me queria, queria o prazer que meu corpo podia lhe dar, ela me teria.

Abri a primeira gaveta e peguei uma camisinha. Devagar, fui até onde ela estava. Teríamos de fazer isso com tranquilidade. Eu a deixaria ter o controle e estabelecer nosso ritmo.

Coloquei as mãos em seus ombros, tomando cuidado com o hematoma, e passei os dedos até suas mãos, deliciando-me com os arrepios que suscitava. Meus olhos apreenderam os ângulos suaves de seu corpo — a curva do pescoço, o volume dos seios, a inclinação da barriga. Peguei suas mãos delicadamente e fechei a camisinha no punho. Seus olhos me interrogaram.

Ah, Abby. Eu nunca poderia rejeitar você. Por nada neste mundo. Meu corpo é seu. Pegue.

Levei suas mãos a meu peito, mostrando a ela que eu queria que desta vez ela conduzisse.

— Tudo bem — falei simplesmente.

Ela abriu a mão, olhou a camisinha e arquejou. Um sorriso iluminou seu rosto.

Ela pensou que eu a rejeitaria.

Você quase rejeitou.

Idiota.

A camisinha caiu no chão e ela passou a desabotoar minha camisa. Quando a tirou e passou as mãos por meu peito, tive de morder o interior da bochecha para não gemer. Por mais que eu quisesse tocá-la no hospital, não pensei no quanto precisava que ela me tocasse. Ter as mãos dela em mim.

Ela me contornou e pegou minhas omoplatas. Fechei os olhos para me concentrar melhor em suas mãos e puxei o ar quando ela beijou minhas costas.

Depois ela lambeu, *lambeu, merda*, descendo por minha coluna, terminando com um leve beijo bem no ponto acima de minha calça.

Cerrei o punho para não agarrá-la e jogá-la no sofá.

Do jeito dela, West. Deixe que ela faça do próprio jeito.

O jeito dela ia me matar.

Ela caiu de joelhos diante de mim e afagou a frente de minha calça. Não consegui reprimir o gemido que escapou de meus lábios. Ela abriu meu cinto e, muito deliberadamente, afagou-me novamente antes de mexer nos botões de minha calça.

Baixei os olhos para ver enquanto ela abria o zíper, arrastando os dedos por meu pau duro. Meus olhos quase rolaram para trás da cabeça e eu ainda nem estava nu. Obriguei-me a olhar, a desfrutar de sua resposta, de seus atos. Ela lambeu os lábios pouco antes de puxar minha calça e a cueca. Depois me pegou em sua boca.

Puta merda.

Sua boca.

Sua boca em mim.

Ela passou os braços por meu traseiro e me puxou para que eu entrasse mais fundo. Quase caí, mas me equilibrei pousando as mãos em sua cabeça.

Gentil, lembrei a mim mesmo. Ela ainda está dolorida.

Ela me chupou algumas vezes. Eu esperava fervorosamente que ela parasse logo ou gozaria em sua boca. Queria estar enterrado dentro dela quando gozasse. Bem no fundo, com os braços envolvendo-a, trazendo a ela o prazer que ela merecia.

Justo quando pensei que teria de colocá-la de pé, ela me soltou e abriu a camisinha. Com mãos seguras, rolou-a em mim, apertando com força meu pau. Ela se levantou, sorriu e empurrou meu peito.

O sofá. Ela me queria no sofá.

Ah, caralho, acho que ela vai montar em mim.

Meu pau ficou tão duro que doía, mas recuei e caí no couro macio do sofá. Abby montou.

Ah, isso.

Seus seios quicavam diante de meus olhos. Não consegui evitar. Curvei-me e chupei um deles. Hmmmm... Esqueci-me de como era doce. Girei a língua pelo mamilo, sentindo-o endurecer em minha boca.

Ela levantou a mão e empurrou meu peito, levando-me a deitar no sofá de novo, e se desvencilhou de minha boca. Pôs as mãos a meu lado e ergueu os quadris.

Meu pênis doía da necessidade de estar dentro dela.

Ela se movia lentamente, com lentidão demais, baixando-se para que eu sentisse cada centímetro dela enquanto ela me tomava dentro de seu calor apertado.

— Abigail. — Balancei os quadris, querendo entrar mais fundo, mas ela recuava, continuando sua descida lenta. Enfim, eu estava enterrado dentro dela e ela ficou parada.

Ela gemeu e eu abri os olhos. Estava doendo? Seus olhos estavam fechados, a boca aberta e a cabeça jogava para trás.

Ela estava bem.

Graças a Deus.

Ela começou a se mexer e eu não sabia de nada além da sensação dela em cima de mim, cavalgando-me, deixando-me entrar. Eu não conseguia tirar as mãos dela, não podia deixar de tocá-la, de ver se ela estava bem. Sua cintura fina, a força de sua coluna, seus lindos seios... Ela estava mais do que bem e, por ora, ela era minha.

Ela era minha.

Peguei-a pela cintura e a ajudei a se mexer, arremetendo com mais força. Eu não aguentaria muito tempo, mas queria que ela gozasse primeiro. Meu saco doía na necessidade do alívio, mas me contive, instando-a a continuar, até que ela se mexeu mais rápido.

Então dei estocadas mais rápidas, empurrando-a para o alívio que eu sabia que estava perto. Ela ficou parada, os músculos cerrados em volta de mim enquanto seu orgasmo tomava seu corpo. Dei uma última arremetida e fiquei no fundo dela enquanto eu gozava na camisinha.

Seu corpo se sacudiu e eu a abracei. O sexo provavelmente não foi uma boa ideia. Rolei a nós dois para que ela ficasse espremida entre mim e o encosto do sofá — se um de nos caísse, seria eu.

Passei a mão por suas costas e ela abriu os olhos.

— Você está bem? — perguntei.

Ela ainda respirava pesado, mas sorriu para mim.

— Agora estou.

Ela era uma leoa.

Depois ela passou a mão por meu peito e eu sabia que "leoa" não chegava perto de uma boa descrição dela. Assim, para o caso de ela ter outras ideias e sua mão decidisse continuar para o sul, eu a impedi. Tirei sua mão e a segurei.

— Quero que você pegue leve pelo resto do dia.

Ela concordou, mas com um sorriso presunçoso e meio satisfeito.

Eu tinha de me afastar dela ou ficaria tentado a manter aquele sorriso satisfeito em seu rosto, comendo-a novamente. Afastei-me e me levantei. Depois cometi o erro de olhar para ela de novo — nua e esparramada no meu sofá.

O sofá dela.

Droga. Pense em alguma coisa. Rápido.

Olhei o relógio. O jogo. Eu precisava me preparar para o jogo.

— De que tipo de pizza você gosta? — perguntei, mantendo a atenção nos botões da camisa.

Ela não disse nada, mas vi que hesitava.

É isso mesmo. Pizza. Não está exatamente no plano de refeições.

— A família Clark deve comer pizza e frango frito durante todo o jogo da semifinal — expliquei. — Se não fizermos isso e os Giants perderem, Jackson vai nos deserdar.

Ela se demorou ao rolar para fora do sofá.

— Já ouvi todo tipo de superstição maluca. Mas não me diga que ele usa a mesma cueca suja sempre.

Eu quase ri, mas lembrei-me do jogador que *sempre* usava a mesma cueca suja.

— Meus lábios estão selados.

— *Hmmm.* — Ela passou os dedos pelo cabelo. — Champignon. Gosto de pizza de champignon. E bacon.

— Então será de champignon com bacon. Pode ser um piquenique no chão?

Seus dedos pararam e os olhos tinham um jeito distante.

Ela estava pensando em nós? No chão?

— Abigail?

Ela ruborizou.

— Sim.

Merda. Ela pensava em nós no chão.

— Seria ótimo um piquenique no chão — disse ela.

De várias maneiras, eu queria dizer, mas sabia que já tínhamos feito mais do que deveríamos.

— Você vai pegar leve pelo resto do dia — reforcei.

Antes que o jogo começasse e pouco antes de a pizza e o frango frito serem entregues, fui a meu quarto pegar a coleira de Abby. A caixa de joias onde eu a colocara na sexta-feira tinha várias peças de minha mãe. Destranquei-a e coloquei o colar no bolso, mas em vez de fechar a caixa, retirei mais algumas peças.

Aninhado ali havia um par de brincos de diamantes que lembrava de meu pai ter dado a mamãe num Natal. Papai Noel me trouxe uma bicicleta naquele ano, então eu não me lembrava muito da entrega do brinco. Fechei os olhos e pensei no passado, tentando me lembrar. Eles se beijaram. Lembro-me disto. Mas eu achei o beijo nojento, então me voltei para a bicicleta.

Coloquei os brincos de lado e peguei a aliança de casamento de meu pai. Forte e sólida como ele. Será que ele teria orgulho do homem que me tornei? De como fiz sua empresa crescer? Coloquei a aliança em meu anelar esquerdo. Ficou estranha, então a tirei e recoloquei na caixa.

Em seguida levantei a aliança de mamãe e a segurei entre o polegar e o indicador. Tão pequena. Passei em meu dedo mínimo e não entrou nem na metade dele. Engraçado. Eu me lembrava de mamãe sendo muito maior do que eu. Mas é claro que ela teria parecido grande a um menino pequeno.

Tirei a aliança e estava prestes a colocar na caixa quando uma coisa chamou minha atenção: havia uma inscrição dentro da aliança. Trouxe para perto e examinei.

Mas lhe trago este alvo botão.

Girei a aliança, procurando mais, porém era só isso. Mais nada.

Um alvo botão?

Peguei de novo a aliança de meu pai. Sim, também tinha uma inscrição por dentro.

De pétalas a ruborizar.

Baixei-a. O que isso significava?

A campainha tocou.

Suspirei e deixei a caixa em minha cama. As alianças teriam de esperar.

Abby não entendia nada de futebol americano, então entre dentadas de pizza e frango frito, fiz o máximo que pude para lhe dar um curso rápido.

Ela finalmente meneou a cabeça e suspirou.

— Sou um caso perdido. Nunca vou entender de futebol.

Eu queria dizer que ela teria muito tempo para aprender as regras do jogo, que o futebol americano era muito importante para minha família, mas eu não queria fazer nenhum discurso. Ela podia não querer minha coleira de volta. Podia olhar para ela e dizer que me enforcasse nela.

Ou podia ser como Beth e me dizer que não queria a coleira porque queria "mais".

Comecei a suar frio.

E se Abby quisesse mais?

Eu poderia dar?

Vi o cronômetro do jogo correr na TV. Quando chegou a zero, levantei-me e desliguei a televisão. Nem mesmo sabia quem estava vencendo.

Abby estava sentada no chão, encostada numa montanha de almofadas. Coloquei-me ao lado dela e tirei a coleira do bolso.

— Elaina me entregou no hospital — expliquei.

Ela me olhou nos olhos.

— Elaina sabe, mas não fui eu. Não contei a ela.

Eu tinha razão. Perguntei-me como Elaina saberia.

Mas Abby era tão sincera; não sabia mentir.

Ao contrário de você. Mentiroso de merda.

— Foi o que pensei. Obrigado por ser sincera. — Hesitei, criando coragem. — Quero ter certeza de que você ainda quer isto. Eu não estava certo... — Olhei em seus olhos. — Agora você sabe mais. Talvez você não... queira.

— Eu quero.

Ela se ajoelhou e baixou a cabeça.

Ela queria? Sem questionar? Nada?

— Olhe para mim, Abigail.

Ela levantou a cabeça e me ajoelhei diante dela — algo que nunca fiz com uma submissa.

O alívio me tomou. Ela queria a coleira. Ela queria a mim. Fechei a coleira em seu pescoço, depois passei os dedos por seu cabelo.

Droga. Ela ficava tão bem com minha coleira.

Meu pau se contorceu e me aproximei dela.

Um beijo. Só um beijinho não ia fazer mal.

Contive-me. Ela não queria mais. Ela queria o que tínhamos e, graças a isso, eu não podia beijá-la. Precisava me conter.

Suspirei.

Inferno.

Levantei-me de novo e liguei a televisão no jogo.

Capítulo Dezesseis

Era quarta-feira, portanto um bom dia para dar uma passada no trabalho de Abby e vê-la. A primeira vez que vi Abby era uma quarta-feira. Na frente da biblioteca, para ser mais preciso.

Eu disse a mim mesmo repetidas vezes que isso só fazia parte de meus planos para o Super Bowl. Talvez, se eu repetisse muito, começaria a acreditar. Fazer sexo em público, e ainda mais num estádio de futebol, era um feito imenso. Eu precisava introduzi-la na questão aos poucos. Primeiro passo: fazer sexo em um lugar igualmente-público-mas-com-probabilidade-muito-menor-de-ser-flagrado, como a Coleção de Livros Raros da Biblioteca Pública de Nova York.

Mas não era o primeiro passo de meu plano. Eu sabia disso. Eu só precisava passar a mão por dentro do bolso interno do casaco para saber que minha visita de quarta-feira significava mais. Pois ali, metida onde ninguém podia ver, havia uma perfeita rosa creme, com apenas um toque de cor-de-rosa nas pontas.

Depois que Abby saiu de minha casa no domingo, procurei no Google pela inscrição que encontrei por dentro das alianças de meus pais. Os versos vinham de um poema de John Boyle O'Reilly. Fascinado, fui à biblioteca e encontrei um pequeno volume da obra do poeta.

Passei a noite lendo vários de seus poemas, mas me vi voltando com tanta frequência a "Uma rosa branca" que, no fim da noite, o livro se abria naturalmente naquela página. Refleti sobre o significado do poema, perguntando-me se Abby o conheceria.

Se eu lhe desse a rosa creme tingida de cor-de-rosa, ela entenderia o significado por trás dela? Será que saberia que meus sentimentos cresciam para além do que eu imaginava que podia sentir? Por qualquer uma?

E eu queria que ela soubesse disso?

O medo me triturava. Era tão novo. Tão inesperado. Embora estivesse assustado, eu precisava saber. Tinha de saber se Abby sentiria o mesmo.

No fim, decidi levar a rosa à biblioteca. Eu podia deixar escondida no bolso do casaco. Mais tarde decidiria se queria dar a ela.

Parei dentro da biblioteca por alguns minutos, vendo Abby trabalhar. Ela estava de costas para mim e tinha uma pilha de livros a seu lado. Trabalhava com presteza. A certa altura um homem se aproximou e ela riu do que ele disse. Quando ele partiu, sua mão foi distraidamente ao pescoço e ela passou o dedo em minha coleira.

Uma onda louca e chocante de ciúmes me tomou.

Ele a fez rir. Algum dia eu a fiz rir? Pensei em nosso curto tempo juntos. Não, nunca.

Com uma determinação renovada, fui até a recepção.

— Preciso ver uma coisa da Coleção de Livros Raros.

Ela nem mesmo se virou. Não percebeu que era eu.

— Lamento. A Coleção de Livros Raros é aberta apenas com hora marcada e no momento temos pouco pessoal. Eu não tenho disponibilidade esta tarde.

Talvez ela não tenha reconhecido minha voz.

— Isto é decepcionante, Abigail.

Ela girou quando usei seu nome. Sua boca se abriu e seus olhos ficaram arregalados de choque.

— É uma hora realmente muito ruim? — perguntei.

— Não. Mas tenho certeza de que você tem exatamente os mesmos livros na sua casa.

Sim, mas você não está lá. Você está aqui. Pensei que isso estivesse evidente.

— Provavelmente — admiti.

— E — prosseguiu ela, ainda sem me ouvir realmente — alguém terá de acompanhá-lo o tempo todo.

E é esta minha intenção, Abby. Eu quero você e quero ter você na biblioteca pública. Agora mesmo.

— Espero que sim. Seria tedioso ficar na Coleção de Livros Raros sozinho. — Tirei a luva e a coloquei no bolso. — Sei que não é o fim de semana. Por favor, fique à vontade para me dizer não. Não haverá repercussões. — *Pode me rejeitar agora.* Abri-lhe um sorriso fraco. — Pode me acompanhar até a Coleção de Livros Raros?

— S-s-sim — respondeu ela, enquanto a compreensão aparecia em seus olhos.

— Excelente.

Mas ela não se mexeu. Ficou parada ali, olhando-me. Como se eu tivesse desaparecido.

— Abigail. Quem sabe aquela moça ali — apontei para a outra bibliotecária — pode assumir esta mesa enquanto você estiver... ocupada com outra coisa?

Eu queria que não houvesse mal-entendidos — se ela deixasse a recepção por mim, eu estaria enterrado nela em menos de dez minutos.

— Abigail?

— Martha? — chamou ela, saindo de trás do balcão. — Você poderia cuidar da mesa para mim, por favor? O Sr. West tem hora marcada na Coleção de Livros Raros.

Essa é a minha garota. Fomos para a escada. Abby ficou um pouco à minha frente e levei um minuto admirando sua bunda perfeita.

— Só para minha informação — falei, concentrado na curva de seu traseiro, que se mexia quando ela andava —, a sala da Coleção de Livros Raros por acaso tem uma mesa?

— Sim.

É claro que tinha.

— Ela é firme?

— Acho que sim.

— Que bom. Porque pretendo abrir mais do que livros diante de mim.

Chegamos ao alto da escada e andamos pelo corredor até uma porta dupla. Ela colocou a mão no bolso e se atrapalhou com as chaves que pegava. Por fim, encontrou a chave correta e destrancou a porta.

— Ah, não. Depois de você — insisti quando ela abriu a porta.

Tranquei a porta depois de entrarmos. Enquanto eu tirava meu casaco, olhei a sala. No meio dela, havia uma mesa alta.

Aquela.

Mas não tive pressa e andei pela sala, passando os dedos pelas outras mesas, fingindo ler alguns títulos. Fiz tudo deliberadamente, dando a Abby mais tempo para pensar no que íamos fazer.

— Esta. — Apontei a mesa que tinha escolhido. Aquela que ficava na altura certa. — É exatamente o que tenho em mente.

Abby tinha um sorriso irônico.

— Dispa-se da cintura para baixo, Abigail, e suba na mesa.

Ela agiu rapidamente e vi seu traseiro nu enquanto ela subia na mesa. Droga, eu estava louco para me enterrar fundo nela. Minha ereção crescia só de pensar nisso.

Abri o cinto.

— Muito bem. Coloque os calcanhares e a bunda na beira da mesa e abra bem esses lindos joelhos para mim.

A visão de Abby, de pernas abertas e esperando, me deu dor no saco.

Peguei a camisinha no bolso e baixei a calça. Demorei-me, certificando-me de que Abby visse tudo. De novo, fui metódico. Enrolei a camisinha, resistindo ao impulso de me acariciar.

— Maravilha — elogiei, porque ela era isso. Porque ela era maravilhosa em sua submissão e maravilhosa oferecendo-se a mim.

Fui à mesa lentamente e separei mais seus joelhos.

— Me diga, Abigail — comecei, franzindo a testa, examinado nossas posições como se estivesse em profunda concentração. — Você já foi comida na Coleção de Livros Raros?

Seu corpo se sacudia de expectativa. Segurei-a firme pelos quadris.

— Não.

Olhei para ela.

— Não o quê? — Eu queria ouvir: ou *mestre* ou *senhor*. Qualquer um dos dois.

— Não, senhor.

Avancei, entrando nela lentamente.

— Muito melhor assim.

Seus olhos se fecharam quando fiquei parado. Ela mordeu o lábio inferior com um leve gemido e eu sabia que não podia mais esperar. Dei uma estocada forte, entrando nela profundamente.

Segurei seus quadris e a puxei para mim.

— Recoste-se nos cotovelos, Abigail. Vou foder você com tanta força que ainda vai estar sentindo na sexta-feira à noite.

Ela se recostou, o cabelo caindo na mesa ao fazer isso, arqueando as costas e tomando mais de mim.

Tirei e meti de novo. A luz do teto refletiu nos diamantes em sua coleira e as pedras piscaram para mim.

Minha.

Ela era minha.

Ela usava minha coleira.

Minha.

Arremeti novamente e ela se ergueu para me tomar mais fundo.

Talvez eu nunca a fizesse rir, mas eu podia fazer isso com ela — deixá-la carente e ansiosa, depois preenchê-la, criar nela a carência antes de finalmente deixar que o alívio a dominasse. Levá-la ao alto da montanha e vê-la voar.

— Você é minha — grunhi, dando outra estocada.

Ela abriu mais as pernas, levando-me a penetrar mais.

— Minha. Diga, Abigail.

Diga ao mundo.

— Sua.

Mantive um ritmo firme, metendo enquanto ela repetia sem parar.

Sua.

Sua.

Sua.

Minha.

Minha.

Minha.

Ela soltou um pequeno gemido, empurrou os calcanhares de novo e eu sabia que ela estava perto. Arremeti mais uma vez e senti que ela explodia em volta de mim. Continuei impelindo, pressionando para meu próprio gozo. Depois fiquei parado e permiti que ele me dominasse, chegando com força à camisinha.

Saí dela, apertei a testa em sua barriga e recuperei o fôlego. O suor brilhava por seu corpo. Beijei uma gota dele.

— Obrigado por me acompanhar em minha visita à Coleção de Livros Raros — agradeci, entre beijos em sua barriga.

Ela cravou os dedos em meu cabelo e reprimiu um gemido.

— Disponha — disse.

Beijei a barriga mais uma vez, querendo beijar mais embaixo, mas não queria desafiar a sorte.

Naquele fim de semana, eu disse a mim mesmo, você terá muito tempo.

Lentamente recuei e vesti a roupa. Abby pulou da mesa.

Depois de estarmos vestidos, ela tirou a camisinha de minha mão.

— Vou me livrar disso — afirmou enquanto ia para o corredor.

— Vejo você na sexta-feira às seis horas. — Coloquei a mão no bolso do casaco, para saber se a rosa ainda estava ali.

— Sim, senhor.

A recepção estava vazia quando voltei à seção principal da biblioteca. Tirei a rosa do bolso.

Deveria deixá-la ali? Ela a receberia? Eu era um homem deixando uma rosa para uma mulher. Não era grande coisa.

Só que era.

— Encontrou tudo o que precisava, senhor?

Girei o corpo. Martha estava diante de mim, sorrindo.

— Ah, sim — gaguejei. — Tudo.

Martha olhou a rosa e ergueu uma sobrancelha.

— Ah, não deve ficar com isso.

— É para Abby.

— É claro.

Ela sabia o que fizemos?

— Eu ia deixar aqui para ela. — Coloquei a rosa por cima dos livros em que Abby estava trabalhando.

— John Boyle O'Reilly?

Flagrado.

Era tarde demais para pegar a rosa de volta. Abby saberia.

Mas o que ela ia saber? Que eu deixei uma rosa? Que combinava com a rosa descrita num poema?

E daí?

Meus joelhos tremiam.

Eu sempre podia desprezar a questão. Fingir que não era nada. A não ser... A não ser que ela quisesse que significasse o que eu queria que significasse. O que eu queria que significasse?

Agindo com uma calma maior do que a que eu sentia, tirei uma pétala da rosa e pisquei para Martha.

— É claro.

Capítulo Dezessete

Na noite de sexta-feira, Apollo começou a latir ao ouvir um táxi parando na entrada. Mandei que se calasse e olhei pela janela.

— Pronto para ver a Abby?

Ele tombou a cabeça de lado e ganiu. Levei os pratos do jantar para a mesa e saí para receber Abby.

Abri a porta e a vi subir a escada. Ela vestia um grosso suéter marrom que combinava com o castanho de seus olhos. Seu olhar se fixou no meu e sorri. Ela recebera a rosa? Diria alguma coisa a respeito disso?

Provavelmente não.

Mas eu queria tanto saber o que ela achou.

— Feliz sexta-feira, Abigail.

Seus olhos se iluminaram de excitação. Um bom sinal, certamente.

Levei-a para dentro e lhe ofereci uma cadeira. Esta era a hora dela. Sua hora de relaxar no fim de semana, de verbalizar suas preocupações, fazer qualquer pergunta.

Ela não disse nada, mas de vez em quando seus olhos iam a um lugar distante. O que eu não daria para saber o que se passava dentro daquela linda cabecinha. Talvez um dia eu perguntasse o que ela estava pensando. Mas, esta noite, era hora de subir.

Eu odiava pensar que o primeiro gosto de um espancamento para Abby tenha sido por punição. No início da semana, pensei em como ela tinha desfrutado inteiramente do chicote de equitação. Eu sabia que precisava espancá-la novamente. Desta vez, por prazer — os travesseiros já estavam em minha cama.

— Como está se sentindo hoje? — Ela levaria a pergunta de duas maneiras: suporia que eu perguntava do acidente, ou que me referia à declaração que dei na quarta, de que nesta noite ela ainda estaria dolorida.

— Dolorida em todos os lugares certos.

— Abigail — emendei com uma falsa surpresa. — Foi uma menina má esta semana?

Ela piscou, confusa.

Olhei-a sem vacilar.

— Sabe o que acontece com as meninas más, não sabe?

Diante da negativa de Abby, esclareci:

— Elas são espancadas.

O medo toldava suas feições.

— Mas eu fiz ioga, dormi e caminhei em vez de correr, exatamente como mandou. — Ela parou de falar e mordeu o lábio.

Droga, é claro que Abby tinha medo — por isso que era tão importante.

— Abigail — interrompi no tom mais tranquilizador possível. — Quantos tipos de espancamento existem?

Ela não respondeu. Continuou a me olhar com uma expressão confusa.

— Três — respondi à minha própria pergunta, querendo que ela entendesse minha lógica. — Qual era o primeiro?

Vamos lá, Abby. Lembre-se para mim.

Soube o segundo em que ela se lembrou da palavra *erótico* porque seus olhos se iluminaram de expectativa, substituindo o medo e a confusão.

Ah, sim. Isto seria divertido.

— Leve sua bunda lá para cima.

Ela disparou para fora da mesa.

Tirei os pratos da mesa e os coloquei no lava-louças. Como Apollo já havia saído antes do jantar, permiti que ele me seguisse para o andar de cima, deixando-o na frente de meu quarto e fechando a porta ao entrar.

Abby estava nua ao lado da cama, esperando por mim. Suas mãos estavam ao lado do corpo e notei um leve tremor percorrendo seu corpo. Novamente, sua obediência me assombrava. Eu esperava por isso, é claro, mas de algum modo, vindo dela, sempre significava mais.

Abri a camisa.

— De bruços, sobre os travesseiros.

Travesseiros esta noite. Nada de cavalete. Nenhum de nós estava pronto para trazê-lo novamente, por ora.

Ela subiu na cama, mostrando-me seu lindo traseiro nu. Peguei a camisinha no bolso e a coloquei ao lado dela na cama.

Merda, ela era gostosa. Deitada ali. Esperando por mim.

Tirei a calça e fui à cabeceira da cama. Certificando-me de que ela visse, peguei uma amarra e tomei suas mãos.

— Não podemos permitir que você tente se cobrir, podemos?

Amarrei seus pulsos, dando um puxão leve para posicioná-la sobre os cotovelos, e recuei. Uma perfeição do caralho, pensei, deixando meu olhar percorrer sua forma vulnerável.

Subi ao lado dela na cama e pus a mão em sua bunda.

—Esteve usando seu plugue, Abigail?

Ela não se retesou, com fez antes. Simplesmente assentiu.

— Ótimo. — Peguei suas pernas e as separei para lhe dar uma posição melhor. — Quero que se abra para mim. — Passei um dedo por sua fenda exposta. — Veja só isso, Abigail. — Lambi a evidência de sua excitação em meu dedo. —Já está molhada. A ideia de deixar seu traseiro vermelho excita você?

Ela não respondeu, mas o mesmo tremor que notei antes ainda era evidente. Ela queria isso. Esfreguei o ponto macio de sua bunda, levando a mão para trás e batendo três vezes em rápida sucessão. Ela gemeu.

Bati novamente, vendo minha mão deixar uma leve marca rosada em sua pele.

— O bom povo de Nova York paga seu salário para que você vá trabalhar na biblioteca, e não entrar escondida na Coleção de Livros Raros. — Eu deslocava a mão a cada vez, cuidando de não causar nenhuma dor desnecessária.

Só o prazer desta vez, Abby. Só o prazer.

Ela gemeu de novo e se empurrou contra mim.

Segurei sua bunda e apertei, sentindo sua excitação enquanto meus dedos baixavam.

— Você está tão molhada.

Lambi a ponta dos meus dedos de novo e recuei para dar um tapa em sua vagina.

Ela gemeu com mais intensidade.

Isso, assim.

— Gosta disso, Abigail? — perguntei, batendo novamente nela.

Eu não esperava que ela respondesse. Bati na carne macia entre suas pernas mais uma vez. Mais um pouco e eu causaria dor, e não queria isso para ela. Com golpes firmes, trabalhei novamente em seu traseiro, batendo até que a pele diante de mim estivesse em um tom uniforme.

— Sua bunda está com um lindo tom de rosa. — Mexi-me para que ela sentisse minha ereção. — Logo farei mais do que bater nela. Logo vou fodê-la.

Eu não podia mais esperar e duvidava de que ela também pudesse. Abri a embalagem da camisinha e a rolei por meu pênis. Com um só movimento, meti nela.

Ela gemeu.

Tirei, louco para bater nela de novo.

— Nenhum barulho esta noite ou você não terá meu pau. — Bati mais uma vez. — Você entendeu? Concorde com a cabeça.

Ela assentiu freneticamente.

— Ótimo. — Arremeti novamente dentro dela, enquanto ela se empurrava para trás para me tomar mais fundo. — Está gulosa esta noite, não é? — perguntei, invadindo seu calor úmido. — Bom, então somos dois.

Segurei-a pelos quadris e comecei um ritmo constante, dando estocadas com a maior força e profundidade possíveis. Ela reagia da mesma forma, trabalhando os músculos internos para segurar meu pau a cada arremetida dentro dela. Olhei onde estávamos unidos, vendo-me entrando e saindo de Abby.

O que será que ela faria se eu...

Passei a mão entre nossos corpos e esfreguei seu clitóris. Ela arqueou as costas, seu imenso orgasmo incitando o meu.

Ela arriou nos travesseiros e baixei a seu lado, tirando a camisinha e colocando-a no chão. Passei a mão por seu tronco, rocei no seio e esfreguei o ombro para verificar se ela não pressionava indevidamente o braço.

Ela estava bem.

— Não acho que tenha visto tudo o que queria na quarta-feira. Talvez possa fazer a gentileza de marcar uma hora para mim na Coleção de Livros Raros novamente na quarta-feira que vem. — Olhei para ela.

— Sim, senhor. — Ela concordou com um sorriso malicioso.

— Ah, Abigail. Como você é safada. — Seu rosto ruborizou e me ajoelhei para desamarrá-la. — Acho que isso pede uma recompensa. O que acha?

Tirei os travesseiros do caminho e ajeitei seu corpo para que ela descansasse de costas.

— Eu lhe fiz uma pergunta, Abigail... O que acha de uma recompensa?

— O que lhe agradar, mestre — sussurrou ela.

Estiquei seus braços no alto da cabeça mais uma vez e os amarrei.

— O que me agradar — murmurei.

Desci por seu corpo, passando as mãos nela. Primeiro por seus braços e pela clavícula, descendo aos seios, esfregando os mamilos rígidos, depois passando pela barriga, até que cheguei às coxas. Abri suas pernas.

— Adivinhe o que pode me agradar agora, Abigail.

Ela mordeu o lábio inferior.

— Isso, minha menina safada. — Soprei seu clitóris. — Me agradaria ter você gozando em minha língua. Mostre o quanto adora sua recompensa. Não segure.

Lambi-a com força e profundamente, trabalhando nela com a língua. Ela ergueu os quadris da cama com um gritinho. Mordisquei sua pele tenra, alternando entre beliscões leves e mordidas mais fortes. Com os dedos, esfreguei seu clitóris, começando lentamente, mas por fim acelerando. Sua respiração era mais rápida e ela erguia os quadris para mim.

— Ah, por favor... — Ela gemeu enquanto eu chupava seu clitóris, rodando a língua em volta dele.

Levantei a cabeça.

— Mais alto, Abigail. Não tenho vizinhos.

Para ajudá-la, meti dois dedos dentro dela e os torci. Ela gritou.

— Melhor assim — falei, erguendo seus quadris à minha boca mais uma vez e lambendo-a novamente enquanto meus dedos entravam mais fundo.

Seu corpo se retesou e levantei a cabeça para vê-la gozar. As costas se arquearam. Passei a acariciar seu clitóris com os dedos, enquanto minha língua deslizava para dentro. A mudança súbita de sensação a levou ao limite e ela gozou forte contra mim.

Baixei suas coxas na cama, vendo-a ofegar. Soprei a carne sensível e ela gemeu enquanto seu corpo sofria os últimos abalos.

— Devo pensar que você gostou de sua recompensa? — perguntei, engatinhando por seu corpo e soltando seus braços.

— Sim, mestre, obrigada — agradeceu ela de olhos fechados, ainda tentando acalmar a respiração.

Esfreguei seus braços, começando pelos ombros e subindo até os pulsos. Curvei-me para sussurrar em seu ouvido.

— Pode me agradecer sonoramente na quarta-feira que vem.

Depois de meu banho, apaguei a luz do quarto e esperei. Eu não tinha certeza do que esperava — Abby não falou na rosa a noite toda. Talvez Martha não tivesse dito nada. Sentia-me um adolescente criando coragem para convidar uma garota para sair pela primeira vez.

Devia ter deixado um bilhete, West. Você gosta de mim? Marque "sim" ou "não".

Ouvi barulho no corredor. Nada.

O que acha que ela vai fazer? Entrar de rompante em seu quarto e dizer: "Hum, com licença. Você pretendia dizer alguma coisa com a rosa que deixou para mim?"

Sentei-me e soquei o travesseiro.

Idiota.

O que eu precisava era de uma boa corrida. Ou do piano. Um dos dois. Levantei-me e comecei a andar pelo quarto, indo da cama à janela e voltando à cama. Apollo levantou a cabeça do chão, suspirou e pulou para descansar na cama.

É isso mesmo, até o seu cachorro acha que você é maluco.

Ajoelhei-me ao lado da cama e afaguei seu pelo. Ao me levantar, ouvi o fraco rangido da porta de Abby.

Prendi a respiração. Contei.

Ela não vinha a meu quarto. Aonde ia?

A resposta arrancou a respiração de meu corpo.

À biblioteca.

Capítulo Dezoito

Ela ia à biblioteca. Eu apostaria qualquer coisa nisso. Por quatro segundos, pensei em ficar em meu quarto, mas não consegui. Eu sabia que tinha de me juntar a ela. Só para ver. Para ver se eu a encontraria enroscada num sofá de couro ou de pé na seção de poesia com meu livro de John Boyle O'Reilly aberto na mão.

Se ela encontrasse o poema, descobriria a pétala de rosa. Eu a coloquei ali dentro, marcando a página exata, na noite de quarta-feira.

Eu veria a confusão ou o desejo em seus olhos?

Fiquei junto da porta e respirei fundo.

Pouco antes de sair do quarto, coloquei uma camisinha no bolso. Não fazia mal algum estar preparado, decidi, lembrando-me da última vez que Abby e eu estivemos na biblioteca.

Desci lentamente a escada. Demorando-me e tentando decidir o que fazer e dizer depois que entrasse na biblioteca.

Mas era uma tolice, não? O que eu faria dependeria do que Abby estivesse fazendo. Então decidi que, pela primeira vez, eu deixaria me levar. Deixaria o instinto me guiar.

Rezando e torcendo para não desmoronar.

Meus olhos foram diretamente à seção de poesia quando entrei na biblioteca.

E lá estava ela.

Ela estava diante da janela e eu via cada curva de seu corpo pelo tecido transparente da camisola. Ela podia muito bem estar vestida com um manto de luar, porque nada se escondia de mim: nem o tom mais escuro dos mamilos, nem o leve rubor do rosto.

Nem o impressionante ar de surpresa que cobria seu rosto.

Ela entendeu.

Meu coração deu um baque inseguro.

Acendi a luminária pequena da mesa do canto.

— Abigail.

Ela colocou uma mecha de cabelo atrás da orelha.

— Não conseguia dormir.

Tudo bem, ela não queria que eu soubesse que ela sabia.

— E decidiu que poesia lhe daria sono? — perguntei e, no minuto seguinte, decidi tentar algo novo. — Então, vamos fazer um jogo?

Recitei:

"Ela anda na beleza, como a noite
De firmamentos sem nuvens e céus estrelados:
E o que há de melhor nas trevas e na luz
Encontra-se em seu aspecto e nos olhos..."

Abri-lhe um sorriso irônico.

— Dê o nome do poeta.

Ela tombou a cabeça de lado e cruzou os braços.

— Lord Byron. Sua vez.

"Durmo contigo e acordo contigo,
Entretanto tu não estás ali;
Encho os braços com pensamentos de ti,
E aperto o ar comum."

Ela pensava em mim. Sonhava comigo. Ela me queria.

Embora já fosse tarde, esses pensamentos deixaram meu corpo zumbindo como se eu tivesse consumido um bule de café. Infelizmente, eu não sabia quem era o poeta e, a julgar por sua expressão segura, Abby sabia.

— Eu devia saber que não podia sugerir um concurso com uma bibliotecária formada em inglês — admiti. — Este não sei de quem é.

— John Clare. Ponto para mim.

Fechei os olhos e tentei pensar num poema, qualquer um, e sorri quando me veio à mente.

— Tente este — disse.

"Que teu coração profético
Não me anteveja nenhum mal;
O destino pode fazer a tua parte,
E teus temores se realizarão."

Dê tempo a mim, Abby. Quero tentar, mas estou com tanto medo de estragar tudo. Não sei o que eu faria se estragasse tudo.

Ela semicerrou os olhos e pareceu... preocupada?

— John Donne — afirmou ela.

— Sua vez — falei depois de assentir.

Ela citou um poema de John Boyle O'Reilly. Reconheci de minha leitura de quarta à noite.

> *"Deste-me a chave de teu coração, amor;*
> *Então por que me fizeste bater?"*

Seus olhos eram brandos e cheios de desejo. E eu estava acabado. Naquele minuto, eu sabia. O que quer que acontecesse. O que quer que eu fizesse, ou nós fizéssemos, ou se eu estragasse tudo, eu estava acabado. Eu era dela e só dela. Isso me matava de medo.

Eu teria de pegar leve. Teríamos de ir devagar. Eu não tinha experiência aqui e não sabia o que esperar, nem o que fazer. Mas tínhamos tempo, não? Tínhamos todo tempo do mundo. Certamente íamos conseguir.

— John Boyle O'Reilly — declarei. — E dou um ponto a mim mesmo por saber os versos seguintes:

> *"Oh, isto foi ontem, pelos santos dos céus!*
> *E na noite passada — troquei a fechadura!"*

Felizmente ela estava do outro lado da sala. Talvez dali ela não visse meu coração bater. Eu devia ter vestido uma camisa. Pelo menos tentado me cobrir.

— Então está empatado. — Ela andou atrás do sofá, devagar e calculadamente, passando o dedo por seu encosto de couro. — Então, por que veio à minha biblioteca a esta hora da madrugada?

Vim te ver. Como na quarta-feira. É você. Sempre é você.

— Vim tocar. — Assenti para o piano. Eu tocaria, tentaria me acalmar, entender a situação com a música.

Ela se sentou no sofá.

— Posso ouvir?

— É claro. — Fui até a banqueta do piano e me sentei. Fechei os olhos e respirei fundo. A canção de Abby. Era a única música que eu ouvia, a única que podia tocar. A única coisa que dava sentido a este momento louco, confuso, de que-diabos-vou-fazer.

Como sempre, fui tomado pelas notas, concentrado em expressar meus sentimentos. Pensei na suavidade da pele de Abby, na doçura de sua personalidade, na graça delicada de seu corpo, na dor persistente que ela deixava em meu coração — e despejei tudo. Eu sabia que nunca seria capaz de colocar em palavras o que podia dizer pela música, então deixei que o piano falasse por mim.

Enquanto eu tocava, as linhas claras de preto e branco que sempre ditavam meu mundo começaram a se fundir e se misturar, assumindo o mais sedutor e lindo tom de cinza. Por toda a duração da música, o cinza era extraordinário. O cinza era duas pessoas de diferentes mundos se unindo inesperadamente e criando algo novo. O cinza pegava o melhor de nós dois e combinava em algo maior do que quando estávamos separados.

A música terminou e fiquei em silêncio. Esta era a sala dela. Eu tinha dito para Abigail ser ela mesma ali. Eu não faria diferente. Nesta sala, eu me permitiria ficar solto, e danem-se as consequências.

— Venha cá — sussurrei.

Ela se levantou e veio a mim.

— É a minha biblioteca.

— É o meu piano — retruquei, porque nós dois cedíamos alguma coisa naquele momento. Nós dois deixamos o outro ver os lugares mais profundos de nossas almas.

Meus braços a envolveram quando ela se colocou diante de mim e a puxei para meu colo. Ela era tão delicada e pequena. Toquei seu cabelo, acariciei seus ombros, deixei que a mão pousasse na curva de sua cintura. Suspirei e baixei a cabeça a seu peito, respirando seu cheiro delicioso.

Ela cravou os dedos em meu cabelo e, por uma fração de segundo, tentou erguer minha cabeça. Eu não queria nada além de levantar a cabeça e esmagar minha boca na de Abigail. Não, esmagar não — saborear. Sentir o gosto de sua boca e explorar seus lábios.

Mas eu tinha criado a regra e não estava pronto para infringi-la. Seria passar demais dos limites. Em vez disso, virei a cabeça e peguei seu mamilo na boca, passando a língua pela camisola fina.

Recuei e olhei em seus olhos.

— Eu quero você. Quero você aqui. No meu piano. No meio da sua biblioteca.

Agora, Abby. É o único jeito que conheço de expressar esses sentimentos que não entendo. E bem aqui, na única sala onde podemos ser nós mesmos.

— Sim — sussurrou ela de olhos fechados.

Era a única palavra de que eu precisava. Ajudei-a a se levantar e tirei sua camisola pela cabeça. Suas mãos corriam por meu peito e ela abriu minha calça.

— No meu bolso — murmurei antes que ela conseguisse tirá-la.

— Está muito seguro de si, não está? — Ela pegou a embalagem e a abriu.

Não, não estou. Antigamente eu era seguro de mim, mas agora não sou. Quando estou com você, não estou seguro de nada.

Ela enrolou a camisinha em mim, suas mãos confiantes ao apertarem a base de meu pau, bem perto do saco. Sentei a nós dois na banqueta do piano e ela ficou de frente para mim, passando as pernas por meu corpo.

— Toque para mim — pediu ela enquanto seus braços me envolviam.

A melodia que fluiu por meus dedos às teclas era nova — provocante e sensual, como Abby em sua biblioteca. Em qualquer outra noite, eu teria apanhado papel do bloco em meu banco e escrito as notas, mas com Abby em meu colo, só o que eu podia fazer era tocar.

Em um movimento lento, ela colocou meu pau dentro dela.

— Continue — orientou ela, quando meus dedos ameaçaram parar. Ela me cavalgava lentamente, pegando-me mais fundo a cada movimento dos quadris. Arrastando-me mais para o cinza que estávamos começando.

Ela mordiscou minha orelha. Seu hálito quente provocou ondas de choque por meu corpo, depois sussurrou:

— Adoro você dentro de mim.

Puta merda. Ela falava obscenidades.

— Durante a semana, fantasio com seu pau... Com o gosto dele. — Ela desceu os quadris, apertando os músculos internos em volta de mim. Gemi.

Ela pensava em mim durante a semana.

Só no seu pau, eu disse a mim mesmo. *Não em você.*

— Com a sensação — continuou ela, e precisei de todas as minhas forças para ficar firme nela. — Conto as horas até ver você. Até poder ficar com você assim.

Esqueci-me de tocar. A música parou enquanto eu passava os braços em volta dela, querendo apenas tocá-la.

Ela parou.

— Continue tocando.

Recomecei a música. Mais acelerado. Desesperado.

— Eu nunca me senti assim — disse ela. — Só você. Só você pode fazer isto comigo.

Era demais. Eu não conseguia mais. Não podia mais negar a mim mesmo. Não podia mais negar a nós dois. Não queria mais negar.

Nunca me senti assim, disse ela.

Ela também estava confusa. Isso era novidade para ela.

É claro.

Minhas mãos baixaram do teclado e finalmente, *enfim*, eu a tinha em meus braços.

— Você acha que é diferente para mim? — perguntei. Como ela não sabia o que causava em mim? Passei os braços para enganchá-los em seus ombros e arremeti para cima com toda minha força. — O que a faz pensar que é diferente para mim?

Eu conto as horas até o fim de semana. Penso em você a semana toda. É exatamente assim para mim. Eu nunca me senti desse jeito na vida.

Fique comigo, Abby. Me aguente enquanto eu tento entender tudo isso. Por favor.

Ela acelerou o ritmo e meu corpo assumiu o controle, encontrando seu movimento ao erguer os quadris para ela. Querendo. Precisando. Ela se apertou em volta de mim e passei a mão entre nossos corpos para levá-la ao clímax que ela ansiava. Suas mãos seguraram e puxaram meu cabelo.

Esfreguei seu clitóris mais rápido, desesperado para sentir o gozo em volta de mim. Ela ergueu os quadris e, quando arremeti para encontrá-la, senti o clímax abalar seu corpo. Enterrei-me o mais fundo que pude e fiquei parado enquanto gozava forte dentro da camisinha.

Não nos mexemos. A realidade me voltou enquanto meu coração desacelerava.

O que fizemos? O que eu fiz? Onde nossos atos nos deixavam? E como íamos seguir adiante? Um homem melhor do que eu teria conversado sobre isso com ela.

Eu não era um homem melhor. E não queria falar nisso ainda. Tínhamos muito tempo, raciocinei. Eu pensaria em nós, nisso, mais tarde. Durante a semana, quando ela não estivesse diante de mim. Por ora, eu tinha de voltar aos trilhos. Prepararmo-nos para o restante do fim de semana.

— Café da manhã às oito na sala de jantar, Abigail — falei, colocando-a de pé. Não estava pronto para comer na mesa da cozinha com ela de novo. Só quando tivesse tempo de processar o que acabou de acontecer.

— Rabanada? — ela perguntou, passando os braços pela camisola.

— O que você preferir. — Joguei a camisinha no lixo e a vi sair da biblioteca para seu quarto.

Capítulo Dezenove

Passei a hora seguinte em meu quarto, andando. De novo. O que tinha aconteceu, o que havia acabado de se passar entre mim e Abby precisava ser deixado de lado e explorado mais tarde. Quando eu fosse capaz de me entender com isto.

Por ora, tínhamos de passar pelo fim de semana e eu precisava planejar para o Super Bowl. Esses planos exigiam que eu me colocasse no estado mental correto.

Mais importante, Abby precisava voltar ao estado mental correto. Tomar o café da manhã na sala de jantar seria um passo para garantir que isto acontecesse. Eu tinha passado o desjejum para as oito em vez do horário normal das sete. Será que ela percebeu que eu queria que ela dormisse um pouco mais do que o normal? Para compensar pela noite passada?

Eu devia ter dito alguma coisa a respeito disso. Para deixar claro o que eu fazia.

Devia ter dito muitas coisas.

Perguntei-me, e não pela primeira vez, como Paul e Christine fizeram isso. Como passaram de dominador e submissa a... *mais*. Foi confuso? Como eles misturaram as duas coisas?

Eu conhecia casais de dominador e submissa, é claro, mas nunca questionei os comos e porquês.

"Não esta noite", disse a mim mesmo. "Mais tarde. Você tem muito tempo."

Estado mental correto.

Nós dois precisávamos de um lembrete.

Nossa relação atual precisava de foco.

Coloquei um travesseiro no chão e um tubo de lubrificante em minha cômoda antes de subir na cama.

* * *

Ela entrou com orgulho na manhã seguinte na sala de jantar, trazendo uma travessa de suas deliciosas rabanadas. Ainda querendo servir e me agradar.

Sorri ao pensar nisso.

— Faça um prato e junte-se a mim. — Comi um pedaço de rabanada coberta de calda enquanto esperava que ela voltasse.

Estado mental correto. Chegue lá.

Leve-a lá.

— A noite de ontem não muda nada — esclareci quando ela se sentou. — Eu sou seu dom e você é minha sub.

Mantive a voz firme e calma. Era uma questão de controle e isto não era diferente de mais nada.

— Eu me importo com você — prossegui. Um grande eufemismo. — Isto não é inaudito. Na verdade, deve ser esperado.

Afinal, eu tinha cuidado de minhas subs de coleira anteriores. Ora essa, até cuidei de Melanie, mas o que eu sentia por Abby era... intenso. Intenso demais. Mas eu não podia dizer isso a ela agora. Era demais, cedo demais, esmagador demais e confuso demais.

— Mas sexo não é o mesmo que amor. — Amor? A ideia me chocou. Era isso que eu sentia? — Embora eu suponha que muita gente confunda os dois.

Como planejado, ela não disse nada durante o café da manhã. Ficou sentada em silêncio à mesa e comeu. Eu sabia que sua mente estava em outro lugar. Senti-me melhor pelo travesseiro que aguardava em meu quarto. Melhor lembrar a ela de seus motivos para estar aqui e fazer isso rapidamente.

Olhei enquanto ela terminava de comer.

— Tire a mesa e vá a meu quarto. Irei até lá em breve.

Ela levou os pratos para a cozinha. Quando ouvi água correndo, levei Apollo para fora.

Meu telefone tocou e olhei o visor. Kyle.

— Bom dia.

— Nathaniel — disse a mãe de Kyle. — Desculpe incomodar você, mas queria que soubesse que Kyle teve febre pelos últimos dias e não sei se os médicos irão deixar que ele vá ao jogo neste fim de semana.

Meu estômago se contorceu. Ele ficou a temporada toda ansioso para ir ao Super Bowl.

— Lamento saber disso, mas não faça nada precipitado. Temos lugar num camarote e, se ele puder ir, sua família é mais do que bem-vinda para ir comigo no jatinho.

— Obrigada. Manterei você informado.

— Por favor. — Gesticulei para Apollo e ele voltou a andar a meu lado. — Diga a ele que estou mandando os ingressos para os Yankees.

— Você é muito bom para ele, Nathaniel — afirmou ela, fungando. — Obrigada.

Depois de entrar e subir a escada, deixei Apollo na frente do quarto. Abby estava ajoelhada no travesseiro, olhando para mim.

Sim, a noite passada foi estranha, mas ainda estávamos aqui. Podíamos fazer isso. Ela ainda queria isso.

O resto viria com o tempo, talvez.

Coloquei-me na frente dela.

— Muito bem, Abigail. Agrada-me que você se antecipe às minhas necessidades.

Tirei as calças e deixei que minha ereção se libertasse. Sem hesitar, ela se curvou para a frente e me pegou na boca.

Passei os dedos por seu cabelo e lentamente trabalhei em sua boca. Eu me demorava, querendo que nós dois voltássemos aonde precisávamos estar.

Ela mexia a cabeça no ritmo de minhas estocadas, combinando com meus puxões em seu cabelo. Bati no fundo de sua garganta e senti que ela relaxava em volta de mim, pegando-me mais fundo. A mão hesitante se estendeu para afagar meu saco.

Ela era tão boa. Eu sabia que não a merecia. Não merecia o presente de sua submissão.

Mas eu era um filho da puta ganancioso e ia tomá-la de qualquer modo. Pelo tempo que ela me permitisse.

Acelerei, batendo em sua garganta, e meus lábios se separaram de prazer. Surpreendeu-me que eu estivesse de dentes cerrados.

Sua língua correu por mim enquanto eu arremetia em sua boca. Minhas mãos se apertaram no cabelo e dei estocadas mais rápidas para meu clímax.

Não avisei de meu orgasmo iminente. Esperei para ver como Abby reagiria, se entenderia as dicas de meu corpo. Meti mais fundo, ejaculando em sua garganta.

Ela não deixou passar uma gota que fosse.

Afrouxei o aperto em seu cabelo e suspirei. Sim, isso era bom. Ainda estávamos bem.

Estendi a mão para ajudá-la a se levantar, perguntando-me se ela percebera o tubo de lubrificante quando entrou no quarto. Abby tinha alguma ideia do que viria agora?

Desabotoei sua blusa, jogando-a no chão. Sua calça foi a seguinte e ela graciosamente saiu dela. Seus olhos dispararam pelo quarto e o corpo se retesou quando o olhar caiu no lubrificante.

— Olhe para mim, Abigail — ordenei calmamente, passando as mãos por seus braços para pegar suas mãos. — Quero que responda às minhas perguntas.

Seria bom se ela respondesse em voz alta. Eu a empurrei de volta à cama e peguei o lubrificante na cômoda.

— Onde estamos?

Ela subiu na cama, olhando para mim com os olhos castanho-escuros. Querendo tanto confiar em mim.

— Em seu quarto.

Juntei-me a ela na cama.

— Onde em meu quarto?

— Na sua cama. — Ela se sentou sobre os calcanhares.

Eu ficava duro de novo, mas ignorei minha ereção. Isto era por ela. Para relaxá-la. Prepará-la. Meus desejos teriam de esperar.

— O que acontece na minha cama? — Corri a mão pelo lado de seu corpo, vendo sua pele explodir de arrepios.

Seus cílios caíram de expectativa.

— Prazer.

— Sim. — Peguei-a nos braços e gentilmente a baixei de bruços. *Isso. Só prazer em minha cama. Nada mais. Sempre.*

Baixei a cabeça, mordiscando seu pescoço, enquanto minhas mãos acariciavam seus seios. Peguei-os gentilmente e levantei as mãos, mal fazendo atrito nos mamilos. Suas costas se arquearam.

Movi os lábios para baixo, girando a língua para a cavidade de seu pescoço, mordiscando delicadamente. Sua respiração era acelerada.

— Apenas sinta, Abigail — sussurrei. Passei a mão por seu peito e senti o coração disparado. Isso. Estava dando certo.

Rocei os dedos mais embaixo, entrando por suas pregas, testando sua disposição.

Mais. Ela precisava de mais.

Deslizei por seu corpo, meus lábios movendo-se sem esforço pela pele macia da barriga. As mãos dela corriam nervosas pelo lençol e eu lambi seu umbigo.

Tão doce. Cada parte dela era doce.

Acompanhei a linha de seu abdome, baixando os dedos para esvoaçar gentilmente sua carne inchada. Devagar, empurrei um dedo para dentro dela; ela se balançou em minha mão.

— Sim — sussurrei, contra sua barriga. — Apenas sinta.

Acomodei-me entre suas pernas e puxei seus joelhos para cima e para fora, abrindo-a para mim. Seus quadris se ergueram da cama, em expectativa.

— Espere — alertei, plantando beijos em sua coxa, indo aonde ela mais me queria. Ela gemeu. — Espere.

Meti a língua dentro dela e lambi. Levei as mãos sob suas pernas e deslizei por baixo, para que os joelhos pousassem em meus ombros.

Ela gemeu.

Ah, isso.

Voltei a lambê-la, sentindo o gosto da deliciosa prova de sua excitação enquanto meu dedo circulava o clitóris. Olhei para cima. Suas mãos estavam cerradas no lençol e o corpo arqueava-se enquanto ela tentava ficar mais perto de mim.

Peguei o lubrificante a nosso lado. Lambi em volta do clitóris, quase tocando-o, enquanto espremia lubrificante em dois dedos.

Isso era novidade e ela ficava inquieta sempre que eu trazia o assunto à tona. Eu queria que a experiência fosse o mais agradável e prazerosa possível para ela. Mostrar quanto prazer eu podia lhe dar quando ela confiava em mim.

Voltei a mordiscar sua vagina. Lentamente, levei os dedos a sua abertura inferior, o suficiente para ela perceber que eles estavam ali. Afaguei-a. Dei uma longa lambida em seu clitóris, finalmente dando-lhe o atrito que ela ansiava e ao mesmo tempo empurrando a ponta do dedo para dentro de seu ânus.

Ela arquejou.

— Prazer, Abigail. Só prazer — lembrei a ela. A ponta de meu dedo entrava e saía lentamente, indo mais fundo a cada arremetida.

Combinei o dedo com a língua, mexendo nela nos dois sentidos. Meus dentes mordiscaram um pouco mais forte e, mais uma vez, seu corpo elevou-se quase ao orgasmo. Ouvi sua respiração entrecortada e vi que suas pernas tremiam.

— Relaxe — sussurrei, porque o que viria agora ia doer um pouco. Gentilmente meti um segundo dedo para dentro, certificando-me de nunca parar com a língua.

— Oh. — Seu corpo se retesou.

Passei os dentes de leve pelo clitóris e ela balançou os quadris para mim. Os dois dedos moviam-se dentro dela, indo gentilmente mais fundo, esticando delicadamente.

— Oh, ah — ofegava ela.

— É isso, Abigail — estimulei-a. — Deixe estar. Deixe que seja bom.

Confie em mim.

Ela não ia aguentar muito tempo. Todo seu corpo tremia. Só mais um ou dois passos, decidi, lambendo seu clitóris. Em minha lambida seguinte, repuxei os lábios e a rocei com os dentes, metendo o dedo o máximo que pude dentro dela.

Ela soltou um grito surpreso enquanto gozava em volta de mim.

Coloquei seu corpo gentilmente na cama e vi a satisfação quando as ondas do orgasmo correram por ele.

Eu fiz isso.

Eu lhe dei esse prazer.

Eu.

Seus olhos aos poucos se abriram e ela me olhou, assombrada.

— Você está bem? — perguntei. É claro, ela não precisava responder; era evidente o quanto ela estava bem.

— *Hmmmmmm* — murmurou ela, rolando de lado.

Juntei-me a ela.

— Devo tomar isto como um sim?

Ela assentiu fracamente e colocou a cabeça em meu peito.

Algo que eu nunca havia vivido me dominou e a puxei para mais perto. Não queria deixar que ela saísse dali jamais.

Capítulo Vinte

Na quarta-feira, quando cheguei à biblioteca, Abby estava na recepção, mas desta vez de frente para a porta. Eu me atrevia a pensar que ela esperava por mim?

— Boa tarde — cumprimentei.

— Boa tarde, senhor — disse ela com um sorriso sedutor.

Droga. Só ouvi-la me chamar de *senhor* me deixava duro.

— Esta ainda é uma boa hora? — Eu não queria supor nada. As quartas-feiras estavam fora de nosso acordo original e eu queria que ela se sentisse livre para me rejeitar. Esperava, desesperadamente, que não me rejeitasse, mas a decisão ainda era dela.

— Exatamente 13h30. — Ela apontou para a tela do computador. — É o que diz bem aqui.

Olhei bem em seus olhos, incapaz e sem disposição de esconder o que sentia, mas certo de que não transparecia.

— Pode me acompanhar até a Coleção de Livros Raros?

— Sim — sussurrou ela.

Estendi a mão. Ela a pegou e contornou a mesa para ficar a meu lado. Parei por um segundo, olhando-a.

Ela estava com um vestido de mangas compridas. Abraçava suas curvas, mostrando o contorno dos seios, o volume dos quadris.

— Você está muito bonita — comentei.

Ela sorriu com o elogio.

— Obrigada.

Era estranho. Parado ali, tendo uma conversa normal e cotidiana enquanto nós dois sabíamos aonde íamos. O que estaríamos fazendo dali a alguns minutos.

Olhei ao redor, procurando por Martha. Ela estava perto das biografias recém-publicadas.

— Eu te dou cobertura, Abby — disse ela, acenando de seu posto. — Pode ir.

Abby soltou minha mão.

— Venha comigo.

Como se eu pudesse fazer outra coisa.

Subimos a escada, Abby na frente. Quando chegamos à sala, ela abriu a porta e entrei primeiro. Fechei-a e tranquei depois de passarmos. Ela esperou.

— Tire os sapatos — comandei.

Ela obedeceu, tirando um sapato e depois o outro. Merda. Até tirando os sapatos, Abby era sexy. Ela se abaixou e, com um dedo, retirou as meias finas que estavam escondidas pelos sapatos. Contive um gemido. Abby tirando as meias era ainda mais gostosa.

— Vire-se — mandei, e ela se virou para a mesa da semana passada. Fui por trás dela e coloquei as mãos em seus ombros, sentindo que ela tremia de expectativa. — Para a mesa. — Empurrei-a gentilmente.

Ela andou até se colocar na frente da mesa. Apertei-me nela, cuidando para que sentisse minha ereção.

Curvei-me sobre ela, passando as mãos por seus braços enquanto ela obedecia. Empurrei-a para que se apoiasse nos cotovelos e pressionei meu pau contra ela com mais força.

— Gosto do vestido que está usando — falei, recuando e passando os dedos por seu traseiro. — Só um simples pedaço de tecido entre nós.

Ela se empurrou em mim e eu sorri.

Safada.

— Sabe do que mais? — perguntei, deslizando as mãos por baixo da bainha de sua saia e levantando-a, expondo a calcinha num tom claro de cor-de-rosa que tinha por baixo. Puxei-a por suas pernas. — Não precisamos mais de camisinha.

Meu dedo médio roçou em sua abertura. Ela já estava excitada.

— Poderei sentir tudo quando estiver dentro de você. — Abri minha calça e a puxei para baixo. Com um passo, apertei-me em Abby. — E você vai me sentir todo.

Ela gemeu.

— Gosta assim, não gosta, Abigail?

— Sim, senhor. Por favor.

Meti dois dedos nela, testando de novo sua excitação.

— Pensou em mim o dia todo? Imaginou que eu fazia isso com você?

Ela ofegou e assentiu.

Bombeei os dedos lentamente.

— Diga. Fale com suas palavras.

— Eu pensei no senhor o dia todo. Imaginei o que ia fazer.

— Enquanto devia estar trabalhando? — perguntei com uma falsa surpresa, tirando os dedos.

— Sim, senhor.

Bati nela uma vez.

— Que vergonha. — Bati de novo e ela gemeu. — Você é uma menina muito má, Abigail. — Bati uma última vez e curvei-me para sussurrar em seu ouvido: — Sabe o que acontece depois que as meninas más apanham?

— Não, senhor.

Dei outro tapa em sua bunda.

— Elas são comidas.

Ela murmurou algo.

— Estique-se, segure-se na beira da mesa e escore o corpo. — Olhei enquanto ela fechava os dedos na borda da mesa. — Você não tem ideia de como fica gostosa assim.

Peguei o pau numa das mãos e a provoquei, apertando-o contra ela, mas sem ir adiante. Ela gemeu. Com um golpe suave, deslizei para dentro dela e nós dois gememos.

Eu nunca fui assim. Nunca. Com minhas subs anteriores, eu me satisfazia com nossos arranjos de fim de semana. Nunca senti a necessidade de procurá-las no meio de semana. Por que tudo era tão diferente com Abby? Por que eu não podia passar da tarde de domingo à noite de sexta sem vê-la? Sem tocar nela?

Comecei a dar estocadas, bloqueando tudo de minha mente, exceto Abigail. A sensação dela em volta de mim. Como seus músculos se fechavam sempre que eu metia nela.

Nossos corpos batiam na mesa. Não devíamos estar fazendo isso. Podia colocá-la em problemas. Mas eu não conseguia parar.

Quando nos aproximávamos do gozo, eu entendi. Eu nunca teria o bastante dela e jamais poderia parar. Eu devia ter percebido isso anos antes, quando ficou impossível ficar longe dela. Reconheci quando ela entrou em meu escritório semanas atrás. Admiti quando a comi pela primeira vez. Eu havia me afundado naquilo tudo. Seu cheiro, seu toque, sua essência. Eles faziam parte de mim.

Depois, enquanto pegávamos nossas roupas e nos endireitávamos, trouxe de novo o assunto do carro.

— Estive pensando no que você disse sobre a questão do carro.

A determinação feroz tingiu seu rosto, mas sua voz era calma.

— Pensou?

Meu tom também era calmo, sabendo que tomara a decisão certa.

— Decidi não insistir na questão.

— O quê?

— A ideia deixou você muito desconfortável e pensei que, embora parte de mim ainda pense que é mais seguro que você mesma dirija, seu bem-estar mental é igualmente importante para mim. Não quero que jamais pense que é uma prostituta.

Ela parecia chocada.

— Obrigada.

— Toma lá dá cá, Abigail, os relacionamentos são assim. — Virei-me para que ela não visse o quanto a confissão seguinte me custava. — Gosto que seja franca comigo a respeito de seus sentimentos. Eu mesmo tenho dificuldades com isso.

Ela pulou da mesa.

— Talvez possamos trabalhar nisso juntos.

Um arrepio frio me tomou, mas o afugentei e abri a porta.

— Talvez.

Levei-a para o andar principal.

— Precisamos chegar ao aeroporto às quatro da tarde na sexta-feira. Se este horário não for bom para você, me informe. Você tem meu número.

— Às quatro está ótimo. Ligarei se houver algum problema.

Paramos na porta da frente.

— Até lá, então — falei, erguendo a mão para afagar seu rosto.

Abby não telefonou, mas a mãe de Kyle, sim. A febre não passou e, assim, ele não poderia ir ao Super Bowl. Falei com ele na tarde de quinta-feira, disse que sempre haveria a temporada seguinte e que se os Yankees chegassem à World Series, eu faria o que fosse possível para conseguir ingressos.

Na sexta-feira, às quatro da tarde, Abby se encontrou comigo no terminal onde eu mantinha meu jato. Seus olhos percorreram o avião.

— Boa tarde, Abigail. Obrigado por fazer os arranjos para sair do trabalho cedo.

Ela pegou minha mão e subimos a escada para a cabine. O piloto acenou do cockpit.

— Estaremos prontos para decolar em breve, Sr. West.

Levei-a aos nossos lugares e ela se sentou a meu lado, com as mãos no colo. De vez em quando, ela olhava a cabine e depois alisava rugas inexistentes em sua calça.

É claro que ela está ansiosa, pensei. Tudo isso era novo para ela. Eu precisava tranquilizá-la, fazer com que soubesse o que esperar. Afinal, ficaríamos em público e com minha família e amigos íntimos pela maior parte do fim de semana.

Tínhamos alguns minutos antes que a comissária de bordo entrasse na cabine.

Abby respirou fundo e fechou os olhos.

— Quero conversar com você sobre o fim de semana — falei e seus olhos se abriram, cheios de gratidão. — Sua coleira continua onde está. Você ainda é minha submissa. Mas minha tia e Jackson não precisam saber de nossa vida particular.

Perguntei-me se Felicia contara alguma coisa a Jackson, mas depois cheguei à conclusão que não devia ter falado nada. A vida sexual do primo do namorado não devia ser prioridade na lista de assuntos que Felicia quisesse discutir.

— Além disso, você não se dirigirá a mim como *mestre*, *senhor*, ou *Sr. West*. Se puder, evite usar meu nome. — Olhei-a nos olhos. Era um equilíbrio delicado, vivendo como vivíamos, mas era viável. — Você não vai me chamar pelo nome de batismo a não ser que seja inevitável.

Ela assentiu.

— Agora, quanto ao dia de hoje — prossegui, incapaz de esconder a excitação da voz —, você terá de aprender a se controlar.

A comissária de bordo entrou na cabine.

— Posso lhe trazer alguma coisa ou para a Srta. King, Sr. West?

— Não. Avisarei se precisarmos de algo.

Ela sorriu.

— Muito bem, senhor.

— Ela vai passar o resto do voo com o piloto, a não ser que precisemos dela — esclareci, abrindo o cinto de segurança e estendendo a mão. — E não vamos precisar. Venha comigo.

Levei-a ao pequeno quarto do avião e fechei a porta.

— Tire a roupa e vá para a cama.

Abby tinha marcado os jogos com cera no questionário como "disposta a tentar". Os jogos com cera de vela real seriam intensos demais e eu não queria me apressar muito, usando minhas velas de soja ou de parafina de sempre. Em vez disso, encomendei uma vela de cera especial para ela. Esta se transformava em óleo corporal quando aquecida. Seu ponto de fusão era mais baixo do que a soja ou a parafina. Seria o jeito perfeito de introduzi-la nesta prática.

Enquanto Abby se despia, fui à cômoda pequena e peguei a tigela aquecida por uma bateria que eu ligara antes. A vela tinha derretido bem. Mergulhei um dedo na cera para testar a temperatura. Perfeita. Coloquei uma venda no bolso.

Abby estava nua, deitada na cama. A submissão perfeita. Nenhuma hesitação. Mesmo com uma comissária de bordo à distância de um chamado.

Baixei a tigela no chão, depois peguei os braços de Abby e os estiquei para que ficassem abertos.

— Fique assim e não vou precisar amarrá-la.

Peguei a tigela e me sentei ao lado da cama.

— Isto é um prato quente operado a bateria. Normalmente, eu uso uma vela para isso, mas o piloto não permitiria. E regras são regras.

E, na maior parte do tempo, eu sigo as regras.

Um tremor de excitação correu por seu corpo e seus mamilos endureceram. Suspendeu a respiração só por um segundo.

Ah, sim. Ela queria isto.

Peguei a venda no bolso.

— Isto funciona melhor se você estiver vendada.

Prendi a venda em sua cabeça, mais uma vez avaliando sua reação, certificando-me de que ela estava disposta a continuar. Seu corpo tremia de expectativa.

— A maioria das pessoas acha a sensação do calor muito agradável.

Virei a tigela para que uma gota de cera caísse em seu braço. Só uma gota, numa área segura do corpo — o melhor lugar para testar a cera e a reação de Abby. Ela sibilou, mas era um som de prazer. Esfreguei o óleo em sua pele, explicando o que era e como funcionava.

Ao virar a tigela novamente, outra gota caiu em seu outro braço e esfreguei delicadamente, massageando-a. Sua pele era macia e flexível sob meus dedos. Lentamente, despejei mais óleo, sempre com delicadeza, sempre sem pressa, tornando seu corpo mais relaxado, aos poucos incitando o fogo por dentro, recompensando sua confiança a cada gesto de minhas mãos. Mostrando-lhe como a submissão absoluta seria recompensada. Era um passo importante de meu plano para a noite: trabalhar seu corpo num frenesi absoluto para que ela desfrutasse do que aconteceria depois do jantar.

Olhei o relógio. Tínhamos mais dez minutos antes que ela precisasse se vestir. Como ela reagiria à parte seguinte? Mergulhei o dedo na tigela, pegando a cera derretida, e pinguei em seu mamilo. Um leve ofegar, meio gemido, escapou dela.

Esfreguei o óleo, colocando a mão aberta em seu seio.

— Gosta do calor, Abigail? — sussurrei em seu ouvido, pingado outra gota no outro mamilo.

Ela gemeu.

Sim, gostava. Ela ansiava por isso.

Virei a tigela um pouco mais e um fluxo de cera escorreu por entre os seios. Deixei-a de lado e então montei em Abigail, massageando seu corpo com movimentos firmes e longos. Subindo pelos seios, pela linha do tronco, esfregando o óleo em todo o seu corpo. Mais uma vez fiz o máximo para que ela relaxasse, para aumentar sua expectativa.

— Controle. A quem você pertence? Responda.

— A você — sussurrou ela.

— É isso mesmo. E, no fim da noite, você estará implorando pelo meu pau. — Se eu fizesse tudo certo, isto é. — Se for boazinha, posso até deixar que você o tenha.

Desci da cama para lhe dar tempo para relaxar e antever a noite que viria. Fui a uma das janelas e olhei para fora. Estávamos nos aproximando do aeroporto de Tampa — Abby precisava se vestir. Minha tripulação tinha abastecido a geladeira do avião antes de decolarmos. Peguei uma garrafa de água gelada e voltei ao quarto.

Abby ainda estava na cama, de braços esticados e os olhos vendados.

Sentei-me ao lado dela e passei um dedo por seu ombro.

— Abigail.

Ela virou a cabeça para mim.

Desamarrei a venda e ela me olhou com uma expressão confiante.

— Está na hora de você se vestir. — Peguei seus braços, trazendo-os para perto do corpo. — Eu lhe trouxe uma água.

Ela lambeu os lábios e eu sorri.

Fizemos o check-in para nossa suíte no hotel e mostrei a Abby seu quarto. Tínhamos uma hora antes de encontrarmos a todos para o jantar, muito tempo para nos prepararmos.

Ela apareceu na sala da suíte depois, vestida e absolutamente linda.

— Muito bom. Mas volte e tire a meia-calça. — Seus olhos me questionaram. — Quero você totalmente nua embaixo desse vestido. Quero que saia sabendo que posso levantar sua roupa e ter você na hora que bem entender.

Eu não faria isso, é claro, não esta noite. Não com minha família conosco, mas no domingo... Tudo podia acontecer no estádio de futebol.

Ela se virou e voltou ao quarto, retornando instantes depois.

— Levante a saia.

Seus dedos se atrapalharam, mas ela puxou a bainha da saia para a cintura e vi que não havia nada além de Abby por baixo do vestido.

— Agora estamos prontos.

Jackson tinha feito reservas numa steakhouse do centro. Um plano excelente, considerando o quanto a área do centro era cheia de gente. Abrimos caminho por entre a multidão, finalmente entrando no restaurante.

Todos estavam sentados a uma mesa grande no meio do salão. Muitos clientes olhavam para Jackson, mas ninguém se aproximava dele. Depois que Abby e eu nos sentamos, ela conversou educadamente com Linda e Elaina. Enquanto ela falava com naturalidade com todos, recostei-me e a observei, unindo-me à conversa para provocá-la só quando ela disse que nosso voo foi "ótimo".

O garçom nos serviu vinho. Excelente. Abby precisava estar muito relaxada quando voltássemos ao quarto. Eu, por outro lado, ia me limitar a uma taça. Faço questão de nunca beber mais de uma taça de vinho antes de um jogo. Além disso, o que eu planejava para esta noite exigiria a máxima concentração; eu não precisava de álcool nenhum para toldar meu discernimento.

Olhei para o lado. Abby lia o cardápio com uma expressão perturbada. Censurei-me por não pensar no cardápio antes.

— O bisque de lagosta é excelente — comentei com ela. — E também a salada Caesar. Eu também recomendaria o filé ou o *strip steak*.

O alívio tomou seu rosto e ela fechou o cardápio.

— Bisque de lagosta e filé, então. — A conversa continuou tranquilamente e tudo correu bem até Todd descobrir que Abby tinha se formado em Columbia. Por vários minutos, eles compararam seus bares e suas lembranças. Um sinal de alerta tocou em minha cabeça. Eu precisava mudar de assunto e rápido. E se Todd se lembrasse de minha obsessão por uma aluna da Columbia? Contaria isso a Abby? Eu não tinha certeza. Elaina e Todd adoravam implicar comigo. Ele bem que podia fazer isso. Interrompi a conversa, contribuindo com histórias sobre meus bares e minhas lembranças preferidos de Dartmouth. Elaina se juntou à conversa e aos poucos, nos afastamos do barril de pólvora da Columbia.

Soltei um suspiro de alívio e voltei minha atenção a Abby. Era hora da parte dois de meu plano.

Capítulo Vinte e Um

A conversa continuou enquanto eu passava a mão sob a mesa e roçava no joelho de Abby. Acariciava. Afagava. Provocava.

— Abby — disse Linda —, eu pretendia te convidar para almoçar. Nesta semana não posso. Quarta-feira que vem é bom para você?

Continuei afagando seu joelho, interessado em sua resposta.

— Quarta-feira não é um bom dia para mim — respondeu ela. — Temos um patrono que vai toda quarta ver a Coleção de Livros Raros... E não deixamos os pesquisadores desacompanhados, então terei de estar com ele.

Eu quase ri.

Minha tia suspirou.

— Isto deve ser meio cansativo, mas acho que o trabalho com o público é assim mesmo.

— Eu não me importo — declarou Abby. — É estimulante conhecer alguém tão dedicado.

Desci mais a mão por seu joelho. Ela pensou que eu tinha acabado? Estava louco para mostrar o quanto eu podia ser dedicado.

— Que tal na quinta-feira? — insistiu Linda. — Ele não vai às quintas, não é?

Meu coração deu um salto ao saber que minha tia queria sair com Abby. Alegrei-me com a aceitação de minha família.

— Na quinta será ótimo — confirmou Abby.

— Então está marcado. — Linda sorriu para mim.

Passei a mão por baixo da mesa e afaguei de novo o joelho de Abby. Todd me fez uma pergunta sobre as eleições locais iminentes. Ele sabia que eu não conseguia sustentar um debate político. Mas não me importei — mantive a atenção de todos distraída de onde estava minha mão esquerda.

"Você é minha", eu disse a ela com os dedos. "Mesmo nesta mesa. Posso fazer o que eu quiser."

E ela deixou.

Passei o pão a Felicia. Não dava para considerar seu comportamento caloroso comigo, nem forçando, mas ela não estava tão fria quanto no hospital. Talvez um dia fique tudo bem.

Baixei a mão a meu colo e me aproximei mais de Abby, desta vez trabalhando em sua coxa. Só para lembrar a ela. Elaina me fez uma pergunta e peguei os talheres quando respondi. Queria lembrar a Abby de não chamar a atenção para si. O que fazíamos ficava entre nós. Aos olhos de minha família, éramos só outro casal jantando.

Mas por baixo da mesa...

Estendi a mão para tocar seu joelho de novo, mas suas pernas estavam cruzadas. Não podia ser assim. Empurrei sua perna de cima e ela me abriu os joelhos.

Muito melhor.

Subi um pouquinho mais, levantando a bainha de sua saia, e voltei a comer minha salada.

Olhei pela mesa: Felicia ria de alguma coisa dita por Jackson; Linda falava com Elaina.

Deixei que minha mente vagasse para meus planos para o restante da noite. Eu tinha deixado instruções ao hotel...

Abby engasgou e me trouxe de volta ao presente.

Dei alguns tapinhas em suas costas.

—Está bem?

— Sim — respondeu ela, com a cara ruborizada de constrangimento. — Desculpe.

— Sabe de uma coisa — disse Todd do outro lado da mesa. — Não devia dar um tapa nas costas das pessoas quando elas engasgam. Pode ser perigoso.

— Obrigado, Dr. Welling — agradeci.

— Só estou tentando ajudar.

— Da próxima vez não tente.

Ele me abriu um sorriso implicante.

— Que graça tem isso?

O garçom tirou nossos pratos. A taça de Abby estava vazia, então lhe servi um pouco mais de vinho. Eu queria que ela ficasse inteiramente relaxada.

— O que você lê além de poesia? — Esfreguei sua coxa. Éramos só mais um casal trocando carícias.

Claro que éramos.

Ela bebeu um gole do vinho.

— Qualquer coisa. Os clássicos são meus favoritos.

Sorri, porque gostei de nosso jogo com poemas na biblioteca no fim de semana e passei a maior parte da hora do almoço esta semana lendo citações de autores famosos. Estava louco para me exibir.

— "Um clássico" — falei — "é um livro que as pessoas elogiam e não leem." Mark Twain.

Abby abriu um sorriso cruel. Seus olhos faiscaram de prazer.

— "Não consigo pensar bem de um homem que se diverte com os sentimentos de uma mulher." Jane Austen.

Sim, eu supunha que estava me exibindo um pouco para ela. Mas Jane Austen contra meu Mark Twain? Ela não sabia da animosidade entre os dois, sabia?

Sorri para ela.

— "Mas quando uma jovem deve ser a heroína, nem a perseverança de quarenta famílias vizinhas consegue impedi-la." Jane Austen.

Ela nem piscou quando subi a mão por seu vestido, mas citou calmamente:

— "A verdade é mais estranha do que a ficção." Mark Twain.

Ah, ela me pegou. Pegou pra valer. Eu ri, atraindo a atenção da mesa.

— Desisto. — Coloquei as mãos na mesa. — Você venceu. Mas só por esta rodada.

— Ei, vocês duas — disse Elaina a Felicia e a Abby. — Linda e eu vamos ao spa amanhã fazer uma limpeza de pele, massagem e as unhas. Marcamos hora para vocês também. Por nossa conta. Vocês vão?

Eu tinha ligado para Elaina no início da semana para sugerir isso. Ela me surpreendeu, porém, dizendo que já reservara tratamentos para Abby e Felicia.

— É muita consideração sua. — Acariciei seu joelho mais uma vez. Eu odiava passar um dia longe dela, mas queria que Abby conhecesse melhor minha família. — Imagino que Todd e eu vamos ter de nos divertir sozinhos no golfe. Gostaria de ir com as meninas, Abigail?

— Claro. Adoraria.

É claro que sim. Que mulher não ia querer um dia de spa? Olhei para Todd, do outro lado da mesa.

Todd piscou para mim.

— *Você vai perder, West* — murmurou ele.

— *Vou acabar com você no campo, doutor* — murmurei de volta.

— Experimente — desafiou ele.

Linda tossiu.

— Desculpe — falei.

Voltei a comer, atento a Abby pelo canto do olho. Ela sorriu durante todo o jantar e conversou com todos à mesa. Nada tímida, nem constrangida. Estava linda.

Ela também estava tão tensa que não demoraria muito para estourar.

Eu não queria isso. Ainda não.

Deixei-a em paz enquanto comíamos a entrada. Eu estava ao lado dela. Já bastava. Quase podia sentir sempre que ela respirava — o leve movimento do corpo, o oscilar suave de seu peito.

Ela riu de algo que Felicia disse, empurrando o cabelo para trás com um gesto elegante de mão. Minha mente vagou e imaginei aquelas mãos em mim.

Eu queria aquelas mãos em mim.

Servi-lhe mais vinho e vi quando ela bebeu um gole.

Eu queria aquela boca em mim.

Peguei sua mão, colocando a minha por cima, e levei as duas à minha ereção. Muito lentamente, para não chamar a atenção de ninguém na mesa, ergui os quadris e dei uma estocada em sua palma.

Viu só? Eu queria dizer. *Viu o que você faz comigo?*

Ela viu. Mordeu o lábio e deixou a mão em mim. Era demais. Apertei gentilmente sua mão e a recoloquei em sua perna.

Logo, prometi. *Logo.*

Eu torcia para que nós dois aguentássemos.

Provoquei-a no carro, virando sua saia para cima da cintura e expondo seu sexo a mim.

— Você vai sujar o interior do carro alugado. — Passei um dedo por sua entrada escorregadia e meti. — Molhada desse jeito.

Pelo canto do olho, vi que ela mordia a bochecha por dentro. Sim, meu plano estava dando certo, aposto que ela me imploraria agora, se eu lhe pedisse. Brinquei com ela por mais alguns minutos, deslizando os dedos por suas dobras, brincando com seu clitóris.

Estacionei para entregar o carro ao manobrista e baixei a saia de Abby antes que alguém viesse até o carro. Depois de entregar a chave, fui ao banco do carona e abri a porta para Abby. Ela aceitou a mão que eu estendia e mais uma vez éramos como qualquer casal.

Subimos pelo elevador para a nossa suíte. Apertei sua bunda, só porque podia, e ela reagiu com um gemido.

— Ainda não — falei a ela.

Mantive a mão na base de suas costas enquanto andávamos até a nossa porta. Ela tremia de expectativa.

Ah, Abby, pensei. *Não tem ideia do que planejei para você esta noite.*

Ou talvez ela tivesse.

Abri a porta da suíte e deixei que ela entrasse primeiro. O hotel seguiu minhas instruções — todas as luzes foram apagadas, exceto por uma luz fraca na sala de estar. Levei Abby pelo curto corredor até meu quarto, onde uma luminária emitia uma luz suave. A cama tinha sido arrumada.

Excelente.

Deixei-a junto ao pé da cama e abri o zíper de minha bolsa de viagem. Dentro dela, peguei um vibrador e gel de aquecimento, colocando-os sobre a cama.

Seus olhos se arregalaram.

Pensando bem, talvez ela não soubesse o que eu tinha planejado.

— Eu fui paciente, Abigail — declarei. — E serei o mais gentil possível, mas será esta noite. Você está pronta.

Confie em mim. Eu não faria isso se julgasse que você não está pronta

Fui à beira da cama, onde ela estava, ainda paralisada de choque.

— Tire minha roupa — ordenei a ela, em parte para desviar sua cabeça de outra coisa.

Com dedos atrapalhados, ela tirou meu paletó e passou as mãos por meus braços. Merda, eu adorava suas mãos em mim. Ela abriu apressadamente os botões de minha camisa e a jogou no chão. Depois suas mãos baixaram, puxando minha calça e a cueca para baixo com um empurrão.

— É todo seu — declarei enquanto minha ereção se libertava. — Como se comportou muito bem no jantar esta noite, vou deixar que tenha uma provinha.

Ela baixou imediatamente de joelhos e me tomou em sua boca. Senti que ela gemia enquanto eu arremetia em seu calor.

De joelhos, ela se concentraria em mim. Não tanto nos objetos que havia na cama. Eu esperava por isso, de qualquer modo. No mínimo, lembraria a ela que eu tinha a noite toda sob controle. Eu podia conduzir a nós dois. Fechei os olhos e voltei minha atenção a Abby. A sensação de sua boca em volta de mim, o modo como eu batia em sua garganta, as mechas sedosas de seu cabelo entre meus dedos.

Depois de alguns minutos, recuei, sem querer gozar ainda. Estendi a mão para ajudá-la a se levantar. Ela cambaleou um pouco e torci para que não tivesse bebido vinho demais.

— Tire a roupa para mim — mandei. — Lentamente.

Ela tirou os sapatos, um de cada vez. Merda. Por que isso era tão sexy? Com os olhos em mim o tempo todo, ela levou a mão às costas para abrir o zíper. Sua mão esquerda foi ao alto do ombro direito e lentamente empurrou a manga do vestido para baixo.

Eu precisava fazer com que ela se despisse para mim com mais frequência.

Depois que sua roupa caiu no chão, ela estendeu a mão às costas de novo e soltou o sutiã. Pegando-o numa das mãos, ergueu-o e o deixou cair.

Ela cintilava inteiramente ao luar. Seu corpo gingava de leve, lançando sombras pelo quarto.

Sentei-me.

— Toque em si mesma.

Ela se mexeu sem inibições, colocando a palma das mãos nos seios, roçando os mamilos até que enrijecessem. Beliscando um, depois o outro. Seus olhos estavam fechados e ela gemia de prazer, gingando mais uma vez.

Uma das mãos desceu pelo lado do corpo e sobre a barriga até que ela começou a se acariciar, enquanto a outra continuava brincando com o peito. Foi a coisa mais erótica que já vi.

— Chega — eu disse, quando ela começou a se esfregar na palma da mão. — Venha cá.

Ela veio até a cama e estendi a mão quando se aproximou de mim, pegando-a pela cintura. Ela soltou um leve suspiro enquanto eu a colocava deitada de costas e montava nela.

Passei o nariz em seu pescoço, respirando seu cheiro, sentindo a doçura de seu hálito quando ela suspirou novamente. Meus dentes mordiscaram a linha de seu queixo e ela enterrou as mãos em meu cabelo.

Minha exploração pelo corpo dela ficou mais ousada. Senti o gosto da pele oculta sob o queixo enquanto minhas mãos circulavam seus seios. Minhas mãos foram mais baixo, beliscando um mamilo, apertando seu quadril enquanto elas baixavam ainda mais.

Minha boca seguiu, saboreando, enquanto eu pulava o círculo de seu umbigo e brincava com o clitóris inchado. Ela jogou a cabeça para trás e eu sabia que ela estava pronta.

Movi-me para cima de seu corpo, ainda passando as mãos, mas desta vez mais brando. Gentilmente. Com reverência. Mordisquei com mais suavidade ainda. Ela gemeu embaixo de mim. Ansiosa e querendo.

Lentamente, virei-a de lado, passando as mãos por seus braços.

Você está bem. Vai ficar bem. Confie em mim.

Disse essas palavras com meu toque e ela empurrou a cabeça para mim, arqueando as costas.

Peguei o gel de aquecimento ao meu lado e apertei o lubrificante escorregadio em dois dedos. Coloquei mais dele pela extensão de meu pênis ansioso.

Lentamente, com muita lentidão, com uma das mãos fiz pequenos círculos em volta de seu clitóris enquanto a outra deslizava por entre suas nádegas para pressionar o ânus. Ela se assustou por um momento. Supus que fosse a temperatura do gel; não usei o gel de aquecimento no fim de semana anterior.

Só por precaução, reduzi ainda mais o ritmo e me demorei empurrando o dedo para dentro, certificando-me de dar a atenção adequada a seu clitóris. Concentrei-me em sua reação, procurando por sinais de desconforto. Não havia nenhum, só um suspiro de prazer enquanto meu dedo deslizava todo para dentro.

Repeti meus atos com o segundo dedo, querendo esticá-la aos poucos, prepará-la para meu pau. Ela arremeteu contra o dedo em seu clitóris, apertando meus dedos mais fundo dentro de si enquanto se jogava contra mim. Continuei lentamente.

Tínhamos todo o tempo do mundo. A noite toda, se fosse preciso. Eu iria num ritmo de lesma para garantir que ela desfrutasse.

Ela se jogou de novo contra meus dedos.

Fique comigo, Abby.

Retirei os dedos e levantei sua perna. Com uma das mãos, mantive meu pau contra ela. A outra mão ainda rodeava seu clitóris, os dedos entrando por suas dobras molhadas. Pressionei um pouco para a frente, deixando que ela soubesse onde eu estava, o que eu me preparava para fazer.

Ela ficou parada. Aceitando-me.

Seu corpo não travou, não tremeu. Ela não dava sinais externos de sofrimento.

Empurrei um pouco só para que a ponta de meu pau entrasse.

"Devagar", eu disse a mim mesmo. O impulso de meter era forte, mas eu contive, sabendo que tinha de me concentrar inteiramente nela. Deixei minhas necessidades no fundo da mente. Até agora Abby confiou em mim e eu faria o possível para merecer sua confiança.

Empurrei mais um pouco e ela ofegou. Redobrei os esforços em seu clitóris, mantendo a parte inferior de meu corpo parada, trabalhando para que Abby voltasse a uma ânsia urgente. Empurrando novamente enquanto ela relaxava. Parando de novo. Provocando mais uma vez com os dedos.

Pressionei sua resistência natural e, com um empurrão gentil, deslizei a cabeça do pênis para dentro. Novamente, senti o impulso de dar uma estocada pelo resto do caminho e de novo resisti. Concentrando-me na mulher em meus braços, na confiança que tinha em mim. Eu não destruiria esta confiança.

Ela puxou o ar.

Droga, ela sentia dor.

Abandonei as carícias em seu clitóris e encontrei sua mão. Peguei-a na minha.

— Você está bem? — perguntei.

Era doloroso, mas embora eu não pudesse aliviar totalmente a dor, podia mostrar que eu sabia. Que seria gentil. Que ela era bem-tratada.

Ela puxou o ar de novo.

— Sim.

Ela não ia mentir. Se quisesse que eu parasse, diria. Se dissesse que não estava bem, eu daria um fim a esta noite.

Apertei sua mão e me curvei para beijar sua nuca.

— Você está indo muito bem — sussurrei.

A tensão deixou seu corpo com um longo suspiro e ela se derreteu contra mim.

Peguei o vibrador e o liguei. Com um braço, puxei-a para mais perto de meu peito, deixando a mão entre seus seios para poder sentir sua respiração.

Com a outra mão, passei o vibrador por seu corpo, para que ela estivesse ciente do que eu fazia. Meu corpo tremia da necessidade de arremeter, meter todo dentro dela, mas em vez disso, deslizei o vibrador para dentro. Sua respiração ficou suspensa enquanto eu a penetrava lentamente pelas duas vias, empurrando mais meu pau para dentro, como fazia com o vibrador.

Segurei-a firme conta mim, os dois corpos tensos do esforço.

Só mais um pouco. Fique comigo, Abby.

Quase lá.

E então, enfim, eu estava dentro.

Soltei o ar que estivera prendendo.

— Ainda está bem? — perguntei, surpreso com minha voz rouca.

— Sim — respondeu ela, também rouca.

Fiquei parado mais uma vez, dando-lhe tempo para se adaptar à sensação de ser preenchida tão completamente.

Foi um completo inferno.

Separado por apenas um pedaço fino de pele, o vibrador zumbia contra meu pau, deixando-me louco com o impulso de meter. A necessidade de meter. Qualquer coisa para aliviar a dor e a ardência por dentro.

Mas seu coração martelava em meus dedos e sua respiração saía em um ofegar curto.

E eu nunca, *jamais*, a machucaria.

Então cerrei os dentes e esperei que ela relaxasse.

Tirei o vibrador lentamente enquanto mantinha meu corpo parado. Depois empurrei para dentro de novo, enquanto jogava os quadris para trás. Balançando-me, trabalhei com o vibrador e meu pau — um dando estocadas para dentro, outro saindo.

Ela estava apertada pra caralho. Gemi enquanto arremetia e o vibrador me pegava de novo. Mantive-a ainda mais firme contra mim. Seu coração disparava.

Acelerei um pouco, trabalhando meu corpo e o vibrador em direções opostas. Ela ficou parada e gemia. Virei o vibrador para que pressionasse seu clitóris e fui recompensado com um leve gemido.

Comecei a dar estocadas mais rápidas, empurrando o vibrador mais fundo. Ela apertou os músculos em volta de mim e eu quase me perdi.

O suor escorria por meu rosto e levei a nós dois ao clímax. Queria que ela tivesse cada fragmento de prazer concebível.

Ela jogou a cabeça para trás e gemeu.

Eu não aguentava mais. Arremeti novamente, enquanto ela gritava e seu clímax a jogava contra mim. Seus músculos se cerraram a meu redor, fazendo-me entrar mais, forçando o vibrador contra meu pau.

Poooooorra.

Meu gozo disparou de mim, dei uma estocada mais forte e mordi a pele tenra de suas costas. Ela gritou novamente, seu segundo orgasmo tão intenso quanto o primeiro.

Ela ficou parada por vários segundos, mas seu coração disparava sob minha mão e a respiração saía em um arquejar pesado.

— Abigail?

— Ah, meu Deus.

— Está tudo bem?

Ela murmurou alguma coisa, mas não se mexeu. Eu não queria nada além de ficar exatamente onde estava e nunca mais me mexer, mas tinha de cuidar de Abby. Tinha de ajudá-la a baixar, a relaxar para que ela não ficasse muito dolorida na manhã seguinte. Para ela saber o quanto significava ela ter confiado em mim.

— Volto logo — sussurrei, saindo da cama e entrando no banheiro.

Virei o interruptor com dimmer do banheiro, lançando no cômodo uma luz calorosa e suave, e andei até a banheira. Eu trouxe os produtos de toalete de Abby de minha casa e, enquanto a água quente enchia a banheira, despejei seu sabonete líquido. Minutos depois, o banheiro foi tomado pelo calor úmido e pelo vapor impregnado do cheiro de Abby.

Voltei ao quarto e a encontrei ainda na cama, na mesma posição em que a deixara. Passei os braços por seu corpo e a carreguei ao banheiro, onde a coloquei delicadamente na banheira.

Ela suspirou quando a água quente envolveu seu corpo. Peguei uma toalha de rosto e mergulhei na água, depois a espremi em seus ombros, lavando-a gentilmente. Limpando primeiro um braço, depois o outro.

Curvei-me e lavei suas costas. Com reverência, ergui seu cabelo de lado e esfreguei o pescoço, plantando beijos suaves na marca que eu deixara. Quando terminei com as costas, passei a toalha por seus seios e vi as bolhas de sabão deslizarem entre eles.

Em seguida lavei sua barriga, lembrando-me de como tinha se contraído de prazer sob minhas mãos. Depois baixei bem as mãos e levantei seus joelhos para lavar suas pernas.

O tempo todo, ela ficou recostada na banheira de olhos fechados. Um leve sorriso brincava em seus lábios.

Passei a toalha entre suas pernas, com a maior gentileza possível.

— Levante-se para mim, minha linda — pedi.

Ela ergueu o traseiro e passei a toalha mais embaixo, lavando os últimos vestígios de meu gozo e do lubrificante. Depois tirei a tampa do ralo da banheira e deixei que a água escorresse.

Peguei-a novamente e a sentei na beira da banheira. Envolvi seus ombros com uma toalha enquanto pegava outra e secava seus pés. Lentamente, fui subindo, enxugando cada centímetro de seu corpo perfeito.

Quando terminei, peguei uma escova na bancada e passei em seu cabelo com movimentos suaves e delicados.

— Você foi maravilhosa. Eu sabia que seria assim.

Ela sorriu novamente.

Peguei a camisola que eu tinha pendurado no gancho do banheiro e a vesti pela cabeça. Depois a peguei no colo e a levei para seu quarto.

Ela já estava dormindo quando meus lábios roçaram sua testa.

Capítulo Vinte e Dois

Acordei às cinco e meia e saí em silêncio da suíte para ir à sala de exercícios no térreo. Antes de sair, parei no quarto de Abby. Ela dormia profundamente e talvez não acordasse antes de minha volta.

Meus pensamentos voltaram à noite anterior, à forma como Abby se derreteu contra mim, sua completa e absoluta confiança. A noite foi um ponto de virada em nossa relação. Agora podíamos começar a entrar mais fundo em nossos jogos. Eu lhe mostraria um prazer ainda maior. Eu a faria gritar de deleite com mais frequência.

Quando voltei à suíte, mais de uma hora depois, pedi o serviço de quarto e tomei um banho. Antes de entrar na sala, parei mais uma vez no quarto de Abby e deixei uma garrafa de água gelada e dois comprimidos de ibuprofeno. Ela podia estar dolorida quando acordasse.

A batida na porta soou quando saí de seu quarto e fui receber o serviço de quarto.

Depois que o entregador foi embora, ouvi a água correndo no banheiro de Abby.

Excelente.

Enquanto eu esperava, sentei-me à mesa e comi meu café da manhã. Não que eu estivesse contando, mas ela entrou na sala vinte minutos depois.

— Sente-se e tome o café da manhã, Abigail.

Ela se sentou à mesa e começou a comer.

— Linda e Elaina querem que você e Felicia estejam no spa às nove e meia — avisei. — Não sei o que elas planejaram, mas ao que parece você só terminará à tarde.

Ela comeu em silêncio enquanto eu bebia outra xícara de café. Perguntei-me o que estaria pensando. Refleti por um momento sobre pedir para ela passar o dia comigo em vez de ir ao spa — eu deixaria de ir jogar golfe e podíamos fazer alguma coisa juntos. Mas lembrei-me do quanto queria que ela ficasse com minha família e mudei de ideia.

— Venha cá — mandei, quando ela terminou de comer. Entrei na sala e ela me seguiu.

Passei a suas costas.

— Elaina e Felicia sabem de nosso estilo de vida. Prefiro pensar que minha tia não sabe, mas mesmo que saiba... — Abri a coleira. — Não há motivos para ostentar isso. — Contornei-a e parei à sua frente. — Terá sua coleira de volta esta tarde.

Sua cabeça baixou.

Ela estava aborrecida por eu ter tirado? Será que queria usá-la no spa? Onde as pessoas podiam olhá-la? Onde minha tia se perguntaria por que ela insistia em usar um colar?

Ou talvez...

Talvez ela não quisesse tirar devido ao que representava.

Ergui seu queixo e a olhei nos olhos.

— Você ainda é minha. Mesmo sem isto.

Jackson estava sentado no saguão. Pelo menos, pensei que fosse Jackson.

Ele tinha um moletom de capuz, óculos escuros e uma peruca de *dreadlocks*.

— E aí, cara — disse ele. — Finalmente.

— Mas o que é isso que está usando?

— Estou disfarçado.

Olhei o saguão: estávamos atraindo todo tipo de olhares.

— Acho que não está dando certo. Você só parece um jogador de futebol disfarçado.

— É, mas qual jogador? — Suas sobrancelhas se mexeram. — Ninguém sabe e ninguém veio me pedir um autógrafo.

— Isso não quer dizer que o disfarce esteja dando certo. Só significa que você está assustando as pessoas. — Sorri. — Mas agora que me aproximei de você, talvez todos criem coragem.

— Droga. — Ele empurrou o capuz para trás, expondo mais *dreadlocks*.

— Bateu a cabeça muitas vezes no treino? O que está fazendo aqui fora sozinho?

— Queria falar com você antes de sair com a equipe e você ir jogar com Todd.

Olhei o saguão espaçoso. Havia um pequeno grupo de cadeiras num canto distante.

— Tenho vinte minutos. — Fiz um gesto com a cabeça indicando o canto. — Vamos para lá.

Depois que nos sentamos, perguntei:

— O que está havendo?

— Ontem à noite, Felicia e eu...

— Tire os óculos. Não consigo me concentrar em uma palavra do que você diz desse jeito.

Ele tirou os óculos.

— Felicia e eu...

Nem que minha vida dependesse disso eu saberia dizer aonde essa conversa ia dar. Será que Felicia disse alguma coisa? Ela e Jackson terminaram? Como afetaria minha relação com Abby se eles terminassem?

— Sim?

— Não foi nada que eu já tenha feito na vida. Quer dizer, a gente só conversou, sabe? Conversou. Depois fomos caminhar e conversamos mais. — Ele meneou a cabeça, como se não acreditasse nisso também. — Ela é incrível. Não é como ninguém que eu conheci. É claro que ela também é gostosa pra cacete.

Assenti. Eu supunha que fosse gostosa. Para quem gosta de ruivas. Pensei em Abby — seu cabelo castanho exuberante, as curvas graciosas de seu corpo. Felicia Kelly não tinha nada de Abby King.

— Eu cresci vendo mamãe e papai — disse Jackson. — Vendo Elaina e Todd apaixonados. Quer dizer... — Sua expressão ficou séria. —Nunca pensei que um dia eu ia descobrir o que eles tinham.

Eu sabia exatamente do que ele falava.

— Mas agora — continuou ele —, sempre que estou com ela, sinto que é isso. Como se eu pudesse estender a mão e pegar. — Ele meneou a cabeça. — Sei lá. Talvez eu deva conversar com Todd. Mas pensei que, se você entendesse, se achasse que é possível encontrar...

Por que ele pensou que eu saberia de alguma coisa? Eu? Eu não estava em condições de dar conselho algum. Especialmente neste assunto. Certamente ele sabia muito bem disso. Eu não tinha conhecimento, nem experiência em relacionamentos. Por isso as palavras seguintes que saíram de minha boca surpreenderam a nós dois.

— É claro que é real. Claro que você pode encontrar. E, se encontrou com Felicia, eu não poderia estar mais feliz por você.

Todd me derrotou no golfe. Foi uma partida apertada, mas a verdade, como eu disse a ele, é que todo mundo sabia que os médicos não trabalhavam de verdade. Só jogavam golfe o dia todo. É claro que ele venceu.

Depois do jogo, perguntei a ele se queria tomar um drinque. Não tinha certeza de por que decidi conversar com ele — talvez eu ainda sentisse parte da euforia natural depois da noite anterior.

Ou talvez fosse porque Todd sabia de meu estilo de vida e eu finalmente tivesse vontade de conversar sobre isso com alguém que me fosse próximo. Eu não sabia. Acho que só queria ter alguém com quem conversar.

Abby e eu íamos jantar com Todd e Elaina mais tarde, mas o jantar seria dali a horas e eu não queria passar esse tempo sozinho num quarto de hotel. Pensando nisso agora, esse drinque com Todd foi ao mesmo tempo a melhor e a pior decisão que eu tomei na vida.

Nós nos sentamos e por alguns minutos pensei em como abordar com Todd o assunto de minha vida. Finalmente decidi ser franco.

— Abby me disse que você sabe de nosso estilo de vida — falei depois de o garçom trazer nosso pedido.

Os olhos de Todd se esbugalharam. Evidentemente, ele não esperava que eu abordasse diretamente o tema.

Dei de ombros.

— Eu queria assumir, não quero que se torne o elefante na sala.

Ele se recostou.

— É um elefante e tanto, Nathaniel. Tem certeza de que quer falar disso?

— E por que não? Não tenho nada a esconder. Mas me deixa te fazer uma pergunta... Como vocês descobriram?

— Melanie foi nos ver a uns meses atrás. — Ele fez uma breve pausa e eu assenti. — Acho que foi difícil para ela, o término com você. Ela queria ver alguns rostos conhecidos e, depois que nos viu, desmoronou.

— Eu sabia que namorá-la era má ideia.

— E por que fez isso?

Ergui uma sobrancelha.

— Não vai dar uma de psicanalista para cima de mim, vai?

Ele riu.

— Você é meu melhor amigo. Seria pouco ético de minha parte analisar você. — O canto de sua boca se ergueu. — Mas seria divertido.

— Cala a boca.

— Desculpe. Não pude evitar. — Ele ficou sério. — Por que fez isso?

— Queria saber se eu podia ter uma relação "normal". Já fazia muito tempo.

— Quanto? — Ele olhou o bar vazio. — Escute, cara, não tem de responder nada, se não quiser. Se ficar íntimo demais, me diga que eu calo a boca, está bem?

Assenti.

— Muito bem. Eu era estudante em Dartmouth. Havia tido alguns relacionamentos, nada sério, nada excitante demais. Eu não atraía as garotas como Jackson. Não tinha conhecido o amor de minha vida, como você. Linda nunca disse nada, mas eu sabia que ela não gostava de me ver sozinho o tempo todo.

— Você nunca levou ninguém para casa.

— Nunca encontrei ninguém que quisesse levar para casa. Eu tinha um amigo, Paul, que era um dominador. Fui a algumas festas com ele, saí um pouco. — Fechei os olhos, pensando nos primeiros anos. — Nunca me arrependi. Gostei do estilo de vida... Acabou preenchendo uma lacuna que eu precisava. Me perguntei, por anos, se minha infância tinha algo a ver com isso.

— Provavelmente não.

— Eu pensei que não ia me analisar.

Todd ergueu as mãos.

— Não é análise. Só o que eu penso.

— Tem muita experiência nisso?

— Não, mas não acho que a morte de seus pais tenha algo a ver com isso. Não creio que seja uma coisa só. Quero dizer, por que algumas pessoas gostam de verde e outras de azul? É só o jeito como o cérebro funciona.

— Não acha que vem de algum impulso esmagador de controlar tudo?

— Você acha?

Pensei na questão. Pensei no tempo que passei com Melanie, com Paige e Beth. E Abby.

— Não — respondi com sinceridade.

— Muito bem, então. Aí está sua resposta.

Soltei um suspiro de alívio.

— Eu sempre pensei que talvez houvesse algo de errado comigo.

— Você sabe muito bem que não tem.

— Eu sei. Eu sei. — Peguei uns amendoins que o garçom tinha trazido. — Às vezes é difícil.

— Não tem parecido assim ultimamente. — Ele sorriu. — Você e Abby, hein?

Baixei a cabeça, imagens da noite passada correndo por minha mente.

— Ela... Ela não é parecida com ninguém que eu tenha conhecido.

— E isso é bom?

— Muito bom. — Depois da noite anterior, nossa relação só ia ficar melhor.

— Bom e permanente?

— Ora essa, Todd, só estamos juntos há pouco mais de um mês. Dá um tempo.

— Tudo bem, tudo bem. — Ele colocou uns amendoins na boca. — Mas existe potencial?

— Não sei. Não sei se nasci para isso.

— Está vendo? — Ele apontou para mim. — Isso, bem aqui? Acho que se deve a sua infância.

— E isto. — Apontei para ele. — Isto bem aqui? Acho que é quando eu te digo para calar a merda da sua boca. — Sorri para ele saber que eu não me ofendera, mas que falava sério em cada palavra.

— Desculpe. É o trabalho. É difícil largar, sabe?

— Não preciso de um psiquiatra.

Ele não prestava atenção em mim.

— É só que quando seu melhor amigo workaholic traz uma mulher nova, tem um andar animado e sorri o tempo todo...

— Deixa disso, Todd.

— E aqueles diamantes na coleira dela? — Ele franziu a testa. — Não me lembro de nenhuma de suas outras namoradas usando diamantes.

— Foi o que eu quis.

— E você a conhece há quanto tempo? Algumas semanas?

Levantei-me.

— Tá bom, tá legal — disse ele. — Vou parar. Sente-se e termine sua cerveja.

Tomei um longo gole e olhei o relógio. Ainda era cedo demais para as mulheres terem terminado no spa. Droga. Por que achei que seria boa ideia Abby ficar tanto tempo longe de mim num fim de semana?

Minha mente voltou à noite anterior. Como eu a tomei nos braços e lhe dei tanto prazer que ela gritou.

— Eu queria mesmo te perguntar — recomeçou Todd, arrancando-me de novo de meus pensamentos agradáveis. — O que houve com aquela garota de quem você gostava na Columbia? Será que Abby a conheceu?

Minha mente ainda estava entorpecida de pensamentos da noite anterior. Este foi o único motivo em que pude pensar depois para explicar minha confissão não planejada.

— Era a Abby.

Ele baixou a garrafa de cerveja e se curvou para perto.

— Sério?

— Sério.

— Caramba. — Ele tomou um gole, balançou a garrafa. — O que ela disse quando você contou a ela?

Comecei a suar frio.

Merda.

— Eu... Er... Eu... — gaguejei.

Ele ergueu uma sobrancelha.

— Você contou que era meio obcecado por ela, não contou?

— Não exatamente.

— Como assim, não exatamente?

— Eu não pude contar enquanto ela estava na Columbia — admiti. — Eu já era dom e não queria corrompê-la. Sabia que não podíamos ter uma relação normal. Por isso nunca a abordei.

— Mas isso já faz seis anos. Você deve ter contado a ela quando... Quando ela se tornou sua submissa.

— Eu não contei exatamente a ela também.

— O quê?

Eu já confessara tudo — não havia motivos para mentir.

— Não contei a ela. — Eu não acrescentei um "ainda". Não sabia se um dia contaria.

Todd cerrou o queixo.

— Não contou?

— Não. E não banque a polícia da moral.

— Espere aí um minutinho. — Ele ergueu a mão. — Você seguiu esta mulher por anos...

— Eu nunca a segui.

— Mas bem que poderia ter seguido. — Ele suspirou. — Eu sabia que o que você aprontava não era nada bom, mas puta merda...

— Fique fora disso.

— O caralho que vou ficar de fora. Não vou fingir que sei ou entendo tudo envolvido em seu estilo de vida, mas, pelo que sei, a sinceridade e a confiança são dois dos aspectos mais importantes.

— Exatamente — concordei. — Você não sabe, então não aja como se soubesse. O que você fez? Leu alguns livros? Olhou no Google?

— O que eu sei — retorquiu ele, sua voz se elevando um pouco — é que você enganou Abby.

— Nunca enganei a Abby.

— Você a engana a cada segundo em que não conta a verdade.

Ele tinha razão. Ele tinha razão e eu sabia disso. Ele verbalizava meu pior temor. Verbalizava as preocupações que me importunavam quando eu ia dormir toda noite.

Você está errado, diziam as preocupações.

Conte a ela, insistiam.

Eu as ignorava e fingia não ouvir, mas não tinha mais essa capacidade.

Então fiz a única coisa que pude: peguei a raiva que sentia de mim mesmo e a voltei para Todd.

— Cala a merda da sua boca — disparei. — Você não sabe de nada. Nada. Está tudo indo muito bem...

— Bem? — Ele me interrompeu. — *Bem?* Acha que Abby vai pensar que o que você fez está bem? Eu a vi, Nathaniel. Vi você. Essa mulher está apaixonada e se acha que ela vai ficar bem quando descobrir o que você fez...

— Quem vai contar a ela? Você?

— Mas é claro que vou.

— Não se atreva.

— Experimente me desafiar.

Nós nos encaramos por longos segundos, o amendoim e a cerveja intocados junto a nossos cotovelos.

— Não posso fazer isso — admiti por fim. Não agora. Não mais. Se eu contasse, ela podia me odiar. E ela estava apaixonada por mim? Droga. Eu tinha de sair do bar. Precisava pensar.

— Não tem opção — disse Todd.

— Vai se foder.

— Eu te adoro, Nathaniel. Sabe disso. Mas não vou ficar parado vendo você magoá-la. Seis anos atrás, foi um erro continuar em silêncio. Eu não faria isso de novo.

— Me dê um tempo — pedi, sentindo meu mundo começar a desmoronar em volta de mim.

— Quanto?

— Não sei.

— É melhor decidir. — Ele saiu da mesa e jogou algumas cédulas na mesa. — Ou eu o farei por você.

— Mas que inferno, Todd.

— É o único jeito. — Ele se levantou. — Mas vou guardar seu segredo. Não vou contar a Elaina.

— Obrigado por este pequeno favor — devolvi com um sorriso irônico.

— Um dia ainda vai me agradecer — disse ele, e virou-se para sair do bar. — A gente se vê no jantar.

Baixei a cabeça nas mãos quando ele foi embora.

Capítulo Vinte e Três

Enfim voltei à suíte e, como ainda era cedo para Abby ter voltado do spa, sentei-me no sofá e olhei sua coleira.

Todd sabia.

Todd sabia, e me pressionaria e Abby ficaria aborrecida. Como reagiria à notícia de que eu a estivera observando? Eu menti para ela. Uma mentira por omissão, é verdade, mas ainda assim era uma mentira. Ela voltaria a confiar em mim?

Eu teria de contar a ela que a observara no passado. Isso levaria à ridícula palavra de segurança e como eu a enganara sobre o estilo de vida. Ela saberia que eu a iludira.

Não, ela nunca voltaria a confiar em mim.

Eu não a culparia, mas... Não tinha de contar a ela. Independentemente do que Todd decidisse, ele que contasse.

Depois da noite anterior, minha relação com Abby mudou, deu uma guinada para melhor. Eu não destruiria isso, não poderia. Não depois de tudo o que passamos e não por uma coisa tão tola como uma paixão de juventude.

De qualquer modo, o que isso importava? Então eu a observava. Nunca me aproximei dela. Não a manipulei. Não era grande coisa.

Mas era.

Nossa relação, talvez mais do que qualquer outra, exigia a completa confiança e sinceridade. Eu sabia disso. Eu vivia isso. Abby o merecia.

Mas eu não podia fazer aquilo. Pensei na confiança absoluta que ela teve em mim na noite passada e entendi que não poderia olhá-la nos olhos e contar. Eu era covarde demais.

Depois do jantar, eu encontraria Todd e diria a ele. Abby continuaria sem saber. Ponto final.

Peguei o jornal e passei os olhos pela primeira página. Nada digno de nota. A segunda página era ainda pior. Olhei o relógio. Ela chegaria a qualquer minuto.

Eu estava louco para vê-la.

Enfim, ouvi a chave na porta.

Ela entrou na suíte, totalmente linda. O dia de spa foi uma ideia maravilhosa: ela reluzia. Seus cachos macios roçavam os ombros e sua expressão era luminosa.

— Curtiu o seu dia? — perguntei.

— Sim, mestre — disse ela e sua cabeça baixou um pouco.

Merda. Eu adorava quando ela me chamava de *mestre*. Por que ouvir isso dela sempre me deixava excitado?

Levantei-me e estendi a coleira.

— Sentiu falta de alguma coisa?

Ela assentiu. Aproximei-me dela.

— Quer de volta?

Ela assentiu novamente.

— Diga. — Eu queria ouvir. Precisava ouvir. — Diga que quer.

— Eu quero — Sussurrou ela. — Eu quero sua coleira.

Minha coleira. Mas que merda. Ela usava minha coleira. Ela era minha. E eu ficaria na merda se Todd a tirasse de mim.

Puxei a blusa por sua cabeça, a marca de mordida da noite passada visível no ombro. Empurrei seu cabelo de lado e dei um beijo no hematoma onde eu a havia mordido.

— Eu a marquei na noite passada. Marquei você como minha e farei isso de novo. — Corri os dentes pela pele macia. — Existem muitas maneiras de marcar você.

Passei a coleira por seu pescoço. A visão de minha coleira nela me deixou ainda mais duro. Eu não queria nada além de empurrá-la no braço do sofá e foder até perder os sentidos.

Em vez disso, fechei a coleira.

— Infelizmente, teremos de jantar com Todd e Elaina. Vá se trocar. Coloquei suas roupas na cama.

Fiquei junto do sofá enquanto ela voltava, depois de colocar o vestido que eu estendera quando ela saiu pela manhã.

— Curve-se no braço do sofá, Abigail.

Ela baixou o corpo no sofá, escorando-se nos braços, e levantei sua saia. Sem calcinha. Eu ri.

— Parece até que você leu meus pensamentos. Que pena. Estava ansioso para te dar uma surra antes do jantar.

* * *

Elaina tinha feito reservas num pequeno bistrô de frente para o mar no início da semana. Ao irmos de carro ao restaurante, minutos depois, lembrei-me de que Abby tinha comido carne vermelha na noite anterior. Um bom prato de peixe lhe faria bem, então a instruí sobre o que pedir no jantar.

Todd e Elaina não estavam à vista quando chegamos. Conduzi Abby à mesa e olhei a porta, esperando.

Todd entrou primeiro e nos viu imediatamente. Elaina parecia perturbada. Ela sabia, então, que algo tinha acontecido. Olhei para Abby: ela ainda lia o cardápio.

— *Não vou contar a ela* — murmurei a Todd quando ele se aproximou.

Sua expressão ficou mais sombria.

— Abby — disse ele numa voz áspera.

Abby levantou a cabeça preocupada. Merda. Agora ela sabia que havia algo de errado. Todd não tirava os olhos de mim quando ela respondeu; ele manteve o olhar duro em mim.

Sentamo-nos todos e o garçom veio pegar os pedidos das bebidas.

— *Você precisa contar a ela* — murmurou Todd quando Abby e Elaina conversavam em voz baixa.

Balancei a cabeça.

Todd bateu o cardápio na mesa quando o garçom saiu.

— E então, Nathaniel — falou Elaina, obviamente desesperada para estabelecer alguma paz à mesa. — Onde Apollo está neste fim de semana?

— Num canil. — Eu podia falar normalmente. Manter a conversa num nível sensato. Isto era possível.

— Ele está melhor, então? — perguntou ela. — Você pôde deixá-lo lá?

Está vendo? Estávamos falando de meu cão. Perfeitamente sensato.

— Ele melhorou um pouco — respondi.

— Que bom que alguém melhorou — resmungou Todd.

Lá se foi a sensatez.

Felizmente, o garçom chegou com nossas bebidas.

— Já decidiram o que pedir?

Muito bem. O cardápio. Provavelmente teria sido uma boa ideia decidir o que pedir.

E então notei como o garçom babava em Abby. Babava. Em Abby.

— Senhora? — perguntou-lhe ele. Como se não a estivesse imaginando nua naquele exato momento.

— Vou querer o salmão. — Porque eu disse a ela para pedir peixe e ela sempre me obedecia. Ela me entregou o cardápio.

— Uma ótima opção — elogiou o garçom irritante. — O salmão é um de nossos maiores sucessos. — Depois piscou para ela. Piscou, merda. Para Abby.

Pigarreei.

— Sim, senhor — disse ele. — O que o senhor prefere?

— O salmão — eu falei, entregando-lhe nossos cardápios enquanto ele anotava os pedidos de Todd e Elaina.

Ele agora ia embora.

Em vez disso, balançou-se nos calcanhares.

— Estão na cidade para o jogo?

Ele disse *estão*, mas olhava diretamente para Abby.

Ela se aproximou mais de mim.

É isso mesmo, idiota, eu queria dizer. *Ela veio comigo. Está sentada comigo. Quando formos embora, ela vai sair comigo. E quando você estiver sozinho esta noite, ela ainda estará comigo.*

— É claro. Dá-lhe Giants — respondeu Elaina, mais uma vez tentando estabelecer a paz. A coitada teve o seu trabalho interrompido.

O garçom sorriu.

— Sabe — falei —, se levar nosso pedido, vamos poder comer mais rápido e sair daqui mais cedo.

O garçom finalmente saiu depois de lançar um último olhar a Abby.

A tensão era tão palpável quando ele partiu, que eu quase quis que ele voltasse. Se não por outro motivo, pelo menos para desviar a atenção de Todd e de mim.

Elaina empurrou a cadeira para trás.

— Preciso ir ao toalete. Abby?

— Claro — respondeu Abby, o alívio em sua voz ficando evidente.

Todd e eu nos levantamos enquanto as mulheres saíam da mesa e nós dois as vimos ir ao banheiro.

— Está cometendo um erro enorme — afirmou ele quando elas estavam fora de alcance e nós voltamos a nos sentar.

— O erro é *meu* para cometer.

— Talvez, mas quando esse erro magoa a Abby, não se trata mais só de você.

— O erro nunca vai magoar Abby, porque ela nunca vai descobrir.

Ele se curvou sobre a mesa.

— Não aposte nisso. Quando ela descobrir, e descobrirá, será mais fácil se for você a contar. E o quanto antes, melhor será depois.

— Me. Deixe. Em. Paz — mandei, curvando-me sobre a mesa.

— Você é um homem inteligente e respeitado — insistiu ele. — Construiu sua empresa com base nos princípios da honestidade e da integridade. Toda sua vida foi pautada nestes valores. Você exige isso de seus funcionários. O que faria se soubesse que eu estava escondendo alguma coisa de Elaina?

— Confiaria que você tinha tomado a decisão certa. Sobre sua vida pessoal.

— Tá bom que confiaria — disse ele, elevando a voz. — Você mesmo contaria a ela.

Bati o punho na mesa.

— Você não vai tirá-la de mim.

— Mas que inferno, Nathaniel — protestou ele. — Não quero tirá-la de você. Quero que ela fique com você porque é merecedor da confiança que ela deposita em você. — Seus olhos dispararam para os lados. — Sugiro que se acalme. Elas estão voltando.

Controlei a respiração bem a tempo de Abby e Elaina voltarem à mesa. Embora eu estivesse certo de que Abby percebera que estava acontecendo alguma coisa, também sabia que ela nunca me perguntaria. Meus amigos, tecnicamente, não eram da conta dela.

Não consegui me lembrar de nada que comi, embora, no fim do jantar, meu prato estivesse limpo. Lembro-me apenas de discutir comigo mesmo.

Conte a ela.

Não conte a ela.

Perca-a.

Fique com ela.

As opções giravam sem parar por minha cabeça. Eu não sabia o que fazer. Não conseguia decidir.

Mais tarde, quando subíamos de elevador a nosso quarto, eu sabia de uma coisa: naquele momento, por aquela noite, ela era minha.

Bati a porta depois de entrarmos no quarto. Pegando Abby pelo braço, girei-a de encontro à porta e subi as mãos por seu vestido.

— Droga, droga, droga. — Eu sentia o cheiro dela. Ela era minha. Seu cheiro era meu. Seu corpo era meu. Sua porcaria de alma era minha. Arranquei o vestido por sua cabeça e o sutiã.

Ela ficou nua diante de mim.

Tirei minha calça com um só movimento e abri a camisa, arrancando-a, sem me importar com os botões voando para todo lado. Abby me encarava com olhos arregalados e selvagens.

Peguei-a no colo e a empurrei contra a porta.

— No fim de semana que vem você não vai usar roupa nenhuma desde a hora que chegar até o segundo em que for embora de minha casa.

Era irremediável para mim, não íamos chegar ao quarto. Eu tinha de comê-la ali. Encostada na porta.

Passei dois dedos para dentro dela. Felizmente ela sempre estava molhada. Eu não estava com disposição para preliminares.

— Vou pegar você quando e onde eu quiser. — Torci os dedos e ela gemeu. — Vou foder com você cinco vezes só na sexta-feira à noite.

Porque eu podia foder assim.

— Quero você completamente depilada no fim de semana que vem, Abigail. Que não reste nem um pelo.

Ela pestanejou.

— Abra suas pernas e dobre — mandei. — Não vou esperar muito mais tempo.

Sem hesitar, ela abriu os joelhos e os flexionou. Abaixei-me contra ela, guiando meu pau num movimento suave e arremetendo ao mesmo tempo.

Merda. Isso.

Recuei e meti novamente, batendo-a na porta. Ela deu um pulinho e passou as pernas por minha cintura.

Meus olhos rolaram para trás.

Mas ainda não era o bastante. Sem parar, eu a fazia bater na porta — entrando mais fundo e tentando possuí-la completamente.

— Isso — gritei enquanto suas unhas me arranharam. *Me marque. Me possua.* — Droga. Isso.

Eu sabia que, quando eu a possuía, ela me possuía. Essa ideia, a ideia de ela ser minha dona, provocou-me um frenesi maior. Dei outra estocada, querendo me forçar mais para dentro.

Ela gemeu em meus braços.

— Ainda não, Abigail. — Joguei-a na porta novamente, entrando ainda mais. — Eu não terminei.

Nunca conseguiria terminar com ela.

Ela gemeu novamente enquanto seus músculos se apertaram no meu pau.

— É melhor não gozar antes de eu mandar — ameacei, dando outra estocada. — Eu trouxe a tira de couro.

Suas unhas correram de novo por minhas costas e senti as marcas que ela deixava. Saber que ela me marcava aumentou minha fúria e batemos na porta juntos. Ela gemeu mais uma vez. Eu sabia que estava sendo injusto por não deixar que ela gozasse. Ela era tão gostosa. Dobrei mais as pernas e virei os quadris para bater num lugar diferente dentro dela em minha próxima arremetida. Ela gemeu em resposta.

Isso mesmo, Abby. Seus gemidos são para mim e só para mim.

Meti nela mais três vezes e eu sabia que não podia mais segurar. Não com ela. Nem comigo mesmo.

Ela gemeu de novo, a tensão do esforço para não gozar evidente em sua expressão.

— Agora — ordenei num sussurro.

Ela soltou o ar num suspiro, seu orgasmo fazendo-a entrar em espasmos em volta de mim. Repetidas vezes seus músculos se contraíram em meu pau. Baixei a cabeça e mordi seu ombro enquanto entrava fundo nela, incapaz de me segurar por mais tempo.

Com os braços trêmulos, mantive-a apertada na porta de novo enquanto lutava para recuperar a respiração. Ela encostou o corpo no meu e recuei para olhá-la, tirando seu cabelo da cara.

Ela parecia absoluta e inteiramente fodida.

Eu a ergui e cambaleei para o banheiro mais próximo. Várias toalhas de banho e de rosto estavam penduradas na barra da pia. Peguei uma e ensopei de água quente.

Quando voltei para a porta, Abby não tinha se mexido. Abri suas pernas e limpei os vestígios de sua excitação e de meu gozo. Gentilmente. Depois da noite passada e do que tinha acabado de acontecer, eu estava certo de que ela sentia dor. Ou sentiria.

Limpei-a, olhei em seus olhos confiantes e suaves e entendi o que tinha de fazer.

Eu precisava contar a ela.

— Desculpe — comecei, mas não sabia pelo que me desculpava; pelo sexo rude, pela verdade que não contei, pela dor que ela sentiria se eu lhe contasse. Talvez por tudo isso. Por tudo isso e mais alguma coisa. — Preciso sair. Voltarei mais tarde. — Porque, neste momento, não podia olhá-la nos olhos sabendo que mentia para ela.

Capítulo Vinte e Quatro

Saí para correr no dia seguinte e pensei na noite anterior e em minha conversa com Todd. Bati na porta dele depois de deixar Abby. Ele ficou surpreso, mas concordou em conversar comigo em um dos bares do hotel.

Ele ficou aliviado por minha decisão de contar a Abby, mas eu sabia que a parte complicada seria a revelação. Todd conversou comigo por várias horas, dizendo sem parar que eu tinha tomado a decisão certa. Até pareceu satisfeito com o prazo que dei: eu contaria a ela em três semanas.

O tempo todo, a ideia que passava por minha cabeça era principalmente "*Não tenho mais todo o tempo do mundo. Tenho três semanas*".

Deixei Todd e fui ao lobby tocar o piano do hotel. É claro que a única canção que me veio à mente foi a de Abby. Calculei enquanto tocava.

Três semanas.

Só 21 dias.

Total de 504 horas.

Eu ainda não sabia como ia contar, mas de uma coisa eu tinha certeza: não contaria de jeito nenhum neste fim de semana.

Toquei por horas, deixando que a música tomasse minha mente, como Abby tinha tomado posse de minha alma. A cada nota, sentia que me acalmava mais. Quando voltei à suíte, sentia-me mais eu mesmo do que me sentira em semanas.

Disse a mim mesmo que eu ainda era o mesmo homem que sempre fui. O mesmíssimo homem. Só que agora tinha Abby em minha vida. Eu contaria a verdade a ela, nas próximas semanas e...

Bom, não sabia o que aconteceria então. Ainda não queria pensar nisso. Ainda tínhamos este fim de semana pela frente.

Terminei de correr e voltei à suíte. Parando no quarto de Abby, notei que ela ainda dormia. Que bom. Provavelmente eu tinha tempo para um banho antes de ela acordar.

Quando ela entrou na sala da suíte, eu tinha tomado banho e me vestido para o dia. Ela ficou na porta entre as salas de estar e de jantar, de calça, um suéter cinzento e um sorriso diabólico.

Soltei um suspiro de alívio. Pelo menos não parecia assustada depois do sexo selvagem da noite anterior. Ela parecia... Renovada... Satisfeita... E totalmente comível.

Ela dançou no caminho até o bule de café, serviu uma xícara e, Deus me ajude, rebolou.

Quase derramei o café.

A marca da calcinha, idiota, ela está lhe mostrando a marca da calcinha.

Abby queria um espancamento.

Meu pau ficou duro em menos de três segundos.

— Abigail — falei calmamente. — Estou vendo a marca da calcinha?

Ela ficou parada por uns segundos. Só ficou parada ali e deixou que eu admirasse sua bunda.

Coloquei a xícara de café na mesa diante de mim.

— Venha cá.

Ela se virou, ainda com o sorriso diabólico.

— Você está de calcinha. — Fui até suas costas. — Tire. Agora.

Com mãos trêmulas, ela abriu a calça e as empurrou até o chão. Sua calcinha foi junto.

— Fique em cima do braço do sofá, Abigail.

Ela se curvou sobre o sofá e empinou o traseiro.

Dei-lhe um tapa forte.

— Não quero mais calcinha pelo resto do fim de semana. — Bati de novo. — Quando terminar, você vai para seu quarto e trará todas para mim. — Outro. — Só vai colocar de volta quando eu disser. — Mais um. — E não será no próximo fim de semana também. — Outro tapa. — Eu disse a você ontem à noite o que vai acontecer no próximo fim de semana.

Bati em sua bunda de novo. Sua pele assumia um adorável tom rosado. Passei a mão entre suas pernas. Merda, ela estava molhada. Sua bunda se empurrava para mim.

— Esta manhã, não. — Bati nela novamente. — Coloque a calça e faça o que mandei.

Ela se levantou lentamente e recolocou a calça. Sua expressão era de intenso desejo.

No próximo fim de semana, Abby. Prometo. Teremos todo tempo do mundo.

Pelo menos nas próximas três semanas.

Ela abriu um sorriso endiabrado e trotou de volta ao quarto, voltando instantes depois com uma braçada de calcinhas.

— Pretende ficar muito tempo em Tampa, Abigail? — perguntei, pegando das mãos dela.

— Gosto de estar preparada, mestre — disse ela de olhos baixos.

Merda.

Quando entramos no salão para o brunch, olhei o ambiente. Muitos executivos com quem trabalhava estavam presentes. Vários amigos de Jackson se reuniam conversando e, num canto, Felicia falava com Linda. Outro casal estava ao lado.

Suspirei.

Os pais de Melanie. E eles nos viram entrar.

Eu não queria deixar Abby, mas sabia que deveria, ao menos, cumprimentá-los e preferia fazer isso sem a presença dela. Abby sabia que eu namorara Melanie. Eu desconfiava de que ela também sabia que Melanie não fora minha submissa. Mas os pais de Melanie não sabiam de meu estilo de vida. Pelo menos, creio que não soubessem.

— Estamos um pouco adiantados. — Baixei a mão às costas de Abby. Só para o caso de os Tompkins terem alguma dúvida, queria que eles soubessem que eu estava com Abby. A notícia chegaria a Melanie, é claro. Talvez isso lhe permitisse encerrar de vez o assunto entre nós.

— Preciso falar com algumas pessoas — disse a Abby. — Levo você até Felicia e Linda, ou vai ficar bem aqui?

— Vou ficar bem aqui. — Ela olhou para onde estavam Todd e Elaina.

Ela queria falar com Elaina. Provavelmente ver se Elaina contaria alguma coisa da noite passada. Era uma boa tentativa, mas não daria certo. Eu sabia que Todd não trairia minha confiança.

Passei o dedo pelo alto de seu braço.

— Não vou demorar.

Os Tompkins viram que eu me aproximava e engoli o sorriso. Não falava pessoalmente com eles desde que terminei com Melanie.

— Ivan — falei, apertando a mão do pai dela. — Como vai?

— Nathaniel. — Ele respondeu com mais civilidade do que eu teria feito, se a situação fosse a contrária.

— Que bom que vocês puderam vir — comentei, olhando pelo canto do olho a mãe de Melanie, Tabitha.

— Bem. — Ele me deu um tapa nas costas. — Decidimos deixar que o passado ficasse no passado. Algumas coisas não dão certo.

Notei que Tabitha não parecia ter o mesmo sentimento.

— Como está Melanie? — perguntei.

— Ainda em Nova York — disse o pai.

Sim, é claro que ela ainda estava em Nova York. Se ela não estivesse em Nova York, não teria falado com Elaina e Todd de minha vida e talvez eu não tivesse o prazo de três semanas pela frente.

— Desejo toda felicidade do mundo a ela.

Tabitha respondeu com um *humpf*.

— Sabemos disso, Nathaniel — afirmou Ivan. — Nossas famílias têm uma relação longa e feliz. Isso não vai mudar só porque as coisas entre você e Melanie não deram certo.

— Ivan, escute — interrompeu sua esposa. — Não é o Samuel bem ali?

— Ora, veja só, sim. Sim, é ele. — Ele se virou para mim. — Pode nos dar licença, Nathaniel?

— Claro, senhor.

Ele piscou para mim.

— Passarei mais tarde para conhecer sua jovem amiga.

Fiquei aliviado com isso. Tabitha contaria a Melanie e depois ela podia tocar a vida. Encontrar alguém que a amasse como ela merecia.

Depois que eles saíram, conversei por alguns minutos com uns colegas que foram a Tampa para o jogo. O camarote estava em meu nome, mas Linda alugara o salão. Não era por acaso que, de nossa parte, Melanie não tenha sido convidada para o evento. Eu disse a Linda para convidar os pais, na esperança de fazer a paz entre nós. Parecia que a missão fora cumprida.

Linda se aproximou de mim quando me encaminhava para onde estava Abby.

— Como foi com eles?

— Bem, como eu esperava. Ivan não tem problemas, mas acho que Tabitha ainda está aborrecida por não poder encomendar toalhas com monograma.

— Eu disse a ela semanas atrás. Até falei na Abby...

— Linda.

— Ora, ora. — Ela deu um tapinha em meu braço. — Ela pode muito bem saber, o quanto antes. Melanie nunca será uma West.

— Não vou me casar com ninguém.

— Por que não vai resgatar Abby? Elaina ficou buzinando na orelha dela desde que vocês chegaram.

Peguei Abby com Elaina e Todd, e nós quatro fomos para a fila do bufê. Felicia veio para a nossa mesa quando nos sentamos. Jackson, eu sabia, ficaria com os outros jogadores até que jogo acabasse.

— Felicia — falei, retribuindo sua saudação. Eu tinha três semanas. Por três semanas, podia fingir que estava tudo bem. — Como está o Jackson?

Ela conversou por alguns minutos sobre Jackson, o jogo, os jogadores que conheceu na noite anterior, suas esposas. Eu via o que Jackson gostava nela. Ela de certo modo tinha... algo que combinava bem com ele.

Mas é claro que ela não era Abby.

— Há quanto tempo você trabalha na biblioteca, Abby? — perguntou Todd.

Minha cabeça subiu num átimo. Mas que merda era essa?

Ela pegou um pedaço de abacaxi no garfo.

— Na biblioteca pública, há sete anos. Mas trabalhei em uma das bibliotecas do campus antes disso.

— Trabalhou? — repetiu ele. — Eu me perguntava se já tinha visto você. Passava muito tempo nas bibliotecas do campus.

Dei-lhe um pisão por baixo da mesa.

— *Que merda é essa?* — murmurei.

Felizmente, Abby não viu.

— Não sei — disse ela. — Acho que me lembraria de você.

— É de se imaginar — respondeu Todd, e o pisei com mais força.

— *Vai se foder* — murmurei.

Ele ergueu as sobrancelhas.

Elaina olhou do marido para mim e de volta a ele. Controlei minhas feições, sabendo que Abby também estaria olhando.

Todd deu um pigarro.

— Você gosta mais da biblioteca pública do que a do campus?

— Tem mais diversidade — afirmou Abby. Ela sorriu, mas eu percebi que ela captou a tensão à mesa. — Além disso, os universitários podem ser meio irritantes. Já tive de mandar você baixar a voz ou parar de arrancar páginas dos livros de referência?

Todd riu e a tensão se evaporou.

— Não, eu sem dúvida me lembraria disso.

Elaina fez outra pergunta a Felicia sobre Jackson e a conversa vagou tranquilamente de volta ao Super Bowl.

Todd se levantou para pegar mais comida e eu fui com ele.

— Mas que diabos foi aquilo? — perguntei.

— Só estava te ajudando. — Ele ergueu um pedaço de bacon da travessa de prata. — Isto parece crocante para você?

— Não me importa a porcaria do bacon. — Olhei Todd pegar outro pedaço e colocar no prato. — Me ajudar como?

Ele passou a bandeja dos ovos mexidos.

— Se Abby se lembrar de um pseudoperseguidor de anos atrás, seu trabalho ficará mais fácil.

— Óbvio que não.

— Você devia colocar alguma comida no prato, ou ela vai saber que só se levantou para me encher a paciência. — Ele estendeu uma colherada de ovos. — Quer?

— Por que não?

Ele colocou os ovos em meu prato.

— Olha, se quer que eu fique fora dessa, vou ficar. Basta dizer.

— Fique fora dessa — grunhi.

— Estou fora.

Fiel a sua palavra, ele não voltou a falar em Columbia ou em bibliotecas pelo resto do brunch e eu não tive de pisar em seu pé novamente.

Quando entrei no camarote com Abby, notei a bolsa de viagem no canto. Curvei-me. Sim, era a bolsa que eu tinha solicitado que fosse entregue. Dois cobertores, ingressos para a arquibancada central, um saco ziploc e uma saia curta estariam ali dentro.

Fechei os olhos e me concentrei em meus planos.

Sexo em lugar público. Abby marcara como "disposta a tentar" em seu questionário.

Ela finalmente teria a chance de experimentar.

Fiquei agradecido pelo clima frio incomum da Flórida. Se fosse um mês de fevereiro normal, meu plano nunca daria certo — pelo menos não no Super Bowl. Tenho certeza de que pensaria em outra maneira de introduzir Abby nas alegrias do sexo em público, mas assim...

Seria inesquecível.

Por todo o primeiro tempo, ela viu o jogo e conversou com Felicia e Linda. De vez em quando, olhava para o meu lado, com um sorriso tímido brincando nos lábios.

Eu nem mesmo sabia qual era o placar, de tão imerso que estava na linda morena a meu lado.

Minutos antes de terminar o segundo quarto, peguei sua mão e a levei a Linda. Expliquei que tínhamos algo a fazer e que voltaríamos depois. Abby nem mesmo me questionou. Não disse uma palavra enquanto eu pegava a bolsa de viagem.

— Meu plano? Começa agora.

Ela me olhou, confusa.

Estendi a bolsa.

— Vá se trocar. Tem outro ingresso na bolsa. Encontre-me lá antes que comece o segundo tempo.

Sem dizer nada, ela pegou a bolsa e foi ao banheiro.

Verifiquei os bolsos, certificando-me de que tinha camisinha e o ingresso, depois fui a nossos novos lugares. Fiquei algumas filas mais alto do que precisava — queria vê-la quando chegasse.

Não tive de esperar muito para que meu desejo fosse realizado. Ela andou aos novos lugares, serpenteando pela multidão, olhando como se me procurasse. Estava com a saia. Eu podia ter ficado e a olhado a noite toda, mas estava frio. Ela precisava de um cobertor.

E eu precisava dela.

Desci a escada, ansioso para estar de volta a seu lado. Para tê-la perto de mim.

Sentei-me a seu lado e a abracei, perguntando-me como Abby reagiria ao que eu ia dizer.

— Sabe que três entre quatro pessoas fantasiam com o sexo em público?

Ela ficou imóvel.

Lambi sua orelha por dentro, vendo-a tremer.

— Pelo que entendo... — Dei outra lambida — Por que fantasiar quando se pode realmente experimentar?

Ela se aproximou mais de mim.

— Vou trepar com você durante o Super Bowl, Abigail. — Mordi o lóbulo de sua orelha e ela me recompensou com um gemido. — E, desde que fique quieta, ninguém vai perceber.

Ela cruzava e descruzava as pernas, depois olhou em volta. Ninguém nos observava, é claro. Ninguém se importava conosco. Estavam todos imersos em si mesmos.

Acariciei seu ombro, afaguei-a. Um leve sorriso cruzou seu rosto. Sim, ela queria isto.

— Quero que você se levante e se enrole no cobertor, com a abertura atrás. Coloque um pé na grade na sua frente.

Ela se levantou de um salto e se enrolou no cobertor, como eu pedi. Olhei em volta e cuidadosamente examinei a multidão. Ainda não havia ninguém olhando para o nosso lado. Éramos só outro casal na multidão, aninhando-se para ficar aquecido.

Meu olhar percorreu a multidão a nossa volta até o placar. O quarto ia terminar em segundos. Peguei outro cobertor, levantei-me e me apertei em Abby. Jackson e seus colegas de time saíram correndo do campo. Pus o cobertor sobre os ombros e enrolei as pontas em volta de Abby.

Minha mão achou o caminho por sua blusa e rocei o seio com a mão. Puxei seu mamilo.

Ela ofegou.

— Precisa ficar quieta — alertei novamente. Mas que merda eu ia fazer se ela fizesse barulho demais e fôssemos descobertos?

Mas agora era tarde demais: estávamos os dois presos no momento e não nos importávamos. Então, deixei-me levar e desfrutei do presente.

Encostei-me mais nela.

— Estou louco para entrar em você. — Minhas mãos exploraram seu corpo por baixo dos cobertores, em concha em seus seios. — Você é tão gostosa. Você me excita demais. — Empurrei os quadris contra ela. — Sinta o que faz comigo. — Meus quadris se balançaram em seu traseiro. — Como você me deixa duro.

O estádio então escureceu e eu recuei por tempo suficiente para baixar a calça e colocar a camisinha.

— Curve-se um pouco na grade.

Ela olhou primeiro à direita, depois à esquerda, mas se encostou na grade e se curvou.

— Ninguém sabe. — Levantei a saia. — As pessoas estão totalmente presas em seus próprios mundinhos, não percebem o que acontece em volta delas. — *Como da vez em que você ajudou alguém a chegar a uma edição de Hamlet anos atrás.* — O evento mais transformador pode estar acontecendo bem ao lado e elas não percebem nada. É claro que, neste caso, é bom que seja assim.

Assovios, palmas e gritos encheram o estádio. O ato principal chegou. Aproveitei o caos crescente e dei uma estocada em Abby. Ela soltou um gritinho.

Balancei os quadris nela, no ritmo da música. Merda, era tão bom estar tão fundo nela. Peguei as pontas dos cobertores e passei os braços em volta de Abby, puxando-a para trás, contra mim. Sem que eu pedisse, ela abriu um pouco as pernas, permitindo que eu arremetesse e entrasse ainda mais.

Olhei mais uma vez as pessoas à nossa volta.

— Toda essa gente e ninguém sabe o que estamos fazendo. — Recuei e me impeli de novo contra ela. — Você pode até gritar. — Provoquei-a, tentei induzi-la a fazer barulho puxando seu mamilo, mas ela não soltou um pio.

Reduzi os movimentos na música seguinte. Isso foi bom. Eu podia ir devagar — podia me demorar e simplesmente desfrutar de estar dentro dela. Apreender e reter na lembrança a sensação dela agora. Como estava em meus braços. Como seu calor nos cercava. Como sua respiração se reduziu um pouco, mas ainda era acelerada por baixo de minhas mãos. Abri as mãos nos seios, senti o martelar firme por baixo.

E, puta merda, a música seguinte foi ainda mais lenta. Eu mal me mexia, mas a ligação, a nossa ligação, ainda estava ali. No mínimo, tínhamos isto e, neste momento, bastava. Eu podia curtir e tomar essa parte de Abby — a submissão e a confiança que ela me dava no momento — e não me preocupar com o futuro.

O resto do mundo sumiu quando começou a última música. Minhas estocadas se aceleraram e eu sabia que não aguentaria muito tempo. Movi a mão para a frente do corpo de Abby e esfreguei seu clitóris. Ela se empurrou mais forte em mim e começou a se fechar a minha volta.

Acelerei ainda mais nela, batendo-a na grade, impelindo-me para mais dentro dela. Meus quadris circulavam e se balançavam enquanto a música chegava ao fim. Luzes piscaram em volta de nós. Puxei-a para mais perto de mim, arremetendo no ritmo das últimas batidas da música.

— Goze comigo — sussurrei e dei uma última estocada, parando ao gozar na camisinha e ela chegar ao clímax em volta de mim.

Mantive o peito em suas costas, sem querer chamar atenção para nós e esperando que a multidão se aquietasse um pouco. Mas, sobretudo, desfrutando da sensação de Abby sob minhas mãos, sob meu corpo. Será que ela sentia meu coração martelando? Sentia como me afetava?

Enquanto a multidão se acomodava em seus lugares, tirei Abby da grade, mas ainda a abraçava. Retirei a camisinha, coloquei no saco plástico que eu tinha na bolsa de viagem e puxei as calças. Depois a coloquei no meu colo — sem disposição e incapaz de deixar que ela se afastasse.

Passei o nariz por seu pescoço. Seu cheiro era de sexo.

— Ora... — sussurrei — ... este foi o show de intervalo mais incrível que já vi

Capítulo Vinte e Cinco

Eu estava eufórico como um adolescente em seu primeiro encontro. É claro que já fiz muito sexo em público: um parque deserto, um estacionamento vazio, até a popular fila de trás de um cinema, mas nunca participei de algo tão ousado como um estádio de futebol lotado durante um dos eventos esportivos mais vistos do país.

E se fôssemos apanhados na televisão?

Passei os dedos pelo cabelo de Abby e o cheiro floral de seu xampu me cercou.

Quem se importava? Estava escuro durante o intervalo, ninguém teria nos notado.

Voltar da arquibancada para o camarote, por outro lado...

Eu sempre tive uma ótima cara de pau e sabia esconder minhas emoções por trás de uma fachada cuidadosamente construída, mas até eu duvidava de que pudesse esconder minha expressão de acabo-de-fazer-um-sexo-incrível.

Abby suspirou e pousou a cabeça em meu ombro. Eu sabia que ela também não ia conseguir esconder sua expressão. Além disso, íamos passar muito tempo de nosso fim de semana com minha família e amigos. Eu queria algum tempo com Abby, mesmo que dividíssemos esse tempo com estranhos sentados a nosso redor.

Assim, no terceiro quarto, ficamos ali. Simplesmente curtimos a companhia um do outro. Fingimos que víamos o jogo.

Perto do final do quarto, Abby se mexeu em meu colo e entendi que, se não voltássemos ao camarote, eu teria que esconder mais do que o que estávamos fazendo. Eu já estava ficando duro de novo.

— Temos de voltar para o camarote — falei a ela, mas abracei-a com força e não queria soltá-la. — Sabe por que tivemos de esperar?

Um sorriso sereno cruzou seu rosto, mas em que ela estava pensando?

— Porque seu rosto revela absolutamente tudo — respondi por ela. — Você é um livro aberto.

Menos agora. Agora eu não tinha ideia do que você está pensando.

Ela riu e o som me fez sorrir. Eu consegui: eu a fiz rir. Finalmente. Mesmo que não soubesse o porquê.

— É melhor se trocar. — Assenti para sua roupa. — Felicia vai arrancar minha cabeça se vir você com essa saia.

Não prestei mais atenção no jogo quando voltamos ao camarote. Só notei que o Giants venceu quando Jackson olhou para nós e soprou um beijo para Felicia. Eu esperava que ele soubesse que devia muito a mim.

Abby e eu saímos logo depois da entrega dos troféus. Eu disse a Linda que a veria no jantar da noite de terça e me despedi de Elaina e Todd. Abracei Todd, ainda meio irritado com suas implicâncias no brunch, mas querendo acreditar que ele tinha a melhor das intenções.

Depois que Abby e eu nos sentamos no avião, olhei o relógio. Era tarde. Num domingo típico, Abby já teria saído de minha casa. Eu nada mais queria além de arrastá-la de volta ao quarto e comê-la de novo, mas não fiz isso. Estaria fora de nosso acordo e eu já deixara o acordo de lado por demais.

O que me lembrava de uma coisa...

— Marcou uma hora para mim na quarta-feira? — perguntei, sabendo que teria de esperar até pelo menos a quarta para tê-la de novo. — Ou você só estava dando uma desculpa a Linda?

Ela me abriu um sorriso irônico.

— Eu tinha esperanças de que você quisesse dar uma passada.

Ela marcou hora para mim. Cruzei a perna direita sobre a esquerda, querendo esconder minha ereção, e sorri.

— Na quarta, então. — Pensei em seu comentário com Linda. — Pesquisa?

— Você precisa de ajuda com sua literatura. Se você se esforçar de verdade, tenho certeza de que da próxima vez pode fazer melhor do que Mark Twain e Jane Austen.

— Sério? — Pensei que Mark Twain fosse realmente bom. — Quem você sugeriria?

— Shakespeare. — Ela se recostou e fechou os olhos.

Felizmente eu tinha muitos, mas muitos volumes de Shakespeare em casa.

Todd ligou na terça à tarde e pediu desculpas por seu comportamento no domingo. Disse que só estava tentando ajudar, mas que estava errado em tentar refrescar a memória de Abby. Aceitei suas desculpas. Ele me agradeceu e disse que sabia que era difícil, mas que contar a Abby era a coisa certa a fazer.

Pensei em ligar para Paul, mas me lembrei de como ele ficou irritado com os cuidados que não dispensei a Abby e eu sabia que ele reservaria um voo para Nova York se eu lhe contasse que tinha mentido para ela. Ele teria razão, é claro, mas eu acalmara Todd e não precisava de outra pessoa me dizendo o que fazer.

Naquela noite, jantei com Linda. Ela estava toda animada para o almoço marcado com Abby. Franziu o cenho e perguntou por que eu nunca a levei para jantar, mas disfarcei dizendo que Abby não se sentia à vontade indo e deixando Felicia para trás. Linda meneou a cabeça e me disse que Felicia era bem-vinda.

Era a abertura que eu precisava: lancei-me numa discussão do Super Bowl e minutos depois estava esquecido o assunto de Abby ir comigo a um jantar de família.

Abby não estava depilada quando apareci na tarde de quarta-feira na Coleção de Livros Raros e isso me deixou tenso pelo resto da semana. E se ela não se depilasse depois de eu ter mandado? Senti que batia a cabeça numa parede. Eu teria de castigá-la.

Mas que inferno.

Que jeito de começar um fim de semana com Abby nua: em meu quarto e no cavalete.

Lá se foi qualquer esperança de alguma coisa que não fosse a punição. E como não havia penalidade escrita por não se depilar, eu teria de pensar em alguma coisa.

Vinte chibatadas por hora de sono perdida era demais. Agora eu sabia disso. O que seria aceitável para outra desobediência a uma ordem direta? Não vinte. Quinze? Dez? Algo entre uma coisa e outra? Treze?

Poderia eu dar treze?

Sim.

Sim, eu poderia.

Porque, desta vez, eu proporcionaria os cuidados necessários depois. Desta vez eu estaria mais preparado. Desta vez não seria como a última.

Saí de Nova York na manhã de sexta-feira, decidindo trabalhar em casa para preparar direito o fim de semana. A primeira coisa que fiz foi ligar o aquecimento. Abby ficaria nua o fim de semana todo e eu nao queria que sentisse frio. Verifiquei a temperatura da hidro e garanti toalhas limpas na cabana próxima. Preparei paella para o jantar.

Carreguei o cavalete para meu quarto.

Levei Apollo para fora e brinquei com ele por alguns minutos. Depois de levá-lo ao canil na semana anterior, não teria coragem de tirá-lo de casa por um bom tempo.

Fiz tudo com a maior perfeição que pude, depois fiquei andando.

De um lado a outro do hall. De um lado a outro. À porta da frente e de volta à entrada da cozinha. Aprumando os ouvidos e procurando pelo barulho de um carro parando na entrada.

Apollo ouviu antes de mim.

— Calma, garoto — falei quando ele correu para a porta e a arranhou. Ele me olhou e ganiu.

Essa não era uma boa ideia.

Levei Apollo rapidamente para a cozinha e fechei a porta. Quando voltei ao saguão, a campainha tocava.

Abri lentamente.

Por favor, por favor, por favor.

Ela entrou no saguão com meu sorriso preferido no rosto.

Ah, Abby. Isso não é o mesmo que usar calcinha. Eu não dei a você uma ordem no domingo passado sobre calcinhas. Eu lhe disse para se depilar.

Apontei suas roupas.

— Tire. Só vai recolocar no domingo.

Ela tirou lentamente o suéter pela cabeça, virou-se e o baixou. Depois olhou por sobre o ombro para mim e abriu o sutiã.

Merda. Ela fazia um pequeno strip-tease.

Isso significava que tinha se depilado, não?

O sutiã se juntou ao suéter no chão.

Talvez ela tentasse me distrair com o strip-tease.

Mudei o peso do corpo de um pé a outro.

Ela se virou para mim e meu pau ficou duro ao vê-la de topless. Suas mãos desceram pelo corpo até o botão da calça jeans.

Sim, tire. Deixe-me ver.

Com dedos habilidosos, ela abriu os jeans. Espiou-me e aos poucos desceu a calça pelos quadris. Com uma ou dois remexidas dos quadris e...

Merda. Ela não estava de calcinha.

Os jeans caíram.

Ela estava depilada.

Senti um peso cair de meus ombros. Seus jeans caíram no piso de mármore, esquecidos, e atravessei o hall para pegá-la nos braços. A visão de seu corpo nu me deixou duro feito uma pedra. Não haveria punição. Nenhuma. Só nós. Juntos.

Empurrei-a para o banco estofado no meio do hall.

— Não sabe como estou satisfeito por ter obedecido a minha ordem. — Ela se sentou na beira do banco e abri suas pernas. — Vou admitir que você me deixou meio preocupado na quarta-feira. — Baixei para que meu rosto ficasse no nível de sua vagina. — Eu devia espancá-la por isso e posso fazê-lo mais tarde. — Levantei a cabeça e sorri para ela saber exatamente de que tipo de espancamento eu falava. — Por ora, porém, acho que preciso provar essa bocetinha pelada deliciosa.

Plantei um beijo bem na ponta de seu clitóris. Ela gemeu e se jogou no banco. Abri-a com meus dedos e lambi a umidade que se acumulava entre seus lábios. Merda. Tão doce. Sempre tão doce. Demorei-me, alegre por não haver punição, e me concentrei nela. Querendo, mais uma vez, mostrar-lhe como a obediência seria recompensada.

Peguei seus joelhos e os empurrei para cima a fim de que os calcanhares pousassem na beira do banco. Sua posição me permitiu ter maior acesso a seu corpo e passei as mãos pelos lados, provocando seus mamilos. Ela arqueou as costas, levando os quadris para mais perto de minha boca. Passei a língua em sua fenda e lhe dei outro beijo no clitóris.

Lentamente, senti-a relaxar e se dando a mim enquanto o prazer subia por seu corpo. Mais uma vez a lambi, querendo secá-la, querendo sentir seu gosto enquanto ela gozava. Mordisquei-a, provocante, desfrutando de como Abby tremia sob mim.

Meu alívio veio ao dar prazer a Abby. Usei os dedos e a boca para lhe mostrar como eu estava deliciado. Afaguei com a ponta dos dedos, brinquei com meus lábios, mordisquei com os dentes. Em troca, ela estremecia em minhas mãos. Seus gemidos ecoavam pelo espaço aberto e reverberavam no piso de mármore.

Meti a língua mais fundo, sentindo-a endurecer em volta de mim. Isso. Acelerei os movimentos, querendo nada mais do que sentir que ela gozava em mim.

— Ah, por favor... — Ela gemeu.

Isso.

Sua respiração ficou entrecortada. Chupei o clitóris e seus quadris deram um solavanco. Seu corpo enrijeceu brevemente antes de ela ondular a minha volta.

Peguei suas pernas e gentilmente coloquei seus pés no chão, depois uni seus joelhos. Ela soltou um suspiro satisfeito.

— Gosto de você assim. — Passei a mão por sua pele nua e outro tremor a sacudiu. — Pelada para mim. Doeu muito?

— Nada com que eu não possa lidar.

Preferia minhas submissas depiladas. Em geral eu não exigia, mas costumava pedir depois de alguns meses. Parte de mim se sentia mal por obrigar Abby, como eu fiz. Mas bastava olhar para ela e essa parte era logo esquecida.

Levantei-me e estendi a mão.

— Pronta para jantar?

Eu esperava que ela estivesse tímida. Que mostrasse algum desconforto com sua nudez. Ela me surpreendeu, porém, sentando-se e passando a mão no cabelo. Meus olhos foram aos seus seios.

— Sim, por favor, mestre.

Sim, por favor?

Sim, por favor o quê?

Ela pegou minha mão e se levantou.

— O que preparou?

Muito bem. O jantar. Comer. Comida.

Eu não aguentaria esse fim de semana.

A paella foi uma excelente decisão. O arroz temperado e os camarões e frango suculentos pareceram agradar a Abby. Ela comeu quase tudo que tinha no prato.

Muito bem, decidi, não haveria conversas profundas no jantar. Provavelmente não por todo o fim de semana. Não com Abby nua.

Pensei em levá-la à sala de jogos, até tinha planejado isso. É claro que isso foi antes de Tampa e Todd. Decidi, em vez disso, deixar as coisas como estavam: jogando no quarto. Pelo menos até que eu contasse a verdade e Abby decidisse ficar.

Por favor, por favor, por favor, que ela fique.

Mas, como decidi não contar nada ainda, deixei aqueles pensamentos de lado e me concentrei no aqui e agora. Em Abby, nua, à minha mesa. No que decidi que faríamos esta noite...

— Abigail — falei, baixando o garfo. Ela levantou a cabeça e esperou que eu continuasse. — Receio que em meu... hum, estado altamente excitado do último fim de semana, eu talvez tenha falado demais e, humm, tenha superestimado minhas capacidades.

Seu garfo parou a meio caminho da boca.

— O quê?

— Cinco vezes seria... — Pigarreei. — Um feito e tanto.

Ela tombou a cabeça de lado.

— Creio que já fez isso uma vez. — Ela corou e olhou o prato.

— Sim, bem — prossegui. — Pouco importa o que eu possa fazer... Cinco vezes certamente exigiria muito de você. — Levei a taça de vinho aos lábios e tomei um longo gole. — E definitivamente interferiria nos meus planos para amanhã.

Eu disse as palavras, mas em minha mente, queria que ela subisse a escada, se jogasse na cama e ficasse ali por longas e suarentas horas. Afastei-me da mesa, pretendendo plenamente levar a cabo meu plano por pelo menos duas ou três vezes, quando me lembrei: o cavalete.

Ainda estava em meu quarto.

— Abigail. Tire a mesa e me encontre no saguão. Voltarei logo.

Deixei-a na cozinha, subi a escada correndo e levei o banco para a sala de jogos. Perguntei-me se ela ouviu o que eu fazia.

Quando desci novamente, ela esperava por mim. Sua mão delicada corria pelo braço do banco estofado. Estava de costas para mim e, assim que percebeu minha presença, virou lentamente a cabeça para olhar por sobre o ombro. Nossos olhos se encontraram.

O tempo reduziu seu ritmo. Depois parou completamente.

Ela pertence a este lugar.

Minha vida foi um quebra-cabeças com uma peça faltando, e agora a peça se encaixou.

Abby.

Meu um por cento.

O quadro estava completo. Fiquei parado ali, hipnotizado, e vi quando ela se virou inteiramente para mim.

Sua sobrancelha elegante se ergueu, só um pouco, e ela sorriu.

Mantive os olhos nela enquanto tirava a camisa e a calça. Quase gozei quando minha ereção se libertou. Ela esperava.

Não íamos conseguir chegar até o quarto.

— Venha cá — grunhi e ela deslizou até mim.

A fraca luz do saguão se refletia nos diamantes em sua coleira.

Minha.

Enganchei um dedo na coleira e a puxei para mim.

— Eu quero você. E eu a terei. Bem aqui.

— Sim, mestre.

— Sente-se no terceiro degrau.

Enquanto ela se acomodava na escada, afaguei meu pau indolentemente.

A escada não estava em meus planos, mas não tinha problema. Os planos podiam mudar. Mudanças eram bem-vindas.

Especialmente quando a mudança em questão significava comer Abby na escada.

— Coloque os pés no segundo degrau e recoste-se nos cotovelos. — Minha mão voou a meu membro, afagando mais rápido. Merda. Isso não seria lento. Talvez a terceira rodada fosse lenta. A segunda seria dura e rápida na escada.

Baixei-me, com o cuidado de não jogar meu peso nela.

— Gosta disso? — Nesta posição, seu peito ficava empinado, nu e vulnerável. — Quer que eu coma você na escada?

— Só quero lhe servir. — Seus olhos eram escuros e velados. — Da maneira que o senhor quiser.

— Fique parada. — Coloquei a mão em concha e apertei seu mamilo. Seu corpo se retesou, mas ela continuou imóvel. — Sirva-me na escada, então.

Eu podia me regalar por horas com a visão de Abby esparramada para mim, mas estava duro e pronto. Sabia que não demoraria muito até que ela estivesse tão disposta quanto eu. Brinquei com seu corpo, usando tudo o que eu sabia que ela adorava — começando com toques leves e ternos e por fim passando a carícias e afagos mais rudes. Senti seu gosto, do sabor salgado da curva de seu seios ao leve gosto metalizado de seu pescoço. O tempo todo ela ficou parada, mas com a respiração ofegante e o coração aos pulos.

Enfim baixei o peso do corpo nela e segurei seus punhos numa das mãos.

— Relaxe, Abigail. — Seu corpo se esticou sob o meu. — Mexa-se como quiser.

Suas pernas envolveram minha cintura e me puxaram para perto.

— Está pronta para meu pau?

Ela engoliu em seco e respondeu numa voz fraca.

— Sim, mestre.

Mas eu queria sentir um pouco mais de seu sabor. Passei a mão livre por sua bunda.

— Um dia, em breve, apresentarei meu açoite a você. — Sua respiração ficou presa e belisquei a outra nádega. — Você vai adorar. Eu garanto.

Soltei seus braços e levei meus cotovelos para pousar dos dois lados de sua cabeça. Mexi os quadris e senti sua umidade em meu membro.

— Pegue meu pau e coloque dentro de você.

Sua mão deslizou entre nós e seus dedos quentes me envolveram, o polegar esfregando a ponta. Ela não perdeu tempo em me guiar para dentro e nós dois gememos quando ela ergueu os quadris para me tomar.

— Isso — falei. — Assim mesmo.

Eu adorava estar dentro dela, mas me obriguei a ficar parado.

— Faça você o serviço. Me mostre o quanto quer meu pau.

Seus quadris se ergueram em resposta, pegando-me mais fundo, e ela começou um ritmo acelerado. Baixei a cabeça até seu pescoço e respirei seu cheiro enquanto ela usava sua umidade quente em mim.

Por fim, não pude mais ficar parado. Repetidas vezes, dei minhas estocadas. Suas pernas caíram de minha cintura e, enquanto ela se escorava na escada, eu sabia que não aguentaria muito tempo. Baixei a mão entre nós e esfreguei seu clitóris.

— Goze forte para mim — mandei, e ela se apertou em volta de mim. — Merda. Agora. — Belisquei seu clitóris gentilmente, provocando seu orgasmo.

Meti nela mais uma vez e deixei que meu gozo me dominasse.

Ela jogou a cabeça na escada e seu corpo se contraiu a meu redor pela segunda vez.

Puxei-a para meu peito enquanto nossa respiração se desacelerava.

— Pode se levantar?

Ela endireitou as pernas, hesitante.

— Acho que sim.

Massageei seus quadris e desci a mão a seus joelhos, querendo aliviar qualquer desconforto.

— Venha. — Levantei-me e estendi a mão. — Vamos subir. Tem uma coisa que quero experimentar.

Mantive a mão na base de suas costas enquanto subíamos a escada, desfrutando de como seus quadris gingavam. Quando chegamos ao quarto de Abby, virei-me para ela.

— Faça uma pausa rápida. Encontre-se comigo em meu quarto daqui a dez minutos.

Enquanto Abby usava o banheiro, preparei-me em meu quarto — acendendo velas, puxando o lençol. Fui ao hall e peguei nossas roupas, colocando as minhas na lavanderia e as de Abby em sua cama.

Eu queria que a rodada seguinte fosse mais lenta — para que nós dois curtíssemos e déssemos prazer um ao outro. Não tinha certeza de quanto tempo ficaríamos juntos, mas se nosso tempo terminasse, eu queria que Abby tivesse lembranças maravilhosas.

Parte de mim queria desesperadamente mantê-la em minha cama a noite toda, que dormisse em meus braços, mas eu disse a mim mesmo, ainda não. Se ela ficasse depois de duas semanas, então eu a convidaria a ficar em minha cama a noite toda.

Ela não pareceu desconfortável em nada quando entrou no quarto. Viu-me de pé ali e baixou os olhos ao chão.

— Tenho travesseiros na cama — falei a ela. — Fique de quatro.

Sem hesitar nem por um segundo, ela foi à cama e subiu.

— Baixe a cabeça no travesseiro.

Ela obedeceu a minhas instruções, posicionando-se com a cabeça de lado e os braços um de cada lado da cabeça.

Alcancei o travesseiro.

— Sabe o que tenho escondido aqui embaixo? — Ela não disse nada e eu tirei o brinquedo. — O chicote de equitação.

Sua pele explodiu de arrepios.

— *Hmmmmm*. — Passei o chicote por sua coluna. Levemente. Só para ela saber que estava ali. — Lembra o que eu disse no hall?

Novamente. Silêncio.

— Por toda a noite de quarta-feira, todo o dia de quinta, e pela maior parte do dia de hoje, eu fiquei preocupado. — Passei o chicote por sua coluna. — Creio que você merece um espancamento por me deixar tão preocupado. — Passei o chicote entre suas pernas. — Abra mais as pernas.

Ela as separou e agarrou o travesseiro com ambas as mãos.

Bati de leve em suas coxas com o chicote.

— Que menina má, me deixando tão preocupado. — Levei o chicote a sua bunda e bati um pouco mais forte. Ela gemeu e fechou os olhos. — Você gosta disso, não gosta? — Desci o chicote novamente e ela mordeu o travesseiro.

Passei um dedo em volta de sua abertura.

— Tão má, Abigail. — Lambi a umidade de meu dedo. — Se excitando com um chicote de equitação. — Bati com o chicote. — Você me quer bem aqui, não quer?

Ela ainda tinha o travesseiro na boca.

Eu ri e bati o chicote em sua vagina mais algumas vezes. Ela murmurou alguma coisa; não distingui o som sufocado pelo travesseiro. Arrastei o chicote por sua bunda e bati ali algumas vezes. Só o suficiente para deixar uma leve marca rosada. O bastante para levá-la quase à loucura.

Depois baixei o chicote e recuei. Dei-lhe alguns segundos para perceber que eu tinha parado. Quando sua respiração se reduziu, coloquei-me atrás dela e curvei meu corpo sobre ela.

— Diga, Abigail — sussurrei. — Alguém mais já acertou o seu ponto G?

Ela meneou a cabeça.

— Responda. — Coloquei as mãos em concha em seus seios. — Quer ver se consigo encontrar?

— Sim, por favor.

Bati em sua bunda.

— Sim, por favor o quê?

— Sim, por favor, mestre.

— *Hmmm.* — Movi a mão para roçar sua entrada pelada e meu pau ficou ainda mais duro. — Bem aqui, o que acha? — Nada. Passei o dedo mais para dentro. — E que tal aqui? — Silêncio ainda. Acrescentei outro dedo. — Aqui? — Nada. Enganchei os dedos e apertei-os mais fundo. — Aqui?

Seus quadris se arquearam contra mim e ela soltou um gritinho.

Ah, sim. Bem aqui.

— Acho que encontrei. — Afaguei o ponto com os dedos de novo e ela quase caiu da cama. Tirei os dedos e os substituí por meu pau. — Vamos ver se acho novamente. — Com uma estocada, meti fundo nela.

Ela soltou um suspiro de satisfação.

Foi preciso toda a minha vontade para não meter nela repetidamente, mas eu queria que desta vez fosse devagar. Que fosse tranquilo, que durasse.

Recuei um pouco e passei as mãos em suas costas. Abri os dedos sobre suas delicadas omoplatas e os cravei em seu cabelo, na nuca.

— Você fica tão gostosa embaixo de mim.

Ela se empurrou para mim de novo.

— Tão gulosa. — Coloquei as palmas em seus seios. — E temos a noite toda. O fim de semana todo. — Minhas mãos desceram a sua cintura. — Quero memorizar cada detalhe seu. Tocar cada parte. Ver cada centímetro.

Segurei seus quadris e comecei um ritmo lento e constante, certificando-me de atingir o ponto delicado bem no fundo dela.

— É assim? — perguntei quando seus quadris se ergueram em resposta. — Meu pau achou? — Virei os quadris e arremeti de novo; ela miou para mim. — Ah, sim, acho que agora consegui.

Meu saco doía e meu pau implorava por alívio, mas mantive meus movimentos lentos e firmes, atingindo-a com força suficiente para levá-la quase ao êxtase. Ambos vacilávamos ali precariamente.

Mantive o ritmo por vários longos minutos, mas eu sabia que nós dois queríamos mais. Aumentei lentamente, indo só um pouco mais rápido, entrando um pouco mais firme. Mas em pouco tempo, nossos corpos assumiram o controle e eu estava metendo nela com toda a força que podia reunir.

E coitada da Abby. Trabalhei nela por tanto tempo e com tamanha intensidade em minhas provocações anteriores. Seu corpo se retesou e tremeu embaixo de mim e sua cabeça saltou do travesseiro.

— Isso — falei, estendendo a mão e puxando seu cabelo enquanto continuava a meter. — Goze forte para mim.

Seu corpo reagiu e ela chegou de imediato ao clímax, os músculos de sua coxa provocando meu próprio orgasmo. Puxei sua cabeça para trás enquanto gozava forte e bem fundo nela.

"Esta mulher", pensei enquanto nós dois tombávamos na cama. "Esta mulher será minha desgraça."

Sua confiança aumentou no dia seguinte. Vi-a ficar ainda mais à vontade com seu corpo enquanto andava pela casa. No final da manhã de sábado, enrolei-a no roupão felpudo e a levei para um banho na hidro do lado de fora. Ficamos sentados ali, relaxando na água quente. O céu estava estranho — pesado e cinzento — e fazia um frio de amargar, mas estávamos envolvidos demais um no outro para perceber.

Naquela tarde, satisfeito com a maneira como ela se comportava, eu lhe dei outro roupão e disse que ficasse algum tempo na biblioteca. Nas horas seguintes ela ficou lendo, enroscada num sofá com os pés para fora do roupão quente. Juntei-me a ela mais tarde, toquei um pouco o piano e passamos a tarde num mundo só nosso.

* * *

Meu celular me acordou na manhã seguinte. Pisquei algumas vezes, rolei para fora da cama e o atendi.

— Que foi? — perguntei, sem nem mesmo ver quem era.

— Diga a Abby que eu peguei Felicia. — Era Jackson. — Ela está comigo.

— Quê? — Mas que droga, eu precisava de um café.

Ele suspirou.

— Diga. A. Abby. Que. Eu. Peguei. Felicia.

— Jackson. — Sentei-me e esfreguei os olhos. — Por que está me ligando às... — Olhei o relógio ao lado da cama. — Cinco e meia da manhã de domingo?

Um longo suspiro chegou do outro lado da linha.

— Se você ainda não se tocou, Nova York acaba de ser atingida pela pior nevasca da história recente.

Pulei da cama e fui à janela.

— Como é?

— Foi no meio da noite. Pegou todo mundo de guarda baixa.

Branco. Até onde eu podia ver, não havia nada além de branco e mais branco caindo.

— Quando... O quê? — gaguejei.

— Não viu o noticiário ontem? Estavam prevendo neve, mas nada parecido com isso.

Não. Não vi o noticiário. Não liguei o computador, nem verifiquei o e-mail. Estive consumido demais por Abby.

É foda.

Ora, sim. Isso também.

— Alô? — disse Jackson. — Nathaniel?

Esfreguei os olhos de novo.

— Eu te ouvi. Sim, vou dizer a Abby. — Minha cabeça começou a martelar. — Ela ainda está dormindo.

— Tudo bem. Peça para ela telefonar para Felicia quando acordar.

— OK. Obrigado, Jackson.

Vesti roupas limpas e desci à cozinha para preparar um café. A neve se acumulava na janela, atingindo cerca de 1 metro de altura, e ainda caía.

Uma nevasca.

Não havia como sair.

Quando Abby acordou, fiz com que se vestisse para que ela ficasse à vontade para discutirmos isso. Significava novas regras, novas situações, tudo novo.

Abby e eu ficaríamos presos em minha casa por não sei quanto tempo.

Não pude me livrar da sensação de que isto não acabaria bem.

Capítulo Vinte e Seis

Antes de falar com Abby, tentei ao máximo planejar a semana. Nós nos revezaríamos no preparo das refeições. Fora do fim de semana, ela não teria de me servir. Era minha submissa, sim, mas éramos iguais em todo sentido da palavra. Eu não permitira que ela me servisse durante a semana.

Abby não pareceu se incomodar com a situação. Fez algumas perguntas, mas no geral parecia tranquila. Eu, porém, fiquei tenso o domingo todo. Dizer que a nevasca distorceu meus planos seria um tremendo eufemismo. Mantive minha inquietação enterrada na esperança de escondê-la de Abby.

Eu não tinha como saber quanto tempo ficaríamos presos — estimava em uma semana. Eu conseguiria passar por uma semana, disse a mim mesmo. Era uma casa grande e eu podia trabalhar de casa.

Mas tanto tempo com uma submissa — e com Abby em particular — me assustava. Eu temia não conseguir esconder meus sentimentos por uma semana inteira. Algo ia rachar.

Talvez eu.

Depois de mandar Abby subir para se vestir na tarde de domingo, fui à cozinha. Pãezinhos feitos em casa e um bom ensopado de carne seriam bons. A ação repetitiva de sovar a massa ajudou a ocupar minha mente. Como tocar piano.

Abby entrou na cozinha às seis e meia da tarde. Vestia uma roupa simples, um suéter de gola rulê e jeans. Passei o fim de semana todo vendo seu corpo despido pela casa, mas ela não inspirava menos assombro vestida. Olhei para ela e, em minha memória, lembrei-me dos lugares ocultos pelas roupas.

— Pronta para comer? — perguntei, puxando uma cadeira para ela.

— Sim. Obrigada. — Ela se sentou. — O cheiro está maravilhoso.

Na realidade, a cozinha cheirava a pão recém-assado, misturado com toques de alho, cebola e carne. Um acompanhamento perfeito para a neve que caía lá fora.

Baixei as luzes da cozinha e acendi as do exterior. A neve ainda caía e a iluminação lançava nela um lindo brilho. Ficamos sentados em silêncio por algum tempo, simplesmente vendo a neve cair.

Faça, eu disse a mim mesmo. Apertei mais a colher e senti que o coração martelava. *Faça*.

Dei um pigarro.

— Você cresceu em Nova York?

— Indiana. Felicia e eu nos mudamos para cá depois do ensino médio. — Ela engoliu uma porção do ensopado. — Gosto da cidade. É sempre o mesmo lugar, mas está sempre mudando.

Recostei-me na cadeira. *Está vendo?*, disse a mim mesmo. *Você pode ter uma conversa normal.*

— Gosto do jeito como você pensa — comentei.

— Já pensou em morar em outro lugar?

Refleti por um segundo.

— Não; antigamente eu pensava em Chicago, só para experimentar morar em outra cidade, mas minhas raízes estão aqui: minha casa, minha empresa, minha família. Não quero ir embora. — Perguntei-me se ela um dia pensou em morar em outro lugar. A ideia me deixou triste. — E você?

— Não. Nem imagino morar em outro lugar.

Caímos num silêncio agradável e observamos a neve. Jogamos conversa fora. Depois do jantar, tirei a mesa e lavei os pratos. Abby limpou a mesa e as bancadas, embora eu tivesse dito que não precisava fazer isso.

Em seguida, fui para a sala de estar e ela foi à biblioteca. Tudo muito bem, concluí. Eu precisava me colocar em dia com as notícias. Abby, ao que parecia, queria ficar sozinha.

Ela fez o café da manhã no dia seguinte, suas rabanadas especiais. A neve ainda caía, porém mais lenta. Ela me disse que tinha ligado para Felicia na noite anterior e as coisas pareciam estar tudo bem com ela e Jackson. Garanti que a cobertura era totalmente segura para ela se abrigar da tempestade. Eles teriam muita companhia por perto e Jackson cuidaria dela.

Quando terminamos o desjejum, levei Apollo para fora e subi a meu quarto. Dei alguns telefonemas, li uns e-mails e me sentei olhando pela janela, perguntando-me distraidamente o que preparar para o almoço, quando ouvi uma música vinda do térreo.

Abby?

Desci a escada, Apollo a meu lado.

Ela estava espanando o pó. Pelo menos, pensei que estivesse. Tinha um espanador na mão e girava ao som da música que vinha dos alto-falantes. Seu corpo se mexia no ritmo da música enquanto eu fiquei ali, parado e hipnotizado. Eu sabia que Abby era uma mulher linda, mas vê-la se mexer daquele jeito, vê-la dançar... Aquilo agitou um impulso quase primitivo em mim.

A música continuou por vários minutos e ela limpou minha sala de estar sem sequer notar a minha presença. Tanto melhor: se ela soubesse que eu olhava, provavelmente teria parado.

Mas tudo tem um fim e a música finalmente acabou. Ela deu uma última espanada na mesa de canto e se virou.

Deu um salto quando me viu, pega em flagrante.

— Abigail, o que está fazendo?

— Tirando a poeira.

Tirando a poeira, como uma empregada.

— Eu pago uma arrumadeira para essas tarefas. — Ela não era minha empregada. Não devia estar trabalhando na minha casa.

— Sim, mas ela não poderá vir esta semana, não é?

Tudo bem, era um bom argumento.

— Acho que não. Mas se você insiste em ser útil, pode lavar os lençóis da minha cama. — Os lençóis precisavam ser lavados, especialmente depois de nossas atividades de fim de semana, embora eu preferisse desfrutá-los com o cheiro de Abby. — Alguém os deixou sujos neste fim de semana.

Ela colocou a mão no quadril.

— Sério? Que audácia.

Meu pau ficou duro só de pensar no fim de semana passado. Durante nossa conversa no domingo, eu disse a Abby que não esperava nada de sexual da parte dela durante a semana, que íamos levar as coisas naturalmente. Mas a verdade era que eu não achava que o sexo fosse uma boa ideia. Eu precisava manter o acordo original e isso significava nada de sexo enquanto estivéssemos presos pela neve.

— A propósito — falei quando me ocorreu uma nova ideia —, estou retirando a ioga de sua rotina de exercícios.

— Está? — perguntou ela, e nunca a ouvi mais aliviada.

— Sim. E acrescentando a faxina. — Deixei-a ali e fui preparar o almoço.

Decidi fazer uma salada de frango. A mesma coisa que Abby fez no dia seguinte a sua punição. A salada de frango que ela preparou tinha mirtilo e noz-pecã — a minha era mais tradicional, mas não tão saborosa.

— Não é tão boa quanto a sua — comentei, enquanto colocava o prato na mesa da cozinha. — Mas vai servir.

— Você gosta da minha salada de frango? — perguntou Abby.

— Você é uma excelente cozinheira. — Eu nunca disse isso a ela? — Sabe disso.

— É bom ouvir isso de vez em quando. — Seus olhos, eles riam para mim.

— Sim — assenti sorrindo incisivamente. — É.

Por um segundo ela ficou confusa, depois percebeu que eu a provocava e disse apressadamente:

— Você também é um excelente cozinheiro.

— Obrigado. Mas você já elogiou meu frango. — Pensei em nossos primeiro fim de semana e percebi que precisava fazer meu frango com amêndoas e mel para ela de novo.

— Eu estava me perguntando — disse ela depois de uma garfada na salada —, se esta tarde eu poderia levar Apollo lá fora.

Levantei a cabeça. Tinha um pouquinho de maionese ao lado de sua boca. Eu queria estender a mão e limpar

Ou lamber.

Eu podia lamber a maionese.

Apollo levantou a cabeça. Certo. Ela queria levá-lo lá fora.

— Acho que seria uma boa ideia. Ele precisa sair e parece gostar de você.

— Qual é a história dele, posso perguntar? Elaina falou alguma coisa em Tampa que me fez pensar que estava doente. — Ela pegou o guardanapo e limpou a maionese.

Ah, bom. Talvez da próxima vez.

Foco. Ela quer saber de Apollo.

Estendi a mão e afaguei a cabeça dele.

— Apollo foi resgatado. Eu estou com ele há mais de três anos. Ele sofreu maus-tratos quando filhote e isso o deixou hostil. Mas ele nunca teve problemas com você. Talvez tenha algum sexto sentido com as pessoas.

Conversamos mais sobre Apollo — seus problemas em ficar longe de mim por longos períodos de tempo, como treiná-lo foi complicado, mas valeu a pena. Abby me surpreendeu com sua raiva por pessoas que maltratavam animais.

A discussão sobre Apollo de algum modo nos levou ao cadastro de Medula Óssea e minha decisão de doar quando apareceu um receptor compatível. Ou, mais apropriadamente, como não foi bem uma decisão.

— Algumas pessoas não sentiriam o mesmo — afirmou ela.

— Prefiro pensar que nunca fui considerado como *algumas pessoas* — retruquei, tentando melhorar o astral.

Mas ela me entendeu mal.

— Desculpe, senhor. — Ela parecia apavorada. — Eu não pretendia...

— Sei que não. Eu estava implicando com você.

Ela baixou os olhos para o prato.

— Às vezes é difícil saber.

— Talvez da próxima vez eu use legenda. — Ela ainda não levantara a cabeça. Estendi o braço pela mesa e gentilmente ergui seu queixo. — Prefiro que não esconda seus olhos quando estiver falando comigo. Eles são muito expressivos.

Eu não podia virar a cara depois que a olhava nos olhos. No fundo deles encontrei a resposta a cada pergunta que meu coração fazia. Vi meu próprio desejo e a solidão espelhados para mim.

Ah, Abby. Sente falta de seu um por cento?

Baixei a mão.

Como eu podia ser o que ela procurava? O que eu podia oferecer a ela? Como poderia completá-la?

Era absurdo. Era maravilhoso.

Era assustador.

Ela desviou o olhar primeiro e perguntou sobre Kyle.

Um assunto seguro. Kyle não era um risco para ninguém.

— Somos próximos — expliquei a ela. — Levei-o a alguns jogos de beisebol no ano passado. Na verdade eu esperava que ele pudesse ir ao Super Bowl. Ele estava ansioso por isso.

Eu tinha um senso de realização quando falava de Kyle. É claro que não era por nada que eu tivesse feito — era simplesmente a sorte de minha medula óssea ser compatível com a dele. Qualquer um teria feito o mesmo.

— Mas ele estava doente e não podia — prossegui, lembrando-me da decepção em sua voz quando conversei com ele no dia em que Abby e eu partimos para Tampa. — Talvez no ano que vem.

— Felicia falou alguma coisa sobre Jackson se aposentar. Ele vai jogar no ano que vem?

— Acho que sim, mas esta pode ser sua última temporada. — Pensei numa conversa que tive com Jackson na semana passada. *Não me diga que é cedo demais, cara*, dissera ele. *Nem quero ouvir isso.*

— Ele já está preparado para sossegar. — Eu disse a Abby. — Se Felicia concordar, isto é.

—Está disposto a ter Felicia como membro da família?

Na verdade, não.

— Eu o farei por Jackson. — Olhei-a nos olhos mais uma vez. — E ela tem uma melhor amiga maravilhosa.

Voltei a meu quarto durante o almoço. Queria ligar para meus funcionários, saber se estavam todos em segurança. Não é uma tarefa fácil, com o número de pessoas que eu empregava, mas a paz de espírito que me daria compensava o tempo que ia me tomar.

Eu tinha riscado uma boa parte de minha lista quando ouvi risos vindo de fora. Levantei-me e fui à janela. Abby e Apollo brincavam na neve. Enquanto eu olhava, ela fez uma bola de neve e a jogou. Apollo partiu atrás dela, parando confuso quando a neve desaparecia.

Ela pertence a este lugar, pensei. *Ela é meu um por cento.*

Ora essa, até meu cachorro pensava assim.

Ela não vai gostar quando descobrir a verdade. Vai odiar você.

Talvez não. Talvez ela nem se importe.

Olhei a lista de números telefônicos em minha mesa e saí para encontrar a encarnação de cada necessidade minha.

Meus funcionários teriam de esperar.

Vesti roupas mais quentes e acendi a lareira na biblioteca antes de ir para fora. Abby e Apollo ainda estavam perto da garagem, brincando. Ela parecia despreocupada e desinibida. Eu queria me sentir assim também.

— Você está confundindo meu cachorro — afirmei quando ela atirou outra bola de neve.

Ela se virou e sorriu.

— Ele adora.

Apollo partiu atrás de outra bola, decidido a pegá-la, e ela riu quando ele parou derrapando.

— Acho que ele ama a pessoa que está jogando. — Decidi ver como eu me saía naquela nova brincadeira dela. Deu certo: Apollo olhou para trás, viu que eu jogava a bola de neve e dançou em círculos.

— Você roubou minha brincadeira — protestou ela. — Agora ele não vai querer brincar comigo.

Olhei, deliciado, enquanto ela preparava uma bola de neve e a jogava em minha direção. Fui criado com um primo que se tornou jogador de futebol americano profissional — na verdade eu esperava que ela me atingisse. Mas a bola descreveu um arco e ela errou.

— Ah, Abigail — falei, aproximando-me dela. — Você cometeu um grande erro.

— Por acaso você não está usando legenda, está?

Peguei um punhado de neve.

— De jeito nenhum.

Ela se afastou de mim, erguendo as mãos como quem se rende.

— Você jogou uma bola de neve em mim. — Eu passava a bola de neve de uma mão à outra. Seus olhos acompanhavam o movimento.

— Eu errei.

— Ainda assim, tentou. — Recuei o braço, fingindo que estava prestes a jogar a bola de neve nela, mas no último minuto joguei em Apollo.

Mas era tarde demais. Ela gritou e correu antes que a bola saísse de minha mão e, em seguida, só o que vi era Abby de cara na neve.

Corri a curta distância até ela, ansioso para saber se por acaso se machucara. Será que tinha quebrado algum osso?

Quando eu aproximei, ela rolou e gemeu.

— Você está bem? — Estendi a mão. Ela parecia bem. Molhada mas bem.

Ela tremia.

— Não tem nada ferido além de meu orgulho.

A biblioteca a essa altura estaria aquecida e boa. O fogo já foi aceso há algum tempo. Ela pegou minha mão e se levantou.

— Hora de entrar? — perguntei. — Beber alguma coisa quente perto do fogo?

Isolei as várias imagens que dispararam por minha cabeça: Abby e eu perto do fogo, de braços e pernas entrelaçados, a luz do fogo brincando em sua pele.

"Lembre-se do plano", disse a mim mesmo. "Sem sexo esta semana."

O plano ia lentamente, mas sem nenhuma dúvida, para o buraco.

Capítulo Vinte e Sete

Entramos em casa, Abby fungando nas roupas molhadas. Levei-a à biblioteca e fiz com que se sentasse perto do fogo enquanto eu subia para pegar algo seco para ela vestir. Olhei a cozinha a caminho do térreo. Ela precisava de algo quente para beber também. Deveria preparar um café?

Levei as roupas à biblioteca e meus olhos caíram nos decantadores que eu mantinha cheios e à vista.

O conhaque.

Enquanto Abby se vestia, servi a bebida, entreguei-lhe uma taça e me sentei a seu lado quando ela se acomodou na frente da lareira.

Ela farejou a bebida.

— O que é isso?

— Conhaque. Pensei num café, mas decidi que isto nos aqueceria mais rápido.

Ela rodou a taça.

— Sei. Você está tentando me embriagar.

— Como sempre, eu não *tento* nada. — Assenti para seu copo. — Mas tem mais de quarenta por cento de álcool, então é melhor que você se limite a um copo.

Ela tomou um gole hesitante, engasgando de leve quando o líquido forte desceu pela garganta. Olhou para mim, deu de ombros e tomou outro gole.

— *Hmmmmm* — disse ela, tão baixo que eu mal ouvia.

Recostei-me no sofá e fechei os olhos enquanto o álcool aos poucos aquecia meu corpo. Apollo atravessou a sala e pôs a cabeça em meus pés. Uma sensação de contentamento me tomou — Abby estava a meu lado, estávamos seguros e aquecidos em minha casa e Apollo estava bem. Por um momento, pude fechar os olhos e a vida era quase perfeita.

A voz de Abby interrompeu meus devaneios.

— A biblioteca veio com a casa, ou foi algo que você acrescentou depois de comprar?

Abri os olhos. Ela sentava sentada, ainda rodando a taça.

E queria conversar.

Enfim.

— Não comprei esta casa. Eu a herdei.

Seus olhos se arregalaram.

— Era a casa dos seus pais? Você foi criado aqui?

— Sim. Fiz uma reforma grande. Como na sala de jogos.

Ela se aproximou um pouco mais de mim.

— Foi difícil morar aqui?

Linda me fizera a mesma pergunta quando me formei na faculdade e eu contei a ela de meus planos de reforma.

— Pensei que seria, mas fiz tantas reformas, que não parece mais a casa de infância. A biblioteca, porém, é praticamente a mesma da época.

Especialmente com ela aqui — era mais uma vez o eixo da casa. Ela a enchia de luz, calor e vida.

— Seus pais deviam adorar livros — comentou ela.

Olhei à minha volta. Meus pais amavam esta biblioteca. Perguntei-me se este foi o motivo para eu ter dado o cômodo a Abby: para de algum modo capturar parte do que faltava na casa desde a morte de meus pais.

Mamãe e papai teriam adorado Abby. Os três teriam se entendido muito bem. Uma parte de mim sabia, embora eu fosse novo demais quando eles morreram.

— Meus pais eram colecionadores ávidos. E viajavam com frequência. — Acenei para a seção da biblioteca que guardava mapas e atlas, lembrando-me da alegria de meu pai e do prazer de minha mãe sempre que acrescentavam um novo volume. — Muitos livros foram encontrados no exterior. Alguns estão na família há gerações.

— Minha mãe gostava de ler, mas preferia principalmente ficção popular. — Ela baixou a taça e abraçou os joelhos.

— Há um lugar para ficção popular em toda biblioteca. Afinal, a ficção popular de hoje pode muito bem ser o clássico de amanhã.

Ela riu suavemente.

— E isto partindo do homem que disse que ninguém lê os clássicos.

Ah, ela se lembrou.

— Não fui eu. — Pus a mão no peito. — Foi Mark Twain. Só porque citei não quer dizer que concorde com ele.

— Conte mais sobre seus pais — pediu ela, e minhas lembranças voltaram ao dia no hospital depois do acidente.

— Na tarde em que morreram, estávamos voltando para casa do teatro. — Eu não falava na morte de meus pais há anos. Não desde que eu era garoto e Linda me levava ao psicólogo. — Nevava. Papai dirigia. Minha mãe ria de alguma coisa. Era tudo muito normal. Acho que sempre é assim.

Mamãe era tão bonita. Papai olhou para ela e sorriu. Ela riu de alguma coisa que ele disse.

O carro deu um solavanco...

— Ele deu uma guinada para se desviar de um cervo — prossegui. — O carro desceu um barranco e capotou, acho que capotou. Faz muito tempo e eu procuro não pensar nisso.

— Está tudo bem — afirmou ela. — Não precisa me contar.

Mas eu queria contar. Queria partilhar essa parte de minha vida com ela. Esta parte secreta.

— Não — contestei. —Estou bem. É bom falar. Todd sempre me diz para falar mais.

O carro caiu por um bom tempo. Quando finalmente parou, perguntei-me por quê. O que o fez parar? Voltaria a entrar em movimento?

"Nathaniel?"

"Nathaniel?"

Minha mãe gritava sem parar.

— Não me lembro de tudo — esclareci. — Lembro-me dos gritos. Os gritos que perguntavam se eu estava bem. Os dois gemendo. Os sussurros que trocavam. A mão que me alcançou por trás. — *A mão de minha mãe. Eu não conseguia alcançá-la.* — E depois, nada.

Papai não se mexia mais. Por que ele estava tão parado?

— Eu lamento. Eu lamento tanto — murmurou ela.

— Usaram um guincho para tirar o carro. Meus pais já haviam falecido, mas como falei, não me lembro de tudo.

Não gostei do hospital. Todo mundo me olhava com uma cara triste e falava muito fora do quarto.

Alguém me trouxe um ursinho. Eu tinha 10 anos. Era velho demais para ursinhos. Não queria aquilo. Queria minha mãe.

— Linda foi maravilhosa. Eu devo tanto a ela — afirmei. — Ela me deu muito apoio. — Tomei um gole do conhaque. — E ter sido criado com Jackson ajudou. Todd também. E Elaina, quando se mudou para a vizinhança.

Eles sempre eram tão brincalhões, tão divertidos.

— Sua família é o máximo — disse Abby.

— Eles são mais do que mereço — admiti, levantando-me. — Terá de me dar licença. Preciso voltar ao trabalho agora.

E terminar os telefonemas, porque eu não tinha mais 10 anos. Era um homem. Tinha responsabilidades. Minha tarde de brincadeiras acabou.

— E preciso começar a preparar o jantar. — Ela estendeu a mão para minha taça. — Eu levo para você.

Olhei fundo em seus olhos. Eu contara mais a ela hoje do que a qualquer outra pessoa na vida. Ela ficou sentada, ouviu e simplesmente permaneceu ali.

— Obrigado — sussurrei.

Terminei de telefonar a meus funcionários enquanto Abby fazia o jantar, assegurando-me de que todos eles estavam sãos e salvos. Antes de descer para o jantar, liguei para Jackson. Sua voz ficou animada quando ele falou do quanto estava curtindo ficar com Felicia. Pelo seu tom de voz, parecia que ele não tinha mais nenhuma dúvida de que o que sentia era para valer.

Por fim, liguei para Linda. Ela estava em casa quando a neve caiu e tentou chegar ao hospital, mas acabou tendo de voltar. Eu sabia, por sua voz, que ela ainda estava aborrecida de ficar presa em casa, longe da ação.

Os cheiros deliciosos deram água na boca quando desci a escada. Abby estava preparando bolo de carne. Não me lembro da última vez que comi bolo de carne. Era uma comida que eu gostava, mas nunca pensei em fazer eu mesmo. Farejei de novo. E purê de batatas também.

— Tem alguma coisa cheirando bem — comentei, sentando-me.

— Obrigada. — Ela trouxe nossos pratos à mesa. — Faz séculos que não preparo bolo de carne.

— E faz séculos que não como um.

Ela parou a meio caminho da cadeira.

— Não gosta de bolo de carne?

— Por favor. — Gesticulei para ela se sentar. — Eu adoro. Só não preparo eu mesmo.

Ela colocou um guardanapo no colo.

— Não faço com frequência, mas é o preferido do meu pai.

O pai dela — a abertura que eu esperava.

— Me fale de seus pais. O que seu pai faz?

Ela terminou de mastigar e peguei uma garfada do purê — batatas asterix, com a pele, com um pouco de alho misturado e um toque de parmesão. Perfeito.

— Ele é empreiteiro — respondeu. — Constrói casas desde que me entendo por gente.

— E sua mãe? — perguntei, tentando parecer o mais calmo possível. Eu andava por terreno perigoso.

Abby me olhou com cautela.

— Minha mãe faleceu. Doença cardíaca.

Eu não tinha como saber disto.

— Sinto muito.

— Está tudo bem. Mas ela era nova. E tinha acabado de se estabilizar depois da separação de meu pai.

Parecia natural perguntar como sua mãe tinha conseguido se estabilizar, mas tive medo de abordar o assunto e não conseguir manter meu envolvimento em segredo. Dei uma dentada no bolo de carne e rapidamente mudei de assunto

Na terça, depois do café da manhã, estávamos sentados na sala de estar. Abby falava com o pai ao telefone e eu trabalhava em meus intermináveis e-mails. Yang Cai ficava mais impaciente — não havia mais dúvida de que eu iria à China. A única questão era quando. Olhei minha agenda: talvez em junho. Ou julho.

A certa altura, Abby deve ter saído da sala — só notei que ela saiu quando levantei a cabeça e a vi voltar. Um sorriso malicioso cobria seu rosto.

— Sim? — perguntei.

— Pode me ajudar com o almoço?

Ela planejava alguma coisa, eu tinha certeza. Mas o que quer que fosse, seria melhor do que me preocupar com Yang Cai.

— Me dá uns dez minutos?

— Dez minutos está ótimo.

Ela saiu e aprumei os ouvidos, tentando escutar algo da cozinha. Mais dança, talvez? Ela realmente queria que eu a ajudasse a cozinhar?

Por que eu disse a ela dez minutos? Não consegui me concentrar em mais nada. Sentei-me à mesa olhando a esmo o laptop e, quando se passaram oito minutos, fui para a cozinha.

Abby estava parada na bancada, olhando duas latas sem rótulo.

— Abigail?

Ela não se mexeu.

— Estou tentando entender o que alguém como você está fazendo com latas sem rótulo em sua cozinha.

— A pequena é de pimenta italiana. — Fui até a bancada. — A maior tem os restos da última submissa enxerida que me importunou sobre latas sem rótulo.

— Legenda?

— Legenda.

— É sério — disse ela, e seus olhos dançavam —, o que está fazendo com latas sem rótulo em seus armários? Isto não infringe umas cem regras diferentes suas?

Sorri, satisfeito que ela se sentisse à vontade para implicar comigo.

— A menor é realmente de pimentas da Itália. A maior deve ter tomates da mesma empresa. Eu pedi online

— O que aconteceu com os rótulos?

Pensei no dia em que as latas chegaram, meses antes.

— Elas vieram assim. Provavelmente são pimentas e tomates, mas eu hesitei em abri-las e nunca mandei de volta. E se tiverem língua de vaca em conserva? — Suspirei. — Eu não tenho fé suficiente.

Sua expressão ficou séria.

— Tudo na vida é fé. Só porque alguma coisa tem rótulo não quer dizer que combine com seu conteúdo.

Como seu rótulo, ela estava me dizendo.

— Acredite em mim — prosseguiu ela. — Às vezes é preciso muita fé para acreditar no rótulo. Não tenho medo do que está dentro dela. Posso fazer uma obra-prima com seu conteúdo.

Eu posso fazer uma obra-prima com você, ela pretendia dizer — mas eu sabia muito bem que não era tão simples.

Ah, Abby. Você não pode. Simplesmente não pode.

Parte de mim queria acreditar nela, então peguei seu rosto nas mãos.

— Aposto que pode — falei, e vi em seus olhos que ela acreditava no que havia dito.

Era demais. Baixei a mão.

— Agora, precisa de minha ajuda para quê?

Ela sabia que não devia pressionar. Em vez disso, virou-se e abriu a caixa a seu lado.

— Quero preparar um risoto de cogumelos, mas não posso mexer o arroz e cozinhar as outras coisas ao mesmo tempo. Você pode mexer?

Ela realmente queria que eu cozinhasse com ela?

— Risoto de cogumelos? Ficarei feliz em mexer.

Ela foi preparar o caldo de galinha e vinho branco ao lado dos vegetais já na bancada.

— Talvez você queira tirar o suéter. Provavelmente vai ficar quente aqui.

Ela não estava pensando que íamos...? Na cozinha?

Tirei o suéter e o coloquei no braço de uma cadeira.

— Vou cortar os cogumelos e a cebola — disse ela. — Você começa o arroz.

A naturalidade com que ela disse isso. Seu jeito descuidado. Sua autoridade na cozinha.

— Você é meio mandona, não é? — Brinquei.

Ela arqueou uma sobrancelha e pôs a mão no quadril.

— É a minha cozinha.

Suas palavras me tomaram, excitando-me mais do que eu podia ter imaginado.

Empurrei-a contra a bancada e balancei os quadris contra ela.

— Não. Eu disse que a mesa da cozinha era sua. O resto da cozinha é *meu*.

Seus olhos ficaram escuros e eu sabia exatamente quais eram seus planos. A única questão era: o que eu ia fazer?

— Agora — continuei. — O que tem mesmo o arroz?

Liguei o fogo e preparei a panela. Abby estendeu a garrafa de vinho.

— Sim, por favor — assenti, e ela nos serviu uma taça antes de ir cortar as cebolas.

Coloquei o arroz na panela e mexi um pouco, cobrindo os grãos com azeite de oliva. Despejei um pouco do vinho da garrafa.

— Está pronto para isso? — perguntou ela, gesticulando para a cebola.

— Eu estou sempre pronto. — Só não ia fazer nada a respeito. Mexi os quadris. A porcaria da minha ereção pensava de outra forma.

Então ela se colocou na minha frente, e raspou as cebolas na panela.

— Aí está. — Sua bunda roçou em meu pau e eu fiquei ainda mais duro.

Depois ela se foi, para cortar os cogumelos, enquanto eu estava preso na frente do fogão, mexendo. Olhei o caldo de galinha. Já era hora de colocar um pouco?

Ela notou.

— Quer que eu pegue o caldo de galinha para você? — Sem pensar, ela passou por baixo de meu braço de novo e pegou o jarro. Seu braço roçou em mim enquanto ela despejava o líquido.

Merda. Qual era o plano?

Nada de sexo. Não durante a semana. Muito bem. De volta ao plano.

Talvez ela visse minha determinação e desistisse. Passou os minutos seguintes cortando o restante dos cogumelos.

Até que um deles caiu no chão e rolou para onde eu estava.

— Epa — disse ela. — Deixe que eu pego isso.

Ela se espremeu entre mim e o fogão enquanto eu mexia e se curvou para pegar o cogumelo, roçando em minha coxa, depois me pegando pela cintura para se equilibrar ao se levantar. Eu sabia exatamente o que ela estava fazendo.

"Mas o plano", lembrei a mim mesmo. Não durante a semana. Mas se Abby queria... Não. Não durante a semana.

Discuti comigo mesmo enquanto o risoto fervia. Pensando numa coisa, depois decidindo por outra. Pensando que o sexo na cozinha não seria tão ruim e lembrando a mim mesmo que eu precisava manter o sexo de fora de nossa relação durante a semana.

Novamente, Abby deve ter percebido algo em minha hesitação, porque não tentou outra coisa. Em vez disso, preparou os peitos de frango e me passou os cogumelos depois que tinha terminado de cortar.

Em seguida tirou o suéter e eu entendi que ela não captara nada do que eu estivera pensando.

Ela ergueu o jarro de caldo de galinha de novo.

— Precisa de mais?

Estava tudo bem, eu podia resistir a ela.

— Só um toque.

Ela estava com uma camiseta branca por baixo do suéter. Olhei para ela enquanto ela despejava o caldo na panela — estaria de sutiã?

De algum jeito, ela colocou caldo em outro lugar além da panela. E, não, ela não estava de sutiã.

— Droga — resmungou ela. — Pode dar uma olhada nisso?

Seus mamilos estavam duros por baixo do tecido branco e fino. Eu queria sentir seu gosto... Queria sentir o gosto dela...

— Acho que preciso tirar antes que manche. Pode ser um problema. — Ela foi até a pia e, droga, tirou a camiseta.

Meu último pensamento coerente foi me virar para o fogão e apagar o fogo para que a casa não se incendiasse. Atravessei a cozinha e a peguei pela cintura.

— Tenho um problema maior para você.

Ela sabia exatamente do que eu falava, porque seus olhos caíram onde minha ereção pressionava a frente do jeans.

Peguei-a no colo e a carreguei para a bancada, jogando no chão tudo que tinha ali. Algo se quebrou ao cair, mas não olhei para ver o que era — não me importava. Em vez disso, abri seus jeans e os arranquei.

Merda.

Ela não estava de calcinha.

Recuei um passo e tirei meus jeans.

— É isso que você quer?

Sem esperar por uma resposta, aproximei-me e ela passou as pernas em mim.

— Sim. — Suas mãos eram sinuosas por baixo de minha camisa e passei o polegar por seu mamilo. — Por favor — disse ela. — Por favor. Agora.

Passei as mãos por seu corpo, tentando entender o fato de que Abby estava na minha cozinha, nua, numa terça-feira. Este não era o meu plano. Eu não queria pressioná-la. Não queria nos confundir.

— Eu não queria... Eu não pensei... — comecei, mas seus lábios estavam em meu pescoço.

— Você pensa demais — sussurrou.

Inferno. Pelo resto da tarde, eu não ia pensar.

Peguei suas pernas, abri-as um pouco mais e meti nela. O ângulo era meio ruim, então desloquei os quadris e meti mais fundo.

— Ah, merda, sim. Mais — pediu ela quando eu retirei. — Mais, por favor.

Arremeti enquanto ela estava sentada na bancada, pressionando com mais força, querendo entrar mais. Tentando dar que ela queria, tomar o que ela me dava. Sua cabeça bateu no armário e reduzi o ritmo dos movimentos.

Ela não queria nada disso.

— Mais forte — insistiu. — Por favor, mais forte.

— Porra, Abigail. — Segurei-a firme e me empurrei mais para dentro dela.

— De novo. — Ela mordeu minha orelha. — Que merda. De novo.

Suas palavras me incitaram e trabalhei os quadris com mais intensidade e rapidez. Ela era tão gostosa. Eu queria mais. Queria mais dela. Virei os quadris e bati com força dentro dela.

— Isso — falou, sem fôlego, com a cabeça jogada para trás. — Bem aí.

Suas palavras me excitaram ainda mais.

— Aqui? — Meti, atingindo o ponto de novo. — Aqui?

Eu sabia que tinha atingido, porque ela começou a gemer. Mexi os quadris com mais força, levando nós dois ao gozo, e passei a mão entre nós para esfregar seu clitóris.

— Mais forte — exigiu ela em um gemido. — Está quase lá.

Meti nela com a maior força que pude, obrigando-me a não gozar antes que pudesse provocar seu orgasmo.

— Eu... Eu... Eu... — Ela gaguejou.

Ela se apertou em mim e eu meti o mais fundo possível, gozando dentro dela, meus músculos tremendo enquanto eu finalmente permitia que meu orgasmo me dominasse.

Não consegui falar por vários minutos. Em volta de nós, a cozinha estava um desastre, o risoto esfriava e o frango provavelmente tinha passado do ponto.

Eu não dava a mínima.

— Que droga — falei, depois de conseguir falar de novo. — Isso foi...

Incrível.

Impressionante.

Maravilhoso.

— Eu sei — disse ela. — Concordo.

Tirei-a da bancada e a coloquei de pé. A gaveta perto do forno tinha toalhas limpas, então peguei uma e a limpei delicadamente.

Incrível, impressionante, maravilhoso, sim. Mas não podia acontecer novamente.

Capítulo Vinte e Oito

Cantarolei naquela noite enquanto fazia o jantar. Talvez ficar preso pela neve não fosse a pior coisa do mundo. Até agora, tudo estava indo muito bem. Abby e eu vimos um pouco de TV no início da tarde. Quando ficamos entediados do noticiário e da previsão do tempo, fomos para a biblioteca. Abby ficou sentada na frente da lareira e me sentei à minha mesa — fingindo trabalhar, mas na verdade lendo uma coletânea de citações de Shakespeare. Apollo nos seguia aonde íamos, e Abby e eu nos revezamos para levá-lo para fora.

Eu ia abrir uma de minhas latas sem rótulo. Ia fechar os olhos, torcendo pelo melhor e, se tudo saísse de acordo com os planos, prepararia um delicioso espaguete a marinara.

Abby estava sentada atrás de mim na mesa da cozinha, bebendo uma taça de vinho tinto. Surpreendi-me que ela decidisse ficar na cozinha enquanto eu cozinhava. Normalmente, ela ficava na biblioteca.

Quando peguei o abridor, ela ficou na ponta dos pés para espiar o conteúdo da lata.

— Só estou verificando — afirmou.

As latas sem rótulo — quem teria pensado que podiam divertir e manter nossa atenção como faziam? Baixei o abridor e lentamente abri a tampa.

— Tomates — dissemos quando o fruto vermelho entrou em nosso campo de visão.

— Droga — resmungou ela. — Eu torcia para ser língua de vaca em conserva ou alguma parte corporal incriminadora.

Peguei um tomate com o garfo.

— Um tanto quanto anticlímax, não acha?

— Não. — Ela voltou a baixar os calcanhares. — É melhor saber.

Sempre é melhor saber; *conte a ela*, importunava-me minha voz interior.

— Tem razão — concordei. — E isto nos dará um jantar delicioso.

Coloquei os tomates em uma panela já no fogo. O cheiro de tomate suculento se juntou ao aroma de cebola e cogumelo refogados. Abby não se virou para a mesa, ficando atrás de mim. Olhei para a bancada, vendo-a ali, lembrando-me das palavras que ela disse enquanto eu a comia.

Mais forte. Por favor, mais forte.

— O cheiro está bom — comentou, olhando de novo por sobre meu ombro.

Se eu me virasse, ela ficaria nua em menos de dez segundos.

— Vá se sentar — falei. — Quero ter uma refeição quente hoje.

Ela não se mexeu.

— O café da manhã foi quente. E o almoço foi quente. — Ela parou por um segundo. — Pelo menos aquela parte antes do almoço.

— Abigail.

— Estou me sentando — disse ela, afastando-se. — Estou me sentando.

Estendi a mão para discretamente arrumar minha calça enquanto continuava a mexer com a outra mão. O molho engrossava bem, mas precisava ficar bem cozido. Enquanto terminava, eu pegaria os pratos, talvez outra garrafa de...

— Sabe de uma coisa — começou ela —, você fez um progresso hoje.

— E qual seria? — perguntei, sem saber onde ela queria chegar.

— Você abriu uma de suas latas sem rótulo — esclareceu ela e meu corpo relaxou. — Acho que isso pede uma comemoração.

— E o que você tem em mente?

Ela abriu um sorriso malicioso. Problemas. A mulher não passava de problemas.

— Piquenique nus na biblioteca?

Como eu disse...

Acendi o fogo sob a panela de água.

— Esta é sua ideia de comemoração?

— Eu devia ter preparado pão para o jantar — comentou ela.

O quê? Pão? Do que ela estava falando? Isso significava que não haveria piquenique nu?

— Você já fez o suficiente por um dia — afirmei. *Mas vamos fazer mais mesmo assim.*

— Sim — assentiu ela num tom muito sério. — Esta era minha ideia de comemoração.

Graças a Deus.

— Tudo bem. Piquenique nus na biblioteca. Em trinta minutos.

Ela se levantou de um salto.

— Vou me arrumar.

— Tem cobertores extras no armário de roupa de cama — alertei quando ela saía.

Servi a massa em nossos pratos e coloquei o molho marinara por cima.

Piquenique nus na biblioteca...

Lá se foi o plano.

De novo.

Mas o que importava? E daí se transássemos? A biblioteca era dela. Já fizemos sexo ali e nada mudou. Então, por que esta noite seria diferente?

A voz de Todd ecoou em minha cabeça. "Uma relação como a sua... Completa sinceridade e confiança..."

Ignorei a voz de Todd.

Era hora do piquenique.

Tirei minha roupa na lavanderia e entrei na biblioteca. Grossos cobertores forravam o chão e meia dúzia de almofadas estavam na frente. E Abby.

Abby estava sentada no meio de tudo isso: o cabelo comprido roçando as pontas dos mamilos, uma perna puxada para cima, mostrando sua nudez, cintilando...

— Quer alguma ajuda? — perguntou ela.

Engoli em seco.

— Não. Estou bem. Vou deixar a comida e pegar nossas bebidas. Mais vinho?

Uma ida à adega fria era o que eu precisava para resfriar um pouco.

— Por favor.

Deu certo. A curta caminhada pela escada até a adega no porão esfriou meu corpo o suficiente para manter meu pau controlado. Voltei a Abby e nos servi uma taça.

Olhei enquanto ela pegava uma garfada de massa na boca e provava meu marinara de lata sem rótulo. Ela de imediato pegou uma segunda e uma terceira garfadas.

— Isto está soberbo — elogiou ela, pegando outra garfada. — Meus cumprimentos ao chef.

— Às latas sem rótulo — falei, erguendo o garfo e tentando desviar os olhos de sua boca e de outras partes do corpo.

— Às latas sem rótulo — repetiu Abby, erguendo o próprio garfo.

Mas que diabos... De algum modo, o molho marinara voou pela curta distância de seu garfo a meu...

Olhei para ele.

— Você deixou cair marinara no meu pau.

Sua voz escondia um sorriso.

— Epa.

— Tire. Isso. Daqui.

Ergui os olhos. Ela nem mesmo tentava esconder o sorriso.

— Deite-se de costas.

Ela pegou meu prato e colocou a meu lado.

Loucura. De algum modo eu imaginava que o sexo aconteceria *depois* do jantar.

— Abigail.

Ela empurrou meus ombros.

— Quer que eu use o guardanapo?

Ora essa, não. Eu queria que ela lambesse.

Baixei a cabeça em uma das almofadas e fechei os olhos enquanto sua mão corria por meu peito.

— O marinara, Abigail.

Seus dedos roçaram por meus mamilos.

— Estou chegando lá.

— Chegue lá. Mais rápido.

Ela nem me ouvia. Começou por meu peito e não teve pressa enquanto mordiscava, lambia e roçava os dentes por minha barriga. Depois me mordeu, bem abaixo do umbigo.

Cerrei os punhos.

Ela enfim chegou onde eu a queria — e soprou ar quente na cabeça de meu pau.

Ela estava me provocando, merda.

Meu corpo tremia da expectativa de sua boca em mim. Depois, enfim, *enfim*, sua língua saiu e me lambeu.

Merda. Não pare.

Ela não parou, mas também não me pegou na boca. Em vez disso, brincou comigo: chupando só a ponta, lambendo-me e afagando o resto de meu membro com as mãos. Deixou-me louco com o impulso de meter meu pau em sua garganta, mas fiquei parado, de punhos cerrados junto do corpo.

Justo quando eu menos esperava, ela me pegou no fundo. Pegou todo meu pau em sua boca e relaxou enquanto eu batia no fundo de sua garganta.

— Porra — exclamei.

Ela me soltou.

— Eu posso parar.

— De jeito nenhum — protestei. — Passe as pernas por aqui. Quero sentir o gosto dessa boceta doce.

Ela torceu o corpo.

Perfeito.

Peguei seus quadris, movendo nossos corpos na posição 69, e meti a língua bem fundo nela, liberando minha necessidade de lhe dar prazer.

— *Hmmmmm.* — Lambi seu clitóris. — Mais doce que o melhor vinho. Vou beber de você até que não sobre nem uma gota.

Comecei a fazer isso e ela me pegou no fundo da garganta de novo.

Nossos movimentos se espelhavam: suas lambidas e mordiscadas combinavam com as minhas. Seus dentes corriam por meu pau sempre que eu mordiscava seu clitóris. Lambi-a de novo e ela moveu os quadris para mais perto do meu rosto.

Rolei a nós dois de lado para termos mais acesso ao outro. Eu podia meter mais no fundo de sua garganta assim. Ela respondeu mexendo-se em minha língua. Meti três dedos dentro dela e ela gemeu em volta de meu pau.

Gosta disso?

Lambi seu clitóris e mexi os dedos dentro dela. Tentei atingir o ponto que tinha encontrado no fim de semana anterior, mas era difícil demais na posição em que estávamos. Depois ela passou um dedo por meu saco até meu cu e, por instinto, meti em sua boca com mais força.

O atrito de sua boca em meu pau era maravilhoso. Incrível. Saber que eu lhe dava prazer ao mesmo tempo — sentindo seus quadris contra meus dedos — só me fez arremeter com mais força.

Ela gemeu novamente, provocando vibrações por mim, e chupei seu clitóris, roçando de leve os dentes. Ela tremeu e se retesou, enquanto o clímax a dominava. Mordi gentilmente e ela gozou uma segunda vez, pegando-me mais fundo em sua boca. Gemi quando meu próprio orgasmo me atingiu, gozando em sua boca, e ela engoliu tudo.

Plantei beijos suaves em sua boceta pelada e estendi a mão para puxá-la para mim. Com os braços fracos, eu a abracei.

— O jantar está frio — comentou ela em meu peito.

Passei a mão por suas costas.

— Dane-se o jantar.

Por fim, porém, nós dois nos sentamos.

— Precisamos comer.

A pergunta dançava em seus olhos, mas ela não a verbalizou.

Sim, Abby. Comida desta vez.

Entreguei-lhe o prato e ela pegou o meu. A massa fria não estava ruim — eu só podia imaginar como seria seu gosto quente. Porém, se eu tivesse de escolher entre a massa e Abby... Bom, Abby sempre venceria.

Seu rosto se torceu de concentração e ela franziu a testa para a massa. No que ela se concentrava com tal intensidade? Ela levantou a cabeça e rapidamente olhei meu próprio prato.

— Há quanto tempo você é dom? — perguntou ela.

Ah. Ela queria fazer perguntas pessoais. Um tremor de inquietação me atingiu.

— Quase dez anos.

— Teve muitas submissas?

Com ou sem coleira? E defina *teve*.

Mas escolhi a saída mais fácil.

— Isso depende do que você considera "muitas".

Ela revirou os olhos, sem se abalar.

— Sabe o que eu quis dizer.

Embora eu ficasse satisfeito que ela estivesse à vontade para me fazer perguntas, precisava estabelecer algumas regras novas.

— Não me importo de ter esta conversa, Abigail. É a sua biblioteca. Mas lembre-se de que, só porque você faz uma pergunta, não quer dizer que terá uma resposta.

Novamente, a determinação cruzou seu rosto.

— Muito justo.

— Então, pergunte.

Sua primeira pergunta me surpreendeu.

— Você já foi submisso?

Meu tempo com Paul voltou à mente — as várias encenações que ele me ensinou, as poucas vezes em que me submeti a ele. Nossa relação não foi sexual, mas ele acreditava que um dominador precisava da experiência da submissão.

— Sim — afirmei e seus olhos se arregalaram. — Mas não por muito tempo, só por uma ou duas encenações — esclareci depressa.

Surpreendentemente, ela não me perguntou mais sobre essas encenações.

— Algum dia uma submissa sua usou a palavra de segurança?

— Não — respondi, querendo ver sua reação.

— Nunca?

— Nunca, Abigail.

Ela desviou o olhar primeiro.

— Olhe para mim — mandei, porque queria que ela percebesse a verdade do que eu lhe diria. — Sei que você é muito nova nisso, então eu te pergunto: algum dia estive perto de te obrigar a fazer mais do que consegue suportar?

Eu sabia que a resposta antes de ela a pronunciar, mas queria que ela acompanhasse meu raciocínio.

— Não — declarou.

— Eu não tenho sido gentil, paciente e carinhoso? — prossegui. — Prevendo *cada* necessidade sua?

— Sim.

— Acha que eu teria sido gentil, paciente e carinhoso com minhas antigas submissas? Que previ *cada* necessidade delas?

A compreensão apareceu em seus olhos.

— Ah.

— Estou começando com você aos poucos, porque vejo nisto uma relação de longo prazo, mas há muitas coisas que podemos fazer juntos. — Passei os dedos por seu braço até o cotovelo, imaginando-me em minha sala de jogos de novo. — Muitas coisas de que seu corpo é capaz e ainda nem sabe. E, assim como você precisa aprender a confiar em mim, eu tenho que aprender sobre seu corpo.

Ela engoliu em seco ruidosamente e sua pele se arrepiou toda.

— Tenho de aprender sobre seus limites, então estou trabalhando em você lentamente. Mas existem muitas, muitas áreas que ainda precisamos explorar. — Circulei seu pulso e o apertei. — E quero explorar todas. — *Já basta, West.* — Isto responde a sua pergunta?

— Sim.

— Mais alguma pergunta?

Ela endireitou as costas.

— Se as suas outras submissas não usaram a palavra de segurança, como a relação terminou?

Deveria eu contar a ela como Beth foi embora porque eu não dei o que ela queria? Ou que ela me fez falar a palavra de segurança?

— Terminaram como terminam qualquer relacionamento — declarei, dando-lhe a reposta segura. — Nós nos distanciamos e tomamos rumos separados.

— Já teve uma relação amorosa com uma mulher que não fosse sua submissa?

Porcaria da Elaina. Quando eu puser as mãos nela...

— Sim — respondi simplesmente.

Dois olhos castanhos me fitaram intensamente.

— Como foi?

Não foi. Foi um fracasso horroroso.

Eu fui um fracasso horroroso.

Eu, Nathaniel West, que nunca fracassava em nada, tinha falhado com Melanie.

— Você está aqui agora — retruquei, de novo apelando à segurança. — Essa foi uma pergunta retórica?

— Melanie?

Aí estava. Eu ligaria para Elaina depois do jantar. Ela não tinha de se meter e contar tudo de minha vida pessoal a Abby.

— O que Elaina lhe contou?

— Que Melanie não foi sua submissa.

Suspirei de alívio. Elaina não saberia por que Melanie e eu terminamos, saberia?

— Eu preferia que meus relacionamentos anteriores continuassem no passado. O que Melanie e eu fizemos ou deixamos de fazer não tem nada ver com nós dois.

Ela baixou os olhos, mexendo no que restava da massa de um lado do prato a outro.

Eu a aborreci.

— Abigail. Se eu quisesse ficar com Melanie, estaria com Melanie. Mas estou aqui com você.

— Já fez um piquenique nu com Melanie?

Piquenique nu com Melanie?

Tentei imaginar.

No chão, Nathaniel? Sem roupa? Está brincando, não é? Me diga que é brincadeira sua.

— Não. Nunca.

Ela sorriu, triunfante.

— Mais alguma pergunta? — indaguei.

— Neste momento, não.

Graças a Deus. Por mais que me agradasse que Abby tivesse coragem de me fazer perguntas, havia certas coisas que eu não estava preparado para discutir.

E eu ainda tinha uma semana e meia antes de precisar fazer isso.

Capítulo Vinte e Nove

Elaina atendeu no segundo toque.

— Alô.

— Elaina Grant Welling — falei em minha melhor voz de executivo.

— Que foi? O que eu fiz?

— Se eu quisesse que Abby soubesse de detalhes da minha relação com Melanie, eu mesmo teria contado.

Fui à janela de meu quarto e olhei Abby e Apollo brincando. Ela quis levá-lo para fora uma última vez antes de ir dormir, o que, por mim, estava ótimo — eu queria que ela saísse de casa enquanto eu falava com Elaina.

— Ah, isso.

— É, isso.

— Não contei nada a Abby, além de que Melanie não foi sua... — Ela parou por um segundo. — Abby lhe disse.

— Não me importo que você saiba de meu estilo de vida. Me importa quando você interfere.

— Como é que eu contar a Abby que Melanie não foi sua submissa interferiu?

Porque Abby queria saber por que Melanie e eu não demos certo. Ela queria saber por que eu deixei de ser um dom e tentei algo "normal" e voltei a ser dom.

— Está interferindo sempre que diz a minha submissa algo que eu prefiro não contar a ela.

— Sua submissa?

— Sim, minha submissa.

— É só isso que ela é para você?

— Que merda você quer dizer? Você não tem ideia do que é ter uma submissa. — Olhei pela janela e vi Abby afagar a cabeça de Apollo. Suspirei; minha briga não era com Elaina. — Não quero discutir esse assunto com você. Você não tem noção do que envolve minha vida e não estou com vontade de lhe dar os detalhes agora.

— Só pensei que ela um dia podia ser mais do que isso. Pensei que ela era... especial.

Minha coisa especial. Fechei os olhos.

— É a minha vida, Elaina. Deixe que eu cuido dela.

— Eu sei. Desculpe. Vou ficar fora disso.

Desligamos depois de bater um papo sobre a nevasca. Ela perguntou se eu queria falar com Todd, mas declinei.

Abri a janela um pouquinho. Só para deixar o ar frio entrar no quarto, mas é claro que o riso de Abby veio vagando nele. Seu riso me encheu de calor, mesmo com o ar gelado me esfriando.

Fui à cama e me sentei. Quando foi que tudo ficou tão confuso? Por que deixei que Abby entrasse em minha vida? Teria sido muito mais fácil deixá-la onde ela estava: alguém com quem eu sonhava, mas que nunca conheceria. Alguém que eu olhava, mas nunca abordaria.

Ela abordou você. Ela queria você.

Ela me queria como dom e eu acabei de dizer a ela na biblioteca que tinha de atender e prever suas necessidades, mas não era verdade. Eu nem sempre fui gentil, paciente e carinhoso. Falhei com ela tanto quanto falhei com Melanie. Talvez até mais.

Ainda assim, ela está aqui.

Porque ela não sabe.

Grunhi e fechei os punhos no cabelo. Não conseguia mais pensar direito. Nada fazia sentido. Nada. Eu tinha uma semana e meia para esclarecer tudo com ela e em vez de decidir qual queria a melhor maneira de contar a verdade, passava meu tempo lendo Shakespeare e tendo piqueniques nu.

Ouvi os passos subindo a escada e me levantei para encontrá-la à porta. Apollo entrou em meu quarto primeiro e meteu o focinho gelado em minha mão estendida. Abby vinha atrás dele.

— Ele ficou todo molhado — disse ela. — Tentei enxugar, mas...

Ele ergueu a pata molhada em meu joelho, senti a umidade pelas calças.

— Não pode evitar, neste clima — devolvi. — Obrigado por levá-lo lá fora.

Ela o afagou pela última vez.

— Gosto de brincar com ele. Ele é muito engraçado. — Ela se virou para sair.

Eu não queria nada mais além de pegá-la nos braços e contar tudo. Murmurar em seu ouvido o quanto eu a queria. O quanto precisava dela. Dizer-lhe que ela era meu um por cento — minha coisa especial. Beijá-la.

— Abigail?

Ela se virou e me olhou com expectativa.

— Sim, senhor?

Merda, usei o nome errado. Se quer que ela acredite que é seu um por cento, devia ter chamado de Abby. Não sabe fazer nada direito.

Era por isso que eu não devia tentar.

— Boa noite — sussurrei.

Um leve sorriso apareceu em seu rosto.

— Boa noite.

Fiquei em meu quarto na manhã seguinte até ouvir Abby na cozinha. Joguei o livro na mesa de cabeceira e fui me juntar a ela.

O sol entrava pelas janelas da cozinha, proporcionando a luz perfeita enquanto Abby dançava pelo chão, com um garfo na mão.

Entrei na cozinha e me encostei à bancada.

— "Dir-lhe-ei que é clara como a rósea manhã banhada pelo orvalho" — declamei e sorri.

Ela parou de dançar e com indiferença foi até o fogão para virar o bacon.

— "Tens magia em teus lábios."

Ela gostou. Queria jogar.

— "Todo o mundo é um palco" — continuei. — "E todos os homens e mulheres não passam de meros atores."

— "A vida não passa de uma sombra ambulante, um pobre cômico." — Ela tirou os ovos do forno e os colocou numa tigela. — "Que se pavoneia e se agita por uma hora no palco, sem que seja ouvido depois."

Era hora de recorrer à munição pesada. Fui ao fogão, onde ela teria de olhar para mim. Na pose mais teatral que pude invocar, levei a mão ao peito e apontei a janela com a outra.

"Mas, silêncio, que luz agora se escoa da janela?
É do Oriente, e Julieta é o sol.
Surge, formoso sol, e mata a lua de inveja,
Que pálida e doente de tristeza já está
Pois tu, como serva, és mais formosa do que ela."

Ela riu e o som fez meu coração ir às alturas. Com o que eu estive me preocupando mesmo? Não me lembrava mais.

Com uma expressão séria, ela me olhou.

— "Os asnos, como vós, suportam carga."

A megera domada?

— "As mulheres, como vós, suportam carga" — citei o verso seguinte, incapaz de esconder o orgulho em minha voz.

Ela se virou dos bicos do fogão, passou a frigideira a um suporte e se virou inteiramente para mim.

— "Tenho tão só motivos femininos: penso que ele assim é, porque assim penso." — Eu ri. Droga, ela era boa.

E eu estava ficando sem citações de Shakespeare.

Eu tinha mais uma. Não consegui encontrar nenhuma que a chamasse de leoa, mas esta era igualmente adequada.

— "Oh, vilã, vilã que ri, vilã maldita!"

— Você me chamou de vilã.

— Você me chamou de asno.

— Empatados?

Fingi pensar nisso.

— Desta vez, sim, mas quero deixar registrado que estou ganhando de você.

Ela colocou o bacon na travessa.

— Concordo. E por falar em ganhar de mim, preciso usar sua academia. Tenho um atraso de alguns quilômetros na esteira.

— Eu também preciso correr. — Seu bacon estava perfeito, no ponto certo, crocante sem estar queimado. Peguei um pedaço. — Tenho duas esteiras. Podemos malhar juntos.

Depois de tirar os pratos do almoço, fui à biblioteca. Como esperado, Abby estava enroscada no chão com Apollo ao lado e um livro no colo.

Sentei-me à mesinha. Entre o risoto de cogumelo e o piquenique nu, eu tinha trabalhado pouco no dia anterior. Abri o laptop e comecei a responder a e-mails.

Algumas horas depois, meu telefone tocou. Olhei o visor. Jackson.

— Jackson — falei, vendo Abby se levantar e sair da biblioteca.

— Nathaniel — sussurrou Jackson. — Oi.

Baixei a voz para acompanhá-lo.

— Por que está sussurrando?

— Não quero que Felicia ouça.

Ah, não. Tem algum problema? Olhei para fora: a neve tinha derretido um pouco. Se algo aconteceu entre Felicia e Jackson, ela devia poder voltar para o apartamento. Perguntei-me por um minuto se Abby ia querer ficar o fim de semana e não ir para casa...

— Nathaniel? — perguntou Jackson.

— Desculpe. O que estava dizendo mesmo?

Ele soltou um riso nervoso.

— Eu vou fazer.

Nem que minha vida dependesse disso, eu saberia do que ele falava.

— Fazer o quê?

Sua voz baixou ainda mais.

— Vou propor.

— Propor o quê?

— Ah, caramba. Vê se entende. Propor. Vou pedir Felicia em casamento.

— Vai? — Concentrei-me na tela do computador diante de mim enquanto absorvia o que ele tinha dito. — Vai?

— É loucura, não? — Ele não esperou por uma resposta. — Mas parece tão perfeito. Sei que é perfeito. Todo mundo sempre diz que a gente sabe quando chega a hora. Bom, eu sei.

Meu coração começou a martelar. A gente saberia? Assim? Era tão fácil? Você se perguntava se era perfeito e então... bum — sabia?

— Er, Jackson... Eu... — gaguejei. — Não sei o quê... Meus parabéns.

— Valeu, cara. Olha, não conte a Abby. Quero que Felicia faça uma surpresa para ela.

— Está supondo que ela vai dizer sim.

— Ela vai dizer sim. Eu sei.

Enquanto desligávamos, senti que me preparava para a batalha por vir. A parte de mim que sabia que eu não podia ter uma relação normal e a parte que queria desesperadamente tentar. Peguei um maço de papéis em minha mesa e os folheei, sem realmente ver o que continham.

Você não é normal e nunca será, eu disse a mim mesmo. *Aceite isso e toque a vida. Tem algo bom acontecendo com Abby agora. Por que estragar? Ela está feliz. Você está feliz. Aproveite o que você tem.*

Passei o polegar pelos papéis.

Componha-se, West. O casamento de Jackson e Felicia não muda nada. Ele é como seu irmão. Você deve ficar feliz.

E eu estava. Estava feliz por Jackson e Felicia. Mas por que eu não podia ter...

— Nathaniel West.

Capítulo Trinta

Levantei a cabeça de pronto.

Mas o que era isso?

Era só o que me faltava. Como se eu já não estivesse muito confuso, Abby decidira que *agora* era uma boa hora de entrar na biblioteca e me chamar pelo nome?

Mas eu não disse a ela para se dirigir a mim como *senhor* durante a semana? Semicerrei os olhos e pensei bem — sim, sim, eu disse. Foi uma das regras que dei a ela na manhã de domingo. Ela nunca foi de desconsiderar intencionalmente uma ordem, então, o que estaria aprontando?

— Imagino que vá se desculpar por este lapso, não, Abigail? — perguntei.

— Não farei tal coisa. — Ela trouxe para a frente a mão que estava às costas e me mostrou a caixa de chocolates que eu guardava na cozinha. — O que é isto?

Mas que diabos? O dia só ficava cada vez mais desconcertante. Ela me chamou pelo nome por causa de chocolates? Sério?

Talvez toda a situação precisasse de um olhar firme. Baixei os papéis e a olhei feio.

— São barras de chocolate, Abigail. É o que diz a caixa.

Ela não se mexeu quando me levantei.

— Sei o que são, Nathaniel. O que quero saber é o que estão fazendo na cozinha?

Não só o dia ficava cada vez mais desconcertante, como também ia direto para o inferno. Por que diabos Abby questionava meus motivos para guardar chocolate na cozinha?

— E isso é da sua conta? — perguntei.

Ela sacudiu a caixa para mim.

— É da minha conta porque este não é seu plano alimentar.

Não é meu plano alimentar? Eu não tinha plano alimentar. Ela, sim, tinha um plano...

Ah.

Ah.

Ela queria trocar de papéis. Eu sabia, sem sombra de dúvida, que Abby nunca seria uma dominadora, mas se ela queria brincar um pouco, bem...

Parte de mim sabia que era perigoso soltar ainda mais as linhas. A outra parte de mim queria ver até onde ela iria. Eu disse que meu quarto e a sala de jogos eram proibidos durante a semana. Onde ela faria o que tinha planejado?

Só havia um jeito de descobrir.

— Acha que eu elaborei um plano alimentar para você porque estou entediada e não tenho nada melhor para fazer? — perguntou enquanto a vitória aparecia em seus olhos. — Responda.

Minhas palavras da noite em que a puni. Descruzei os braços e os abaixei.

— Não, mestra.

Ela soltou um suspiro teatral.

— Eu tinha planos para hoje, mas em vez disso teremos de passar a tarde aqui dentro, trabalhando em seu castigo.

Eu não sabia o que ela planejara, mas, por ora, não me importava muito. Abby e eu trabalhando juntos em qualquer coisa a tarde toda seria delicioso.

— Lamento tê-la decepcionado, mestra.

— Vai lamentar ainda mais quando eu acabar com você. Vou para meu quarto. Você tem dez minutos para me encontrar lá.

Ela se virou e saiu da sala. Olhei para Apollo e sorri.

— Vá para a cozinha, Apollo.

Ele virou a cabeça de lado e estendeu a pata.

— É sério.

Com um forte suspiro, ele saiu da biblioteca e eu fiquei sozinho. Não preciso dizer que meus pensamentos estavam todos ensandecidos. O que Abby aprontava? Até que ponto eu deixaria que ela continuasse com isso? Se fosse uma encenação real, em que eu fosse submisso, eu entraria em seu quarto nu. Como não era este o caso, decidi ficar de roupa.

Ao subir a escada, os pensamentos giraram por minha mente. Eu precisava de um plano. Precisava decidir por quanto tempo e exatamente o que eu deixaria Abby fazer. Determinar quando eu a faria parar com seu joguinho. Mas como planejar quando eu não sabia o que ela havia planejado?

Suas palavras da cozinha voltaram a minha mente: *você pensa demais.*

É claro que ela tem razão. Eu penso demais. Assim, por hoje, eu não pensaria. Simplesmente me deixaria levar — seria espontâneo. Eu podia lidar com o que Abby pretendia fazer e, se em algum momento fosse necessário, pararia tudo.

Era simples quando se pensava assim.

Ela estava ao pé de sua cama, vestida no robe prateado que usou quando lhe dei a coleira. Estava ainda mais linda hoje, se é que isso fosse possível.

Ela cruzou os braços e bateu o pé.

— O que você tem a dizer em sua defesa, Nathaniel?

Nathaniel.

O modo como disse meu nome. Como saiu de seus lábios.

Baixei a cabeça para mostrar o quanto isso me afetava.

— Nada, mestra.

— Olhe para mim.

Não, por favor. Qualquer coisa, menos isso. Se eu a olhasse, ela saberia. Ela saberia de tudo. Eu não poderia mais esconder. Mas eu não queria mais esconder. Estava cansado do esconde-esconde.

— Não sou uma mestra — prosseguiu ela. — Sou uma deusa. — Ela empurrou o robe dos ombros, expondo mais de seu lindo corpo. — E serei venerada.

A verdade de suas palavras me atordoou por um momento. Ela estava certa. Nunca teve mais razão do que agora.

Ela era uma deusa.

Devia ser venerada.

Hoje, eu não faria nada além de lhe provar isso. Mostraria exatamente o que ela fazia comigo, o que me fazia sentir. Talvez, em troca, ela me mostrasse como eu a fazia sentir.

Trocando inteiramente de papéis, fui a ela, estreitando a distância entre nós. Gentilmente, peguei-a nos braços e nos sentamos na cama.

Olhei no fundo de seus olhos. O que era isso que eu sentia sempre que a olhava? O que ela fazia comigo que ninguém mais fez? O que fiz para merecer o que ela me dava?

As únicas coisas que eu sabia com alguma certeza eram que ela era meu um por cento e que eu não podia mais negar isso.

Por vontade própria, minhas mãos se estenderam para afagar seu rosto.

— Abby — sussurrei, alegrando-me com a liberdade que seu nome trazia. — Ah, Abby.

Dizer isso, dizer seu nome... Como uma coisa tão simples me agitava tanto intimamente? Como se eu finalmente tivesse encontrado o que passei a vida toda procurando? Ela era minha e eu era dela e, se o mundo acabasse naquele exato segundo, eu morreria sabendo esta verdade sumamente sagrada.

E ainda assim eu ansiava por mais. Precisava de mais. E precisava...

De sua boca.

Passei o polegar por seus lábios.

— "Há o desejo..."

Não consegui terminar. Era demais. Meu corpo se sacudiu com o esforço de continuar onde eu estava.

Como minha um por cento, é claro que ela saberia o que eu queria dizer. O que fui incapaz de dizer.

— "... de seus lábios beijar" — concluiu ela, num sussurro.

Não pude mais me conter. Eu tinha me negado demais. Ao dizer a mim mesmo que o beijo tornaria nosso relacionamento pessoal demais, criei uma regra que não importava e não podia ser cumprida. Não estava servindo de nada.

Avancei, desejando não ter pressa — desfrutar e reverenciar o momento. Eu estava tão perto que podia sentir seu gosto, podia sentir seu hálito, o calor em meus lábios. Respirei fundo e então, ainda mais gentilmente, toquei meus lábios nos dela.

Ah, meu Deus.

Certamente meu corpo não podia conter a alegria que inflou por dentro. Certamente essa frágil casca humana não podia ter emoções tão profundas.

Mas meu coração ainda batia no peito, então me equilibrei e a beijei de novo.

E ainda assim sobrevivi — ou comecei a viver. Não sabia bem o quê.

Eu sabia que nunca me fartaria dela. Nunca me cansaria de sua boca na minha ou de como Abby ficava em meus braços. O cretino ganancioso dentro de mim implorava por mais e não era o suficiente simplesmente tocar seus lábios — eu tinha de consumi-la. Tinha de deixar que ela me consumisse.

Emoldurei seu rosto nas mãos para nos estabilizar e beijei-a novamente. Por mais tempo. Mas ainda assim com suavidade — ela era uma deusa a ser venerada e eu não passava de um discípulo inferior ansiando pelo favor de seu toque.

Minha língua roçou no contorno de sua boca, provando e provocando. Ela abriu um pouco os lábios e meu coração se fechou de surpresa. Ela me permitia essa honra. Depois de tudo que tirei dela, ela ainda me daria mais.

Soube de imediato que seu gosto seria gravado em minha memória pelo tempo que eu vivesse. Suas mãos correram por meu cabelo, puxando-me para mais perto e eu gemi.

Ela abriu minha camisa sem interromper o beijo e, com igual rapidez, deslizou-a por meus ombros e passou as mãos em meu peito.

Ah, meu Deus. Sim, Abby. Toque em mim.

Enfim convenci-me a me afastar e a olhei enquanto eu tirava as calças.

Ela estendia os braços.

— Me ame, Nathaniel.

Amar?

O que era isso? Eu amava Abby? Era isso que Jackson queria dizer? O que Todd e Elaina tinham? Certamente não. Certamente ninguém mais experimentou uma emoção tão intensa. Mas se o amor era o único jeito de descrever, então que fosse amor.

Amor.

Eu amava Abby.

Fui um tolo.

— Eu sempre amo, Abby. — Peguei-a no colo e me juntei a ela mais uma vez. — Eu sempre amo.

Gentilmente baixei-a na cama, beijando-a novamente, deixando que a verdade de meus sentimentos por ela tomasse a nós dois. Desta vez, ao contrário das outras, não havia palavras, porque não eram necessárias.

Era como se eu a tocasse pela primeira vez. Até suas mãos em meu corpo eram novas. Tocando, provocando e explorando, sim, mas havia um novo significado por trás de cada toque e carícia.

Eu te amo, meus dedos diziam enquanto roçavam por seus braços.

Eu te amo, os dedos dela respondiam, afagando minhas costas.

Seus lábios dançaram nos meus, nossas bocas movendo-se juntas em um amor inquebrantável e irrestrito.

Nossa união era lenta e resoluta. Fechei os olhos enquanto a emoção crescia dentro de mim novamente a tal ponto que eu mal podia suportar. Por toda a minha vida, vi e usei o sexo como um meio para o prazer físico. Sempre tive certeza de que minhas parceiras e submissas tivessem prazer, mas era só isso — o prazer sem importância. Agora eu sabia a verdade. O sexo podia ser, devia ser muito mais. Devia ser usar meu corpo não só para dar ou ter prazer, mas para mostrar amor, dar amor, dar a mim mesmo.

A verdade explodiu de mim enquanto eu gozava e uma lágrima escapou de meu olho.

Depois disso, puxei-a para meu peito. Afaguei seu cabelo, incapaz de tirar as mãos dela. Com um suspiro de satisfação, ela se virou, pôs a cabeça em meu coração e minutos depois dormia.

Para mim, não era tão fácil dormir. Em vez disso, o mundo real se espatifava.

O que fizemos?

O que *eu* fiz?

Fechei os olhos e tentei desesperadamente reter a sensação que tive minutos antes. Mas eu não era forte o bastante e os demônios voltaram.

Ela me odiaria pelo que eu fiz agora. Me odiaria quando descobrisse que fui desonesto com ela. Podia ficar comigo por um tempo, mas por fim não sentiria nada além de piedade e eu sabia que não podia suportar sua compaixão.

Seus olhos perderiam o brilho a cada dia que passasse enquanto ela descobrisse que eu não podia ser o que ela queria. E o que significava minha epifania anterior? Minha vida toda como dom era menos do que devia ser? Como eu podia conciliar o que era com o que sentia?

Estreitei os braços no corpo adormecido de Abby. Como eu lhe oferecia menos do que ela merecia?

À medida que a noite se aprofundava, eu entendi.

Eu a amava. Faria qualquer coisa, qualquer coisa mesmo, por ela.

Eu a deixaria ir.

Capítulo Trinta e Um

Olhei, por cima da cabeça de Abby, o despertador na mesa de cabeceira — duas da manhã. Umas quatro horas até que eu precisasse sair de sua cama.

Fechei os olhos e tentei registrar na memória todo o seu ser. Respirei fundo e senti o doce cheiro de seu cabelo, baixei mais a cabeça e me deliciei com o aroma floral de sua pele. Passei a mão por suas costas, lembrando-me que ela as arqueou contra mim numa tentativa de me puxar para mais perto quando fizemos amor, como seu corpo se sacudia quando uma onda após outra de prazer nos banhava.

Agora seu corpo estava relaxado na quietude do sono, embora minha mão subisse e descesse com sua respiração constante. Subi a mão e pousei a palma em sua nuca. Sua pele era tão macia, tão impecável. Perfeita, como tudo o mais nela.

Seus lábios formaram um *O* perfeito quando ela dormia. Aproximei meus lábios até quase roçarem os dela, mas me contive — não tinha mais direito quanto à sua boca. Não com o que eu pretendia fazer dali a algumas horas. Em vez disso, beijei de leve seu pescoço. Seu gosto era de sexo e suor — um lembrete agridoce do que vivemos juntos.

— Desculpe — sussurrei em sua pele. — Nada do que eu vou dizer vai ser de coração. Minha esperança é.

Parei.

Esperança do quê?

Que ela compreendesse? Não podia esperar isso.

Que ela um dia me perdoasse? Talvez. Talvez, quem sabe, dali a anos.

Será que eu esperava que ela não se magoasse? Eu não era tão cego nem tolo para pensar que não a magoaria. Sabia que ela ficaria magoada.

Ou uma pequena parte de mim esperava que ela soubesse que eu não falava sério? Eu tinha certeza de que ela lutaria comigo, mas, no fim, sabia que não seria preciso muito para fazê-la ir embora. Não conquistei minha reputação de durão sem aprender algumas coisas.

Fechei os olhos para estancar as lágrimas que ameaçavam me tomar. Como posso suportar fazer isto comigo mesmo? Como posso fazer isso com ela?

Porque era para melhor. Eu não tinha certeza de nada depois da noite passada — se eu devia continuar com meu estilo de vida, o que Abby faria se eu lhe contasse a verdade, se contasse como eu a enganei, menti para ela, brinquei com sua ingenuidade.

Não me atrevia a pedir que continuasse comigo enquanto eu tentasse entender tudo. Seria melhor para nós dois se ela fosse embora. Se eu a obrigasse a partir.

Seria meu ato mais desprezível na vida, mas eu faria isso por Abby.

Ela suspirou dormindo e se aninhou mais em meu abraço. Olhei o relógio novamente — mais duas horas. Mais duas horas desfrutando da sensação dela em meus braços.

Às seis da manhã, desprendi-me lentamente de baixo dela e ajeitei-a em sua cama. Fiquei a seu lado e olhei enquanto ela entrava mais fundo nas cobertas.

Rocei o lábio em sua testa e reprimi as palavras que queria tão desesperadamente dizer.

Esqueça. Você não tem o direito de dizer a ela.

Mas, em minha cabeça, eu gritava.

Eu te amo.

Eu te amo.

Eu te amo.

Entrei na cozinha e preparei o café. Não porque quisesse algum, mas porque o ato cotidiano e normal me acalmava. Levei Apollo pela porta da frente ao jardim. Meus jardineiros estiveram ali no dia anterior e limparam os bancos de neve derretida, assim Abby poderia ir para casa.

O jornal foi entregue. Levei-o para dentro e me sentei à mesa da sala de jantar, depois olhei a primeira página por meia hora até perceber que não tinha lido uma palavra que fosse. Fechei os olhos e me concentrei no que precisava fazer, no que eu ia dizer.

Não muito tempo depois, ouvi passos acima. Escutei-a andar pelo corredor e, em segundos, ela descia a escada. Ela primeiro iria à biblioteca. Na maioria das manhãs na semana que passou, era onde eu começava meu dia — ansioso para estar em sua sala e perto de qualquer coisa que fosse dela.

Ela agora estava mais perto. Ouvi-a entrar na cozinha. Seus passos pararam. Ela entraria na sala de estar em seguida. Abri o jornal numa página qualquer e fingi ler.

Ela estava a segundos de mim.

— Olá — disse ela da porta.

Fechei os olhos. Hora do show.

Dobrei um lado do jornal.

— Aí está você.

A visão dela me assombrava. Ela estava ainda mais linda à luz da manhã: o cabelo meio despenteado, os lábios grossos e inchados. Eu queria largar o jornal, pegá-la nos braços e beijá-la até me esquecer da vida.

— Eu estava pensando que talvez você devesse ir para casa hoje — afirmei.

Sua testa franziu.

— O quê?

Baixei o jornal.

— As estradas estão limpas. Você não deve ter problemas para chegar ao seu apartamento.

A ruga se aprofundou. Eu via que ela tentava entender o que eu dizia.

— Mas por que eu iria para casa? — perguntou ela. — Eu teria que voltar à noite.

Concentrei-me no ponto entre seus olhos.

— Quanto a isso, ficarei trabalhando a maior parte do fim de semana, compensando esta tempestade. Talvez seja melhor se você não vier neste fim de semana.

Era mentira. Eu tinha telefonemas a dar, mas nada que me mantivesse ocupado o fim de semana todo.

— Em algum momento, vai precisar vir para casa — pressionou ela.

— Não por um bom tempo... — parei. *Diga. Faça com que ela vá embora.* — Abigail.

Ela puxou o ar como se tivesse sido esmurrada.

— Por que me chamou assim? — sussurrou ela.

— Eu sempre a chamo de Abigail. — As palavras simplesmente saíram. Eu estava morto por dentro.

— Ontem à noite você me chamou de Abby.

Ontem à noite...

Ah, meu Deus...

Preparei-me.

— Era a encenação.

— O que quer dizer? — questionou ela.

— Nós trocamos. — Pensei que as mentiras seriam mais fáceis quando eu as dissesse, mas não eram. Cada uma delas me feria o coração e matava parte de mim ao sair pela boca. — Você queria que eu a chamasse de Abby.

— Nós não *trocamos.*

Escuridão. Escuridão e morte me consumiam.

— Nós trocamos. Era o que você queria quando entrou na biblioteca com o chocolate.

— No início, esta era minha intenção — admitiu ela, e eu sabia que ela não estava perto de desistir. — Mas depois você me beijou. Me chamou de Abby. Você dormiu na minha cama. A noite toda.

Termine. Agora.

Deslizei as mãos da mesa e as cerrei em punhos com a maior força que pude.

Faça.

Respirei fundo.

— E eu *nunca* a convidei para dormir na minha.

Minhas palavras acertaram o alvo. A dor ondulou por seu rosto.

— Porra. Não faça isso.

— Cuidado com o linguajar.

— Não me diga o que fazer com meu linguajar, porra, quando você fica sentado aí tentando fingir que a noite passada não significou nada. — Ela cerrou os punhos. — Só porque a dinâmica mudou, não quer dizer que o que aconteceu seja ruim. Nós admitimos algumas coisas. E daí? Nós seguimos em frente. Vamos nos tornar melhores um para o outro.

— Alguma vez eu menti para você, Abigail? — Estava mentindo agora. Só chamá-la de Abigail era uma mentira. Mas eu vencia. O estrago estava feito. Faltava pouco. Muito pouco.

Ela limpou o nariz.

— Não.

— Então, o que a faz pensar que estou mentindo agora?

— Porque você está com medo. Você me ama e isto o assusta. Mas, sabe de uma coisa? Está tudo bem. Eu também estou um pouco assustada.

— Não estou assustado. — Outra mentira. — Sou um babaca de coração frio. Pensei que soubesse disso.

Seus olhos se fecharam e os ombros arriaram. Acabou-se. Ela desistiu com mais facilidade do que pensei ser possível, mas, no fim, talvez fosse melhor assim.

Vi sua determinação. As mãos foram ao pescoço e me preparei novamente.

A coleira caiu na mesa com um tinido metálico.

— Terebintina.

As palavras que eu li semanas antes ecoaram em minha mente.

Terebintina.

Terebintina no fogo.

Eu os vi sendo consumidos.

Capítulo Trinta e Dois

Eu tinha planejado. Previ. Ainda assim, havia algo tão definitivo na retirada da coleira e em como parecia quebrada da forma como estava disposta na mesa.

Não conseguia tirar os olhos dela. Não conseguia me forçar a olhar para Abby com o pescoço desnudo.

Ela não é mais sua.

Fechei os olhos contra a dor. Não conseguia pensar nisso por ora. Ainda tinha um papel a representar.

— Muito bem, Abigail — falei, finalmente olhando-a. — Se é o que quer.

— Sim — replicou. — Se vai fingir que a noite passada não foi nada além de uma porcaria de encenação, é isto que quero.

Ela sabia. Ela sabia que eu estava fingindo. Talvez assim fosse mais fácil para ela lidar depois.

Assenti.

— Conheço muitos dominadores na região de Nova York. Eu ficaria muito feliz em lhe dar alguns nomes.

Na noite anterior, eu tinha repassado vários nomes em minha cabeça. Eu sabia que ela ia precisar de um dominador, cedo ou tarde, mas não conseguira decidir por ninguém que fosse bom o suficiente para ela. Torcia para que ela não visse meu blefe — eu não tinha nomes para dar agora.

— Ou poderia dar o seu a eles.

Eu pretendia que minha oferta fosse gentil, mas o olhar que ela me lançou era tão magoado, tão triste. Ela não entendeu. Será que ela não sabia o quanto me doía oferecer-lhe os nomes de meus amigos? Imaginar, mesmo que por um momento, que ela estava com outro?

— Vou me lembrar disso — cuspiu ela.

Fiquei sentado ali, em silêncio, sem me mexer.

— Vou pegar minhas coisas. — Ela se virou e saiu.

Quando ouvi passos na escada, baixei a cabeça nas mãos. Ah, meu Deus. Ela ia embora. Ela ia me deixar. Eu a veria antes de ela partir ou minha última visão dela seria sua expressão de dor enquanto minhas palavras a dilaceravam?

Apollo se levantou de onde estava, a meus pés, e tombou a cabeça de lado para mim.

— Vá — sussurrei. — Vá com ela. — Ele continuou a meu lado.

Minutos depois, ela desceu a escada. Apollo ouviu e correu para encontrá-la.

— Ah, Apollo — disse ela do hall. — Você é um bom menino.

Baixei a cabeça e puxei o cabelo. Era pior do que meu pior pesadelo.

— Vou sentir sua falta — disse ela a meu cão. — Não vou mais ficar aqui, então não o verei de novo. Mas seja bonzinho e... prometa que vai cuidar de Nathaniel, está bem?

Um soluço rasgou meu peito. Seus últimos pensamentos foram em mim. A porta da frente se abriu e fechou.

Reuni toda a força que podia e me levantei. Eu tinha uma última tarefa como dom de Abby: vê-la chegar em casa em segurança.

Horas depois, tendo dirigido atrás dela todo o caminho até a cidade sem que ela soubesse, voltei a minha casa vazia.

Acabou-se. Ela se foi.

Entrei no hall, meus passos ecoando no silêncio. Mesmo quando Abby partia aos domingos, a casa nunca ficou tão desolada.

Era porque ela nunca mais voltaria. Agora a casa sempre ficaria vazia.

Eu não suportava aquele vazio; precisava me livrar dele.

Apollo olhou atrás de mim, como se esperasse que Abby entrasse, mas só olhei rapidamente para ele enquanto ia diretamente à biblioteca.

Havia várias garrafas no bar. Fui direto a elas, sem nem mesmo me incomodar em olhar o resto da biblioteca. Eu ainda não conseguia olhar aquela sala. O conhaque tinha quarenta por cento de álcool; não levaria muito tempo para fazer efeito.

As doses desciam com mais facilidade quanto mais eu bebia. Para ser franco, perdi a conta depois da terceira. Se eu bebesse bastante, me embriagasse bastante, talvez não doesse tanto. Talvez não parecesse que meu coração tinha sido arrancado do peito.

É claro que não adiantou nada. Só agravou a dor.

Apollo estava sentado a meu lado e ganiu.

— Tá tudo bem, Apollo — murmurei enquanto servia outra dose. — É melhor assim. Confie em mim.

A sala rodou um pouco, então cambaleei até o sofá de couro e desabei. Mais. Eu precisava de mais. O conhaque nem mesmo ardia quando eu o colocava para dentro.

Ouvi a taça cair no chão e depois... Nada.

A luz do sol entrando pela janela me ofuscou e semicerrei os olhos. Algo se mexia nas cortinas. Virou-se para mim.

— Abby? — falei, sufocado.

Uma alegria sem igual tomou meu corpo.

Sentei-me.

— Abby! — Minha voz parecia mais forte.

Ela sorriu para mim.

— Eu sabia que você não ia acreditar em mim. Sabia que não ia. E você voltou. Ah, Abby. Eu te amo tanto. Desculpe não ter dito isso a você antes.

Levantei-me para pegá-la nos braços. Enfim. Enfim eu ia lhe contar tudo.

Ela veio a mim, ainda sorrindo.

Eu a observei, hipnotizado. O sol tremeluzia a sua volta. Seu vestido era lindo e flutuava ao redor enquanto ela caminhava. Ela andava com tanta graça que era como se flutuasse no ar.

Quando se colocou diante de mim, estendi a mão a seu rosto. Sua pele. Tão perfeita. Acariciei.

— Você me perdoa?

Ela assentiu.

Caí no chão diante dela.

— Desculpe, Abby. Me perdoe. — Afaguei seus pés e os beijei. — Obrigado. Obrigado por voltar.

As possibilidades do que podíamos ser, como podíamos ser, passaram por minha mente. Desde que estivéssemos juntos, desde que tentássemos, tudo ficaria bem. O importante era que estávamos juntos. No fim, era só isso que importava.

Soltei um último soluço e enxuguei os olhos. Olhei-a e ali estava ela — olhando-me de cima e sorrindo.

Levantei-me devagar.

— Abby.

Nossos lábios se uniram suavemente. Seu gosto era ainda mais doce do que me lembrava. Gemi e a puxei para mais perto. Ela se derreteu no meu abraço, envolvendo meu corpo.

Não era estranho que ela não falasse nada? Ela não devia falar? Podíamos conversar mais tarde, então, não é? Tínhamos muito tempo para conversar.

Eu a beijei mais fundo, tomando sua cabeça nas mãos e emaranhando os dedos em seu cabelo. Por que eu não sentia cheiro de nada? Seus dedos dançaram por minhas costas, provocando. Afastei-me.

Assumi meu lugar no sofá e dei um tapinha a meu lado.

— Venha, sente-se. Vou te contar tudo.

Ela meneou a cabeça.

— Por favor, Abby.

Ela recuou um passo.

— É tarde demais.

— Você disse que me perdoava. Você voltou.

— Tarde demais, Nathaniel.

Outro passo para trás.

— Mas eu quero contar a você — supliquei. — Preciso lhe contar. Espere. Não me deixe.

Ela deu outro passo para trás — quase na janela — e meneou a cabeça de novo.

— Abby? — perguntei, mas ela desapareceu. — Abby?

As cortinas se balançaram.

— Abby, volte! Abby, eu te amo!

Algo quente, macio e molhado lambeu meu rosto. Acordei com uma sacudida e me sentei. Apollo me lambeu novamente.

Olhei a biblioteca.

Vazia.

Foi um sonho.

Uma porcaria de sonho.

Ela não voltou. Ela acreditou em mim e nunca mais voltaria.

Afastei Apollo e procurei minha taça. Onde estava? Levantei-me e meus sapatos pisaram em cacos de vidro. Merda.

Deixei-os ali e fui servir outra taça de conhaque. Tomei um longo gole e também deixei a taça cair no chão. Vi-a se espatifar em centenas de cacos.

Como a minha vida.

Como meu coração.

Como eu havia espatifado Abby.

Servi uma nova taça e a sequei em minutos. Olhei novamente a janela — onde Abby apareceu em meu sonho. Como eu esperava que ela estivesse ali. Aparecendo do nada. Como se ela tivesse entrado mansamente em minha casa e voltado para a biblioteca, como se eu não tivesse arrancado seu coração.

Era como se eu visse a biblioteca através de uma névoa densa. Tudo era borrado e distorcido. Mas minha mente — minha mente funcionava com a máxima clareza, pois me lembrava de cada segundo que Abby e eu passamos naquela sala.

Ali, no chão, onde fizemos nosso piquenique nus.

Ali, no sofá, onde ela ficou nua para mim.

E ali, na banqueta do piano, onde ela me tomou depois de eu tocar para ela.

Segurei o cabelo e puxei. Talvez, se eu me esforçasse muito, pudesse arrancar as lembranças de minha cabeça. As imagens em minha mente se misturaram: Abby e eu na biblioteca, tocando piano para ela, Abby lendo, de pé na seção de poesia, a rosa que dei a ela...

Ela nunca me perguntou sobre a rosa.

Por que não?

O que importava?

Ela devia saber alguma coisa sobre a rosa. Ela sabia de tudo, merda. Ela sabia de Melanie, pelo amor de Deus.

Meu celular vibrou. Tirei do bolso e olhei a tela com dificuldade. Jackson?

Eu não queria falar com ele. Larguei o telefone no chão e meus olhos percorreram a biblioteca. A lareira estava vazia.

Eu os vi sendo consumidos.

A biblioteca precisava do fogo.

Que tudo se consumisse — o piano, o sofá, a merda da poesia. Tudo.

Eu ri. Não demoraria muito. O conhaque no chão ajudaria.

Agora, onde estão os fósforos?

Fui trôpego até a cozinha, sem saber muito bem por que o chão ficava se mexendo com meus passos. Era difícil andar. Abri uma gaveta e o conteúdo foi despejado no chão.

Alguma coisa bateu na outra sala.

Levantei a cabeça daquela bagunça. Abby?

Não. Abby se foi e nunca mais voltaria.

A dor no coração não ia melhorar nunca. Eu precisava me curar.

Ah, sim. Meus dedos envolveram a caixa de fósforos. Justo o que eu precisava.

Peguei os fósforos e voltei à biblioteca. Só precisei de alguma ajuda da parede para conseguir andar pelo hall. Ouvi passos atrás de mim.

— Nathaniel? — Jackson me chamou.

Eu ri. Ele podia me ajudar no incêndio.

Fingi não ouvir e continuei andando.

— Nathaniel?

Droga, ele era rápido. Como conseguiu me alcançar tão rapidamente? Virei-me. Estávamos diante da porta da biblioteca.

— Meus... parab... — Agitei os fósforos no ar. — ... Bénssss por seu... — Qual era a palavra mesmo? — Isso aí.

— Puta merda — disse a mancha que era Jackson. — Você está um lixo.

Virei-me e entrei na biblioteca.

— O que está fazendo? — perguntou ele.

— Queimando.

— Queimando o quê? — Ele veio atrás de mim.

— A biblio... teca.

Ele me segurou pelos ombros e me rodou.

— Mas que merda você está fazendo? O que você fez com este lugar?

Eu ri.

— Nathaniel... Merda. — Ele me sacudiu. — Pare de rir. Está me assustando.

Parei de rir e tentei me concentrar em seu rosto. Eu precisava soltar a próxima parte.

— Ela... me... deixou.

A dor em meu coração explodiu e cambaleei para o sofá, mas acabei escorregando no conhaque. A taça cortou meus joelhos.

Isso, assim era melhor. A dor nos joelhos. Não era tão ruim quanto a dor no coração, porém.

Apertei a mão no chão para me levantar, mas isto só fez cravar cacos em minha palma.

Ergui as mãos para Jackson.

— Mas que droga, Nathaniel.

Balancei a cabeça.

— Ela não vai voltar. — Vi o sangue que escorria de minha mão. — Nunca... maisssss... vai voltar.

A sala se dissolveu na escuridão.

Estava escuro quando despertei. Por uma fração de segundo, estava tudo bem com o meu mundo, mas então tudo desabou em mim novamente.

Abby foi embora. Para sempre.

Eu não sabia o que doía mais — minha cabeça ou o coração.

— Nathaniel? — perguntou Jackson de algum lugar.

Minha cabeça doía diabolicamente, mas meu coração sem dúvida alguma era o mais ferido.

Tentei me sentar, mas a sala rodou tão rápido que caí de costas. Onde estava?

Virei a cabeça. A sala de estar. Jackson deve ter me trazido para a sala de estar.

— Está acordado? — perguntou ele.

— Acho que geralmente é o que significa quando você tem os olhos abertos. — Doía abrir os olhos, porém, então os fechei novamente. — Onde está a minha bebida?

— Eu tirei tudo e...

— Por quê?

— Por que o quê?

Abri um olho.

— Por que você tirou minha bebida de mim?

— Acho que você já bebeu o bastante.

— Eu decido quando será o bastante. — Abri o outro olho. Ah, sim. Lá estava ele, sentado em uma poltrona.

— Quando entrei, você tentava incendiar a biblioteca.

— E você me impediu? — Eu realmente tentei incendiar a biblioteca? Não me lembrava disso.

Abby foi embora e havia um buraco enorme em meu coração.

Eu me lembrava disso.

— Por isso não vou deixar você beber mais. — Ele pegou meu controle remoto e mudou o canal da televisão.

— Alguma mulher já deixou você?

Ele me olhou de lado.

— Chega de conhaque.

— Vou alternar então com vinho tinto — declarei. — Faz bem para o coração.

Ele não tentou me impedir. Nos próximos dias, passei a maior parte de meu tempo numa névoa de embriaguez. Era melhor assim. Se eu bebesse bastante, se caísse num estupor profundo, Abby não apareceria em meus sonhos.

O pior era quando acordava. Quando eu acordava, via Abby em todo canto. Ao contrário de meus sonhos, eu sabia que ela não estava realmente na casa, mas podia sentir. Eu a sentia em todo lugar — na cozinha, na sala de estar, no hall. Ela deixou sua impressão em cada cômodo de minha casa.

Depois daquele primeiro dia, não voltei a pôr os pés na biblioteca e me recusei a dormir em meu quarto. Como Jackson insistiu em ficar comigo, deixei que dormisse no meu quarto e fui para o de hóspedes do outro lado do corredor, na frente do meu quarto e do de Abby. Pelo menos ali eu não tinha nenhuma lembrança dela.

Jackson ligou em meu nome para Sara na segunda-feira e disse que eu ficaria fora por alguns dias. Não sei que desculpa ele deu. Não me importei com nada. A merda da empresa podia andar sozinha. Eu sabia que ele conversava com Linda — às vezes eu ouvia. Ela nunca apareceu, então só podia imaginar o que ele disse a ela.

Eu detestava quando ele falava com Felicia em minha presença. Detestava e adorava. Adorava porque era uma ligação com Abby. Detestava porque era uma ligação com Abby.

Perguntei-me como estaria indo Abby. Jackson nunca disse e eu nunca perguntei. Ele não falava no nome dela comigo. Quando me via ouvindo suas conversas, saía da sala ou desligava.

Eu queria poder fazer tudo de novo.

Queria poder ligar para Abby naquele primeiro dia e falar com ela — contar tudo. Se tivesse sido honesto desde o início...

Mas sempre que começava com o jogo do "se eu tivesse", voltava a beber e caía no mesmo círculo interminável.

Um dia, naquela semana, não tenho ideia de qual, acordei na sala de estar e ouvi Jackson ao telefone.

— Não sei, cara — falou. — Pensei que a essa altura ele teria melhorado. Mas ele... não melhorou.

Silêncio do outro lado do telefone.

— Não quero que traga a mamãe; isso só pioraria tudo — continuou. — E ele não está conversando. Não sei o que fazer, Todd. Ele só fica olhando o vazio, bebe ou dorme.

Silêncio novamente.

— Quem? — perguntou ele. — Espere. — Ouvi-lo ir à mesa ao lado do sofá e pegar meu celular. — Você disse Paul?

Mas que merda.

Peguei o copo que sabia que estava a meu lado e deixei que o álcool fizesse sua magia.

— Nathaniel Matthew West — disse uma voz grave e feroz, horas ou talvez dias depois.

Fingi não ouvir. O sonho que eu estava tendo era maravilhoso. Abby estava ali; ela estava...

— Sei que você me ouviu — insistiu a voz. — Acorde.

Rolei. Eu estava na cama. Era sempre bom saber onde se estava. A cama era boa. Dava para dormir na cama.

— Vai embora.

Havia luz quando acordei novamente. Eu não gostava da luz. O escuro era melhor.

— Eu disse a Jackson que você não pode mais beber álcool nenhum.

A voz começava a me irritar. Por que não me deixava em paz?

— Vai se foder — respondi.

— Estou fazendo um ótimo café lá embaixo...

Puxei os lençóis até a cabeça.

— Não quero café.

— Tire essa sua bunda imprestável da cama agora mesmo.

Droga. Ele não ia se calar.

— Você não pode me dizer o que fazer, Paul.

— Alguém tem que fazer isso.

— Não sou criança.

— Então, prove — desafiou ele. — E por falar em crianças, deixei meu filho recém-nascido e minha esposa insone para estar aqui com você, então é melhor que você saia da merda desta cama antes que eu o arraste para fora dela.

Pensei em minhas opções por menos de cinco segundos e me sentei.

— Eu não me lembrava de que você era um pé no saco tão grande.

Paul sorriu.

— Então, você não se lembra muito bem de mim.

Sentado na cozinha nas horas seguintes, contei tudo a ele. Tudo, sobre Abby, como eu sabia dela, que a observava, depois menti para ela. Até contei sobre a ridícula palavra de segurança. É claro que ele sabia como eu a tratara mal depois de sua primeira punição, então deixei passar essa parte. Contei então que eu me apaixonara por ela. Que ela se apaixonara por mim.

Ele assentia solenemente enquanto eu detalhava nossa última noite e a manhã fatídica em que eu a botei para fora.

— Cavou um belo buraco para si mesmo, não foi? — perguntou ele por fim.

Envolvi minha caneca de café com as mãos e deixei que o calor penetrasse em meus dedos.

— Sim.

— Então, o que vai fazer a respeito disso?

Olhei para ele. Ele falava sério?

— É sério, Nathaniel. Vai ficar sentado aqui, choramingando e gemendo por tudo que fez de errado, ou será homem e fará alguma coisa a respeito disso?

— Ela foi embora. O que mais há para fazer?

— Você tem problemas maiores do que a Abby.

— O quê? — Do que ele estava falando? Abby era o centro de tudo.

— Primeiro precisa se curar, antes de acertar as coisas com Abby. — Ele se levantou e lavou sua xícara.

— Não dá para consertar nada com Abby. — Olhei feio para ele. — Acabei de contar que ela me deixou.

— E também com bons motivos. — Ele se afastou da pia e ficou de frente para mim. — Mas o início de seus problemas com Abby não foi sua derrocada. Seus problemas começaram com você. Como você se sente consigo mesmo.

Mas que diabos era aquilo?

— Ora, não sou um especialista, mas sei que você tem uma família forte e maravilhosa que faria qualquer coisa por você. Tem conhecimento de tudo o que Jackson fez enquanto você estava fora do ar? Como ele teve medo por você?

Balancei a cabeça.

— Você é um garotinho egoísta preso no corpo de um homem assustado. — Ele apontou para mim. — Está na hora de crescer e enfrentar a realidade. Então, estou perguntando, Nathaniel. O que vai fazer a respeito disso?

Baixei a cabeça e olhei a mesa, atingido no coração pela convicção de suas palavras.

Sabendo o que precisava fazer, peguei o telefone e liguei para Todd.

— Todd? — perguntei quando ele atendeu. — Pode me indicar alguns nomes? Preciso de ajuda.

Capítulo Trinta e Três

Todd fez sua mágica e marcou uma hora para mim como um psiquiatra muito bem conceituado para o dia seguinte. Voltei da consulta sentindo-me melhor do que há muito tempo. O buraco em meu coração ainda estava ali, e ainda doía, mas só a liberdade de falar com alguém me fazia bem.

Entrei no hall, com os olhos evitando o banco estofado — havia algumas coisas para as quais eu ainda não estava preparado. Embora eu me sentisse melhor, sabia que havia muito a fazer no que dizia respeito a meus atos com relação a Abby.

Joguei minhas chaves na bancada da cozinha. Paul estava sentado à mesa, falando ao telefone.

— Tenho reserva para um voo depois de amanhã — disse ele. Ele devia estar falando com Christine.

Ele levantou a cabeça quando entrei e piscou para mim. Fui até a geladeira e peguei uma garrafa de água. Não bebia uma gota de álcool havia quase 24 horas e, embora minha cabeça ainda doesse tremendamente, minha visão e mente estavam mais afiadas.

Paul devia querer privacidade, pensei, então fiz menção de sair da cozinha, mas ele acenou para que eu ficasse.

— Quando chegar em casa, ficarei com o turno da noite e a troca de fraldas por uma semana? — perguntou ele.

Mas que droga. Detestava que meu comportamento tivesse afastado Paul de seu filho.

— É claro, amor — assentiu ele, rindo. — Assim que souber como produzir leite.

O tom íntimo de sua voz me deixou pouco à vontade. Pensei em sair e esperar por ele na sala, mas sabia que a conversa estava quase encerrada.

— Dê um beijo do papai no meu garotão. — Seus lábios se curvaram num sorriso. — Eu também te amo — falou ele, e desligou com um suspiro.

— Desculpe — murmurei, recostando-me na bancada. — Christine deve me odiar.

— Ela disse para temer por minha própria vida se eu não voltar para casa logo.

Sentei-me à mesa.

— Isso não é esquisito?

— Esquisito?

Pensei na questão óbvia.

—- Que sua submissa fale com você desse jeito.

— Ela não é minha submissa 24 horas por dia, sete dias na semana.

Dei de ombros.

— Só pensei que pareceu estranho.

— Porque você ainda não fez isso.

— Talvez.

Ele ergueu uma sobrancelha.

— Está pronto para isso? Podemos ter esta conversa, se você achar que dá.

— Que conversa?

— Sou um eterno otimista e meu pensamento é sempre positivo. Mesmo que você e Abby nunca fiquem juntos, talvez um dia você vá encontrar outra pessoa.

— Mas que merda, Paul. — Passei os dedos pelo cabelo. — Nem consigo pensar nisso agora.

— Talvez não. Mas se você estivesse preparado, podia ter feito as coisas de um jeito diferente com Abby.

— Não imagino ficar com outra além de Abby e não acho que ela vá me aceitar de volta.

— Você disse que ela amava você. Se for verdade, talvez ela lhe dê uma segunda chance.

Doía demais ter esperanças. Permitir a mim mesmo pensar que um dia seria possível acertar as coisas com Abby. Que seria possível ela conversar comigo. Ora, a essa altura, eu ficaria feliz se um dia ela só olhasse para mim. É claro que teríamos de estar no mesmo ambiente para que isto acontecesse e isso não me pareceu provável.

— Diga como vocês dois conseguem — pedi. — Como funciona para você.

— Tentamos a coisa de 24 horas por dia, sete dias na semana no início, e não vou mentir para você... Foi difícil. — Ele me olhou como se avaliasse minha reação. — Foi difícil para mim porque nunca achei que ela pudesse ser inteiramente franca e sincera, e foi difícil para ela, porque ela jamais achou que podia ser completamente franca e sincera.

Pensei nas ocasiões em que quis desesperadamente que Abby falasse comigo. Lembrei-me da noite da festa beneficente, como foi difícil para ela me dizer que tipo de vinho queria.

— Posso entender isso.

— Então passamos aos jogos nos fins de semana. — Ele sorriu. — Funcionou melhor para nós. O truque é descobrir o que dá certo para você. O que funciona para sua submissa. Precisa dar certo para os dois, para realmente funcionar. Conheço gente que joga só a cada poucas semanas. — Ele deu de ombros. — Mas, repito, deve ser o que dá certo para você.

— E isso nunca interferiu em seu casamento?

— Não estou dizendo que é perfeito, mas que casamento é? Ainda brigamos. Ainda fazemos as pazes. Se dá certo? Sim, mas a vida é assim. E está sempre mudando. Tivemos de nos reorganizar quando Christine engravidou. Tenho certeza de que levará semanas, se não meses, para que possamos voltar a jogar, mas está tudo bem. É o que funciona para nós. E nós nos amamos. Queremos o que o outro quer.

Meneei a cabeça.

— Não sei. Há muita gente que pensa que não é BDSM se houver sentimentos amorosos.

Ele me pareceu perplexo por um segundo, ia dizer alguma coisa, mas se interrompeu. Por fim, falou.

— Em geral, quando alguém me diz que o que eu e Christine temos não é real, eu o convido à minha sala de jogos para que possamos mostrar o quanto é real. Mas você já esteve lá, então eu não faria isso. — Ele parou. — Minha outra reação é dar um murro no idiota que se atreve a chamar minha mulher de falsa submissa.

Ergui a mão.

— Eu não estava dizendo que era falsa. Apenas repetindo o que soube.

— Eu sei, e você teve uma semana difícil, então vou pegar leve com você. — Parecia que ele não queria exatamente pegar leve comigo.

— Agradeço por isso — falei, cansado. — Mas o que você diz aos que pensam que não pode chamar isso de BDSM?

Ele se curvou sobre a mesa e sustentou meu olhar.

— E que merda importa como é chamado?

— O quê?

— Se você e sua submissa conseguem o que precisam fisicamente, importa mesmo que você o obtenha com alguém com quem tem uma ligação emocional?

— Mas não é mais difícil?

— Foi mais difícil quando você puniu Abby? — perguntou ele, em vez de responder.

— Sim.

— Aí está sua resposta. Mas eu me pergunto, foi melhor quando você a abraçou? Quando você deu prazer a ela? Quando ela lhe deu prazer?

— Ah, claro que sim.

— Então, sim, é mais difícil — afirmou ele. — Mas também é melhor. Pelo menos no nosso caso. O importante a lembrar, Nathaniel, é que não tenho resposta para tudo; só sei o que funciona para Christine e para mim. Não posso responder por mais ninguém, mas também não espero que eles respondam por mim.

— Então, não importa a você como os outros chamam isso.

— No fim das contas, não — disse ele. Ele deve ter notado minha confusão. — Você ainda não está completamente preparado para isso. Talvez tenha sido um pouco prematuro de minha parte ter levantado o assunto. — Ele deu um tapinha na minha mão. — Escute, quando estiver preparado, me ligue.

Pus a mão por cima da dele.

— Fechado.

Ele se levantou e foi à porta, mas, antes que saísse da sala, olhou por sobre o ombro.

— E, Nathaniel — recomeçou ele. — Quando você e Abby voltarem... Leve-a para visitar Christine e eu.

Minha boca se abriu, mas ele se limitou a rir e se afastou.

Quando ele foi embora, dois dias depois, repetiu o convite. Eu apenas sorri e assenti. Quer dizer, o inferno podia congelar. Quem era eu para negar a possibilidade?

Duas semanas depois, eu tinha terminado sete sessões com um psiquiatra e, emocionalmente, sentia-me bem melhor. Conversei com Paul várias vezes durante essas duas semanas e até falei com Christine uma vez. Hesitei quando Paul sugeriu que eu conversasse com sua esposa, mas, depois daquilo, fiquei feliz por tê-lo feito. Christine era encantadora e cheia de vida e me esclareceu como o BDSM funcionava nas relações amorosas, do ponto de vista da submissa.

Eu ainda não conseguia dormir em meu quarto e ainda não tinha entrado na biblioteca, mas as coisas estavam melhorando.

Um pouco.

Havia ocasiões em que entrava na cozinha e tinha certeza de sentir o aroma floral de seu sabonete líquido. Ocasiões em que eu tomava banho e pensava ter ouvido alguma coisa, e me virava para ver se era ela.

Peguei meu telefone para ligar para Abby várias vezes. Uma vez, até puxei seu nome em minha lista de contatos, meu dedo pairando nervoso acima do botão de chamada.

O que eu estava fazendo? Ela desligaria na minha cara?

Eu não ia suportar se ela fizesse isso.

Jackson ainda vinha a minha casa quase todo dia. Pouco depois de Paul ter ido embora, eu finalmente consegui lhe dar, de forma adequada, os parabéns por seu noivado. Ele ficou quase tímido quando me convidou para ser seu padrinho.

Procurei não pensar no fato de que Abby muito provavelmente seria dama de honra de Felicia. O casamento seria em junho. Quatro meses. Estaria eu pronto para ver e falar com Abby em quatro meses?

Eu não tinha alternativa.

Peguei a correspondência onde a empregada tinha deixado, na mesa do hall, e entrei na sala de estar. Sentei-me e folheei a pilha. Ora essa, por que eu receberia um exemplar da revista *People*? Folheei algumas páginas, sem entender. Meu olhar caiu numa foto de Jackson e Felicia.

Ah, o noivado. Jackson deve ter mandado a revista para mim.

Comecei a ler o artigo.

Segundo depois, joguei a revista pela sala e peguei o telefone.

— Jackson Clark — falei quando ele atendeu. — Quem foi o imbecil que disse à revista *People* que Abby e eu tínhamos uma ligação amorosa?

— Pode ter sido eu — confessou ele.

— Por quê? Por que você faria isso? Ela deve pensar que eu tenho alguma coisa a ver com isso. — Ou talvez, pensei, talvez ela não tenha visto. Talvez ela nunca soubesse. Eu só podia torcer.

— Pensei que vocês dois um dia iam voltar — retrucou ele.

— Você o quê? — gritei.

— Tudo bem, é o seguinte — começou ele, usando a mesma voz que me lembrava das incontáveis noites em que ele tentou me manter longe do conhaque. — Mamãe vai dar uma festa de noivado para mim e Felicia.

Festa de noivado. Tudo bem. Eu podia lidar com isso. Seria quando? Maio?

— E daí?

— E daí que queremos que seja em março.

— Março? Daqui a um mês, em março?

— É.

— Merda.

— Pensei que a essa altura Abby já teria reconsiderado..

— Pare bem aí.

— Quer dizer, eu sei que foi difícil para ela. Felicia disse isso Mas se ela ligasse para você, sabe como é, tentasse acertar tudo...

— Nunca esperaria isso dela — falei em voz baixa.

— Ah, pois eu esperei.

— Por quê?

— Ela precisa saber como você ficou magoado quando ela foi embora. Não entendo. Sei que ela sente sua falta — disse ele. — Ela deve ligar para você. Ou, e estou fazendo só uma sugestão, você que ligue para ela.

Ela sentia minha falta? Ela sentia minha falta?

Meu cérebro empacou e se atrasou no resto do que ele disse.

— Não posso ligar para ela.

— E por que não? Aposto que ela ouviria você.

— Ela não vai me ouvir. Nosso término foi todo por minha culpa.

— Mas você disse que ela o deixou.

— Por minha causa. Porque eu a fiz ir embora.

— O quê? De propósito?

Assenti, embora ele não pudesse ver.

— De propósito.

— Cara, você é mais fodido do que tinha percebido.

— Eu sei.

— Acho que você é que precisa dar o primeiro passo — afirmou ele e riu um pouco, mas foi tímido, como se não quisesse me pressionar demais.

— Acho que sim.

— E você vai? — perguntou ele, agora todo sério de novo.

— Estou tentando — admiti. — Pensei que teria até junho. E então você me diz que a festa que Linda vai dar é daqui a um mês. — Mas isso podia ser bom. Talvez me obrigasse a enfrentar meus demônios mais cedo. Todos os meus demônios. — Na verdade, está tudo bem. Eu vou ficar bem. É uma coisa boa.

Eu esperava que fosse bom. Se dissesse a mim mesmo que era uma coisa boa com bastante frequência, talvez um dia eu passasse a acreditar.

Jackson soltou um suspiro de alívio.

— Ainda virá aqui esta tarde? — indaguei.

— Não perderia por nada.

Desligamos e fui até a mesa da sala de estar. Um mês. Um mês até que eu visse Abby de novo. Meu coração martelava e fechei os olhos para me acalmar.

Sentei-me e comecei a trabalhar, mergulhando em cronogramas e e-mails para não pensar na festa. Respondi a Yang Cai e comecei a planejar a viagem à China para julho. Agora que toda primavera e o verão se estendiam vazios e solitários, não vi motivos para adiar a visita. Provavelmente ia precisar de uma distração depois do casamento. Outro e-mail me pedia para apresentar uma conferência na Flórida em outubro. E por que não? Cabia perfeitamente em minha agenda.

Uma semana antes da festa, sentei-me e escrevi tudo que queria dizer a Abby. Cada mentira era explicada. Cada ilusão desvelada.

Estabeleci cada penalidade contra mim. Não porque eu tivesse alguma esperança de tê-la de volta; simplesmente queria explicar, confessar meus erros. Eu ainda estava em terapia e isso era útil. Era emocionalmente mais forte, mas falar com Abby seria um teste para meu progresso.

Uma vez, fiquei diante de meu espelho e treinei o que diria, mas parecia idiota, então parei. Em vez disso, transferi tudo que queria dizer para cartões e os mantinha no bolso. De vez em quando, tocava os cartões. Roçava os dedos por eles e sussurrava minhas desculpas a Abby.

Alguns dias antes da festa, Elaina me ligou enquanto eu estava em meu closet tentando decidir o que vestir. Conversei com Elaina algumas vezes desde a separação. Ela sempre era ríspida — ela sabia, mesmo sem me dizer nada, que era tudo culpa minha.

— E aí, idiota — disse ela.

Eu sorri. Elaina nunca mudava.

— Elaina.

— Preparado para este fim de semana?

Não, mas bem que poderia estar. Não havia como impedir nada.

— Falei com ela — confessou, sem esperar por minha resposta.

Meu coração se acelerou.

— Você falou? — perguntei. — Quando?

— A última vez foi ontem, mas falei com ela algumas vezes antes disso.

A pergunta dançava por minha língua. Será que eu queria saber? Sim. Precisava saber.

— Como... Como está ela?

Ela suspirou.

— Como acha que está?

Com raiva. Aborrecida. Irritada. Triste. Confusa.

— Não sei — admiti. — Eu quero...

O que eu queria? Eu queria que ela fosse feliz. Sabia naquele segundo, porém, que por mais que eu evitasse dizer isso, ou mesmo pensar, eu a queria de volta.

Reprimi as lágrimas que ardiam em meus olhos. A terapia me deixava muito emotivo ultimamente. Emotivo ou não, havia a verdade... Eu a queria de volta.

— Ela quer te dar um chute no saco — esclareceu ela.

Segurei o riso.

— Eu bem que mereço.

— Sei que merece. — Ouvi o sorriso na voz de Elaina enquanto ela falava. — Eu disse a mesma coisa a ela.

— Obrigado.

— Ela não deixou que eu desse um vestido para festa. Quer fazer tudo do jeito dela.

Isso era bem a cara de Abby. O jeito dela. Seu estilo. Ela provavelmente não queria ter nada a ver conosco agora. Talvez ela nem fosse à festa.

Não. Ela iria por Felicia. Ela era esse tipo de mulher. Embora isso a deixasse pouco à vontade, ela iria pela amiga. E uma vez que ela estivesse lá, eu falaria com ela. Enfim.

Se ela me escutasse, ela me escutaria.

Se ela me desse um chute no saco, ela me daria um chute no saco.

As luzes da cobertura brilhavam pelas janelas. Depois de entregar meu carro ao manobrista, parei e olhei a frente do prédio. Abby estava do outro lado daquelas portas.

Dei cinco passos para a entrada e parei. Depois me virei e voltei quatro passos até o manobrista.

A história de sua vida, West. Dois passos para a frente, um para trás. Acabe com isso. Acabe com isto aqui.

Acabe agora.

Então me virei, mas fiquei parado, olhando a porta. Ela se abriu e Jackson saiu. Correu pela calçada até mim.

— O que está fazendo? — perguntei.

Ele abriu um sorriso tímido.

— Pensei que você precisaria de um pequeno bate-papo motivador.

— Bate-papo motivador?

Ele me abraçou e começamos a avançar.

— Eu sei que a culpa é minha de você estar aqui esta noite e quero te dar algum apoio moral. — Ele parou, virou-se para mim e pôs as mãos em meus ombros. — Você é um bom homem, Nathaniel West, e há uma boa mulher esperando por você lá dentro. Agora, não sei o que aconteceu entre os dois e na verdade não me importo. O que me interessa é que vocês vão se acertar, está bem?

Eu o esmaguei no meu peito.

— Obrigado, Jackson. Eu te devo muito.

— Acho que estamos quites.

— Acho que não. — Eu sabia que, embora seu peito abafasse minha voz, ele ainda podia me ouvir. — Eu te devo mais do que poderia pagar. Se você não tivesse me encontrado aquele dia... — Estremeci, sem querer pensar no passado.

Ele se afastou.

— Mas eu o encontrei. Então, não se preocupe.

Dei um tapa em suas costas.

— Não me preocupo.

Andamos juntos para a porta.

Depois de entrar, Jackson correu para encontrar Felicia. Todd encontrou-se comigo na entrada, passando por uma multidão de gente.

— Caramba, eu nem mesmo conheço a maioria dessas pessoas — disse ele quando finalmente me alcançou, endireitando o paletó.

— Como vai? — Eu parecia calmo, mas minha voz falhou no fim e comecei a suar frio só de pensar em entrar no salão.

— Bem — respondeu. — Escute, Melanie está aqui. Acho que ela não vai fazer nada para constranger você, mas queria que você soubesse. Tenho certeza de que ela sabe que a Abby veio.

Merda. Melanie. Eu não tinha pensado em sua presença aqui.

— Não se preocupe. Vou diretamente à Abby pedir para conversar com ela.

Este era meu plano. Eu podia fazer isso. Eu o faria. Iria diretamente a Abby. Pediria a ela para conversar. Meus dedos dançavam nos cartões que tinha no bolso.

Desculpe, Abby.

Todd sorriu.

— Ela está bem ali dentro. Conversando com Linda.

Dei um abraço rápido nele, endireitei os ombros e fui para o salão.

Que droga, pensei quando entrava. Todd não estava brincando. Quem era toda aquela gente? Meus olhos percorreram os rostos diante de mim.

Onde ela estava?

— Nathaniel!

— Ei, Nathaniel.

Todas aquelas pessoas que não importavam em nada e com quem eu não queria falar vinham a mim, dando tapinhas nas costas, querendo conversar. Apertei as mãos, mas continuei em movimento.

Encontrar Abby. Eu precisava encontrar Abby.

Afastei a mão de alguém.

Ela não foi embora, foi? Soube que entrei no salão e saiu pela porta dos fundos?

— Você está muito bem — comentou alguém. — Não temos nos visto ultimamente.

Eu podia ter respondido.

Meus olhos varreram de novo a multidão.

Ali! Ao lado de Linda, como Todd havia dito.

Ela estava deslumbrante.

Em todos os meus sonhos, ela nunca esteve mais perfeita. Eu mal conseguia absorvê-la: seu cabelo preso no alto, o vestido prateado cintilante, seu jeito de mexer o lábio inferior. Toda a sala desapareceu e só estávamos eu e ela.

Disparei para alcançá-la.

Ainda assim, levei uma eternidade para atravessar o salão.

Ela não se afastou de mim. Simplesmente esperou, com os olhos pensativos e curiosos.

— Olá, Abby — sussurrei quando me coloquei diante dela.

Se o uso de seu nome a surpreendeu, ela não demonstrou.

— Nathaniel.

Tudo bem. Isso era bom. Eu disse uma coisa; ela respondeu. Era algum progresso.

— Você parece bem — arrisquei. Ela estava muito melhor do que bem, mas eu não queria parecer intenso ou desesperado demais. Embora tivesse certeza de que ela podia ver através de mim.

— Obrigada.

Havia uma sala pequena fora do salão — eu me lembrava de ter visto a planta do prédio. Eu precisava levá-la a um lugar com mais privacidade para que pudéssemos conversar.

Aproximei-me dela.

— Eu queria dizer...

— Aí está você.

Olhei.

Melanie?

— Melanie, esta não é uma boa hora — falei, ansioso por voltar a Abby.

— Você deve ser a Abby — disse Melanie, estendendo a mão para cumprimentar Abby. — É um prazer finalmente conhecer você.

Mas que merda. O que ela ia fazer? Entabular uma conversa? Mas justo agora?

— Melanie, eu... — comecei.

— Nathaniel! — chamou alguém. Olhei por sobre um ombro. Era o homem que tinha me pedido para fazer uma apresentação na convenção da Flórida. — Exatamente o homem que procurava. Venha comigo. Preciso lhe apresentar a algumas pessoas.

O quê? Não! Eu queria ficar e conversar com Abby.

Mas Melanie estava ali, com um sorriso irônico, e de maneira alguma eu falaria com Abby na frente de Melanie.

A festa duraria mais algumas horas — eu tinha muito tempo.

Eu a encontraria mais tarde.

Só que não encontrei.

Sempre havia um motivo para eu não falar com ela: ela estava com Felicia; ela conversava com Elaina; Linda a apresentava a alguém.

A migalha de coragem que criei nas últimas semanas me abandonou. Eu só tinha uma chance e Melanie estragara tudo.

Fiquei dizendo a mim mesmo que a festa não tinha acabado. Eu ainda tinha tempo. Só precisava criar coragem, encontrá-la e pedir para conversar. Simples. Muito, muito simples.

Faria isso mais tarde.

Olhei o relógio: oito horas. Apostava que a festa só terminaria perto da meia-noite. Fiquei com um grupo de colegas de Linda, ouvindo-os tagarelar sobre algum novo hospital ou coisa assim, mas olhando Abby — ela abraçava Elaina.

— O que você acha, Nathaniel? — perguntou um deles.

Por que ela abraçava Elaina?

— Nathaniel?

Ela estava indo embora? Por que ela andava para a porta?

Ah, meu Deus. Ela ia embora.

Ela partia e eu só a veria em junho.

NÃO!

— Abby — chamei, mas é claro que ela não me ouviu. — Abby — gritei mais alto, mas toda aquela gente fazia barulho demais.

Virei-me e meus olhos caíram na cabine do DJ a meu lado. Tirei o homem do caminho e desliguei o botão do mixer. Nem estava raciocinando quando arranquei o microfone de suas mãos.

Meus olhos não deixavam suas costas.

— Não me abandone, Abby.

Ela girou o corpo.

— Deixei que você fosse embora uma vez e isso quase me matou. Por favor — implorei. — Por favor, não me abandone.

Capítulo Trinta e Quatro

Ela só ficou parada ali.

Parada ali, olhando para mim pelo que pareceram os segundos mais longos da minha vida.

Ela iria embora? Gritaria comigo? Ficaria? Finalmente, ela veio até onde eu estava. Deu certo. Ela não ia embora.

É claro que ela não estava lá muito satisfeita por ficar. Especialmente quando tirou o microfone de minhas mãos.

— Mas que merda você acha que está fazendo? — perguntou ela, com os olhos em chamas.

Olhei a sala.

Merda. O que fiz? Todos nos encaravam, como se fôssemos a maior atração de algum show de aberrações. Alguém que eu nem conhecia deu uma cotovelada na pessoa ao lado e apontou para mim com a cabeça.

Bom, isso era constrangedor.

— Desculpe — falei —, não pude deixá-la ir embora. Mas foi um erro meu resolver as coisas assim. — Eu a deixaria ir. De novo. Isso me destruiria, mas precisava fazer. — Vou acompanhá-la até seu táxi. Desculpe.

— Estou aqui agora — disse ela. — Pode muito bem falar o que quer dizer.

Ela soprou uma mecha de cabelo dos olhos e meti as mãos nos bolsos. Não estenderia a mão e colocaria o cabelo atrás de sua orelha. Provavelmente ela me daria um tapa.

Isto teria sido muito mais fácil se eu tivesse falado com ela antes. Ela estaria mais amável. Agora ela parecia irritada.

Respirei fundo.

— Tem uma salinha no...

— Senhoras e senhores — disse o DJ. — O padrinho e a dama de honra... Nathaniel West e Abby King!

Jackson.

Reconheci a música de minha primeira e única dança com Abby. Jackson conhecia a música, se lembraria dela. O idiota nunca se esquecia de nada.

O que significava que eu devia dançar com Abby.

— Ah, que inferno — resmunguei, perguntando-me há quanto tempo ele planejava isso.

Eu o mataria com minhas próprias mãos

Olhei para Abby.

Ela ainda estava irritada.

Talvez ela não me rejeitasse na frente de toda aquela gente. É claro que, se ela o fizesse, eu mereceria.

Estendi o braço.

— Vamos? — perguntei, quase sem querer que ela respondesse. E se ela dissesse não?

Mas, milagre dos milagres, ela pôs a mão em meu braço.

Meu estômago deu uma cambalhota completa.

Criei coragem, fingi que não era grande coisa que ela me pegasse pelo braço e a levei para a pista. Pelo canto do olho, peguei Jackson e Felicia se beijando. Depois chegamos ao meio da pista e eu tinha olhos apenas para Abby.

Parei e deixei que ela tomasse a iniciativa.

Ela estendeu a mão e a colocou em meu ombro. Meu estômago deu outra cambalhota.

— Estou tentando decidir se isso pode ficar mais constrangedor e não consigo — disse, porque, de todas as hipóteses que imaginei, falar com Abby no meio de uma pista de dança lotada nunca esteve em minha lista de possibilidades.

Passei o braço por sua cintura e talvez fosse minha imaginação, mas achei que ela tinha se aproximado um passo de mim.

— A culpa é toda sua — disse ela. — Se tivesse me deixado ir embora, isto não teria acontecido.

Mas então ela teria ido embora — ela não entendia isso?

— Acabei fazendo tudc errado — admiti novamente, sendo inteiramente franco. — Mas se tivesse deixado você ir embora, nunca me perdoaria.

— Se esse sentimento é tão forte para você, talvez devesse ter tentado me telefonar em algum momento no mês passado.

— Eu não estava em condições, Abby.

— E agora está?

— Não, mas estou chegando mais perto.

Respirei fundo e seu cheiro abriu caminho por minha alma mais uma vez. Nunca pensei que teria esse cheiro em volta de mim depois de ela ter partido. Eu sabia, mesmo que nunca mais a abraçasse, que para sempre eu teria este momento, esta noite, esta música, para lembrar.

Esta noite não era hora de conversar. A parte importante foi realizada — falei com ela, ela me ouviu e não fugiu. Talvez, se eu fosse franco, ela concordasse em me encontrar em outra hora.

— Foi um erro pensar que podia fazer isto esta noite. — Ainda estávamos no meio da pista, mas ninguém nos olhava mais. Parei de dançar e ela não baixou os braços de mim. — Não tenho motivos para esperar que você concorde e vou entender se não quiser. — *Dê a ela uma saída*, ouvi a voz de Paul dizer em minha mente. — Mas quer se encontrar comigo amanhã à tarde? Para conversar? E eu poder explicar?

Preparei-me para ela rir na minha cara.

— Tudo bem.

— Você vai? — perguntei, incapaz de conter minha surpresa. — Mesmo?

Ela sorriu.

— Sim.

Ela sorriu para mim. Meu coração disparou.

— Devo pegar você? Ou você ficaria mais à vontade me encontrando em algum lugar? O que você preferir. — A decisão dela. Ela escolhia. Do jeito dela.

— Na cafeteria da West Broadway?

Perfeito.

— Sim. Amanhã, à uma da tarde?

— Está ótimo.

A música terminou e eu não tinha mais motivos para abraçá-la, então a deixei dar um passo para o lado.

— Obrigado, Abby. Obrigado pela dança e obrigado por concordar em se encontrar comigo amanhã.

Ela me surpreendeu porque não foi embora imediatamente, mas ficou por mais tempo. Felicia se aproximou logo depois de a dança terminar e elas conversaram, com muita animação, devo acrescentar, por alguns minutos. Abby levantou a cabeça e me pegou olhando. Eu sorri.

Flores. Eu devia mandar flores.

Perguntei-me rapidamente onde encontraria um florista aberto. Era Nova York; algo devia estar aberto.

Olhei novamente para Abby. Elaina se juntou ao grupo e a abraçou. Provavelmente perguntou por que ela não me deu um chute no saco.

Ela precisava de mais do que flores.

Meus olhos caíram no bufê, verificando discretamente os canapés.

Ela precisava de latas.

Latas, porque foi ela que me mostrou que eu podia ser muito mais do que o mundo pensava. Nós podíamos ser muito mais do que o mundo pensava.

Meus pés quase voaram pelo chão em minha pressa para chegar ao bufê.

— Com licença — disse, estendendo a mão. — Nathaniel West, padrinho e primo do noivo. Será que eu podia pedir um favorzinho...

Depois que a caixa de latas sem rótulo estava em segurança no meu carro, escrevi um bilhete simples:

A Abby

Por ter razão a respeito dos rótulos.

Nathaniel

Escondia-me dentro prédio. Todd ficou esperando.

— Aí está você... Pensei que tivesse fugido — disse ele.

Olhei por sobre o ombro dele — Abby ainda estava ali dentro. Eu a vi dançando com Jackson.

Enquanto ela estava no mesmo ambiente, eu não poderia ir embora.

— Todd, posso lhe pedir um favor? — Da última vez que conversamos, ele me disse que me devia pelo que pensava ser o papel dele em nosso término. Discuti com ele, mas se ele realmente queria ajudar...

— Claro. Qualquer coisa.

— Tenho uma caixa no meu carro... Pode entregar no apartamento de Abby e deixar na frente de sua porta?

Ele ergueu uma sobrancelha.

— Nathaniel?

Que droga. Ele devia pensar que era alguma coisa de perseguição.

— Não. Não é nada disso. Quero mandar a ela um pequeno presente de agradecimento por concordar em se encontrar comigo amanhã.

— Ela concordou em conversar com você? — Seus olhos se iluminaram. — Isso é maravilhoso.

— Espero não estragar tudo.

— Sabe o que vai dizer a ela?

Peguei os cartões no bolso.

— Escrevi tudo.

— Ótimo. Parece que você pensou em tudo. Mas me prometa uma coisa.

— Claro, o quê?

Ele apontou para os cartões.

— Não mostre isto a Abby.

Cheguei à cafeteria uma hora antes do combinado para o encontro e usei o tempo livre para telefonar para Paul. Ele ajudou a me acalmar um pouco e me lembrou do que se tratava o dia de hoje — Abby precisava entender como se sentia numa conversa franca. Eu precisava ouvir e compreender primeiro como meus atos a afetavam. Depois, e só então, eu poderia tentar me explicar.

Depois de nosso telefonema, retirei os cartões do bolso e os li pela última vez. Terminei e respirei fundo. Eu torcia para que ela me ouvisse. Esperava que ainda houvesse uma chance de nós sermos... Alguma coisa no fim do dia.

Eu a vi se aproximar da cafeteria. Ela vestia jeans e um leve suéter azul; seu cabelo estava puxado para trás num coque frouxo, com alguns fios soltos. Em outras palavras, ela estava linda — como sempre.

Eu ainda não acreditava que ela concordara em se encontrar comigo e fiquei sentado, assombrado, enquanto ela se aproximava da mesa.

Tenha boas maneiras, West.

Levantei-me de um salto e puxei a cadeira para ela.

— Abby. Obrigado por se encontrar comigo. Quer alguma coisa?

Ela se sentou.

— Nenhum problema e não, não quero beber nada.

É claro que não. Ela concordou em se encontrar comigo em público não porque quisesse tomar café ou comer comigo, mas porque pensou que de algum modo era mais seguro.

Eu a convidei a vir e portanto começaria. Todd me disse para não pegar os cartões, então, em vez disso, peguei um guardanapo — qualquer coisa para manter as mãos ocupadas.

— Não sei por onde começar. Repassei isso mentalmente umas cem vezes. Até escrevi para não esquecer nada. Mas agora... Estou completamente perdido.

Eu precisava fazer isso direito. Esta era minha única chance.

— Por que não começa pelo início? — propôs ela.

Baixei o guardanapo. Eu tinha vivido minha dor. Começara o processo de enfrentar meus demônios. Mas agora... Agora eu tinha de enfrentar a dor dela. Compreender plenamente o que meu comportamento lhe custou.

— Antes de mais nada — comecei, porque isto era mais o importante —, preciso pedir desculpas por me aproveitar de você.

Ela arqueou uma sobrancelha delicada. Será possível que ela não soubesse?

— Eu sabia que você nunca havia estado numa relação como a nossa e me aproveitei disso. — Não havia outro jeito de explicar a situação. E eu nem mesmo tentaria. — A palavra de segurança, por exemplo. Falei a verdade quando disse que nunca uma submissa minha havia usado a palavra de segurança, mas, além disso, eu não queria que você fosse embora. Pensei que se eu fizesse da palavra de segurança o término da relação, você não me deixaria. É claro que o tiro saiu pela culatra, não foi?

— Foi culpa sua.

— Sim, foi. — Tudo foi culpa minha. Cada palavra uma mentira, cada ação uma ilusão, cada negação uma trapaça que não servia a outro fim além de mandá-la embora. — Você me deu sua confiança. Sua submissão. — Mas havia algo ainda mais importante: a parte que mais lhe custava. — Seu amor. Em troca, eu pego suas dádivas e jogo na sua cara.

Ela não pareceu dar valor ao que eu disse, nem concordou comigo. Seus olhos se fixaram nos meus e vi a dor que ela experimentava.

— Eu aguentei tudo que você me fez fisicamente — disse ela. — Teria aguentado qualquer coisa que você me fizesse fisicamente, mas emocionalmente você acabou comigo.

Eu acabei com ela.

Com meus atos. Com minhas palavras. Com minha traição.

A intensidade de sua dor me afetou e era pior, muito pior, do que a minha própria.

— Eu sei.

— Sabe o que mais me magoa? Como foi possível que você tenha fingido que aquela noite não significou nada?

Eu sabia — era muito mais do que nada. Eu *sabia*. E eu menti para ela.

Ela bateu na mesa, me surpreendendo.

— Foi a noite mais maravilhosa de minha vida e você ficou sentado naquela mesa, me dizendo que não passava de encenação. Teria sido melhor se tivesse cravado uma faca no meu coração.

Sim, porque a dor física era suportável. A dor emocional machucava muito mais. Eu devia saber disso: vivi com ela a minha vida toda.

— Eu sei. Me desculpe. — Perguntei-me se ela conseguia me ouvir. — Eu peço mil desculpas.

— Quero saber por quê — exigiu ela. — Por que você vez isso? Por que não disse simplesmente, "preciso de tempo para entender isso melhor", ou, "não estamos avançando rápido demais"? Qualquer coisa teria sido melhor do que o que você fez.

Novamente, ela dizia a verdade. Mas ela não sabia. Ela ainda não sabia de toda a verdade.

— Eu estava com medo — confessei. — Depois que você descobrisse...

— Depois que eu descobrisse o quê?

Eu precisava contar a ela. Não tinha alternativa.

— Que nossa relação era um castelo de cartas que eu tinha construído — respondi. — Eu devia saber que não levaria muito tempo para ruir.

Eu a vi ficar inquieta. Ela iria embora depois que eu confessasse o que vinha a seguir?

— Era uma quarta-feira — comecei. — Quase oito anos atrás. E eu estava...

— O que oito anos atrás tem a ver com agora?

— Estou tentando te dizer. Eu tinha ido me encontrar com Todd para almoçar no campus. Ele queria que nos encontrássemos na biblioteca. — Perguntei-me se ela se lembrava daquele dia. Provavelmente não. — Vi uma mulher subir a escada. Ela tropeçou e caiu, depois olhou em volta para conferir se alguém estava vendo. Eu quis ajudar, mas você se aproximou dela primeiro.

— Eu?

Tudo bem, ela não se lembrava. Suponho que nunca esperei realmente que se lembrasse. Quem se lembraria de um tropeço de quase oito anos atrás?

— Sim, você. Você a conhecia e as duas riram e pegaram os livros no chão. Havia várias pessoas por perto, mas você foi a única que ajudou. — Peguei o guardanapo. — Fiz questão de que não me visse e a segui para dentro da biblioteca. Você tinha um grupo de leitura sobre *Hamlet*. Estava lendo a parte de Ofélia.

Seu queixo caiu.

— Eu fiquei e olhei — admiti. — Queria mais do que tudo no mundo ser o seu Hamlet.

O menino que lia a parte de Hamlet não era páreo para ela. Ninguém merecia ser o Hamlet de sua Ofélia.

Levantei a cabeça — ela ainda me olhava assombrada.

— Estou deixando você sem graça? — perguntei.

— Continue.

— Cheguei atrasado para me encontrar com Todd. Ele estava irritado. — Um eufemismo. *Sabe como meu horário é louco, Nathaniel?*, perguntou ele. *Deixei de encontrar a Elaina para almoçar com você.* — Então contei-lhe que tinha conhecido alguém. Era só uma mentira inocente.

Não existiam mentiras inocentes. Todas as mentiras eram culpadas.

— Por que não me procurou? — questionou ela. — Não se apresentou? Como faria uma pessoa normal?

Como uma pessoa normal? Ela falava sério?

— Eu já tinha o estilo de vida de um dom, Abby, e pensei que você era uma estudante jovem e impressionável. Para mim, de maneira nenhuma teríamos dado certo. Eu não tinha ideia de suas inclinações para a submissão até a sua inscrição aparecer na minha mesa. — Perguntei-me brevemente se eu teria feito alguma coisa diferente, se soubesse. Não, decidi, não se estivesse numa relação de compromisso. — Mesmo que soubesse, eu tinha uma submissa na coleira naquela época e sempre tenho uma relação monogâmica com a submissa que usa minha coleira.

— Minhas inclinações para a submissão?

Ela não sabia? Como era possível que não soubesse? A verdade então me ocorreu — era porque nunca conversamos. Sobre nada.

Curvei-me para ela.

— Você é uma submissa sexual, Abby. Deve ter percebido isso. Por que acha que você não fez sexo durante três anos antes de me encontrar?

— Não encontrei ninguém que...

Ah, ela entendeu. Finalmente.

— Que a dominasse, como você precisava — concluí por ela.

Ela baixou a cabeça.

— Não fique sem jeito — falei gentilmente. — Não é motivo para se envergonhar.

— Não estou sem jeito. Só nunca pensei nisso antes.

As peças do quebra-cabeças começavam a se encaixar.

— É claro que não pensou — continuei. — Por isso você ficou tão irritada quando eu sugeri outros dominadores.

Um lampejo de raiva apareceu em seus olhos.

— Odiei você por isso.

Como eu desconfiava.

— Eu tinha muito medo de que aceitasse minha oferta — confessei, querendo que ela soubesse como aquelas palavras foram dolorosas para mim. — Pensei muito, tentei encontrar alguém que achasse adequado a você. Mas simplesmente não consegui imaginá-la com outro. Mas eu teria feito isso, se pedisse. Eu teria feito.

— Você estava pensando em mim e no que eu precisava quando sugeriu outros dominadores? — perguntou ela, e entendi que ela ainda tinha dificuldades em compreender minha oferta.

— Eu sabia que tinha pedido especificamente por mim, mas depois de ser uma submissa, eu sabia que você precisaria disso novamente. Então vi como você reagiu, e peço desculpas por isso também. — Porque, como seu dom, era minha responsabilidade fazê-la compreender e foi nisso que mais fracassei com ela.

Eu fracassei com ela. Esta era a verdade.

— Jackson insiste que você devia ter feito mais — falei. — Tentado se aprofundar mais em mim, mas ele não sabe dos detalhes. Do que fiz. É fácil para ele apontar culpados. Ele não entende que não havia nada que você pudesse ter feito que me obrigasse a mudar de ideia naquela manhã. Nada teria mudado o resultado. Não se culpe.

Porque a culpa era toda minha.

— Eu pressionei — disse ela. — Não devia esperar que isso acontecesse tão rápido.

— Talvez não, mas você podia esperar mais do que eu estava disposto a dar. — Qualquer coisa, menos minha rejeição do amor que você deu tão abertamente. — Em vez disso, eu a decepcionei completamente.

Ela concordou com a cabeça.

— Mas tem mais — afirmei.

— Todd?

Elaina ainda não sabia, Todd me disse. O que significava que Abby ainda não sabia sobre Tampa.

— Eu não corri atrás, mas também não podia deixar que você escapasse. Fiquei observando você na biblioteca, na esperança de vê-la. Ele sabia que eu vigiava alguém, mas falei que estava criando coragem para falar com você.

— Ele acreditou?

Mulher inteligente, essa Abby. Nem ela acreditou.

— Provavelmente não, mas ele sabia que eu não faria nada de impróprio. — Sem perceber, estendi a mão pela mesa na direção dela. Eu queria tão desesperadamente tocá-la. Contive-me bem a tempo e retirei as mãos. Ela ainda não queria tocar em mim.

— E eu não fiz isso, Abby. Garanto a você. Só te via na biblioteca. Nunca tentei descobrir mais nada sobre você. Eu nunca a segui.

— Exceto na manhã em que eu o deixei.

Então ela sabia; ela notou que eu estava na estrada atrás dela.

— Tinha neve e você estava muito perturbada. Eu precisava ter certeza de que estaria segura.

— Então, quando salvou a casa da minha mãe... Você sabia quem ela era? Sabia que era minha mãe?

Talvez ela não tivesse percebido essa parte quando achei que ela tinha.

— Sim, fiz isso por você. Eu sabia do seu nome pela biblioteca. E estava na papelada do banco também. Você era a deusa que eu desejava venerar. Meu sonho inatingível. A relação que sempre quis ter.

Olhei-a, perguntando-me se ela se lembrava das palavras que disse pouco antes de beijá-la. Que ela se chamou de deusa.

— Quando estávamos em Tampa, depois de jogarmos golfe, Todd brincou comigo sobre a garota da biblioteca de todos aqueles anos atrás. O jantar da véspera tinha atiçado sua memória. Contei que era você e ele ficou furioso.

Ela assentiu, distraidamente.

— *Uma relação como a sua exige confiança e sinceridade completas.* — Rasguei o guardanapo nas mãos enquanto citava Todd. — Foi o que Todd me falou. E eu não estava sendo verdadeiro, guardando segredo do que sabia sobre seu passado. Ele queria que eu lhe contasse e concordei. Pedi três semanas. Pensei que era tempo suficiente para planejar como contaria e ele achou razoável.

— Mas não tivemos essas três semanas.

— Não. Não tivemos. Preferia pensar que, se tivéssemos, eu teria lhe contado. Tinha toda intenção do mundo de fazer isso. Mas depois do que aconteceu naquela noite, tive medo de que você pensasse que eu a havia enganado ou manipulado de alguma maneira.

— Eu podia pensar isso mesmo.

Diga a ela.

Meu coração deu um salto.

Você precisa dizer a ela.

— Nunca senti por ninguém o que sinto por você — confessei. — Eu estava com medo. Tem razão a respeito disso. Pensei que seria mais fácil deixá-la ir embora, mas estava enganado.

Não foi mais fácil, não para mim e, mais importante, não para ela.

Ela não disse nada, então continuei.

— Agora faço terapia... Duas vezes por semana. É estranho dizer isso. Estou trabalhando as coisas. Seu nome aparece com frequência.

Ela soltou uma leve risada.

— Ainda não te dei a chance de falar nada. Mas você não fugiu aos gritos — comentei. — Posso esperar que o que contei faça algum sentido para você?

Ela examinou as unhas.

— Preciso pensar — disse ela por fim.

Ela queria pensar — talvez isto significasse que ela queria que conversássemos. Ela não disse mais nada, simplesmente se levantou. Levantei-me com ela.

— Sim, precisa pensar bem nas coisas. É mais do que eu poderia esperar.

Provavelmente era cruzar um limite, mas não pude evitar, precisava tocar nela. Peguei suas mãos e coloquei meus lábios ali.

— Vai me ligar no final da semana? — perguntei. — Quero conversar mais. — Nem uma vez, em todo o tempo que ficamos juntos, ela me telefonou. Faria isso agora? — Isto é, se você quiser. — Porque de novo cabia inteiramente a ela. Tudo, desta vez, dependia de uma decisão dela.

— Vou ligar — sussurrou Abby. — Vou ligar, apesar de tudo.

Capítulo Trinta e Cinco

A caminho de casa, telefonei para Paul.

— Como foi? — perguntou ele.

— Acho que foi tudo bem — disse, lembrando-me da conversa. — Ela falou e eu ouvi. Eu falei e ela ouviu. Ela disse que ia me ligar. Espero que ligue mesmo.

— Pelo que você disse de Abby, se ela disse que ia ligar... Ela vai ligar.

Entrei na via expressa e fui para minha casa de campo, mal percebendo o trânsito pelo qual passava.

— Ela vai telefonar — eu disse. — Só espero...

— O quê? — perguntou ele depois de vários segundos.

— É só que... — obriguei-me a admitir a verdade. — Eu quero tudo. Quero levá-la para jantar, perguntar qual é seu prato preferido, o que ela queria de Natal quando tinha 12 anos. Quero levá-la para minha cama e ficar com ela ali a noite toda. — Parei. — E, Deus me ajude, Paul, eu a quero em minha sala de jogos

Ele riu baixinho.

— Tem tudo planejado, não?

— A maior parte depende dela.

— Tudo isso depende dela — corrigiu ele. — Cada passo a partir daqui ainda será uma decisão dela. Pegue leve. Os dois precisam se conhecer. Faça com que ela...

— Confie em mim. Eu sei. Eu sei. Você já me disse.

— Só quero ter certeza de que você ouviu.

— Eu ouvi.

— Ótimo — disse ele. — Porque se você a levar para a sala de jogos cedo demais, vai assustá-la. E antes mesmo que você *pense* em voltar à sala de jogos...

— Vamos ter de conversar — eu disse, completando sua frase. — Palavra de segurança, nosso novo acordo. Também já falamos muito nisso.

— Sei que falamos. Mas nada do que eu diga vai ressaltar como é importante que desta vez vocês dois conversem.

— Desta vez — zombei dele. — Pelo modo como você fala, vai acontecer.

— Eu acho que vai — disse ele. — Um dia. Eterno otimista, lembra?

— Humpf.

Do outro lado da ligação, veio o barulho inconfundível do choro de bebê.

— Epa — disse ele. — Hora do cochilo. Christine saiu para fazer compras. Coisa de mulher, sabe? — O choro ficou mais alto. — Me ligue depois que falar com Abby.

Desligamos e passei o resto da ida para casa em silêncio, refletindo sobre minha conversa com Abby. Quando ela me telefonaria? Ela ia querer me encontrar de novo, ou só me diria para deixá-la em paz?

Mas ela deixou que eu beijasse sua mão — certamente não teria me deixado fazer isso se pretendia me dizer para deixá-la em paz.

Levei a mão ao nariz para ver se o cheiro ainda estava em mim.

Talvez.

Pela primeira vez, o silêncio não era meu inimigo. Era um amigo — dando-me tempo para refletir e pensar. Cheirei a mão mais uma vez, certo de que podia pegar seu aroma e deixando-me refletir sobre o otimismo de Paul.

Quando cheguei em casa, Apollo correu para mim e me farejou todo assim que entrei no hall. Abaixei-me e ele lambeu minha cara, ganindo. De vez em quando, olhava a porta como se esperasse pela entrada de Abby.

— Eu sei. Sei que sente falta dela.

Ele ganiu novamente e colocou a pata em mim.

— Talvez ela volte logo — disse, torcendo para que eu estivesse certo, por nós dois.

Ela não telefonou na segunda-feira. Passei o dia em meu escritório com o celular na mesa, esperando que tocasse, e dei a Sara instruções explícitas para me informar assim que Abby ligasse.

Estava tudo bem, disse a mim mesmo. Ela precisava de tempo. Precisava pensar.

Kyle telefonou e me convidou para comparecer à peça da escola que ele participaria no fim de semana seguinte. Concordei em ir e debati mentalmente se devia ou não convidar Abby.

Sim. Não. Talvez.

Naquela noite, tive um sono inquieto.

Terça-feira não foi melhor. Fui para casa à tarde meio deprimido, sabendo que cada dia que passava significava ou que ela não telefonaria, ou que me diria que não queria me ver quando telefonasse.

O telefone tocou logo depois de eu ter jantado rapidamente e me preparava para levar Apollo para um passeio à noite.

Abby King, dizia o identificador de chamadas.

Meu coração bateu loucamente e apertei o botão para atender ao telefone com um dedo trêmulo.

— Alô — eu disse.

— Nathaniel — disse ela, a voz clara e prática. — Sou eu.

Eu sei, queria gritar. Eu sei, acredite em mim.

— Abby — eu disse em vez disso. A noite de terça era boa, não era? Era um bom sinal. Terça-feira seria muito melhor do que quinta ou mesmo quarta.

— Tem um sushi bar na rua da biblioteca. Pode se encontrar comigo lá para almoçar amanhã?

— É claro — disse. Ela queria se encontrar, conversar e almoçar Tinha de ser bom. — A que horas?

— Ao meio-dia.

— Estou ansioso por isso.

Estava combinado — terça-feira era meu dia preferido da semana.

Cheguei ao restaurante cinco para o meio-dia e procurei por uma mesa vazia. Então tive uma surpresa maravilhosa — Abby já estava lá, tinha uma mesa e esperava por mim.

Esperava por mim.

Endireitei a gravata e fui diretamente a ela. Seus olhos me seguiram o tempo todo e meu coração saltou quando ela sorriu para mim.

Seu cretino de sorte.

— Abby — eu disse, sentando-me de frente para ela.

O canto de sua boca se ergueu.

— Nathaniel.

Meu sorriso brilhou ainda mais. Até agora, tudo bem.

O garçom veio a nossa mesa e pegou os pedidos. Abby sabia exatamente o que queria e pediu seus rolinhos com um ar de autoridade.

Respirei fundo depois de entregar o cardápio ao garçom e olhei para ela.

— Será uma linda primavera.

— Estou louca para ver as cerejeiras em flor. São as minhas favoritas.

Está vendo?, eu disse mim mesmo. Você pode bater papo.

— Tenho algumas em casa. Apollo adora rolar nas flores depois que caem.

Ela riu.

— Imagino ele fazendo isso.

— É uma visão para se guardar na memória — eu disse, mas não estava falando de Apollo, falava dela. Ela, sentada à minha frente, conversando com tranquilidade, rindo. Estava linda.

— Apollo é uma figura.

— Ele é mesmo.

— Como está no trabalho?

— Só faço minha parte para salvar a economia global. Como está na biblioteca? Alguma coisa excitante acontecendo?

Ela se sentou mais reta.

— Estou organizando uma leitura de poesia. Os clássicos... Dickinson, Cummings, Frost. Sabe todas aquelas coisas chatas que ninguém lê?

Ela me provocava.

E eu adorei.

— Então você presta ao povo nova-iorquino um grande serviço garantindo que os grandes poetas continuem vivos.

— Disso eu não sei, mas é muito divertido.

— Você lê todos eles na mesma sessão? — perguntei, uma vez que nunca estive numa leitura de poesia.

— Às vezes — disse ela. — Mas desta vez decidi separar. Daremos a cada poeta sua própria leitura, daqui a algumas semanas.

A primeira será Dickinson... Na quarta-feira que vem. Talvez eu consiga arrastar Felicia para lá desta vez.

— Felicia — eu disse. — Jackson não fala de outra coisa. Como está ela?

— Ótima. Decidi deixá-la viva, embora ela tenha me deixado sem graça por ter tocado aquela música na festa.

— Muito cordial de sua parte.

— Afinal — seus olhos brilharam de diversão —, não foi ela que chamou meu nome na frente de centenas de pessoas.

Ela ainda me provocava.

— Neste caso —disse —, eu a elogio mais uma vez por sua cordialidade. Desta vez por permitir que eu escape com vida.

— Não foi nada. Fico feliz por ter feito isso. Isto é, *agora*.

O tom de provocação tinha deixado sua voz e entendi que era hora de falar de assuntos mais sérios.

— Antes de falarmos de qualquer outro assunto — falei —, preciso lhe dizer uma coisa.

— Tudo bem — disse ela, preocupada.

— Preciso que saiba que estou fazendo terapia para trabalhar os problemas de intimidade e de saúde emocional. Não de minhas necessidades sexuais.

Meu médico, junto com Paul e até certo ponto Todd, ajudou-me a ver que meu estilo de vida era inteiramente aceitável. Não sabia por que eu precisava ser tranquilizado desta forma, mas me sentia melhor assim.

— Sou um dominador — prossegui. — E sempre serei um dominador. Não posso e não abrirei mão desta parte de mim. Isto não quer dizer que eu não goste de outros... *sabores*. Ao contrário, os outros sabores dão uma boa variedade. — Eu queria essa variedade com ela. — Isso faz sentido?

— Sim. Eu jamais esperaria que você abrisse mão dessa parte de si mesmo. Seria como negar quem você é.

Ela compreende. Ela entende.

— É verdade.

— Assim como não posso negar minha natureza submissa.

Ela realmente entende.

Eu sorri.

— Exatamente

O garçom nos interrompeu brevemente para entregar os chás. Senti-me melhor esclarecendo essa parte, sabendo que nós dois estávamos no mesmo pé, que se um dia reatássemos ela saberia o que esperar.

Entretanto, ainda faltava uma peça no quebra-cabeça...

— Eu sempre me perguntei, e você não precisa me contar — eu disse —, mas como você descobriu sobre mim?

Ela baixou os olhos para o chá.

Que foi? Era uma pergunta sensata, não era?

Logo ela levantou a cabeça e gesticulou.

— Ah, por favor. Todo mundo conhece Nathaniel West.

Ela não queria me dizer alguma coisa. Isso pedia medidas drásticas.

— Talvez — eu disse. — Mas nem todos sabem que ele algema as mulheres em sua cama e as açoita com um chicote de equitação.

Ela engasgou com o chá.

— Você pediu — eu disse.

— Pedi. — Ela limpou a boca. — Completamente.

Minha resposta rápida aliviou de certo modo a tensão, mas a questão permanecia.

— Vai responder? — perguntei.

Ela respirou fundo.

— Percebi você pela primeira vez quando salvou a casa de minha mãe.

Então meus atos não passaram despercebidos. Fiquei inteiramente deliciado.

— Até então, você era só um homem sobre quem eu lia nas colunas sociais. Uma celebridade. Mas depois você se tornou mais real.

O garçom trouxe nossa comida e fiquei irritado com sua interrupção. Abby acabara de confessar que me conhecia e me seguia pelos jornais durante anos. Eu precisava mais dela, tinha de saber dos detalhes. A informação me surpreendeu. Seria possível que ela estivesse esperando por mim pelo tempo em que eu estive esperando por ela?

Ela despejou o molho de soja enquanto falava.

— Sua foto apareceu no jornal por algum motivo logo depois disso. Agora não consigo me lembrar por quê.

Quem se importava por que minha foto estava no jornal? Minha foto sempre aparecia no jornal. Como foi que ela descobriu sobre mim? Sobre meu estilo de vida?

— De qualquer forma — disse ela —, minha amiga Samantha passou por mim enquanto eu lia o jornal. Fiz um comentário sobre sua beleza e me perguntei como você seria realmente.

Ela perguntou? De uma foto no jornal?

— Ela ficou toda tensa e nervosa — disse ela.

— Samantha? — perguntei. Pensei rapidamente, mas não consegui me lembrar de uma Samantha na comunidade.

— Uma amiga do passado. Não falo com ela há anos.

Repassei minhas lembranças, mas ainda não conseguia situar uma Samantha. Como pode ter ouvido falar de mim?

— Ela foi com um namorado a uma festa, reunião ou coisa assim, não sei o nome correto... para dominadores e submissos. Eles eram penetras.

É claro — uma festa de jogos.

— Ah — disse. — E eu estava lá.

Se esta Samantha sabia quem eu era, devo ter sido participante ou instrutor. Ao que parece, ela não queria que Abby se envolvesse com tipos como eu e estava tão decidida sobre isso que ela rompeu a confidencialidade. Normalmente, essa notícia teria me deixado furioso, mas, nas circunstâncias, acho que agora eu devia agradecer a ela pelas apresentações.

— Sim — confirmou Abby —, e ela me falou que você era dominador. Disse que não devia me contar e me fez jurar segredo, e eu não contei para ninguém... Bom, exceto para Felicia, quando precisei fazer. Mas Samantha não queria que eu tivesse nenhuma fantasia romântica com Príncipe Encantado em que você me tratasse como sua Cinderela.

Todos aqueles anos perdidos. Todos aqueles anos em que desejei Abby e, milagre dos milagres, ela também me desejava.

Como isto era possível?

— E você tinha? — perguntei, precisando saber exatamente o que ela pensava de mim.

— Não — disse ela com indiferença. — Mas fantasiei em ser algemada na sua cama enquanto você me açoitava com um chicote de equitação.

Puta merda.

Agora eu é que engasguei com o chá.

Ela me olhou com uma expressão inocente.

— Você pediu.

Eu ri. Abby me queria. Ela me quis durante anos.

E estava implicando comigo por isso.

— Pedi — eu disse. — Completamente.

Pedi inteira e completamente por isso.

— Não fiz nada além de fantasiar por um bom tempo — disse ela.

Merda. Ela fantasiou comigo. Por anos. Eu não conseguia entender bem isso.

Seus olhos baixaram ao prato.

— Depois perguntei por aí. Vários amigos de Samantha ainda moravam na região, então não demorei muito para encontrar o Sr. Godwin. Guardei o nome dele por meses antes de fazer alguma coisa.

A ocasião foi perfeita. Se ela tivesse falado com Godwin antes, eu ainda estaria com Melanie e sua inscrição teria sido ignorada. Respirei fundo ao perceber o quanto estive perto de jamais conhecê-la.

Ela deu de ombros.

— No fim, eu sabia que precisava ligar para ele... Qualquer coisa era melhor que...

— Sexo insatisfatório — eu disse, ainda pensando em Melanie.

— Ou simplesmente insatisfação, no meu caso. — Ela levantou a cabeça como se precisasse de reafirmação. — Eu não conseguia ter um relacionamento normal com um homem. Simplesmente... não conseguia.

É claro, eu sabia o que ela queria dizer. Felizmente, graças a minhas conversas com Paul, eu podia ajudar.

— Acredito que existam graus variados de *normalidade*, Abby — eu disse. — Quem realmente pode definir o que é ser normal?

Porque eu nunca mais deixaria que mais alguém me definisse. Nem eu mesmo. Recusava-me a permitir que Abby tivesse as mesmas dúvidas com que lutei por tanto tempo.

— Francamente — disse ela —, eu fazia o que era normal aos olhos de todos e era tremendamente chato.

— Diferentes sabores, e todos podem ser deliciosos quando provados pela pessoa certa. — *Eu queria provar todos eles com você.* — Mas, sim, a tendência natural das pessoas é definir o que se vê como normal.

— Você já experimentou a dita relação normal. Com Melanie.

Sim, se quiséssemos ter um relacionamento, eu precisava falar de Melanie.

— Sim. — Dei uma dentada no rolinho e mastiguei enquanto pensava. — Com Melanie. Foi um tremendo fracasso. — Eu me retraí, lembrando-me de como tinha magoado Melanie. Não tanto quanto magoei Abby, mas ainda assim eu a magoei. — Nós fracassamos por vários motivos... Melanie não é uma submissa natural, e eu não pude reprimir minha natureza de dominador. — Pensei na noite em que ela me encontrou à sala de jogos. — Mas ela não queria admitir que não dávamos certo. Nunca entendi isso.

Nunca entendi por que ela foi chorar no ombro de Todd e Elaina. Por que ela sentiu a necessidade de interromper o que eu tentava dizer a Abby na festa de noivado.

— Pelo que sei — disse Abby —, ela agora superou você.

Perguntei-me novamente sobre o que as duas conversaram na festa. Porém, se Abby achava que Melanie tinha me esquecido, isso na realidade não importava.

— Graças a Deus — eu disse.

Preparei-me e fiz a pergunta.

— E você?

Ela me fitou com o mais lindo desejo nos olhos.

— Não.

Alívio, excitação, expectativa e esperança me dominaram.

— Graças a Deus — respondi de novo simplesmente.

Estendi o braço pela mesa e peguei sua mão.

— Nem eu — eu disse, porque não bastava saber como Abby se sentia, eu precisava ser sincero com ela. Dizer como eu me sentia.

Nossos olhos se encontraram e senti as correntes de meu passado se afrouxando. Se conseguimos chegar até aqui, talvez pudéssemos avançar um pouco mais.

— Farei o que for preciso para recuperar sua confiança, Abby, não importa o tempo que levar. — Respirei fundo e forcei para fora a pergunta seguinte enquanto acariciava os nós de seus dedos. — Você vai permitir?

— Sim.

Tive vontade de pular na mesa. Em vez disso, apertei sua mão e a soltei.

— Obrigado.

Nós íamos conseguir. Passaríamos por isto e encontraríamos nossa saída — juntos.

Eu queria conversar com ela por horas.

A porcaria do garçom voltou à mesa.

— Você já fez sushi? — perguntou Abby.

Tudo bem, podíamos falar de sushi.

— Não. Nunca fiz, mas sempre quis aprender.

O garçom completou meu copo.

— Daremos um curso. Na noite da quinta-feira que vem. Às sete da noite.

Abby olhou para mim.

Deveríamos?, seus olhos perguntavam.

Como um encontro? Um encontro normal? Para nos conhecermos?

Sim, é claro. Qualquer coisa para ficar perto dela. Eu quase disse isso, mas ouvi a voz de Paul em minha cabeça: cada passo a partir daqui ainda dependerá dela.

Ergui uma sobrancelha para ela. *Você pede. Você decide.*

— Vamos nessa — disse ela.

Ela concordou. Ela ia tentar. Decidi então que, assim que pudesse, eu a convidaria para a peça no sábado.

Minha oportunidade apareceu quando saíamos do restaurante.

— Abby — eu disse, ajudando-a a vestir o casaco. — Kyle está numa peça da escola dele. A estreia é no sábado e ele me convidou. Quer ir comigo?

Tentei entender sua expressão, mas não consegui decidir o que ela pensava.

— A que horas?

— Posso pegar você às cinco — disse. — Podemos jantar antes da peça?

Até hoje, ela não queria que eu a buscasse ou me encontrasse com ela em sua casa. Será que nossas conversas e confissões mudaram isso?

— Às cinco, então.

Depois que ela foi embora, liguei para Sara e disse que trabalharia de casa pelo resto da tarde. Fui a minha casa de campo com um propósito e, depois de passar mais uma vez pela farejada neurótica de Apollo e deixar que ele saísse, andei pelo corredor.

Parei na frente das portas duplas e fechei os olhos. Estava na hora. Já fazia muito tempo. O passado era passado e hoje era o dia em que eu o deixaria para trás pela última vez.

Respirei fundo, abri as portas e entrei na biblioteca pela primeira vez em semanas.

Sábado finalmente chegou, depois do que que devem ter sido os dias mais longos de minha vida. Perguntei-me se Felicia estaria ali, mas Jackson me disse que ela ia passar a noite na casa dele.

Ignorei sua atitude de "eu te falei".

O encontro com Abby não poderia ter sido melhor. Ela estava linda, encantadora e conversava muito. Convidou-me para a leitura de Dickinson e aceitei sem pensar duas vezes.

Para que fique registrado, seu prato favorito era perna de cordeiro na brasa e, quando tinha 12 anos, ela queria uma bicicleta de presente de Natal.

Eu sabia que Kyle não teria um grande papel na peça, mas quando ele apareceu no palco pela primeira vez, como integrante do coro, e me viu sentado na plateia... Não há palavras para descrever o orgulho que senti. Ele chegou muito longe, sendo um menino doente que conheci há não muito tempo, e se esforçou muito para ter uma vida ativa.

Tentei ao máximo a noite toda não tocar nem roçar por acidente em Abby. Ative-me ao que disse Paul, queria que ela ditasse nossa relação física. Meu único momento de indecisão foi quando a deixei em casa. Deveria tentar beijá-la?

— Obrigada por me convidar — disse ela junto a sua porta. — Eu me diverti muito.

— Fico feliz de você ter ido comigo. A noite não teria sido a mesma sem você. — Não consegui me conter; peguei sua mão. — Te vejo na quinta à noite

Olhei em seus olhos. *Posso te beijar?*, eu queria perguntar.

Ainda não. Ela deveria dar o primeiro passo.

Mas e se ela não desse?

Ela não deu.

Sorri para ela e me virei para ir embora.

— Nathaniel — disse ela depois de eu ter dado alguns passos.

Meu coração estava aos saltos, mas me virei para ela. Ela se aproximou de mim e fiquei parado, esperando, incapaz de tirar meus olhos da visão que se aproximava de mim. Será que ela queria...?

Ela o faria...?

Então ela se postou diante de mim e tocou meu rosto. O toque de uma deusa, a sensação de seus dedos percorrendo meu queixo e subindo até meu cabelo — como pude viver sem seu toque?

Não pude.

— Me beije — disse ela. — Me beije pra valer.

Pra valer, pediu ela. Mostre-me como você se sente e não recue.

Nunca, eu sabia. Eu jamais voltaria a negar meus sentimentos por ela.

— Ah, Abby — falei. Eu podia viver trezentos anos e ainda não estaria apto a entender o perdão que ela me oferecia.

Passei o dedo por seu queixo e ergui seu rosto. Meus olhos se fecharam quando levei os lábios aos dela. Senti sua carência assim que nossas bocas se tocaram. Senti seu desejo. Com que delicadeza ele equilibrava e espelhava o meu. Entretanto, não tive pressa e saboreei o gosto de Abby — sua suavidade, como se mexia comigo.

Ela se aproximou mais e eu a puxei para mais perto. Separei meus lábios nos dela enquanto ela aprofundava o beijo.

Nesse beijo, eu lhe disse tudo. Pela primeira vez, não reprimi nada, e em troca senti que mais uma vez ela se dava a mim. Era um presente que eu não merecia e que valorizaria pelo tempo que ela permitisse. E eu a valorizaria. Faria com que ela se sentisse querida, necessária e amada.

Senti meu corpo se mexer com sua proximidade, com seu toque contínuo, e me afastei. Não queria que ela pensasse que eu esperava alguma coisa desta noite. Já foi o bastante poder beijá-la.

Suspirei contra seus lábios.

— Obrigado.

Obrigado por sua aceitação, por seu perdão, por sua disposição de me permitir voltar a sua vida. Obrigado por não desistir de mim, de nós, embora eu tivesse desistido.

Ela me olhou enquanto eu ainda a aninhava nos braços.

— Não há de quê.

Capítulo Trinta e Seis

Eu estava sentado na última fila da sala, vendo-a a liderar a leitura de Emily Dickinson. Ela me hipnotizava enquanto lia — poemas sobre a morte, a perda e a vida. Um deles em particular, "Devagar, Éden!", me deixou em transe. Ela leu numa voz lenta e provocante, olhando para mim enquanto falava o último verso.

"Devagar, Éden!
Lábios a ti novos
Acanhados, sugam-te jasmins
Como a lânguida abelha

Arrastando-se à flor
Zumbe rondando a câmara
Estima seu néctar — entra,
E em bálsamos se perde!"

Quem imaginaria que poesia podia ser tão excitante?

Remexi-me em minha cadeira enquanto a leitura terminava. Meu plano era permitir que Abby ditasse nossa relação física, mas não tinha certeza de quanto tempo mais eu aguentaria se ela continuasse jogando as coisas para mim desse jeito.

Ainda assim, quando a deixei naquela tarde, eu lhe dei um beijo casto e suave.

Na noite seguinte, aprendemos a fazer sushi. Desfrutei inteiramente do prazer de ficar ao lado dela aprendendo algo novo. Ela estava tão perto de mim que eu sentia o doce cheiro de Abby. Mais do que isso, porém, nós simplesmente curtimos ficar juntos, rindo quando um dos dois errava, felicitando-nos quando tudo saía corretamente.

Nosso beijo naquela noite foi mais apaixonado.

Jackson perguntou se eu gostaria de um encontro duplo com ele e Felicia no fim de semana seguinte e concordamos com hesitação.

Nós quatro nos divertimos muito. Felicia conversou calorosamente comigo e vi que ela lançava a Abby uns olhares presunçosos de vez em quando. Quando me pegou olhando, Abby simplesmente revirou os olhos.

Apollo ficava cada vez mais agitado sempre que eu chegava em casa depois de estar com Abby. Eu queria muito convidá-la a ir a minha casa, mas tinha medo que ela pensasse que eu esperava alguma coisa física da parte dela.

Finalmente, cerca de três semanas depois de termos ido à peça de Kyle, passei na biblioteca numa quinta-feira à tarde. Escolhi a quinta-feira porque não queria passar por lá numa quarta — eram lembranças demais para nós dois.

Seus olhos se iluminaram quando entrei na biblioteca.

— Nathaniel!

Fui até a mesa e lhe dei um beijo rápido.

— Como foi seu dia?

— Bom. E o seu?

— Agora está melhor.

Não pude deixar de sorrir ao ver que seu rosto corava um pouco.

— Queria saber se você gostaria de jantar na minha casa.

Ela não disse nada.

— Para ver Apollo — eu disse. — Ele está com saudades, e quando sente seu cheiro em mim...

Ela ergueu a mão.

— Entendi. Adoraria jantar na sua casa e ver Apollo. Tenho saudades dele também

— Obrigado. — Ela não rejeitou meu convite para ir a minha casa. Ela aceitou. Apollo ficaria tão feliz.

Mas não tão feliz quanto eu estava.

Apollo era paranormal — tenho quase certeza disso. Recusou-se a ficar em casa na noite seguinte. Em vez disso, esperou do lado de fora, praticamente dançando de empolgação. Quando Abby parou na entrada no carro de Felicia, ele começou a correr em círculos.

Fui para fora apressadamente, deixando meu posto na janela da frente.

— Apollo, por favor — eu disse. Ele praticamente a derrubou ao tentar lambê-la toda. — Precisa perdoá-lo, Abby. Ele esteve agitado o dia todo.

Ela afagou sua cabeça e ele ficou a seu lado enquanto subia a escada.

— Então somos dois.

Dei-lhe um beijo quando ela me alcançou.

Depois disso, ela puxou a toalha em minha mão.

— O que está cozinhando?

— Frango ao mel e amêndoas — eu disse. O mesmo que da primeira vez.

— *Hmmmmm*. O meu preferido.

Eu me lembrava.

Abri a porta.

— Entre. Está quase pronto.

Comemos à mesa da sala de jantar. Tentei não me concentrar na perfeição que era tê-la em minha casa novamente. Que ela exalava vida nos espaços escuros e mortos. Ponderei novamente como um dia pensei que deixar que ela fosse embora seria a melhor decisão e agradeci em silêncio por seu perdão.

Apollo, é claro, sentou-se aos pés dela por todo o jantar.

Pensei que seria um tanto desconfortável comer à mesa, como se o passado de algum modo cobrasse o que nós dois nos esforçamos tanto para construir nas últimas semanas. Mas não foi. Não tenho certeza se paramos de falar por toda a refeição — foi um milagre que tenhamos comido alguma coisa.

Foi ainda mais surpreendente o fato de que eu conseguisse conversar mesmo depois de ela lamber o lábio para pegar um pouco de molho. No que eu estava pensando? Queria que ela voltasse a ficar à vontade em minha casa, em meu espaço, e não passar toda a refeição pensando em sua boca.

Um filme, decidi. Devíamos ver um filme. Assim, podíamos nos sentar juntos no sofá; talvez eu passasse um braço por ela. Ela se aconchegaria a mim...

Apressei-me a tirar a mesa depois que terminamos de comer.

— Deixa eu ajudar — disse ela, levantando-se para se juntar a mim.

— Posso fazer isso.

— Mas não me importo.

Coloquei os pratos na pia.

— Eu lavo e você enxuga?

Ela assentiu e peguei o pano de prato.

Enquanto trabalhávamos, ocorreu-me como nós combinávamos perfeitamente. Mesmo fazendo coisas comuns, como lavar os pratos. Éramos uma equipe. Pertencíamos um ao outro. Certamente ela sabia disso.

Mas não podia supor que ela soubesse de alguma coisa. Precisava dizer a ela.

Entretanto, eu ainda debatia comigo mesmo.

Depois do filme. Se disser antes, ela pode pensar que você quer sexo.

Não, depois do filme, ela vai pensar que você quer sexo. Diga a ela antes.

Depois seria melhor.

Depois você só estará adiando novamente.

Minhas mãos tremiam quando lhe entreguei o último prato. Ela o enxugou rapidamente e colocou no armário, depois devolveu o pano de prato a seu lugar ao lado da pia.

Agora, West.

Respirei fundo.

— Abby...

— Nathaniel... — ela disse ao mesmo tempo.

Nossos olhares se fixaram por um segundo e nós dois rimos.

— Você primeiro — disse ela.

Peguei sua mão.

— Só queria agradecer por vir esta noite. Há meses Apollo não fica assim tão calmo.

Mas que droga. Isso não saiu direito.

— Bom, fico feliz por Apollo — Ela apertou gentilmente a minha mão. — Mas ele não foi o único motivo para eu ter vindo aqui.

Eu sei. Obrigado.

Pare de pensar. Diga.

Esfreguei os nós de seus dedos, afagando a pele macia de sua mão.

— Eu sei.

Um leve sorriso ergueu o canto de sua boca.

— Acredite. Sou uma criatura muito egoísta.

Egoísta? Abby? Como pode pensar uma coisa dessas?

Passei o dedo por seu queixo.

— Não é. Você é gentil, carinhosa, amorosa e...

— *Nathaniel.*

Eu precisava dizer a ela. Tinha de falar. Agora.

Coloquei um dedo em seus lábios.

— Pare. Deixe eu terminar.

Ela não disse mais nada.

Olhei em seus olhos grandes e fundos e gentilmente peguei seu rosto com as mãos em concha.

— Você trouxe muita alegria à minha vida. Fez com que eu me sentisse completo. — *Ela precisa das palavras. Dê as palavras.* — Eu te amo, Abby.

Ela respirou fundo.

— Nathaniel. — Ela virou o rosto em minha mão. — Eu também te amo.

Eu tinha certeza de que meu coração ia explodir. Ela me amava.

Ela me amava.

Ela.

Me.

Amava.

— Abby. — Suspirei, puxando-a em meus braços e a beijando. Era a única maneira que conhecia de mostrar meus sentimentos. Ela separou os lábios junto dos meus.

Ah, meu Deus. O gosto de Abby.

Ela me puxou para mais perto e passou os dedos por meu cabelo enquanto me beijava com mais intensidade e mais profundamente.

Esqueça o filme — eu a queria.

A iniciativa seria dela.

Interrompi o beijo, passando os lábios por sua orelha.

— Diga-me para parar, Abby. — Por favor, não me diga para parar. — Diga para parar e eu paro.

E eu o faria. Não queria, mas faria. Qualquer coisa além a essa altura seria uma decisão dela.

— Não — disse ela.

Merda. Ela queria que eu parasse.

— Não pare — disse ela.

Isso.

Meus dedos roçaram seus braços. Eu precisava ter certeza da certeza dela.

— Não quero que pense que eu a trouxe aqui para isso. — Senti o gosto da pele de sua orelha, incapaz de me conter. — Não quero que você pense que estou pressionando você.

Porque, por mais que meu pau discordasse, um filme e os carinhos no sofá seriam ótimos.

Ela se afastou de mim e sorriu.

— Venha comigo. — Ela estendeu a mão.

Hein? Ir com ela? Eu iria com ela a qualquer lugar.

Ela me tirou da cozinha, andou pelo corredor e entrou no hall. Ainda não sabia o que ela estava fazendo.

Ela começou a subir escada.

Mas que merda. Ela me levou pela escada e pelo corredor até meu quarto. O quarto para o qual eu ainda não tinha voltado.

Fiquei parado, em choque, enquanto ela me levava ao pé da cama e se virava.

Peguei seu rosto nas mãos em concha.

— Abby. Minha linda e perfeita Abby. — Baixei a cabeça e a beijei novamente. Quando senti sua respiração se alterar, recuei, depois puxei-a para perto, beijei seu pescoço e murmurei em sua pele: — Me deixe amar você.

Esta noite era toda dela — faria amor com cada parte de seu corpo.

Levei-a para cama, deitando-a de costas.

— Vou começar por sua boca.

Em todo o tempo que ficamos juntos, desde o primeiro dia em que ela entrou em meu escritório, eu tinha sido desonesto com nós dois por não beijá-la. Pelos vários minutos seguintes, fiz o máximo que pude para compensar — provocando-a, provocando a nós dois, com mordidas suaves e beijos doces e gentis.

Finalmente, porém, não consegui mais me conter. Segurei seu rosto e a beijei longa, lenta e profundamente, cheio de toda a paixão que eu podia dar.

Ela arqueou as costas, roçando o peito em mim, e eu me afastei.

— Posso beijar sua boca por horas e nunca me cansar de seu gosto. — Demorei-me na visão dela deitada em minha cama. — Mas o resto de você é igualmente prazeroso.

Abri sua blusa, sem pressa, querendo que ela soubesse o que eu fazia. Ainda querendo lhe dar a oportunidade de recuar. Mas ela não saiu da cama. Seus olhos me observavam enquanto eu tirava a blusa de seu corpo.

— Sinto seu coração disparado. — Passei a mão por seu braço e peguei sua mão na minha. — Sinta o meu — eu disse, colocando sua mão em meu coração disparado.

Ela tirou a mão da minha e retirou a camisa por minha cabeça. Ouvi-a suspirar enquanto ela passava as mãos em meu peito e por meus braços. Como era bom sentir aquelas mãos em mim.

O paraíso.

Mas eu estava muito longe de ter terminado. Passei os lábios para baixo — por sua clavícula, pelos ombros.

— Uma parte do corpo que costumamos negligenciar fica bem aqui — peguei seu braço —, a dobra interna do cotovelo. — Beijei-a ali. — Seria um pecado imperdoável deixar de lado esta iguaria saborosa. — Seu gosto era tão delicioso quando eu a lambia, que lhe dei uma leve mordida.

— Ai — ela gemeu.

Levantei a cabeça.

— E só estou começando — eu disse, porque tinha de provar as outras partes dela, começando por seus doces seios. Desci a eles, beijando e provando. Abri seu sutiã rapidamente, ansioso para sentir o contato com sua pele.

Curvei-me e senti os mamilos roçando em meu peito, mal sendo capaz de conter o gemido que ameaçava escapar de mim. Coloquei seu seio em minha mão.

— Seus seios são perfeitos. Do tamanho exato. E quando faço isso — peguei o mamilo entre dois dedos e rolei gentilmente —, seu corpo treme de expectativa.

Um tremor a dominou.

Perfeito.

— Sabia que seus peitos são muito doces? — perguntei, provocando tanto a mim quanto a ela, pois estava ansioso para colocar a boca ali novamente.

— Não.

— É mesmo uma pena. — Eu a chupei. Hmmmm. Seu gosto. Muito melhor do que me lembrava. Não consegui me conter;

chupei ainda mais fundo e mordi do jeito que sabia que lhe agradava.

Ela me recompensou com um gemido.

Soltei-a de minha boca e chupei seu outro peito, vendo o mamilo endurecer. Sua pele reagia tão bem. Demorei-me provando o segundo seio, começando por sua base e subindo. Testei seu peso em minha mão. Perfeito.

— E este? — perguntei. — Tão doce quanto o outro. — Lambi os lábios e senti seu gosto.

Suas mãos se enterraram em meu cabelo, mantendo-me perto enquanto eu continuava a redescobrir seu corpo. Ela era tão perfeita embaixo de mim, em meus braços. Não tive pressa, querendo levá-la a um frenesi de prazer. Tínhamos a noite toda e eu pretendia desfrutar de cada segundo.

Suas mãos ficaram mais gentis enquanto dançavam por minhas costas e ela me puxou — beijando-me profundamente.

Merda. Eu nunca me cansaria desta mulher.

Seus quadris se ergueram, rodando e procurando pelos meus.

— Espere — eu disse, interrompendo o beijo. Na verdade, um lembrete para mim mesmo. — Ainda não cheguei às melhores partes.

Mas dei-lhe o que ela queria, baixando as mãos para acariciar sua barriga. Enganchei os dedos no cós de seus jeans e puxei o mais para baixo que pude.

— Outra parte do corpo que é desprezada — eu disse antes de lamber seu umbigo.

Ela ofegou e puxou mais meu cabelo.

— Sabe quantas terminações nervosas são encontradas aqui? — Afastei-me levemente e vi sua pele responder enquanto eu soprava nela, agora molhada de minha língua.

Lindo.

Abri o fecho da calça, puxando-a lentamente pelos quadris, passando os polegares de leve por sua pele. Voltei deslizando enquanto a despia, expondo as marcas mínimas da calcinha que ela usava. Meu pênis latejava, mas empurrei minhas necessidades para o fundo da mente e me concentrei nela.

Abby tinha outros planos. Assim que joguei sua calça para fora da cama, ela me puxou de volta.

— Minha vez.

Ela tirou minha roupa, puxando a calça e a cueca ao mesmo tempo, passando as mãos por todo meu corpo.

Suas mãos eram tão boas.

— Abby — gemi quando suas mãos afagavam meu pau.

— Vire-se — disse ela, e me virei de bruços.

Ela montou em mim, sentada em minha bunda, e passou as mãos por minhas omoplatas, descendo pela coluna. Seus lábios vieram depois, terminando bem na base de minhas costas, depois ela lambeu pelo caminho de volta. Pressionei os quadris na cama, desesperado.

Merda. Eu precisava voltar a me concentrar nela, então me virei, agarrando e rolando-a para debaixo de mim.

— Esqueci onde estava — eu disse, correndo os olhos por seu corpo. — Agora terei de começar tudo de novo.

Porque recomeçar me daria tempo para me acalmar, para levá-la de volta quase ao êxtase e aumentar seu prazer. Eu a beijei — abrindo seus lábios com minha língua, saboreando seu gosto.

— Já discutimos sua boca — disse, quando ambos respirávamos com dificuldade. — E seu pescoço.

Voltei a trabalhar em sua pele delicada.

— Os cotovelos e o umbigo, tão menosprezados... E eu me lembro muito bem deste. — Beijei seus seios, rolando primeiro um mamilo, depois o outro, entre meus lábios, provocando com a ponta da língua. — Ah, sim — falei quando seu corpo tremeu embaixo de mim. — Lembrei. — Era a hora de deixá-la completamente louca, por ela pensar que sabia aonde eu iria agora. Deslizei por seu corpo. — É. Por. Aqui — eu disse, vindo parar entre suas pernas, ignorando onde ela realmente precisava de mim e pegando seu joelho.

Ela levantou a cabeça e me olhou.

— O joelho é uma zona erógena para muita gente — expliquei.

Sua cabeça voltou a cair na cama.

Brinquei com seu joelho — beijando e acariciando. Gentilmente, levantei-o e senti o gosto da pele atrás do joelho antes de passar à outra perna.

— Nathaniel. Mais para cima.

Eu sei. Eu também quero isso.

Mas deslizei mais para baixo, parando em seus pés. Peguei um deles na mão, examinando a curva do arco. Depois beijei a face interna do tornozelo e ainda mais gentilmente plantei um beijo suave na sola de cada pé.

Ela era mesmo uma deusa.

Que precisava ser mais provocada.

— Agora — eu disse, erguendo a cabeça. — Parece que esqueci alguma coisa. O que foi?

Mas tinha me esquecido o quanto ela própria podia me provocar.

— Você é um homem inteligente. — Suas pernas se mexeram, depois se separaram e me deram uma visão perfeita de seu sexo vestido de seda. — Tenho certeza de que vai descobrir.

Um rosnado rasgou minha garganta — se era assim que ela queria, eu estava mais do que preparado. Engatinhei para cima dela e arranquei a seda que se colocava entre mim e meu objetivo.

Levantei suas pernas e deslizei para baixo delas. Eu a lambi gentilmente, lembrando-me como Abby ficou insegura na primeira vez em que fiz isso. Agora ela não estava insegura — ergueu os quadris para mim, tentando se aproximar mais.

— Agora, este é um ponto é muito importante — eu disse. — Porque isto — eu passava a língua por ela sem parar, entre uma palavra e outra — é a pura e completa Abby.

— Ah.

Espere só, minha querida leoa.

— E depois de passar horas beijando sua boca — eu a abri com meus dedos e sua umidade me cobriu —, eu podia passar horas beijando, lambendo e bebendo sua doce — minha língua entrou nela — e molhada — e lambi novamente — boceta.

Coloquei a boca ali e meti a língua para dentro. Chupei gentilmente seu clitóris e empurrei a língua mais fundo. Ela ofegou um pouco e seus músculos se contraíram em volta de mim. Enquanto seu orgasmo passava, continuei a beijar e acariciar suas dobras, querendo que ela continuasse sensível, sabendo que isto intensificaria seu segundo orgasmo.

Quando seu corpo relaxou, saí de baixo dela e coloquei suas pernas na cama.

— Agora — subi por seu corpo —, vamos continuar.

Ela se estendeu embaixo de mim enquanto meu peso descia sobre ela. Abri suas pernas com os joelhos e coloquei meu pau só para que roçasse em sua abertura molhada. Eu queria uma profunda ligação emocional desta vez, então peguei suas mãos e entrelacei nossos dedos.

— Abby — eu disse, porque seus olhos estavam fechados e eu queria que se abrissem e olhassem nos meus.

Ela os abriu e o amor e o assombro que vi brilhando para mim tiraram meu fôlego.

— Estes somos eu, Nathaniel — falei. Arremeti parcialmente nela, querendo que ela soubesse, que sentisse a verdade de minhas palavras, de meus atos. — E você, Abby. — Entrei um pouco mais. — E mais nada. — Sem encenação. Sem truques. Sem ilusões. Só nós.

— Nathaniel — disse ela.

Só amor.

Beijei-a longa e profundamente, levando nossas mãos para o alto de sua cabeça enquanto eu entrava mais fundo em seu corpo. Ela gemeu e balancei os quadris para deslizar mais para dentro. Depois recuei para olhar em seus olhos de novo enquanto começava a me mexer dentro dela.

Demorei-me, segurando suas mãos e sustentando seu olhar enquanto deslizávamos juntos. Mantive minhas estocadas lentas e decididas, queria que nós dois sentíssemos cada centímetro de nossa pele se tocando, querendo extrair cada prazer minúsculo possível de nossa união.

Ela se arqueava e se erguia para mim, querendo mais, querendo mais rápido. Meu corpo implorava o mesmo, mas obriguei-me a manter o controle, a cultivar este momento.

— Nathaniel. Por favor.

Cedi, movendo-me um pouco mais rápido, dando a nós dois uma prova do que queríamos. Ainda não foi bastante. Ela me envolveu com braços e pernas, encontrando minhas investidas com as próprias. Ainda assim, mantive o ritmo lento e constante.

— Mas que droga, Nathaniel. Me come. — Ela mordeu o lóbulo de minha orelha.

Suas palavras acenderam o fogo dentro de mim e eu não queria mais estar controlado. Queria me permitir sentir. Deixar meu corpo e minha carência assumirem. Afastei-me e recomecei num novo ritmo, dando estocadas mais rápidas e mais fundas nela.

Agarrei-a pelos quadris e os empurrei para cima, para bater mais fundo dentro dela.

— Nathaniel!

Merda. Isso. Grite meu nome.

Mas eu já havia descoberto — ela era minha tanto quanto eu era dela. A sensação dela — ela embaixo de mim, cercando-me — provava isso.

— Ah, Abby!

Ela começou a se retesar em volta de mim e baixei a mão para ficar entre nós, cuidando para atingir seu clitóris a cada arremetida.

— Eu vou... Eu vou... Eu vou... — disse ela.

Deixe. Entregue-se a mim.

Ela gritou durante o orgasmo, mas mantive o ritmo, sabendo que ela teria mais. Um minuto depois, outro espasmo percorreu seu corpo e entendi que não podia segurar meu próprio gozo por mais tempo.

Arremeti de novo e fiquei fundo dentro dela enquanto meu próprio clímax me dilacerava. Senti seus músculos se fecharem em volta de mim pela terceira vez e gozei dentro dela.

Virei a nós dois de lado, sem querer esmagá-la, mas sem estar disposto ainda a soltá-la, e mantive os braços em volta dela enquanto nossa respiração se reduzia.

Levantei a cabeça e a beijei. E, enquanto eu a tinha nos braços, sabia o que queria. Sabia que queria que ela ficasse comigo ali a noite toda. Fazia todo sentido do mundo que minha primeira noite de volta a meu quarto fosse com ela a meu lado. Ela provavelmente me rejeitaria, mas eu ainda precisava perguntar.

É claro que mesmo que não ficasse, ela não teria de ir embora. Saí de seus braços e fui até a cômoda. Na primeira gaveta, peguei algumas velas e as arrumei, acendendo-as enquanto continuava.

Quando voltei à cama, ela rolou de costas e a peguei nos braços. Ficamos sentados em silêncio por alguns minutos, apenas curtindo o momento. Passei a mão por seus ombros e lhe dei um beijo na testa.

— Eu não pretendia que isto acontecesse esta noite — falei. Ela levantou a cabeça e dei um leve beijo em sua boca. — Não imaginei, de verdade.

— Mas estou feliz por ter acontecido. — Ela suspirou e passou o nariz em meu peito. — Muito feliz.

Novamente ficamos em silêncio e pensei no quanto queria seu corpo contra o meu à noite toda.

Peça a ela.

Engoli em circo.

— Abby? Sei que você não trouxe nada, mas quer passar a noite comigo? — Afastei-me e a olhei nos olhos. — Aqui, na minha cama?

Uma única lágrima escorreu por seu rosto.

— Por favor. — Tirei a lágrima com o polegar. — Durma aqui. Comigo.

Ela se afastou de meus braços e a olhei, confuso. Ela não ia embora, ia?

— Sim — disse ela e me beijou. — Sim, vou ficar.

Antes que eu pudesse dizer o quanto estava feliz, ela me empurrou de costas e montou em mim.

— Mas temos *horas* antes de pensar em alguma coisa tão banal como *dormir*. Assim, por enquanto — um de seus dedos roçou por meus lábios —, me deixe começar por sua boca.

Dormi com ela nos braços a noite toda. Ao contrário da última vez, senti apenas satisfação e paz — tudo estava perfeito no mundo de nós dois. Nem mesmo tentei ficar acordado, adormeci logo depois de ela sucumbir a seus próprios sonhos.

É claro que acordei, como sempre, às cinco e meia. Fiquei onde estava, porém, desfrutando da sensação dela — seu corpo encaixado no meu, sua cabeça pousada no meu peito, o cabelo caindo em cascata em volta de mim.

Ela se agitou duas horas depois, despertando e se espreguiçando contra mim. Passei a mão por suas costas e ela levantou a cabeça e sorriu.

— Bom dia —disse.

— Dia.

— Eu ia preparar um café da manhã, mas ainda não estou disposto a sair da cama.

Ela arqueou as costas contra minha mão.

— O café da manhã pode esperar.

Eu não podia estar mais de acordo.

— Dormiu bem?

— *Hmm*. O melhor sono do mundo.

Dei um beijo em sua testa.

— Obrigado por ficar.

Eu queria tanto que ela ficasse comigo a noite toda em minha cama — era outro pequeno passo que confirmava o que tínhamos, o que podíamos ser, confirmava nosso futuro juntos.

— Obrigada por me convidar.

— Ah, não. O prazer foi todo meu.

Ela riu.

— Tenho certeza de que não foi todo seu.

Eu ri com ela até que ela estendeu a mão, segurando meu queixo e me beijou.

Ela se afastou e se sentou.

— Posso fazer uma pergunta?

— Qualquer coisa.

— Toda aquela regra de não beijar — disse ela. — Era para todas as submissas ou só para mim?

Não era exatamente a conversa matinal que eu queria ter. Mas eu tinha de ser sincero com ela.

— Era só para você, Abby — eu disse, acariciando seu cabelo.

— Só eu? Por quê?

Sinceridade. Você precisa ser sincero.

— Era uma maneira de me distanciar — eu disse. — Pensei que se eu não a beijasse, não sentiria tanto. — *Idiota. No que estava pensando?* — Eu poderia lembrar a mim mesmo que era apenas o seu dom.

Ela recuou um pouco.

— Você beijou suas outras submissas — disse ela à meia voz.

Merda.

— Sim. — Independente de qualquer coisa, seja sincero, Paul havia me dito.

— Mas eu, não — disse ela, de olhos baixos, a expressão um tanto desapontada.

Como eu poderia fazer isso direito? O que poderia fazer? Como poderia convencê-la de que nosso passado era passado e o futuro seria muito diferente?

— Sabe o que isso quer dizer, não sabe? — perguntou ela, antes que eu pudesse me decidir pelo que dizer.

— Não — respondi, sem saber aonde ela queria chegar.

Ela se deslocou para cima em meu corpo e sussurrou no meu ouvido:

— Você me deve muito.

Tudo bem. Eu podia lidar com isso. Dei-lhe um beijo hesitante.

— Muito?

— *Hmm* — disse ela, e a beijei novamente. — Com juros.

Ah, ela estava brincando de novo. Eu sorri.

— Juros?

— Juros muito altos — disse ela em sua voz de leoa. — É melhor começar.

Meu pênis se contorceu com suas palavras.

— Ah, Abby. Eu sempre pago minhas dívidas.

— Nathaniel — ela disse na tarde do domingo seguinte. Estávamos sentados no sofá em seu apartamento, lendo juntos o jornal. Baixei o caderno que estava lendo. Ela parecia nervosa.

— Sim — falei.

— Eu estava pensando. — Ela não disse mais nada, porém, e comecei a me preocupar.

Aproximei-me mais dela.

— Tem algum problema?

Ela balançou a cabeça.

— Não quero supor nada. — Ela brincou com um fio solto na almofada. — É só que... eu estava pensando. — Ela me olhou. — Quando vai me dar a coleira de novo? Quer dizer, você vai dar, não vai?

Coloquei a mão em sua face e acariciei levemente a maçã do rosto.

— É isso que você quer?

Ela concordou com a cabeça.

— Eu quero tudo de você. Cada pedaço.

Meu polegar acompanhou seus lábios.

— Eu quero cada pedaço de você que você me der.

Eu queria que ela levantasse o assunto da coleira primeiro, para ter certeza de que era a vontade dela. Mesmo assim, eu não esperava que a questão viesse à tona tão cedo.

— Você precisa saber... — Comecei, tentando encontrar as palavras. — Eu fui amante e fui um dom, mas nunca as duas coisas ao mesmo tempo. — Ela era tão sincera. Eu precisava fazer o mesmo. — Não sei como fazer isso. Como ser os dois para você. Tenho medo de estragar tudo. — Ela ia dizer alguma coisa, mas eu a impedi. — Eu vou estragar tudo, Abby. Sei que vou.

Ela colocou a mão sobre a minha.

— Você não precisa ser especialista em tudo.

Olhei em seus lindos olhos.

— Eu nunca me perdoaria se ferisse você...

— Você não me machucaria.

— Não estou falando só fisicamente. Se eu magoasse, seria emocionalmente de novo... — Meneei a cabeça, incapaz de continuar.

— Vamos fazer isso juntos. — Ela passou os braços em meu pescoço. — Você e eu. Vamos fazer com que dê certo. Juntos. — Seus lábios roçaram minha orelha. — Eu quero você. Como meu amante e meu mestre. Podemos fazer isso.

— Mas se...

— Uma vez eu disse que você pensava demais. Ainda é verdade. Você precisa parar. Pode ser lindo, nós dois.

Ouvindo-a falar, senti minha confiança aumentar e a puxei para mais perto.

— Você é uma mulher muito inteligente, Abby King. Eu devia lhe dar ouvidos com mais frequência.

Ela soltou uma risada baixa e sedutora, com os lábios a centímetros do meu.

— Vou lembrar você disso.

— É bom que lembre.

Suas mãos desabotoaram minha camisa.

— Não se preocupe. Eu vou.

— Antes de fazermos alguma coisa, precisamos conversar.

— Mais tarde — disse ela, desabotoando minha roupa. — Felicia vai aparecer para jantar daqui a duas horas.

— Amanhã à noite — eu disse entre beijos. — Em minha casa. A mesa da cozinha.

— Agora mesmo. Em meu apartamento. A cama.

Passei os braços por ela e a carreguei pelo corredor.

Capítulo Trinta e Sete

Ela levantou a cabeça, confusa, quando baixei os papéis a sua frente na noite seguinte.

— O que é isso? — perguntou.

Entreguei-lhe uma caneta, peguei meus próprios papéis e me sentei do outro lado da mesa.

— Quero que nós revisemos nossos questionários.

— Nós? — Ela sorriu, os olhos dançando com malícia. — Por quê? O seu mudou?

Retribuí seu sorriso.

— O meu? Não muito, mas acho que o seu pode ter mudado. Pelo menos em uma ou duas áreas.

Ela pegou a caneta e preencheu o cabeçalho.

— Posso marcar mais algumas coisas como "experimentei"

Verifiquei os primeiros itens de minha lista.

— Acho que pode.

— Você ainda está louco, se acha que a privação sexual durante um longo período vai pesar em mim.

Eu ri.

— Preencha a lista, Abby.

Nos minutos seguintes, apenas o som das canetas riscando o papel enchia a cozinha.

— Sabe de uma coisa — disse ela —, acho que você não colocou o beijo como limite.

Que droga. Pensei que já tivéssemos discutido isso.

Fingi que não ouvi.

— Hmm?

— Se eu visse sua lista depois de você me ter dado a coleira, você podia ter algumas explicações a dar.

Olhei-a, para que ela soubesse a verdade de minhas palavras.

— Se você tivesse me questionado sobre alguma coisa, eu teria alguma explicação a dar.

— Você é o dominador; não me cabe questionar você.

Baixei a caneta e peguei sua mão, precisando que ela soubesse o quanto isto era importante.

— Eu estava errado, Abby. E, sim, cabe a você me questionar. Por que acha que eu lhe disse para falar francamente à mesa da cozinha? Por que acha que lhe dei a biblioteca? No futuro, por favor, me diga o que você sente nesses lugares, está bem? — Seus olhos se arregalaram de compreensão. — Eu quero saber. Preciso saber. Nunca vamos amadurecer se não conversarmos.

Seu polegar afagou o nó de meus dedos.

— Está bem — disse ela, mas eu sabia que tínhamos mais a conversar.

— Vamos terminar os questionários e conversaremos mais um pouco.

Terminei meu questionário rapidamente e a observei preencher o dela. De vez em quando, ela mordia o lábio inferior, começava a marcar uma coisa, depois batia a caneta na mesa antes de tomar uma decisão.

Ela é tão inexperiente. Você não pode estragar isso de novo.

— Muito bem — disse ela por fim. — Terminei.

Trocamos as listas e eu li a dela, comparando-a mentalmente com aquela que ela preenchera antes. Alguns de seus limites tinham mudado e outros, não. Levantei a cabeça e a vi correndo o dedo por minha lista, provavelmente tentando confrontar com a dela.

— Tem alguma pergunta? — indaguei.

— Não sei por onde começar.

— Devo ir primeiro? — perguntei e, quando ela concordou com a cabeça, continuei. — Você deve saber que eu jamais violaria seus limites e não vou tentar fazer com que você os mude, mas tenho de perguntar... Qual é seu problema com as varas?

— Está me perguntando por que você marcou como... — ela olhou minha lista — ... *gosta muito*?

— Sim, e quero compreender porque as varas são um grande limite.

— Uma vez eu li sobre um caso em Cingapura. Sabe que eles castigam as pessoas com varadas? — Ela não esperou que eu respondesse e continuou. — Como punição. É assustador. Sangra e deixa cicatrizes.

Eu a olhei, confuso.

— Você acha que eu bateria em você até sangrar, deixando cicatrizes, e gostaria disso?

— Não. — Ela balançou a cabeça. — Eu só... não queria experimentar.

— Queria? — perguntei, pegando a palavra-chave.

— Preciso saber mais sobre isso primeiro.

— Tudo bem. Vamos deixar como limite, por enquanto. Ver se podemos encontrar um jeito de te ensinar mais.

Mas que droga. Abalou-me que ela pensasse que eu a usaria dessa maneira. Eu precisava pensar em como introduzir as varas para que ela não as achasse tão assustadoras.

— Asfixia erótica? — perguntou ela, olhando minha lista. — Limite?

— Sim. Sempre foi. Sempre será. — Embora meus limites tenham se alterado com o passar dos anos, controlar a capacidade de alguém respirar, asfixiado, era uma coisa que eu jamais faria.

— Eu estava me perguntando como seria.

— É perigoso demais. Não fico à vontade fazendo algo assim. — Mas havia mais e esta era uma oportunidade perfeita para falar e mostrar minha nova sinceridade. — Beth queria tentar asfixia erótica, então eu li sobre isso, falei com alguns dominadores, até vi uma encenação uma vez. — Levantei a cabeça e a olhei nos olhos. — Conheço meus limites, mas... Simplesmente não posso... Não posso assumir um risco desses. Desculpe, Abby.

Ela deu de ombros.

— Não tem importância.

— Tem importância — argumentei. — Depois de meu fracasso com Melanie...

— Espere um minuto. — Ela ergueu a mão. — O que isso tem a ver com seu fracasso com Melanie?

— Eu fracassei com ela. Não pude ser o que ela queria.

— Olhe para mim, Nathaniel. — Seus olhos eram furiosos. — Você não fracassou com Melanie. Por que acha que tudo foi culpa sua? Não, você não podia ser o que ela queria, mas ela não podia ser o que você precisava.

— Se eu tivesse me esforçado mais.

— Vocês dois seriam infelizes até hoje — disse ela e a centelha maliciosa voltou a seus olhos. — E onde isso me deixaria?

O canto de minha boca se ergueu.

— Onde mesmo?

— Chega de falar em fracassar com Melanie — disse ela, pegando os papéis e batendo-os numa pilha. — Agora, onde estávamos? — Ela olhou a lista novamente. — Ah, sim. Asfixia erótica. Nunca vai acontecer. Mais alguma coisa de minha lista?

Passamos por mais algumas coisas, não tanto para mudar tudo, mas para ter uma compreensão melhor de por que certas coisas foram marcadas daquela maneira. Expliquei os motivos para meus limites e ela falou de coisas que queria experimentar.

Ainda havia muito a conversar, mas, depois de repassar as listas, puxei-a para meus braços e a levei para a sala de estar para ver um filme.

Foi estranho.

Foi esquisito.

Foi bom.

Na noite seguinte, reunimo-nos à mesa para discutir o quando e o como de nossa relação. Comecei dizendo que não me interessava que ela fosse submissa sete dias por semana. Queria também que fosse minha namorada.

— Podemos fazer a coisa do fim de semana de novo? — perguntou ela.

Era o que eu queria tentar e fiquei aliviado por ela própria sugerir.

— Acho que é uma ideia maravilhosa.

— E durante a semana, somos Nathaniel e Abby.

— Gostei, mas será difícil. Ir de Nathaniel e Abby para dominador e submissa. — Eu tinha falado com Paul mais cedo sobre o que ele e Christine faziam. — Acho que daria mais certo marcar uma hora para início e fim e ter rituais para quando eu puser e tirar a coleira de você.

— Puser e tirar a coleira? Por que você tiraria a coleira de mim?

— Porque durante a semana somos apenas nós — eu disse, repetindo suas palavras. — Posso lhe dar a coleira toda sexta-feira, digamos, às seis horas, e tirar no domingo às três da tarde.

— Da última vez, eu usei todo dia.

— Mas as coisas mudaram.

— Não estou questionando isso, mas, usando todo dia, mantém uma ligação entre nós.

Meu coração inchou de prazer com suas palavras, mas não era uma boa ideia que ela usasse a coleira durante a semana. Eu vi em primeira mão como Abby agia com coleira e não a queria neste estado mental durante a semana.

Baixei a voz.

— Entendo porque você quer usar minha coleira todo dia, mas vai ouvir um conselho meu? De alguém que tem mais experiência?

Sua sobrancelha se ergueu de pronto.

— Vai jogar a cartada da experiência com frequência?

Reprimi o riso. Eu tinha o estilo de vida de um dom há mais de dez anos e ela queria saber se eu jogaria a cartada da experiência?

— Sim — disse simplesmente.

Ela bufou e se recostou na cadeira.

— Abby, me escute. Quer você admita ou não, a coleira coloca você em certo estado mental e eu não quero você nesse estado mental durante a semana. — Antes eu queria que ela ficasse nesse estado mental durante a semana, mas não agora. Não desta vez. — Se eu perguntar se você quer ervilha ou cenoura de jantar numa noite de terça, quero que a resposta venha de Abby, minha namorada, e não de Abigail, minha submissa.

— Eu sei, mas...

Eu a peguei. Podia ver isso em seus olhos.

— Não estou lhe dando planos alimentares, nem uma rotina de exercícios, nem estipulando horário de sono, nem...

— Felizmente não. Porque insistir em oito horas de sono seria limitar severamente nossas atividades nos dias úteis.

Sim, merda, seria, e eu planejava muitas atividades para os dias úteis.

— Concordo — eu disse. — Mas, voltando ao que estava dizendo, se eu quiser transar numa quarta-feira e você não estiver com vontade, quero que esteja livre para dizer isso. A coleira — balancei a cabeça — limitará você. Mesmo que você pense o contrário.

— Tudo bem, só nos fins de semana. — Ela se curvou na cadeira. — Agora, o que você estava dizendo sobre os rituais?

Disse-lhe que um ritual nos ajudaria a ficar no estado mental necessário para a noite de sexta-feira e que isto facilitaria a transição de volta à vida cotidiana nas tardes de domingo. Quando repetidos o suficiente, segundo me disse Paul, acabaria por ser o sinal e aprenderíamos a reagir a ele.

— Tem certeza de que quer jogar durante todo o fim de semana? — perguntei, depois de concordarmos com os horários e os rituais. Eu queria que ela tivesse opções. — Talvez possamos encenar só algumas vezes. Assim você não ficaria me servindo o tempo todo.

— Quer dizer, cozinhar e esperar por você?

— Sim. Se você não quiser fazer isso...

Eu tentaria. Seria inteiramente estranho ao que eu estava acostumado a fazer com minhas submissas, mas eu ia tentar. Por ela.

— Não sei — disse ela. — Gosto de fazer as coisas para você. Na verdade, é bem excitante.

Meu pau endureceu ao ouvir isso.

— É mesmo?

— *Hmm* — respondeu ela.

Bom, então, tudo bem. Se Abby gostava, íamos fazer. E se a excitava... Eu tinha de refletir um pouco sobre como lidar com isso.

Mais tarde, porém. Esta noite tínhamos mais a discutir.

— Precisamos estabelecer as palavras de segurança — disse. — Sempre usei amarelo e vermelho no passado e acho que são boas para você. Quando...

— Duas? Vai me dar duas palavras de segurança?

— É um sistema usado normalmente.

— Mas da última vez...

— Já expliquei o erro que cometi quando estabeleci as coisas da última vez, Abby. Não quero que você me abandone mais uma vez.

Ela pegou minha mão.

— Não vou embora. Só não sei por que preciso ter duas palavras de segurança.

— Porque vamos pressionar seus limites — eu disse, pensando nas coisas que ela queria experimentar. — Se você disser *amarelo*, saberei que estou pressionando, mas posso continuar. *Vermelho* interrompe a encenação completamente.

— Mas você nunca teve uma submissa usando a palavra de segurança.

— Agora tenho. — Beijei sua mão. — E quero que você se sinta completamente à vontade e segura sempre que estiver comigo. Mesmo quando eu estiver pressionando demais.

— Amarelo e vermelho. — Ela refletiu. — Como os sinais de trânsito.

— Exatamente — disse. — E como eu estarei pressionando seus limites, as palavras de segurança vão ajudar também a mim.

— A você?

— Eu posso pressionar, sabendo que você dirá *amarelo* se eu precisar pegar mais leve — expliquei. — Você confiará em mim e, em troca, eu confiarei que você usará suas palavras de segurança se eu pressionar demais, for rápido ou longe demais. Isto me dará paz de espírito.

— Nunca pensei que você precisasse de segurança.

— Eu sei. Desta vez quero estabelecer as coisas corretamente. — Parei por um segundo, sabendo que havia mais. — Eu também errei quando a castiguei. — Ela levantou a cabeça, surpresa. — Não tanto por tê-la punido, mas por não ter providenciado nenhum cuidado depois.

— Cuidado?

— Eu devia ter ido a seu quarto naquela noite. Conversado. Abraçado você. Me assegurado de que você estava bem. Examinado sua pele. Fazer você se sentar na manhã seguinte em vez de esperar até o almoço. Qualquer coisa.

— Ah.

— Eu estava tão envolvido em meus próprios sentimentos que não lhe dei a atenção necessária. — Sustentei seu olhar. — Não vai acontecer novamente.

Ela não disse nada.

— Se eu a castigar mais uma vez... *Quando* eu a castigar de novo — corrigi. Era inevitável. Aconteceria. — Quero que você entenda que será diferente.

Conversamos mais sobre os cuidados e o que ela devia esperar. Passamos a falar do que resultaria numa punição e quais seriam as variadas penalidades.

Quando Abby não tinha mais nenhuma pergunta, dei por encerrada a discussão por outra noite e levamos Apollo para dar um passeio. Mostrei-lhe as cerejeiras, apontei as flores que brotariam logo. Enquanto andávamos, estendi a mão e nossos dedos se entrelaçaram.

Meu telefone emitiu dois sinais.

— Sim, Sara? — Olhei o relógio e sorri. Cinco e quarenta e cinco. Eu devia ter imaginado que ela chegaria cedo.

— A Srta. King está aqui, senhor.

— Obrigado. Mande-a entrar às seis e cinco. Quando ela entrar, você pode ir embora.

— Sim, senhor — disse ela e desligou.

Era noite de sexta-feira. Abby me disse que queria reapresentar sua inscrição ao Sr. Godwin e voltar a meu escritório para uma entrevista. Pensei que esta era a ideia mais louca da vida e disse não, mas ela insistiu. Depois de alguma discussão, entendi seu ponto de vista — isto tornaria as coisas mais oficiais e Godwin sabia muito bem que não devia questionar as ordens que eu lhe dava.

— Quer que lhe mande apenas a petição de Abigail King? — perguntou ele. — E de ninguém mais?

— É isso mesmo. Só a dela.

— Tenho uma nova aqui. Parece promissora. Ela pediu por você.

— Não me interessa. Telefone e diga a ela que não estou disponível. Por tempo indefinido. E isso serve para qualquer outra que perguntar.

Abby pediu que eu recolocasse sua coleira neste fim de semana. Conversamos detalhadamente sobre a ocasião. Eu disse a ela que não havia pressa — até a questionei sobre isso pela manhã no banho —, mas ela foi insistente.

Olhei o relógio novamente.

Seis horas e três minutos, voltei-me para o computador e comecei a digitar.

Filho da puta de sorte do caralho.

A porta se abriu e fechou. Abigail — Paul me disse que seria mais fácil manter o papel se eu pensasse nela como Abigail no fim de semana — andou pela sala e parou no meio. Espiei rapidamente e a vi — de cabeça baixa, com os braços junto do corpo.

Se você merece ter esta criatura maravilhosa em sua vida, eu não sei, digitei.

Filho da puta de sorte do caralho.

Voltando a seu escritório, dando a você uma segunda chance de ser seu dom.

Amando você, embora você seja um imbecil.

Amando você e ponto final.

Filho da puta de sorte do caralho.

Na história dos filhos da puta de sorte do caralho, você, West, é o maior filho da puta de sorte do caralho.

Agora, dê a ela o que os dois querem.

Parei de digitar.

— Abigail King.

Ela não se mexeu. Não deu por minha presença.

Afastei-me de minha mesa e fui a ela. Parei por um segundo e senti seu cheiro. Delicioso. Peguei seu cabelo e dei uma torcida.

— Eu *facilitei* da última vez — eu disse, porque era verdade e ela sabia disso. Ela também sabia que desta vez eu não facilitaria em nada.

Puxei seu cabelo e ela se esforçou para ficar de cabeça baixa. Excelente. Eu ainda não lhe dera permissão para me olhar.

— Uma vez você me disse que podia lidar com qualquer coisa que eu lhe fizesse fisicamente — disse. — Lembra-se disso?

Ela não falou — eu não dera permissão para fazer isso.

Puxei seu cabelo.

— Vou testar esta teoria, Abigail. Veremos o quanto você é capaz de suportar.

Soltei seu cabelo e passei para a frente dela.

— Vou treinar você. Eu a treinarei para atender a cada necessidade, desejo e vontade minha. De agora em diante, quando lhe der uma ordem, espero que você obedeça imediatamente e sem questionar. Qualquer hesitação, sobrancelha erguida ou desobediência será resolvida no ato. Compreendeu?

Ela ainda não falou nada.

— Olhe para mim e responda — eu disse. — Você compreendeu?

Sua cabeça se ergueu e seus olhos encontraram os meus.

— Sim, mestre.

Sim, *mestre*? Ela me chamou de *mestre* antes que lhe desse a coleira?

De novo?

— *Tsc, tsc, tsc.* — Eu sabia que ela ia se atrapalhar. Até esperava. Mas não pensei que aconteceria em meu escritório. — Pensei que da última vez tivesse aprendido a lição.

Ela ficou inteiramente confusa.

— Como você se dirigiu a mim antes de ter a coleira? — perguntei.

— Sim, senhor.

— Deixei passar este erro antes — eu disse e fui à minha mesa. Eu podia fazer isto? — Mas, como disse, não serei tão leniente desta vez.

Eu precisava fazer. Mostrar a ela que falei sério quando disse que tinha facilitado da última vez.

— Levante a saia e coloque as mãos em minha mesa — eu disse.

Minhas penalidades para formas impróprias de tratamento variavam, dependendo de qual era a violação e quando acontecia, mas eu não tinha estabelecido nada para a falha de usar o nome correto antes de receber a coleira.

— Três golpes. — Eu disse enquanto a posicionava. — Conte.

Meu primeiro golpe bateu na parte carnuda de sua nádega direita.

— Um.

O segundo bateu na esquerda.

— Dois.

Meus golpes foram fortes o suficiente para atingir sua bunda — ela precisava senti-los —, mas não para deixar alguma marca permanente. O último golpe caiu em seu ponto sensível.

— Três.

E assim, acabou. Senti-me melhor. Íamos ficar bem. Esfreguei delicadamente, notando que ela não estremeceu nem se intimidou com minhas mãos. Abaixei sua saia.

— Vá para onde você estava.

Ela andou graciosamente ao local no meio de meu escritório.

— Lembra-se de suas palavras de segurança? — perguntei.

— Sim, senhor. Eu me lembro das palavras de segurança.

— Que bom. — Abri uma gaveta, peguei uma caixa e tirei a coleira. — Está pronta, Abigail?

Um sorriso iluminou seu rosto.

— Sim, senhor.

Eu me aproximei e me coloquei diante dela, segurando a coleira.

— Ajoelhe-se.

Quando ela baixou de joelhos, fechei a coleira em seu pescoço.

Minha.

— Vou colocar isto toda sexta-feira às seis horas da noite — disse, repetindo o que tínhamos combinado — e retirar às três horas da tarde de domingo.

A coleira ficava tão linda nela.

Ela agora me pegaria na boca — era o passo seguinte no ritual que decidimos ter — mas, primeiro, eu tinha algo a fazer...

— De pé — eu disse.

Ela se levantou, obedecendo, embora eu soubesse que ela não compreendia.

No passado, sempre que eu colocava sua coleira, os sentimentos de posse me dominavam. A alegria de vê-la com minha coleira, a mera natureza animal liberada em mim, era comovente. E, antes, eu sempre quis beijá-la.

— Porra, como você fica linda com a minha coleira.

Desta vez, eu o faria.

Passei a mão sob seu queixo e a trouxe para mim, esmagando sua boca na minha. Mostrando-lhe com meu beijo o quanto ela me excitava. Como vê-la usando minha coleira me excitava. No início ela foi vacilante, mas respondeu a minha urgência.

Finalmente interrompi o beijo e a empurrei pelos ombros.

— De joelhos de novo.

Ela voltou à posição e lambeu os lábios.

— Por favor, mestre, posso tê-lo em minha boca? — perguntou, como combinamos. Eu lhe colocaria na coleira, mas em troca ela pediria para me servir.

— Pode.

Fechei os olhos enquanto ela abria minha calça. Nas últimas semanas, ela me dera sexo oral, mas sempre na cama e nunca de joelhos. Eu queria guardar isto para quando eu lhe desse a coleira novamente.

Peguei seu cabelo nas mãos e, quando ela tentou colocar meu pau na boca, eu me forcei para dentro. Mostrando que estava no controle. Ela pertencia a mim. Toda ela. E eu usaria sua boca do jeito que desejasse

Pois este foi o presente que ela me deu.

E este era o presente que eu aceitava.

Meti e tirei de sua boca e ela trabalhou em mim. Passando a língua por mim, chupando-me fundo. Bati no fundo de sua garganta e ela ainda me tomou todo, usando os dentes, exatamente como sabia que eu gostava.

— Porra — grunhi.

Apertei mais seu cabelo e dei uma estocada mais forte. Porra, ela era gostosa. Meu saco se retesou e eu sabia que não aguentaria muito mais tempo. Ela reconheceu que eu estava perto e segurou minhas coxas, em expectativa.

Meti meu pau no fundo de sua garganta e grunhi novamente enquanto enchia sua boca. Ela engoliu em volta de mim, levando-me mais fundo para a garganta ao fazer isso.

Saí de sua boca e lentamente soltei as mãos de seu cabelo. Corri os dedos por sua cabeça, afagando o couro cabeludo, na esperança de atenuar qualquer dor.

— Feche minhas calças, Abigail.

Depois que ela obedeceu e minhas roupas foram endireitadas, eu disse a ela para se levantar.

Peguei seu queixo e ergui seu rosto para que olhasse para mim.

— Vou trabalhar firme em você esta noite. Levarei você à beira do prazer e a deixarei lá, pendurada. Você só gozará quando eu der permissão e serei muito mesquinho com minhas permissões. Entendeu?

Ela ficou em silêncio

— Responda.

Seus olhos escureceram de desejo.

— Sim, mestre.

Muito bom.

— Chegarei em casa daqui a uma hora. Quero você nua e me esperando na sala de jogos.

Continua...

Este livro foi composto na tipologia Adobe Caslon Pro,
em corpo 10,5/13, e impresso em papel off-white
no Sistema Cameron da Divisão Gráfica
da Distribuidora Record.